Mundos Opostos

SHIRLEI RAMOS

Autora de *A Estrela Mais Brilhante*

Mundos OPOSTOS

LIVROS PRONTOS

DIREÇÃO EDITORIAL
Lilian Vaccaro

REVISÃO
Renata Maggessi

CAPA
Décio Gomes

DIAGRAMAÇÃO
Michael Vasconcelos

DADOS INTERNACIONAIS DE CATALOGAÇÃO NA PUBLICAÇÃO (CIP)

Ramos, Shirlei
Mundos opostos / Shirlei Ramos. – 1ª edição – São Paulo: Coerência, 2020

ISBN: 978-85-94058-87-4

1. Ficção brasileira 2. Romance 3. Drama I. Título

CDD: 869.3

Avenida Paulista, 326, cj 84
Bela Vista – São Paulo – SP – 01.310-902

1

Melissa lutava contra a vontade de voltar para a casa e desistir de tudo aquilo. Havia jurado para si mesma que retomaria sua vida e encontraria um novo sentido. Uma direção que curasse seu coração destroçado. Ou, pelo menos, a tirasse do buraco no qual estava metida há três meses.

E aquela era sua grande chance de mudança.

Olhou a sua volta e viu cinco pessoas, sérias, tensas, distribuídas em cadeiras ao longo da ampla sala de espera. Todos ali enfrentariam a mesma prova de fogo que ela. Mas era difícil dizer se também desejavam fugir e se esconder em seus quartos pelo resto da vida.

Soltou um suspiro e ajeitou os óculos de aros pretos sobre o nariz. Encarou as mãos, que apertavam uma pasta azul. Cinco anos de sua vida profissional estavam dentro daquela pasta. Restava apenas saber se a mulher que estava prestes a entrevistá-la se impressionaria com aquele currículo. Ou se ela se concentraria na lacuna que existia em sua carreira nos últimos dois anos.

– Melissa de Oliveira, me acompanhe, por favor.

Ao som dessas palavras, com o coração acelerado, a garota deu um salto da cadeira. Jogou os longos cabelos castanhos lisos para trás dos ombros e seguiu a mulher alta, que fez com que se sentisse bem mais baixa do que seus um metro e sessenta e cinco, até uma pequena sala. De novo, sentiu vontade de fugir enquanto suas mãos suavam. Mas obrigou-se a caminhar até a cadeira que lhe foi indicada e sentou-se.

A mulher se apresentou como Cristina. Era tão séria que Melissa sentia um frio percorrer sua espinha toda vez que fitava os olhos dela. Lembrava a professora de violão que teve na adolescência. Até mesmo sua mãe, a sempre dura na queda Edilene, ficava intimidada com a postura rígida da professora Raquel.

Sua mãe...

Fechou os olhos e abriu rapidamente, tentando desfazer um nó que se formou em sua garganta. Aquele não era um bom momento para pensar nela. Tinha que mostrar controle de suas emoções, não desatar a chorar na frente da recrutadora de emprego.

— Como eu falei pelo telefone — Cristina começou a dizer, assim que pegou o currículo das mãos de Melissa —, a vaga é para técnica em enfermagem num hospital na zona leste. O horário de trabalho é das treze às dezenove horas. O salário é...

A recrutadora prosseguiu descrevendo mecanicamente os dados da vaga, enquanto Melissa se esforçava para prestar atenção a cada detalhe. E, o mais importante de tudo, tentava se sentir animada com a perspectiva de voltar a exercer sua profissão. Precisava relembrar da paixão em trabalhar na área da saúde. Na verdade, precisava relembrar o que era ter paixão por qualquer coisa que fosse.

— Então, Melissa, a vaga te interessa mesmo?

— É claro! — Apressou em responder.

— E você poderia me dizer por que saiu há dois anos do hospital onde trabalhava em Ermelino Matarazzo e está afastada do mercado de trabalho durante todo esse tempo?

É. Os cinco anos promissores em seu currículo, somando o tempo em que trabalhou como vendedora numa papelaria e o que passou na área de geriatria do hospital particular, não conseguiram mesmo apagar os dois em que permaneceu num limbo sufocante...

Aprumou-se na cadeira e segurou-se para não mexer nos cabelos, que Cristina olhava com insistência. Provavelmente, ela deveria estar pensando que Melissa era bem grandinha para usar franja reta na altura das sobrancelhas. Ou que, apesar de seus vinte e três anos, o corte a deixava com cara de adolescente. Mas como poderia explicar para aquela mulher que sua mãe adorava sua franja e que mudar seu estilo seria o mesmo que cortar Edilene de sua vida definitivamente?

Fitou a recrutadora, que agora a encarava impaciente. Concentrou-se na resposta.

— Eu parei de trabalhar para... cuidar da minha mãe. — A verdade escapou por seus lábios. — Ela foi diagnosticada com um câncer... Linfoma não-Hodgkin... faz pouco mais de dois anos. — Olhou as mãos cruzadas sobre as pernas. — Ela só tinha a mim. Sempre fomos só nós duas. — Engoliu em seco. — Eu não podia deixar minha mãe lutar sozinha essa batalha. Que espécie de técnica em enfermagem seria eu se continuasse cuidando dos idosos no hospital, mas virasse as costas para a minha própria mãe? Eu... abri mão de tudo conscientemente. Eu sabia do risco que estava correndo ao permanecer afastada do mercado de trabalho por muito tempo. Mas, pra ser sincera, naquele momento, eu só pensava na minha mãe, eu só queria que ela ficasse bem... que ela voltasse a ser a mulher dura na queda que eu conhecia. — Um soluço escapou por sua boca. Melissa cerrou os dentes, sob o olhar compadecido de Cristina. Sim, ela estava desatando a chorar na frente da recrutadora de empregos... — Mas ela perdeu a batalha contra o câncer há três meses. E agora estou aqui porque preciso, de algum jeito, tocar a minha vida e parar de desejar ter morrido junto com ela.

Enquanto as lágrimas escorriam por seu rosto, e os soluços voavam através de seus lábios, Melissa sabia que havia perdido qualquer chance de conseguir aquele emprego ou sair do poço sem fundo que se transformara sua vida. Mas o mal estava feito e não tinha como voltar atrás. Além disso, desde que a mãe morrera, era a primeira vez que falava com todas as palavras como se sentia. E, por mais estranho que soasse, sentia certa leveza por isso.

— Eu sinto muito, Melissa. — A voz de Cristina atraiu sua atenção. — Não consigo mensurar a sua dor, mas me compadeço dela. Tenho certeza de que não tem sido fácil para você.

— Obrigada — falou numa voz rouca, controlando a custo novos soluços.

— Posso ser sincera com você?

— Cla-ro — Melissa gaguejou, recolocando os óculos, que havia tirado enquanto chorava.

— Eu não acho que você esteja preparada para retomar sua rotina num hospital. Sei que a rotina dos técnicos e enfermeiros é bem puxada nestes ambientes. — A recrutadora retomou a expressão séria, fazendo Melissa ter certeza de que havia realmente estragado tudo.

— Eu entendo. — Melissa arrumou a bolsa no ombro, pronta para se levantar. Voltaria para seu apartamento, que parecia duas vezes menor do que quando a mãe estava viva, e passaria novamente os dias no quarto de Edilene, olhando para as coisas dela e relembrando sua risada constante, sua calma inabalável e o sotaque arrastado com o qual ela lhe dizia sempre: "Ô, meu anjinho, cante sua nova música pra mainha".

— Mas acho que tenho outra vaga para você. — Melissa despertou do transe e acomodou-se melhor na cadeira, olhando sem piscar para Cristina. — Não sei se te interessa, mas suas experiências na área de geriatria e no cuidado tão amoroso com sua mãe se encaixam muito bem nesta vaga.

— E qual vaga seria? — Franziu as sobrancelhas, a pulsação descontrolando-se de novo.

— Como cuidadora de idoso. Na realidade, é uma idosa. Tem setenta e dois anos e mora sozinha. Seus problemas de saúde não são graves, não se preocupe. São problemas da velhice, como ela salientou para nós. Entretanto, a família está preocupada que dona Maria continue sozinha no apartamento onde mora. Como a senhora quer manter sua independência, aceitou contratar uma cuidadora. A única coisa é que você terá que ficar à disposição da idosa seis dias por semana, dia e noite. Terá apenas uma folga por semana. Ou seja, você vai morar com ela.

— Morar com ela? — O estômago de Melissa deu uma pirueta.

— Mas o salário é muito bom. Ela vai pagar...

Melissa arregalou os olhos diante do valor. Era quatro vezes mais do que ganhava no hospital. Nem sua mãe, que foi gerente de uma loja de roupas femininas, chegou a ganhar um salário tão alto. Ou a idosa era muito rica ou a família dela se juntaria e faria uma vaquinha mensal para pagar aquele salário. A segunda opção era um pouco assustadora, pois, se a família da mulher estava tão desesperada para pagar um cuidador, poderia ser porque ela era difícil de lidar. Quem sabe fosse daquelas senhoras teimosas que não aceitavam tomar os remédios no horário certo ou aquelas velhinhas bem briguentas...

— E, devo acrescentar, que o apartamento da idosa fica em Higienópolis... — Cristina interrompeu os pensamentos de Melissa. — Talvez seja um pouco fora de mão, mas, como você morará com ela seis dias por semana, acredito que a distância até sua casa não será um impedimento.

Era impressão sua ou a recrutadora, subitamente, parecia angustiada para que ela aceitasse a vaga?

— Eu não sei se ela vai querer alguém tão jovem com eu... — Melissa colocou empecilho, ciente de que esse deveria ser trabalho da mulher a sua frente.

— Na realidade, Melissa, ela faz questão de que a pessoa que aceite o emprego seja jovem. É uma das suas exigências. E eu te confesso que estamos com dificuldade para encontrar alguém que preencha esse requisito e que tenha experiência nessa área. Você seria nossa salvação. — Abriu o primeiro sorriso desde que haviam pisado naquela sala. — Então, você está interessada?

— Bem... eu... — Em dois segundos, Melissa conseguiu pensar que aquele emprego lhe permitiria ficar longe da Cidade Tiradentes, onde vivera mais tristezas do que alegrias e onde tentara se enterrar viva. E, de repente, teve certeza de que não queria morrer. Ao contrário, ela precisava viver e cumprir a promessa que fizera à sua mãe: seguir em frente e construir um lindo futuro para si. — Sim, estou interessada. O que preciso fazer?

— Ótimo! Vou ligar para dona Maria para saber quando ela poderá falar com você e te retorno. — O alívio da recrutadora era visível. E ela já não parecia mais tão assustadora para Melissa como antes.

— Tudo bem...

— Sua vida dará uma guinada, você vai ver, Melissa. Nada como ser útil aos outros para nos sentirmos melhor.

Melissa queria muito acreditar nisso. Mas, enquanto observava a recrutadora explodindo de alegria em sua frente, suas emoções entraram em polvorosa. Sentia um misto de excitação e temor. Como se fosse viver a maior e mais inesquecível experiência da sua vida. Só não sabia se seria boa ou ruim.

2

Quando Melissa desceu do ônibus na Avenida dos Metalúrgicos, na Cidade Tiradentes, pensava apenas em correr até seu prédio, tocar no apartamento da amiga Denise e contar como havia sido a entrevista de emprego. Com certeza, não estava em seus planos encontrar seu ex-namorado – também conhecido como o cara que lhe deu as costas no momento mais difícil de sua vida depois de três anos de namoro – encostado no ponto de ônibus.

Ela cogitou seriamente fingir que não o tinha visto. Quem sabe ainda pudesse usar seu plano inicial, atravessar a avenida e subir correndo a rua até sua casa. Mas aquilo seria uma infantilidade. Pior: Cleyton veria o quanto ela estava abalada pela rejeição dele, mesmo após quase um ano.

Assim, apenas retribuiu o sorriso sem graça do rapaz com um aceno de cabeça.

– Fiquei sabendo que sua mãe faleceu, Mel – ele tomou a iniciativa de falar. – Meus sentimentos. – Colocou as mãos nos bolsos da calça jeans e encolheu os ombros. – Como você está?

Destruída? Lutando para não se entregar às lágrimas vinte e quatro horas por dia. Mas será que ele se importaria se ela dissesse tudo aquilo? Duvidava muito, uma vez que ele não se importou nem um pingo em lhe dar um pé na bunda justamente quando ela cuidava de Edilene em seus últimos dias de vida.

— Como você acha que estou? — Melissa arrependeu-se no mesmo instante pela resposta brusca. Entretanto, era difícil revê-lo após todos aqueles meses e não relembrar as palavras duras que ele dissera antes de partir: "Melissa, cansei de competir com a doença da sua mãe pela sua atenção. Acho melhor cada um ir pro seu lado".

Melissa sacudiu a cabeça para dispersar as lembranças impróprias. Então, analisou Cleyton mais detidamente. Notou que ele estava muito magro — bem mais do que costumava ser — e tinha olheiras escuras contrastando com a pele branquinha. Os cabelos castanho-claros, antes modelados num topete alto, foram raspados. Seu ex-namorado estava visivelmente abatido. E a garota se pegou desejando que aquele estado fosse resultado do arrependimento que ele sentia por tudo o que fizera a ela.

— Você vai continuar na Cidade Tiradentes ou vai morar com seus parentes na Bahia? — Cleyton se pôs a falar quando o silêncio entre eles começou a pesar.

— Na verdade, vou me mudar para Higienópolis — Melissa respondeu de supetão. Contudo, não sabia por que tinha dito aquilo. Afinal, aquela mudança dependia ainda de ser aprovada pela idosa para ser sua cuidadora. Mas ficou satisfeita com o efeito que as palavras tiveram em Cleyton.

Os olhos cor de mel do rapaz arregalaram-se.

— Caraca! Você nunca me disse que tinha parentes nesse bairro de rico!

— Acho que nunca nos conhecemos pra valer, Cleyton... — Ele não precisava saber da verdade. E muito menos que ela estava igualmente chocada pela possibilidade de morar num bairro de São Paulo que até as pedras da rua deveriam custar mais caro do que o apartamento de trinta e oito metros quadrados que dividiu com a mãe desde a infância.

O rapaz olhou para os pés. Melissa abraçou com força a pasta contra o peito. E engoliu a vontade de chorar. Não derramaria mais nenhuma lágrima por aquele cara. No entanto, estava a cada segundo mais complicado controlar as lembranças que emergiam dentro dela. Não queria lembrar-se do primeiro encontro deles, na festa do filho de Denise. Ela com dezenove anos, ele com vinte. Do medo que ela sentiu quando ele perguntou se podia beijá-la (Como ela poderia confessar que jamais havia dado um beijo com aquela idade?). Ou, então, das horas que passou ajudando-o a estudar para terminar o supletivo do ensino médio. Também queria extirpar de dentro dela as vezes que pensou que os dois tinham muito em comum, pois as mães de ambos os criaram sozinhas, apesar de ter sido por motivos diferentes – a dele era viúva, a dela foi abandonada grávida. Talvez pudesse apenas se concentrar nas coisas não tão boas do seu namoro. Se pensasse nas poucas e doloridas vezes em que fizeram amor ou nos dias em que ele inventava uma desculpa para não se encontrarem, podia, quem sabe, fazer aquela dor excruciante desaparecer de seu peito.

O balanço de Cleyton sobre os pés chamou a atenção de Melissa, tirando-a do devaneio. Ela deu um passo para o lado. O melhor a fazer era encerrar aquele encontro estranho. Porém, seus movimentos foram interrompidos quando o rapaz a encarou e entregou:

– Eu vou me casar.

A cabeça de Melissa oscilou para frente e para trás, levando seu corpo junto. Cleyton avançou um passo e segurou a garota pela cintura.

– Você está bem?

Problema número um daquele cara: ele tinha o perfil de bom moço, solícito, gentil, educado. O tipo de pessoa que parece incapaz de magoar alguém. Todavia, tarde demais, mostra que é a primeira pessoa a pular de um barco quando ele está afundando, sem se preocupar com os mortos e feridos que deixou para trás.

– Você foi rápido em encontrar outra... ou talvez já estivesse com ela enquanto estava comigo... – Melissa afastou-se abruptamente dele, com o interior em rebuliço.

– Tá louca?! Claro que não, Melissa! Eu conheci a Karina numa balada faz uns quatro meses. É que... – Passou a mão pela cabeça. – ela... engravidou de mim e... o pai dela obrigou a gente a casar.

"Meu Deus, aquela história piorava a cada instante", Melissa pensou, com o peito apertado. De repente, sentiu que continuar ali só traria mais sofrimento e mais um motivo para se trancar em seu apartamento.

E havia decidido lutar contra os sintomas de depressão. O "capítulo Cleyton" já deveria ter se encerrado há muito tempo em sua vida.

— Bom, acho que você se meteu numa encrenca bem maior do que namorar a garota da mãe com câncer. — *Que ótimo*, pensou, *em vez de virar as costas e sair correndo dali, estava bancando a despeitada!*

— Mel... eu... me desculpe... eu não deveria ter dito tudo aquilo para você. Mas, meu, eu não 'tava aguentando mais aquela barra! O nosso namoro tinha esfriado e você só pensava na doença da sua mãe e...

— Desencana, Cleyton. — Ela levantou a mão, interrompendo-o. — Essa conversa não vai nos levar a lugar nenhum, só vai servir para nos machucar de novo. Você seguiu sua vida... — Mordeu o lábio inferior, trêmula. — Agora eu vou seguir a minha. Quero olhar pra trás algum dia e não pensar que joguei três anos da minha vida pela janela, com um cara que só me deu uma coisa: um coração despedaçado em dois mil pedaços.

Melissa fitou uma última vez o rapaz, que desviou os olhos novamente para os pés. E se afastou do ponto de ônibus, sem olhar para trás. Mas não correu. Calculou cada passo que dava e engolia cada lágrima que assomava. Conforme terminava de subir a ladeira, avistando o conjunto habitacional onde morava e sentindo os pés criarem bolhas devido ao sapato de salto que não estava acostumada a usar, percebeu que a rejeição de Cleyton já não doía tanto. E ela se deu conta de que, enquanto esteve na frente dele, em nenhum momento, teve vontade de beijá-lo. Tampouco sentiu falta de seus beijos e de suas carícias durante todos aqueles meses. Na verdade, o que mais a angustiou foi a perda do amigo que a ouvia sobre a rotina no hospital e lhe contava as histórias mirabolantes dos passageiros no ônibus onde trabalhava como cobrador.

E foi então que Melissa pensou: "Talvez eu seja como a minha mãe. Não nasci para essas coisas de amor...".

Alcançou o portão de seu prédio, abriu devagar, respirando pausadamente, e jurou que a perspectiva de um novo emprego, ajudando o próximo, era mais do que suficiente.

Um passo de cada vez... era tudo o que seu coração machucado pedia.

3

Melissa estava literalmente de boca aberta diante da opulência do prédio a sua frente. Até aquele momento nunca tinha visto um imóvel tão sofisticado ao vivo. Está certo que poucas vezes saiu da zona leste. Mas prédios assim pareciam existir apenas nas novelas. E não duvidaria se dissessem que aquele serviu de locação para moradia de personagens do núcleo rico de alguma novela. A fachada creme era larga e todos os andares possuíam uma varanda, que se estendia de fora a fora, com três portas envidraçadas.

Seria um apartamento por andar?

Seu estômago gelou. Ontem à tarde, poucas horas após chegar da entrevista de emprego, quando a recrutadora ligou informando que dona Maria aceitara conhecer a candidata a cuidadora, às onze da manhã do dia seguinte, o primeiro desejo de Melissa foi dizer que havia desistido de pleitear aquela vaga. Falaria que tinha pensado bem e chegado à conclusão de que, apesar da experiência com idosos, ela não tinha habilidades necessárias para se dedicar integralmente a uma senhora de setenta e dois anos. Porém, aquela resolução não durou nem meio segundo. Bastou olhar ao redor de si e ver a sala minúscula, cheirando a mofo, graças ao vazamento eterno no banheiro do vizinho do andar de cima, para se dar conta de que aquele emprego seria a salvação de sua vida profissional e de suas finanças.

Até chegar àquela rua, depois de pegar metrô, dois ônibus e andar vários minutos desde a Avenida Pacaembu, o pensamento de ter tomado a melhor decisão a acompanhou. Mas precisou apenas encarar o prédio onde, se tudo desse certo, moraria para a vontade de fugir correndo querer ganhar de dez a zero dentro dela.

Sua ficha caiu de uma vez: trabalharia como cuidadora de uma senhora muito rica, que deveria ser difícil de lidar ou debilitada. Não entendia nada de etiqueta social dessa gente rica. Era uma garota que cresceu num dos bairros mais pobres de São Paulo. E estava sozinha nessa, sem a possibilidade de correr para o colo de sua mãe se alguma coisa saísse errada.

Fechou os olhos, concentrando-se para não chorar. Se ao menos tivesse conseguido falar com Denise... Mas, quando tocou no apartamento dela na tarde anterior, descobriu que a amiga tinha ido para a casa da mãe na zona norte e, segundo o marido, voltaria muito tarde.

Arrumou a bolsa no ombro, conferiu calça e blusa brancas – roupas da época em que trabalhou no hospital – e endireitou as costas. Ficar se lamentando só a faria perder o resto de coragem que lhe restava. Além disso, o porteiro, que estava protegido por uma guarita envidraçada, não parava de olhá-la.

Apertou o interfone e anunciou sua presença. Menos de um minuto depois, o porteiro destravou o portão e informou o número do apartamento de dona Maria, no oitavo andar.

As mãos de Melissa começaram a suar no momento em que ela pisou no elevador acarpetado. E as reações de seu corpo pioraram bastante assim que as portas se abriram e ela se viu num hall revestido de mármore, enfeitado por três vasos de plantas ornamentais muito bem cuidadas. Quando deu por si, estava tocando a folhagem de uma delas, ao lado de uma porta larga de madeira. Edilene amava plantas. Apesar de morarem num apartamento em que mal cabiam as duas, a mãe não abria mão de suas samambaias, orquídeas e bromélias.

Sorriu. Será que aquele era um sinal de sua mãe, dizendo que estava ali com a filha?

Desejava que sim. Com toda sua alma, desejava que sua mãe, de alguma forma, estivesse junto com ela naquele desafio novo, como aconteceu em todos os desafios que enfrentou, desde suas primeiras memórias na infância.

Um ruído a fez sobressaltar-se. Desviou os olhos do vaso e deparou-se com uma mulher sorridente, com os cabelos castanhos curtíssimos, aparentando uns quarenta anos e usando um uniforme azul-marinho. Melissa simpatizou-se com ela no mesmo instante.

— Você deve ser a Melissa. — O sorriso da mulher se ampliou. — Entre. Maria está te esperando na saleta de chá.

Melissa entrou e passou as mãos suadas pela calça, recriminando-se em seguida. Mas o que era uma calça suja em comparação ao seu coração querendo sair pela boca diante da sala imensa, com uma das paredes recoberta por uma linda tapeçaria, cujo desenho era um brasão que lhe parecia familiar? Só naquele cômodo devia caber metade de seu apartamento.

— Me acompanhe, por favor. — A mulher fechou a porta e passou por Melissa, mas parou, de súbito, poucos passos depois. — Ah, que cabeça a minha! Esqueci de me apresentar. Meu nome é Vanda. Sou a faz-tudo da Maria. Cozinho, limpo, costuro e... nas horas vagas, sou amiga e confidente daquela velha excêntrica. — Piscou-lhe.

— Prazer, Vanda. — A garota apertou-lhe a mão, rindo e a cada instante gostando mais da mulher.

No entanto, conforme entravam no apartamento, o que menos Melissa teve vontade foi de dar risada. Na verdade, seu choque era tão grande que nenhum som conseguiria sair de sua boca mesmo se quisesse. Para qualquer lado que se virava, via portas, salas, quadros, esculturas, tapeçarias, móveis antigos misturados a modernos, sofás, paredes em tons pastéis, mesas, cadeiras... Sua cabeça começou a girar. Era muita informação de uma vez só.

Por sorte, Vanda chegou à tal saleta de chá. E ainda sorria quando abriu uma fresta da porta, colocou a cabeça para dentro e anunciou:

— Maria, a Melissa está aqui comigo.

— Deixe-a entrar, por favor, Vanda.

Tão logo Melissa ouviu a voz da idosa, sua vontade de fugir voltou com força total. Se a voz dela soava muito rouca, e ela estava trancafiada naquela saleta, não existia mais dúvida de que dona Maria era uma velhinha com muitas limitações... Talvez estivesse doente... como Edilene esteve...

Instintivamente, Melissa começou a andar para trás. Mas não deu mais de dois passos, pois Vanda a fitou, com o sorriso que jamais abandonava seu rosto, e escancarou a porta para que a garota passasse. Melissa respirou fundo e pediu a proteção da mãe. Então, seus olhos abriram tanto que ela sentiu dor neles.

Em todas as imagens que criou em sua cabeça sobre dona Maria, em nenhuma delas viu um clone da Helen Mirren, alta, elegante, magra, com o cabelo todo branco, num corte Chanel, vestindo um conjunto de saia e blusa multicolorido e usando uma profusão de pulseiras.

— Olá, Melissa! Como você é linda! Não esperava uma moça tão jovem e tão bonita. — Aproximou-se de forma ágil e deu dois beijos, um em cada bochecha da garota. Em seguida, segurou-lhe as duas mãos, sorrindo. — Olhe para ela, Vanda. Que rosto delicado. E os olhos azuis que brilham intensamente sob esses óculos. Você tem feições clássicas que fazem a alegria de qualquer pintor. — *Feições clássicas? Com esse nariz de batata que eu tenho?* Os pensamentos de Melissa se atropelavam e ela começou a tremer, o que não passou despercebido por dona Maria. — Oh, mil desculpas, criança. Estou assustando você. Acho que me empolguei, como dizem vocês, jovens. É porque fiquei impressionada com as linhas harmoniosas do seu rosto. Eu sou artista plástica. Mas uma artista plástica muito mal-educada. — Levou a mão aos cabelos e os ajeitou atrás das orelhas, sem jeito. — Foi muito difícil chegar até aqui? Queria mandar Jair, meu motorista, te buscar, mas aquela moça antipática da agência de emprego não quis me fornecer o seu endereço.

— Não... não foi difícil. Só é um pouco... longe. Levei três horas de casa até aqui — a garota falou num tom de desculpa.

— Oh, pobrezinha, deve estar morrendo de sede e cansaço. — Pegou Melissa pela mão e a conduziu até a mesa redonda, que ficava embaixo de uma janela coberta por uma cortina branca de renda. — Sente aqui. A Vanda vai trazer um suco para você.

— Vou fazer a minha especialidade: suco de frutas vermelhas. Você gosta? — Vanda perguntou.

— Sim, obrigada — Melissa respondeu, esforçando-se para sorrir apesar da tontura.

Dona Maria se sentou a sua frente, fechando um livro que, só naquele momento, Melissa notou sobre a mesa. A garota reconheceu a foto do Dalai Lama na capa. Contudo, apesar dos poucos minutos que a conhecia, jamais diria que a idosa se identificava com uma filosofia tão equilibrada e tranquila como a budista.

Sacudiu a cabeça de leve e desviou a atenção para dona Maria. Pelo menos, o sorriso dela transmitia uma paz imensa. E Melissa se viu dizendo:

— O apartamento da senhora é lindo.

Os olhos da idosa brilharam, ternos. E Melissa engoliu o choro, lembrando-se do jeito com que sua mãe costumava olhá-la.

— Que gentil de sua parte. Obrigada, querida. É herança de papai. Ele foi o fundador da rede de hotéis Aguiar. Você já ouviu falar? Atualmente, é meu irmão quem administra.

Foi impossível para Melissa controlar os olhos e a boca, que abriram consideravelmente. Quem nunca ouviu falar daquela rede de hotéis? Era *apenas* uma das mais famosas do Brasil. A rede possuía hotéis em todas as regiões do país e via-se o logotipo da rede — um brasão cuja inscrição era "Aguiar Hotéis" — em outdoors, propagandas na tevê e revistas.

O brasão! Era isso! O brasão da tapeçaria na sala da entrada do apartamento de dona Maria era o mesmo do logotipo da rede de hotéis Aguiar, Melissa lembrou-se.

Seu estômago começou a dar uma cambalhota atrás da outra. E ela sentiu a cabeça leve, de novo. Num golpe de sorte, Vanda voltou à sala com o suco, e Melissa tomou um grande gole, recuperando-se um pouco.

— Bem, antes de começarmos a conversar sobre os detalhes do trabalho, eu preciso deixar algo claro entre nós, Melissa — dona

Maria retomou a fala, ignorando o rebuliço que se passava dentro da garota. — Se você aceitar o emprego, não será minha cuidadora.

— Não? — Melissa juntou as sobrancelhas.

— Você será minha secretária. Ainda não sou uma velha decrépita a ponto de precisar de uma cuidadora. — Retorceu os lábios de forma engraçada. — Para esclarecer a história toda, eu fui obrigada a selecionar "cuidadora de idosos" no site da agência de empregos devido ao regime de trabalho que eu necessitava. Mas prefiro chamá-la de minha secretária e amiga.

Melissa descobriu que já estava gostando daquela senhora efusiva. E não disfarçou o sorriso.

— Na verdade, minha profissão é técnica em enfermagem. Mas acho que a senhora deve ter visto no meu currículo...

— Sim, sim, eu vi, criança. Mas acho que aqui seus serviços de enfermeira não serão necessários. Quero dizer, espero não tomar outro tombo de novo, como aquele que quase fraturou meu quadril no mês passado... Culpa da indesejável osteoporose. — Suspirou. — E foi por isso que meu sobrinho me coagiu a contratar uma cui... uma secretária. Ele não queria mais que eu andasse para lá e para cá sozinha. Vamos dizer que sou uma velha com formigas no corpo, que não para no lugar.

— Entendo. — Melissa disfarçou a risada.

— Rafael é um rapaz muito teimoso e sempre acabo fazendo as vontades dele — a idosa acrescentou.

Melissa levou poucos segundos para criar uma imagem mental de Rafael: um playboy esnobe, que devia desfilar com carros de milhões de reais, vestir roupas de grifes impronunciáveis e sair em baladas caríssimas, tudo devidamente bancado por um pai milionário.

— Bom, mas vamos às perguntas de praxe... O que você espera desse emprego, Melissa? — dona Maria inquiriu, despertando-lhe do devaneio.

De todas as coisas que a garota esperava, com certeza, entre elas, não estava incluído trabalhar para a herdeira da rede de hotéis Aguiar.

Mas isso Melissa não poderia falar, é claro. Então, discursou sobre seu desejo de voltar ao mercado de trabalho e ajudar o próximo. Também falou sobre o desafio de trabalhar como "secretária" num ambiente muito diferente do que estava acostumada, e que isso lhe ensinaria bastante. Contou, em seguida, sobre a doença da mãe e o falecimento de Edilene, o que fez lágrimas escorrerem tanto por seu rosto quanto pelo de dona Maria, além da idosa dizer que havia perdido o marido havia seis anos e compreendia a dor da garota. E Melissa pressentiu que um laço profundo se estabeleceria entre elas. Principalmente, porque dona Maria não soltou em nenhum momento suas mãos enquanto contava que tinha um ateliê no bairro do Pacaembu, onde dava aulas de pintura para jovens e adultos. Também fazia exercícios com um personal trainer a poucos quarteirões de sua casa, três vezes por semana, e visitava um asilo com regularidade para levar o projeto "Pintando o sete com a melhor idade". E completou dizendo que Melissa a seguiria em cada uma dessas atividades e gostaria muito que a garota se envolvesse em todas elas. Seriam aprendizados sem igual. "E todo novo aprendizado é uma excelente oportunidade para descobrir novas paixões e viver mais intensamente", a idosa filosofou.

Assim que ambas revelaram o que esperavam de cada uma, dona Maria fez um carinho nos cabelos de Melissa, olhando-a ainda mais ternamente do que antes, e declarou:

– Você está contratada, minha querida. Seja bem-vinda ao seu novo lar.

Uma batida mais forte sobressaiu-se dentro do peito de Melissa. Lar... um lar que não incluía Edilene, mas onde morava uma idosa que estava muito longe de estar debilitada ou ser difícil de lidar. Ao contrário, era tão cheia de vida e coisas para ensinar que fez a garota se lembrar da época em que ficava em seu quarto sonhando com tudo que havia lá fora, além da Cidade Tiradentes, tão longe de seu alcance...

Apertou os dedos da idosa e falou, sentindo uma alegria inesperada substituir a tristeza com a qual já havia se acostumado:

– Eu vou buscar minhas coisas.

4

O primeiro contato real de Melissa com seu dom musical foi aos seis anos de idade quando a dona da loja onde Edilene trabalhou por quase vinte anos – uma senhora bondosa, que adorava crianças – lhe deu de aniversário um gravadorzinho. Melissa jamais se esqueceu de como seu coração disparou ao ver o aparelho vermelho e amarelo. Além de ser a primeira vez que ganhava um presente tão caro, pois a mãe vivia com o dinheiro contado, ela ficou entusiasmada pela possibilidade de registrar nele as músicas que compunha durantes as tardes que passava sozinha no estoque enquanto Edilene trabalhava no balcão da loja.

Conforme foi crescendo, o gravadorzinho ganhou a companhia de cadernos, nos quais escrevia letras de canções cada vez mais elaboradas e sensíveis, que levavam lágrimas de orgulho aos olhos da mãe.

O violão, contudo, veio apenas depois de um ano que Melissa economizou do trabalho como vendedora na papelaria da rua de baixo do conjunto habitacional, aos dezessete anos. Mas, antes disso, ela já exercitava o talento musical no coral da igreja católica que frequentava com a mãe. E também era conhecida como a "rouxinol da Cidade Tiradentes" devido à voz angelical com a qual cantava nas cerimônias de casamento realizadas na igreja.

A música era sua válvula de escape. O oásis onde descansava antes de retomar a vida de responsabilidades e privações que conheceu desde cedo. Sua mãe costumava dizer que Deus havia dado o dom musical para Melissa como forma de compensá-la por tudo que lhe fora tirado antes mesmo de ela nascer.

Melissa sabia que a mãe se referia ao homem que a engravidou – a quem a garota nunca conseguiu chamar de pai – e sumiu assim que soube disso. No entanto, ela jamais pressionou Edilene quanto a esse assunto. Nem mesmo quando suas amiguinhas da escola caçoavam dela, dizendo que Melissa era a única da sala que confeccionava para a mãe o presente para o Dia dos Pais, porque não tinha um pai.

Ela entendeu, ainda criança, que sua mãe sofria muito por ter sido abandonada. E teve mais certeza disso quando Edilene confessou para a filha adolescente que não conseguia se envolver com outro homem, pois tinha nojo de todos e não confiava em nenhum. Para Edilene, cada cara que se aproximava dela era como aquele que a fez acreditar que estava perdidamente apaixonado e que se casariam tão logo ele conseguisse um bom emprego, mas desapareceu sem deixar rastros quando viu um teste positivo de gravidez.

Melissa nunca quis ir atrás do pai. Preferiu ir atrás da música – compondo uma canção atrás da outra e cantando com mais emoção toda vez que seu coração desejava saber o que era ter o amor de um pai.

A paixão pela música sempre guiou seus passos e lhe deu uma identidade em meio a uma vida feita de batalhas e muitos momentos de solidão. Embora acreditasse que seu talento seria sempre um hobby, ele a manteve intacta emocionalmente enquanto ela crescia e perseguia a profissionalização na área da saúde.

Então, veio a doença da mãe, a quimioterapia, as internações e a despedida lenta e sofrida da mulher que chegou a São Paulo, aos vinte anos, sozinha, cheia de sonhos, mas confessou dias antes de morrer: “Eu não realizei metade dos sonhos que tinha. Mas eu sou muito feliz porque não abri mão do meu maior sonho: você, minha filha. Você foi o maior sonho realizado que Deus me deu. Ser sua mãe me encheu de orgulho desde o primeiro dia”.

A morte de Edilene trouxe consigo a escuridão que apagou a música dentro de Melissa. O violão e os cadernos de composições foram parar em cima do guarda-roupa. Nunca mais ela sentiu vontade de compor as canções de letras melancólicas e doces. Tampouco voltou a cantar, na voz delicada e calma, acompanhada pelo violão.

Entretanto, agora os cadernos e o violão estavam ali, sobre sua cama de solteiro, parecendo pedir que Melissa não os deixasse para trás quando fosse embora.

A garota suspirou, voltando à realidade. Fazia uma hora que estava sentada na cama com uma grande mala aos seus pés, olhando para seus tesouros musicais. Uma hora que as lembranças não paravam de passar em sua cabeça. Uma hora que tentava decidir se abandonava de vez aquela parte de sua história ou levava consigo os objetos que lhe deram uma identidade por tanto tempo.

Quando, enfim, decidiu que levá-los para o apartamento de dona Maria era inútil, pois não se imaginava cantando ou escrevendo novamente sem a presença da mãe, a campainha tocou, fazendo-a levantar rápido da cama, enxugando as lágrimas, e correr até a porta da sala.

— Ainda não acredito que você vai embora. — Uma morena de longos cabelos encaracolados vermelhos e olhos castanhos encarava Melissa do outro lado da porta, sem disfarçar a expressão desolada.

Conheceu Denise há seis anos, no dia em que ela se mudou para o apartamento ao lado com o marido e o filho recém-nascido. A garota olhou para Melissa, que estava varrendo o corredor entre os apartamentos, e falou: “Não acredito que vou ter alguém da minha idade para conversar depois de meses conversando com um bebê e um homem que finge que eu não existo”. No mesmo instante, Melissa sentiu que ganhava a primeira grande amiga de toda a sua vida.

— Mas eu não vou para sempre, Dê. Tenho uma folga por semana, lembra? — Melissa abraçou Denise. Preferiu não dizer que ela também não acreditava que ia se mudar, em poucos minutos, para um bairro tão distante dali, assim que o motorista de dona Maria viesse buscá-la.

— Aff, até você chegar aqui daquela distância já é hora de voltar. — Denise revirou os olhos, quando as duas se separaram e começaram a caminhar em direção ao quarto de Melissa. — Ok, pelo menos, não é na Bahia, como sua tia queria.

— Eu jamais aceitaria morar em Salvador com a tia Isaura. Que ela não me ouça, mas eu já estava entrando em desespero pra vir embora da última vez que eu e mainha fomos lá. Ela não soltava a vassoura por nada. Pra qualquer canto da casa que a gente ia, ela ia atrás varrendo.

Denise riu, sentando-se na cama.

— Você não vai ter esse problema com a ricaça. Pelo que você falou, o apartamento dela é tão grande que parece não ter fim. As empregadas dela devem ficar perdidas lá dentro, sem saber o que limpam primeiro...

— Pois é... mas só espero não ter problemas com o sobrinho dela. — Mordeu o lábio inferior, terminando de fechar a mala.

— O esnobe?

— Esse mesmo... Não tive uma impressão boa quando a dona Maria falou dele. Ele deve ser um rico bem metido a besta. — Suspirou, colocando os cabelos atrás das orelhas.

— No luxo que você vai viver, pode aguentar um riquinho mimado enquanto toma chá na porcelana da madame. — Denise imitou o gesto de pegar uma xícara, deixando o dedinho levantado. Melissa riu, sacudindo a cabeça. O que seria de sua vida sem aquela amiga maluquinha?

— O lado bom é que eu fico bem longe do Cleyton. Espero não me encontrar com ele nunca mais.

Denise ficou séria e puxou Melissa para se sentar a sua frente.

— Ele foi um cretino mesmo, amiga. Eu já falei pra você que me arrependo profundamente de ter te apresentado o babaca. Mas essa dor vai passar, você vai ver. Ele foi seu primeiro namorado, Melzinha. Você vai ter outras experiências boas, com certeza. E terá a chance de conhecer outros homens bem mais "homens" do que o Cleyton. Já eu... — Soltou o ar de uma vez — sou obrigada a ficar com o primeiro traste que tive pelo resto da vida, porque engravidei dele.

— Oxente, você não é obrigada a nada, dona Denise. Já inventaram o divórcio, eu vivo te falando isso. — Denise arregalou os olhos. Até mesmo Melissa ficou chocada. Era sempre tão comedida. Mas aquela dependência que a amiga tinha do marido, que a vivia traindo, era uma das únicas coisas que a tirava do sério.

— Você sabe que eu não tenho como me virar sem o Fábio... — falou, olhando para o chão. — O que ganho apertando calças e fazendo bainha mal paga o condomínio. Além disso, tenho medo de criar meu filho sem a presença do pai... Tem muitas más influências por aqui...

Melissa se segurou para não dizer que aquele pensamento era machista. Edilene a criara sozinha, e a garota não havia sido corrompida por má influência alguma. No entanto, não queria brigar com a amiga naquele dia tão delicado para as duas. E também sabia qual era o grande problema de Denise: a possibilidade de voltar para a casa de um padrasto molestador.

— Acho que ficar com o Fábio faz mais mal para o Caio do que bem... — disse apenas.

Denise não respondeu nada e desviou a atenção para os cadernos empilhados ao lado do violão, sobre o travesseiro.

— Você voltou a escrever música? — ela perguntou.

— Não. — Suspirou. — Só estava tentando decidir o que levaria para a casa de dona Maria.

— Oh, Melzinha, você tem um dom tão lindo! Não desiste dele não. Sua mãe ficaria muito triste, esteja onde estiver. Ela tinha tanto orgulho das suas músicas e da sua voz linda.

— Não consigo mais escrever... nem cantar — confessou, sentindo as lágrimas retornarem.

— Me lembro de quando você ficava cantando as músicas da Marisa Monte no corredor. — Denise sorriu, segurando a mão de Melissa.

— Minha diva. — A garota retribuiu o sorriso, enxugando as lágrimas.

— E a chata da síndica mandava você calar a boca — Denise continuou.

— Ela dizia que se era pra eu cantar e encher o saco dos vizinhos que fosse música de qualidade...

— Como Zezé di Camargo e Luciano ou Calypso — Denise completou, e as duas caíram na risada. — O pessoal da igreja pergunta de você. Quando você vai voltar a cantar no coral... e nos casamentos. — Ficou subitamente séria.

— Talvez nunca mais... — Olhou para as mãos entrelaçadas.

Denise segurou o queixo da amiga e a fez encará-la. Melissa sentiu um frio percorrer as costas com o jeito sério com que ela a olhava.

— Você promete pra mim que vai tentar ser feliz, amiga? Promete que vai se esforçar para isso? — Voltou a segurar as mãos de Melissa. — Você sempre foi uma pessoa reservada, quieta... um pouco melancólica até. Lembro que mesmo com o Caio ainda bebê eu ficava inventando "baladas" pra te levar, mas você raramente aceitava sair do seu quarto. Nem mesmo durante o tempo que namorou o babaca do Cleyton você levou uma vida como a de uma jovem normal. Então, veio a doença da sua mãe e... você se fechou de vez. Tem uma vida lá fora, Melzinha. Uma vida imensa lá fora! Eu sei que não sou o melhor exemplo de pessoa que aproveita a vida. Mas você é livre... Você pode ir aonde quiser, viver as experiências que tiver vontade. — Melissa viu as lágrimas surgirem nos olhos da amiga e fechou os olhos, derramando novamente as suas. — Viva por mim, amiga. Viva pela sua mãe. Colecione lembranças bonitas e mostre ao mundo como a Melissa de Oliveira é especial.

— Oh, amiga... eu não sei o que dizer... — Melissa puxou Denise para seus braços, escondendo o rosto molhado em seu ombro.

— Diga apenas que promete... — falou com a voz enrouquecida, enquanto as lágrimas rolavam também em seu rosto.

O silêncio durou apenas alguns segundos, o tempo que levou para os soluços de Melissa diminuírem e ela declarar:

— Prometo... — A garota abraçou a amiga com mais força. — Eu prometo que tentarei ser feliz.

Ficaram vários minutos abraçadas, ainda chorando, antes da portaria avisar pelo interfone que Jair havia chegado.

Melissa limpou as lágrimas, pegou a mala de rodinhas, onde cabiam quase todas as suas coisas. Deu uma última olhada para seu quarto de paredes rosa que comportava apenas a cama e um guarda-roupa de duas portas. Passou pelo quarto da mãe, viu a cama tão pequena quanto a sua, arrumada com a colcha branca preferida de Edilene. Entrou na sala, passou a mão pelo sofá, que já tinha sido vermelho-sangue, mas agora estava entre laranja e amarelo, e sentiu um aperto no peito por não ver mais as plantas nos cantos — elas tinham sido doadas às vizinhas. Então, alcançou a porta da entrada, onde Denise a esperava com um sorriso encorajador. A cada passo que dava, a sensação de que havia deixado algo vital para trás golpeava seu coração. Quando colocou a mão na maçaneta para fechar a porta, soube que não poderia ir embora. Não ainda. Largou a mala e correu de volta para seu quarto, sentindo a angústia desvanecendo aos poucos. Agarrou o violão e os cadernos com suas músicas.

Ela jamais seria feliz longe deles.

5

Fazia três dias que Melissa se instalara no apartamento de dona Maria. Quando chegara com suas coisas, junto com Jair, a velha (e nada desejável) vontade de voltar correndo para seu quarto atacou de forma tão forte que ela sentiu falta de ar. Mas conseguiu disfarçar as emoções sufocantes enquanto a idosa, mais elegante e efusiva do que Melissa se lembrava, a conduzia até o quarto que ocuparia.

Assim que se deparou com o cômodo duas vezes maior do que seu antigo quarto, todo decorado em azul bebê e branco, e exibindo uma cama king size no centro, a falta de ar ganhou a companhia da tontura. E ao ver a porta de um closet à direita e a de um banheiro (com direito a banheira de hidromassagem) à esquerda, foi impossível continuar escondendo de dona Maria que estava prestes a desmaiar.

A idosa agiu rápido. Tão logo viu o corpo de Melissa bambeando, fez a garota se sentar na cama e pediu que Vanda providenciasse um copo de água. Também recomendou que a garota tirasse o resto do dia para se acomodar e descansar. Antes de sair, entretanto, fez uma tentativa de relaxar Melissa, dizendo, sorridente, sem tirar os olhos do violão, que estava muito contente por ter contratado uma secretária que tocava um instrumento musical. Disse também que pensaria numa forma de unir música e pintura, com a ajuda da garota, no projeto com idosos do asilo.

Obviamente, o efeito foi inverso, Melissa ficou ainda mais nervosa e começou a se perguntar como explicaria a dona Maria que trouxera o violão por impulso, apenas porque precisava tê-lo ao seu lado, mas que continuava sem um pingo de vontade de tocá-lo?

No fim, acabou se envolvendo com a arrumação de suas roupas, sapatos e artigos de higiene, acalmando-se assim. O nervosismo só retornou quando se lembrou de que fazia horas que não se alimentava, já que não conseguira almoçar antes de sair, tamanha era a ansiedade que sentia.

Não se imaginava indo até a cozinha, que ela não fazia ideia de onde ficava, mesmo dona Maria tendo mostrado cada um dos dez cômodos do apartamento antes de apresentar o quarto onde ela ficaria.

Quando já estava decidida a engolir a timidez – também velha companheira indesejável – e procurar a tal cozinha, Vanda surgiu na porta do quarto informando que dona Maria desejava a companhia de Melissa para o chá das cinco.

Melissa exultou. Não porque fizesse uns dez anos que não tomava chá. Ou porque dona Maria estava solicitando sua companhia. A felicidade mesmo era porque ela mataria a fome que a estava matando – nem que fosse com uma bebida de duas calorias e três torradinhas.

Espantou-se, contudo, quando se deparou com a mesa farta na saleta de chá: uma profusão de bolachinhas, fatias de bolo, pães e geleias. Nem no Natal Melissa via tanta comida. Ela e Edilene se acostumaram a comer pouco, sem jamais desperdiçar nada. Não era à toa que ambas sempre foram magrinhas.

Dona Maria a recebeu com um sorriso amoroso e a estimulou a comer até não aguentar mais. Assim como aconteceu no jantar, poucas horas depois, que Melissa – para sua surpresa – também fez na companhia da idosa. Ela podia jurar que iria comer na ala dos empregados, como nas novelas.

Até mesmo Vanda foi convidada a comer com elas, mas não aceitou. Alegou que tinha algumas coisas para fazer na cozinha e comeria mais tarde. Depois que ela saiu da sala de jantar, dona Maria contou que Vanda sempre dava essa desculpa e que nunca sentava para comer. "Ela tem formigas no corpo como eu", comentou, rindo.

A primeira noite foi terrível. Melissa se virou a madrugada toda na cama grande demais para o seu gosto. Mas, após três noites, foi se acostumando e sentindo-se feliz pelo silêncio abençoado do apartamento de dona Maria. Tão diferente de onde morava! Parecia que seu prédio trepidava, dia e noite, com brigas, músicas de gosto duvidoso e choro de crianças.

Também começou a se acostumar (e como!) às mesas fartas em todas as refeições. Apenas estranhou o fato de dona Maria ser tão sozinha, vivendo somente na companhia de Vanda e de Jair, que voltava para sua própria casa todas as noites. Questionava-se acerca da família da idosa. Nem mesmo o sobrinho esnobe aparecera por ali naqueles três dias. Apenas havia telefonado. Melissa sabia disso, pois escutou dona Maria falando o nome dele no celular, no dia seguinte à sua chegada, quando estavam na academia. Porém, a garota saiu de perto dela rápido. Além de não achar educado ouvir a conversa dos outros, não tinha nenhum interesse em saber qualquer coisa sobre o tal Rafael.

Melissa sabia, entretanto, que existiam muitas coisas ainda às quais ela precisava se acostumar. E tantas outras que precisava deixar para trás. O coração pesava em seu peito toda vez que se lembrava da distância em que estava das coisas da mãe, que permaneciam trancadas no guarda-roupa de Edilene.

Nem mesmo o jeito carinhoso e atencioso de dona Maria era capaz de lhe tirar dos momentos melancólicos nos quais se enfiava vez ou outra. Sentia-se aliviada, porque, pelo menos, a idosa respeitava seu silêncio e não cobrava uma conversa longa ou fazia perguntas.

Especialmente naquele dia, Melissa estava com um nó eterno na garganta e um desejo atroz de se esconder do mundo. Mas sentia-se culpada por isso, pois deveria estar tão animada quanto dona Maria, que acabara de descer do sedan, com a ajuda de Jair, e não se continha de entusiasmo para lhe apresentar seu ateliê.

Passou a língua pelos lábios, colocou os cabelos atrás das orelhas e ajeitou a blusinha branca de botões sobre a calça da mesma cor. Por mais que dona Maria insistisse que a garota não precisava se vestir como uma enfermeira, Melissa não conseguia se livrar daquele hábito. Então, aceitou a mão de Jair para sair do carro. E agradeceu com um sorriso o sempre prestativo senhor de cabelos grisalhos e expressão simpática.

Os outros dias tinham sido ocupados com idas à academia, consultas de rotina em médicos e compras de materiais de pintura. Era a primeira vez que Melissa pisava no famoso ateliê, sobre o qual dona Maria discorria com tanto carinho e animação. Ela abrira o local havia mais de vinte anos e ali ministrava cursos de técnicas de pintura a óleo, juntamente com uma amiga chamada Zenaide, que dava aulas à noite. E, apesar do sentimento de opressão, Melissa entendeu todo o amor da parte de sua patroa assim que deu uma boa olhada no lugar.

O ateliê era uma graça. A construção imitava um chalé branco, com janelas de vidros fumês e telhado marrom. E havia uma imensa quantidade de azaleias rosas e lilases enfeitando toda a fachada.

— Vamos entrar, minha querida? — Dona Maria tocou o ombro de Melissa.

Jair abriu a porta de madeira escura, dando passagem para as duas. Um comprido corredor se estendeu à frente delas. Assim que as luzes se acenderam, Melissa notou as dezenas de pinturas enfileiradas lado a lado em todo o corredor. Cada uma parecia ter uma assinatura diferente. "Será que foram feitas pelos alunos da dona Maria?", se perguntou.

— São trabalhos de nossos alunos. A cada três meses, eu e Zenaide fazemos um rodízio para expor as telas que eles produzem — a idosa falou, respondendo às dúvidas da garota e fazendo um carinho em seu ombro. — Meus pupilos ainda vão demorar um tempinho para chegar. Venha conhecer o resto do ateliê. Temos duas salas amplas no fundo e... — hesitou, percebendo que Melissa olhava de um lado para o outro os quadros. Sorriu. — Ou você prefere ficar mais um pouquinho olhando as telas?

— Será que posso ficar mais um pouco por aqui? Elas são tão lindas!

— É claro que pode, criança. Fique à vontade. Depois é só caminhar até o final do corredor que você encontrará as salas. E pode deixar a porta encostada. Jair toma conta de nós. — Deu uma piscadela.

– Sim, senhora – Melissa respondeu, voltando a focar a atenção nos quadros. Pensou tarde demais que talvez dona Maria a achasse uma mal-educada por não ter se interessado em acompanhá-la para conhecer o resto do ateliê. Mas, talvez por ter uma sensibilidade aguçada devido à paixão pela música, todo tipo de arte a fascinava. E as pinturas a sua frente e atrás de si eram realmente lindas. Cada tela refletia uma personalidade diferente. A maioria era retratos. Parecia que dona Maria apreciava a pintura de rostos. O apartamento dela era abarrotado de retratos.

Um quadro, em especial, chamou-lhe a atenção. Era um jardim repleto de tulipas vermelhas sob um sol se pondo no horizonte. Melissa colocou a mão na boca quando um soluço, vindo do nada, escapou por seus lábios. Tulipa era a flor preferida de Edilene. Principalmente, as vermelhas. E uma das maiores frustrações dela era não ter conseguido cultivar aquela flor dentro do apartamento. Mesmo colocando gelo no vaso, pois eram flores de clima frio, elas sempre acabavam morrendo.

Aproximou-se ainda mais do quadro. Reteve a mão a tempo de tocá-lo. A pintura era de tirar o fôlego. Edilene iria ficar apaixonada por ela. Fechou os olhos e se lembrou do que sua mãe dissera certa vez: "As tulipas vermelhas simbolizam o amor verdadeiro e eterno. Só uma flor tão linda poderia simbolizar algo tão raro de se encontrar... Oxente, menina, acho que em algum canto da sua mainha ainda sobrou um bocadinho de romantismo, né, não?".

A risada de Edilene ecoava pelos ouvidos de Melissa como se a mãe tivesse acabado de falar. E, subitamente, a imagem à sua frente começou a ficar embaçada. Não pôde mais conter as lágrimas, que começaram a rolar por seu rosto. Os soluços vieram em seguida e Melissa levou a mão à boca, na tentativa de controlá-los. Mas quanto mais se concentrava em parar de chorar, mais seu corpo era sacudido pelo choro. Torcia apenas para que dona Maria continuasse onde estava, entretida com os preparativos para a aula.

– É a primeira vez que vejo uma pessoa tendo uma reação tão emocional diante de uma obra de arte.

Melissa deu um salto ao ouvir uma voz profundamente masculina atrás de si. Sua crise de choro cessou no mesmo instante. *Meu Deus, permita que, seja lá quem estiver atrás de mim, seja um completo desconhecido e alguém que eu nunca mais vou ver*, pensou num átimo de segundo.

Assim que se virou, seu coração entrou num galope ensandecido. Um homem, muito mais alto do que ela, vestido de preto dos pés à cabeça, exibindo tatuagens ao longo dos braços musculosos e dono dos olhos e cabelos mais escuros que já vira, a encarava intensamente.

Ela deu um passo para trás, ciente da visão nada atraente que deveria estar proporcionando — óculos tortos, olhos inchados e nariz vermelho.

— Você não estava chorando apenas por causa do talento do artista em transpor pra tela um jardim de tulipas ao entardecer, não é mesmo? — o estranho voltou a falar, agora com um semblante preocupado. — Sabe... tem hora que a vida é uma grande merda, mas sempre temos a opção de chutar essa merda toda para longe.

Melissa apenas franziu a testa, concentrada nos lábios carnudos do rapaz.

— Piorei tudo com essa filosofia de porta de bar, né? — Fez uma careta, chamando a atenção de Melissa para a barba muito bem desenhada, e coçou a nuca. — Não sou bom em ajudar os outros a resolverem seus problemas. Acho que é porque ainda não consegui chutar a minha própria merda pra longe.

A garota riu.

— Você foi bem-sucedido. Olha, me fez rir. — Ajeitou os óculos, ainda rindo.

— Uma linda risada, por sinal. — Melissa sentiu o rosto esquentar. Desviou os olhos para o chão. — Meu nome é Rafael, muito prazer...

Melissa sobressaltou-se, olhando para a mão estendida. Não era possível que ele fosse...

— Rafael, meu sobrinho, quem é vivo sempre aparece! — Dona Maria surgiu no fundo do corredor.

Ah, caramba, o tatuador musculoso, com senso de humor afiado e rosto de modelo era o sobrinho "esnobe" de dona Maria?!

— Vejo que você já conheceu a Melissa, minha *secretária*. — A idosa fez questão de frisar a última palavra, que teria feito a garota rir se não estivesse com o estômago dando uma cambalhota atrás da outra.

Um sorriso maravilhoso iluminou o semblante sério de Rafael.

— Então, você é a famosa Melissa? — O olhar intenso pousou, mais uma vez, sobre a garota, acelerando ainda mais seu coração, se é que aquilo era possível.

— Parece que sim... — Melissa respondeu, tímida, limpando freneticamente o rosto molhado.

— Você andou chorando, minha querida? — Dona Maria a examinou detidamente, para a vergonha dupla da moça.

— Essa pintura me fez lembrar do amor da minha mãe pelas tulipas. — Apontou o quadro, com o rosto a cada instante mais quente.

— A mãe dela faleceu há pouco tempo — a idosa explicou, dirigindo-se ao sobrinho.

— A senhora me contou... — Rafael fitou Melissa, pesaroso. — Essa dor vai passar, Melissa. Eu juro que vai... — Ele tocou seu ombro, enviando uma descarga elétrica através do corpo da garota. Os olhos de Rafael encontraram os seus, e Melissa enxergou sofrimento genuíno neles. Ele estava falando de si mesmo, não dela. Ela soube disso imediatamente. Só não sabia explicar o que aquilo significava.

— Como está Danilo? E o estúdio? Falamos tão rápido da última vez que eu acabei não perguntando — Dona Maria mudou de assunto, e Melissa andou para trás, embora sua vontade fosse ficar ainda mais próxima de Rafael, sentindo seu perfume amadeirado delicioso.

— Danilo está bem. Está no meio de uma sessão de tatuagem que vai durar mais de quatro horas. Eu aproveitei que não tinha cliente agendado à tarde pra dar um pulo aqui — Rafael falava, mas não tirava os olhos de Melissa, que estava desaprendendo a respirar.

— Rafael é tatuador, tem um estúdio na Avenida São João — dona Maria contou.

— Dentro da Galeria do Rock — ele acrescentou. — Ainda não tão famoso como os estúdios de tatuagem que passam nos programas da tevê por assinatura, mas a gente chega lá... — Deu um sorriso enviesado, que acelerou, mais uma vez, a pulsação de Melissa.

Por que até aquele momento dona Maria não dissera nada sobre isso e a deixou pensar que ele era um playboyzinho que vivia às custas do pai? *Talvez seja porque você não deu uma única oportunidade para a idosa falar do sobrinho*, Melissa respondeu a si mesma.

— Passei aqui pra saber se a senhora não quer dar uma volta de moto. — Piscou um dos olhos, cruzando os braços.

Melissa reprimiu um suspiro. Nunca havia reparado como o simples ato de cruzar os braços poderia ser tão sexy num homem...

— Oh, seu Rafael, você fala essas coisas para me provocar, porque sabe muito bem que eu adoraria poder aceitar. Você é um sádico, meu caro. — Dona Maria retorceu os lábios, arrumando os cabelos.

— Estava preocupado com a senhora, na verdade. — Aproximou-se da tia, abraçando-a. — A senhora me pareceu um pouco desanimada quando nos falamos pelo telefone.

— Eu estava sendo torturada por um personal trainer tão sádico quanto você, apenas isso. — Ficou na ponta dos pés, depositou um beijo no rosto do sobrinho e se afastou. — Seu pai vai inaugurar um hotel na Cidade Jardim, no sábado. Você vai ao coquetel?

— A senhora sabe que não — disse, retomando a expressão séria.

— Isso não seria dar mais munição para ele lutar contra você? — Dona Maria arqueou uma das sobrancelhas.

— Foda-se! — Ele passou as mãos pelo cabelo liso, num repicado curto, que caía sobre sua testa.

— Rafael! Respeite eu e a Melissa!

— Desculpem. — Suspirou. — Mas esse papo me deixa nervoso, tia...

— Um dia você vai ter que enfrentar esse *papo* — a idosa frisou, com as mãos na cintura.

— Eu vou é embora. — Correu as mãos pelos cabelos, novamente, fazendo, desta vez, Melissa notar a tatuagem de caveira no bíceps. — Preciso pegar a Carol na faculdade.

— Sua *ficante* gótica? — Dona Maria franziu os lábios, e Melissa teve vontade de rir.

Rafael revirou os olhos.

— A senhora está afiada hoje, não? — Fez uma careta engraçada e virou-se para Melissa, dando certeza à garota de que jamais havia visto olhos tão escuros... e tão lindos. — Foi um prazer conhecê-la, Melissa. Não deixe essa velha enxerida te assustar.

— Ela não me assusta. — Melissa riu, sem tirar os olhos de Rafael, nem mesmo quando ouviu dona Maria resmungar alguma coisa a sua frente. Então, se viu torcendo para que sua patroa inventasse um assunto qualquer que prendesse o sobrinho por mais tempo ali.

Ele tem namorada... ou melhor, ficante, Melissa! Comporte-se!, repreendeu-se interiormente. *Jesus, o que está acontecendo comigo?*

Assim, manteve o olhar baixo enquanto Rafael se despedia de dona Maria e se encaminhava para a porta do ateliê.

— Ele vira a cabeça de qualquer mulher, não precisa fingir desinteresse, criança. Mas tem um coração livre... para não dizer que é avesso a compromisso sério. — Ouviu a idosa dizer, subitamente.

Melissa corou até a raiz dos cabelos. Teria deixado tão óbvio que ficara bem impressionada com o rapaz que saíra da categoria de esnobe e pulara direto para a de atraente até demais? E por que, de repente, toda a angústia dentro dela evaporara como mágica e sentia-se mais viva do que nunca?

O quarto, com certeza, se tornara o último lugar para onde gostaria de correr naquele momento...

6

— Porra! — O desabafo de Rafael veio acompanhado de um soco na bancada, que espalhou papéis para todos os lados e derrubou vidros de tinta, espatifando-os no chão.

Ele cerrou os dentes e os punhos enquanto olhava a bagunça que havia provocado no estúdio de tatuagem que abriu há dois anos com o amigo Danilo. Amigo esse que o encarava, à porta da sala, balançando a cabeça de um lado para o outro.

— Será que foi mesmo teu velho que denunciou o estúdio pra vigilância sanitária?

— Você tem alguma dúvida disso? Já se esqueceu daquela vez que a Polícia Federal baixou aqui porque recebeu a denúncia mentirosa de que a gente estava cheirando pó e traficando? — Rafael bufou, tirando e colocando a touca preta. As veias de seus braços chegavam a doer de tão saltadas que estavam.

Puta que pariu! Quando Plínio Aguiar pararia de dificultar sua vida? O cara nem ao menos pisara naquele lugar alguma vez, como poderia saber se o estúdio estava infringindo alguma norma de segurança?

Rafael passou as mãos pelo rosto. O negócio era ainda mais injusto porque ele e Danilo seguiam rigorosamente todas as normas de segurança: as agulhas eram descartáveis, eles usavam máscaras durante as sessões de tatuagens, mantinham as dependências impecáveis, sempre muito limpas e organizadas, e submetiam todos os clientes a detalhados questionários antes de realizar qualquer tipo de tatuagem.

– Teu pai está mesmo determinado a detonar tua vida... Bah, essa denúncia foi pura sacanagem! – Danilo falou, e Rafael tirou as mãos do rosto, encarando o amigo, que recolhia os papéis do chão.

Sentiu-se ainda pior pelo ataque de fúria e se pôs a ajudar o amigo. Aqueles ataques estavam se tornando mais intensos e frequentes. E todos eles eram causados por sua maldita família. Daquela gente só se salvava tia Maria, que fora a única razão pela qual ele voltara ao Brasil, fazia quatro anos, após uma longa estadia na Inglaterra. Ela era uma mãe para ele, uma vez que sua mãe biológica estava mais preocupada em organizar festas suntuosas e sair em revistas de celebridades.

– Ele acha que o dinheiro e a influência podem comprar tudo. Pensa que é o dono do mundo só porque herdou alguns hotéis do pai – Rafael disse, pegando a vassoura e varrendo os cacos de vidro. – Meu, agora virou uma questão de honra vencer a guerra contra o meu pai!

Danilo correu as mãos pelos cabelos loiros num corte moicano.

– Eu não sei se tenho cacife pra peitar teu pai, Rafa. Sou um simples tatuador gaúcho que veio se profissionalizar em São Paulo.

– Não queria te meter nisso, cara. Me desculpe. Quando te chamei pra montar o estúdio, achei que meu pai já tinha compreendido que eu seguiria meus próprios passos, não os dele.

Como se aquela compreensão vinda de Plínio Aguiar fosse possível, pensou Rafael, suspirando. Ele tentou controlar os passos do filho desde que Rafael aprendeu a ler as primeiras palavras. O meteu em escolas bilíngues e numa infinidade de cursos. Tudo isso movido pelo desejo egoísta de preparar o único herdeiro homem para assumir o império Aguiar quando crescesse.

– Não esquenta, cara – Danilo começou a falar, despertando Rafael do transe no qual estava metido. – A gente vai superar essa crise. O pior que pode acontecer é perdermos um dia de trabalho se os caras da vigilância sanitária voltarem. Temos tudo em ordem, tu sabes. Mas eu espero que tu não saia quebrando as coisas toda vez que teu velho aprontar uma dessas. – Semicerrou os olhos verdes. – Eu não vou ficar limpando tuas merdas.

Rafael deu uma gargalhada. O que seria dele sem a paciência de santo do Danilo? Com certeza, já teria explodido o estúdio, seu pai e se explodido. Se não fosse Danilo e as aulas de jiu-jitsu – nas quais descarregava a adrenalina acumulada –, já teria detonado tudo mesmo.

– Juro que da próxima vez eu conto até mil antes de sair socando tudo que vejo pela frente. Acho que contar até cem já não é mais suficiente – Rafael falou, ainda rindo, e ligou o aparelho de som. Riffs de guitarra invadiram a pequena sala. – Só mesmo *Symphony Of Destruction* para me acalmar nesses momentos.

Dessa vez, foi Danilo quem gargalhou.

– Eu acho é que tu deveria seguir o conselho da Lea e começar a escutar Enya. Segundo ela, músicas New Age fazem maravilhas para a paz interior.

– Sua namorada está cada dia mais chata com esse negócio de "paz e amor", isso sim. E você está cada dia mais de quatro por ela, meu velho. – Rafael revirou os olhos, rindo. Ele implicava com Lea, mas gostava dela. Ela era uma garota espirituosa e tinha um puta talento. Era a melhor tatuadora especializada no estilo Old School da cidade... quem sabe, do país. E Danilo parecia muito feliz desde que a conhecera, há um ano, numa convenção de tatuagem.

– Um dia tu vai ficar de quatro também por uma guria. E eu vou assistir de camarote. – Danilo bateu no ombro de Rafael e saiu rindo da sala.

– É ruim disso acontecer, hein? – Rafael iniciou outra gargalhada, mas ela morreu no mesmo instante em que a imagem de uma delicada garota de olhos azuis e longos cabelos castanhos surgiu de supetão em sua mente.

Retirou a touca e a jogou sobre a bancada. A cuidadora... quer dizer, secretária de tia Maria vinha surgindo com frequência em seus pensamentos.

Com frequência?

Bagunçou os cabelos. Quem ele queria enganar? Melissa simplesmente não saía de sua cabeça desde a manhã anterior quando a conheceu. E pensar que mal havia prestado atenção nas palavras da tia ao telefone, contando, entusiasmada, sobre a garota que parecia uma bonequinha de porcelana, mas que sofrera um duro golpe com a morte da mãe.

Gostaria muito de defender a si mesmo, dizendo que pensara tanto na garota porque ficara sensibilizado ao flagrá-la chorando diante do quadro. Sensibilizado ele ficara, lógico. E, inclusive, teve uma vontade quase incontrolável de aninhá-la em seus braços. Mas aquilo não justificava o fato de continuar escutando em sua cabeça a voz doce de Melissa. E muito menos desejar sentir o gosto daquela boca tentadora de lábios cheios e rosados.

Jogou a cabeça para trás e soltou o ar ruidosamente. Como se não bastassem os problemas que seu pai lhe causava, ele mesmo, Rafael Papadopoulos Aguiar, se encarregava de arrumar mais alguns. Porque também não podia se esquecer da discussão que tivera com Carol na tarde anterior.

Na realidade, ela discutira com ele, colocando-o contra a parede quanto ao relacionamento deles. Rafael deveria imaginar que a coisa não ia terminar bem quando Carol, ao conhecer tia Maria, no mês passado, falou numa voz irônica: "Olá, sou a *ficante* do seu sobrinho". A tia entortou a boca e fechou a cara, como se estivesse se segurando para não perguntar: "Quando você vai me apresentar uma *namorada*?". Mas, felizmente, não fez nenhum comentário desse tipo. Apenas falou que havia gostado do estilo gótico da moça.

Cruzou os braços, apoiando-se contra a bancada. Como ele poderia explicar para Carol, quem ele conheceu fazia três meses, quando a moça o procurou em busca de uma entrevista para seu blog, que achava que os dois estavam curtindo um relacionamento legal, descompromissado, e que ele não tinha intenção de ir além disso, sem parecer um grande filho da puta? Pois foi um grande filho da puta que se sentiu quando, após expor tudo, Carol bateu os coturnos no chão, assustando-o, e disse: "Ok, sem problema. Então, quando eu estiver a fim de uma foda, eu te ligo". E ele, na tentativa de aliviar um pouco a consciência, passou metade da noite relembrando as vezes em que ela falou que havia acabado de sair de um relacionamento sério, portanto queria apenas curtir e manter sua liberdade.

Nunca teve a intenção de magoá-la. Nem a nenhuma mulher. Desde a adolescência, deixara claro que não era o tipo de homem que namorava. De relacionamentos hipócritas, já bastava o dos seus pais. Mas seus relacionamentos sempre acabavam assim: com ele se sentindo o maior desgraçado que já habitou o planeta Terra.

Talvez fosse o caso de nunca mais se envolver com as mulheres e se tornar um celibatário de vez. Assim não corria o risco de magoar alguém.

Fechou os olhos e suspirou. Então, um par de olhos azuis encantadores e uma boca sexy pra caralho saltaram dentro de sua cabeça.

Abriu os olhos imediatamente. Sim, ele estava encrencado. Encrencado era pouco!

— Tua mãe no telefone, Rafa. — Danilo pôs a cabeça na fresta da porta e apontou para a extensão, que Rafael nem escutara tocar.

E lá vinha mais uma encrenca para sua coleção...

— A senhora está ligando pra tentar passar um pano nas merdas que seu marido fez? — falou assim que colocou o aparelho no ouvido.

— Oh, querido, isso é jeito de cumprimentar a sua mãe?

Se ele não conhecesse muito bem as habilidades de interpretação de dona Susana Papadopoulos Aguiar, até acreditaria naquela voz chorosa.

— Não adianta se fazer de coitada, mãe. Eu sei que a senhora está por dentro da denúncia que meu pai fez pra vigilância sanitária.

— Eu não sei nada sobre isso, Rafael. Estou te ligando para avisar que o coquetel de sábado foi remarcado para a próxima semana. Seu pai não está bem. A pressão dele subiu tanto que os médicos recomendaram que ele descansasse por alguns dias.

— Deve ser consciência pesada por não parar de tentar destruir a minha vida. — Rafael sentou-se, de cabeça baixa, na banqueta atrás de si. Estava, sem sombra de dúvida, chegando ao limite com sua família.

— Não fale uma coisa dessas, querido. Tudo o que seu pai faz é porque quer seu bem.

— Tenho medo de saber o que ele faria se quisesse meu mal...

Ouviu sua mãe suspirar várias vezes seguidas. E pensar que quando ele era criança acreditou em cada suspiro triste, em cada crise de enxaqueca que ela inventava toda vez que ele se aproximava. Então, minutos depois, assim que chamava a babá para cuidar do "menino agitado", ela voltava a rir ao telefone com as amigas.

— Enfim, Rafael, eu te liguei para te pedir que, por favor, vá ao coquetel no sábado que vem. Foi um inconveniente incrível avisar todos os convidados e a mídia sobre a mudança. — Mais suspiros. — *Seu pai precisa do seu apoio. Faz meses que ele não te vê.*

— Se eu for a esse coquetel, mãe, será para quebrar o pau com Plínio Aguiar.

— Oh, pelo amor de Deus, nem pense numa coisa dessas. Você vai matar o seu pai! Para você ter uma ideia do estado delicado no qual ele se encontra, Tamires está à frente de todos os negócios.

Rafael deu uma risada sem um pingo de humor.

— Tamires deve estar se sentindo realizada. Estar à frente dos negócios sempre foi o sonho da minha irmã. Não é à toa que ela tentou me matar durante toda a minha infância. Ela morria de medo que eu me interessasse pela administração dos hotéis.

— Santo Deus, Rafael, o que você tem hoje?

O rapaz deu um pulo da banqueta e começou a andar de um lado para o outro.

— O que eu tenho hoje? — Tentou modular a voz para não gritar. — Uma denúncia injusta à vigilância sanitária que me obrigou a desmarcar todos os clientes e perder um dia de trabalho e um pai ditador que tem prazer de torturar o próprio filho... é isso que eu tenho hoje! – E a voz modulada foi ralo abaixo quando os gritos ecoaram dentro de seu cérebro e por toda a sala.

Escutou um soluço da mãe. Cerrou o punho esquerdo. Não gostaria, não gostaria mesmo, mas ele ainda se afetava com os teatros da mãe.

– Não chore, mãe – pediu, com um súbito aperto na garganta.

– Será que você só consegue nos agredir, a mim e a seu pai? Você não consegue nunca se lembrar das coisas boas que já te proporcionamos?

Rafael voltou a se sentar na banqueta. Como poderia explicar para a mãe, sem gerar outra discussão, que ainda se lembrava de todas as vezes em que o pai o trancou, na infância, sem comida, no quarto, gritando que o filho ficaria ali até desistir daquelas "baboseiras de desenhos". Ou, então, de todas as ocasiões em que foi arrastado pelos seguranças do pai, sob os olhares chocados de seus amigos grafiteiros, na adolescência? E todos aqueles acontecimentos foram presenciados por uma mãe que fingia não ver nada para manter a aparência de família perfeita para a mídia e os amigos.

– Seu pai sempre fez tudo por você, Rafael. Ele não mediu esforços para ter você perto dele – ela prosseguiu.

De repente, uma recordação emergiu do fundo das memórias do rapaz. Um corpo ensanguentado... os sinais vitais se esvaindo... O amigo Rogério morrendo na sua frente...

– Eu vou desligar, mãe. – Engoliu o nó que voltou a apertar sua garganta. – Preciso organizar a bagunça que seu marido me arrumou.

– Você não vai mesmo ao coquetel?

– Não. Tchau, mãe.

– Só mais uma coisa! Espero que você não interprete futuras ações do seu pai com esse antagonismo todo. – Suspirou. *– Até logo, querido.*

Por que ele tinha certeza de que outra bomba, vinda de Plínio Aguiar, estava prestes a estourar?

Porra ao quadrado!

7

Se alguém visse uma foto daquele salão após todos os ocupantes terem saído, juraria que uma turma de crianças tinha passado por ali e feito uma bela bagunça. Ninguém suspeitaria que um grupo de idosos – entre 66 e 80 anos – havia estado lá quase a tarde toda, munidos de telas, palhetas, tintas e pincéis, pintando o "sete". Um grupo barulhento que não parecia disposto a encerrar a "hora do lazer" tão cedo.

Melissa olhou ao redor. Viu cavaletes espalhados ao longo do amplo salão, enquanto homens e mulheres disputavam a atenção de dona Maria, que, na elegância costumeira, pedia que falasse um de cada vez. A garota colocou a mão na boca, disfarçando a risada. Ela perdera as contas das vezes que riu desde que a sessão "Pintando o sete com a melhor idade", como dona Maria gostava de chamar, começou no asilo, na zona sul de São Paulo.

Quando dona Maria anunciou que no dia seguinte iriam até o asilo aonde levava o projeto de artes uma vez por semana, Melissa se preparou para encontrar velhinhos tristes e abatidos. Estava acostumada a ver idosos nessas condições no hospital onde trabalhou. Não imaginava que se depararia com senhorinhas e senhorzinhos tão animados e dispostos a uma boa farra. É claro que, segundo a assistente social do lugar, existiam alguns poucos que, infelizmente, não participavam de atividades recreativas devido a impossibilidades físicas ou por estarem acamados. No entanto, a grande maioria estava no salão de lazer botando seu lado artístico para fora.

Ela olhou para as próprias mãos e, mais uma vez, riu. Como conseguira sujar tanto os dedos daquela forma? Nem mesmo na infância se viu tão coberta de tinta assim. Parecia que ela também havia se deixado contaminar por seu lado artístico. Ou fora culpa da persuasão de dona Maria, que não desistiu até convencê-la a participar das atividades com os idosos em vez de ficar sentada num canto?

Pois foi exatamente isso que Melissa fizera no dia anterior, no ateliê. Assim que os alunos chegaram para a aula de pintura, ela se sentou no fundo da sala e só saiu de lá quando eles foram embora.

Claro que não foi apenas a timidez que a fez se esforçar para passar despercebida. Ou o aperto constante no peito que tirava a vontade de fazer qualquer coisa que fosse. Na verdade, o que a paralisou mesmo foram os pensamentos sobre uma pessoa: Rafael.

Se ganhasse um salário cada vez que rememorou o rosto do rapaz ou sua voz rouca, mas tão masculina, teria ficado rica em duas horas. E teria ficado milionária se também ganhasse dinheiro pelas vezes que disse a si mesma que o sobrinho de dona Maria era sinônimo de dor de cabeça e coração partido – duas coisas que já tivera o suficiente com Cleyton.

Dona Maria, perspicaz, mostrou indiretamente que sabia muito bem para onde iam os pensamentos de Melissa enquanto dava aula, pois, tão logo os alunos foram embora e a garota se pôs a ajudá-la a recolher os materiais, a idosa começou a falar sobre o sobrinho.

Contou que Rafael tinha 29 anos e dividia um apartamento pequeno, na Avenida Rio Branco, no centro, com o amigo e sócio Danilo. E revelou que chamou Rafael para morar com ela diversas vezes, mas ele não aceitava, porque preferia residir perto do estúdio e dividir as despesas com Danilo, que não tinha família em São Paulo.

Também contou que o sobrinho passou por um período negro no final da adolescência, chegando a abusar de bebida alcóolica, devido ao assassinato de seu melhor amigo. Mas ela o convencera a ir estudar na Inglaterra, onde ele permaneceu por seis anos, fazendo cursos de artes e estágios em estúdios de tatuagens britânicos. E quando voltou ao Brasil trabalhou por um tempo num estúdio no Itaim Bibi antes de abrir o dele, o Estúdio Papadopoulos. Aproveitou para explicar que "Papadopoulos" era o sobrenome da mãe de Rafael, que era grega e veio para o Brasil ainda bebê.

Sobre a família do rapaz, dona Maria fez um relato breve e Melissa percebeu que era um assunto delicado, pois a senhora se mostrou bastante triste ao dizer que o rapaz tinha uma irmã cinco anos mais velha, chamada Tamires, que vivia para o trabalho, uma mãe que era obcecada pela vida de socialite e um pai que nunca viu com bons olhos o dom artístico do filho, o que acabava gerando relações tumultuadas entre eles. Mas acrescentou que tinha esperança de que algum dia eles se entendessem.

Melissa achou muito estranho o fato de Rafael viver de maneira simples e desapegada dos bens materiais se era um herdeiro milionário. Porém, não fez nenhum comentário. Ficou com medo de abrir a boca para comentar alguma coisa e acabar entregando que estava a cada minuto mais interessada no tatuador alto e forte que refletia um sofrimento indisfarçável no olhar.

— Posso ver a sua pintura, meu bem?

Melissa despertou dos pensamentos ao ouvir uma voz alquebrada ao seu lado. Girou a cabeça e deparou-se com uma idosa de óculos grandes e cabelos cacheados curtos, tão brancos quanto os de dona Maria. Sorrindo, deu um passo para trás e mostrou sua tela, que estava fixada num cavalete, na qual uma profusão de azul, verde, rosa e amarelo entrelaçavam-se, compondo uma pintura abstrata.

— Oh, você pintou o sete mesmo aqui, meu bem. Sua pintura é uma explosão de cores e sentimentos. — Riu, fazendo os olhos castanhos brilharem por trás dos óculos. — Posso te confessar uma coisa? — Melissa fez que sim com a cabeça, sem nunca interromper o sorriso. — Eu sempre quis ser artista plástica. O que você acha? Será que eu levaria jeito? — Levantou a tela, que só agora Melissa percebeu que a idosa trazia quase encostada ao peito, e a garota viu uma réplica perfeita do jardim do asilo.

Ela abriu a boca em admiração.

— Nossa, que lindo, dona Graça! — Lembrou-se do nome da idosa, porque ela foi a primeira pessoa com a qual conversou ao chegar ao salão de lazer. — A senhora leva jeito, sim. Muito! Eu acho que deveria investir no seu talento. — Deu uma piscadela.

— Oh, filha, isso deveria ter sido feito antes... há muito tempo. Agora só posso investir no meu jazigo, que me espera lá na Vila Nova Cachoeirinha. — Olhou para a pintura que apertava entre os dedos. — O tempo passou tão rápido e eu nem percebi... Vou fazer oitenta anos no mês que vem... Acho que meu tempo de artista plástica, sem nunca ter sido uma, já passou...

Melissa sentiu um aperto na garganta. Lembrou-se dos próprios sonhos. Será que algum dia se atreveu a correr verdadeiramente atrás de algum? Será que alguma vez encarou a sério seu talento musical? O tempo também não estaria escoando para ela... assim como escoou para Edilene, que jamais realizou o sonho de ser paisagista?

— Acho que enquanto estivermos vivos, temos o direito de sonhar, dona Graça. — As palavras saltaram inesperadamente por sua boca. — Só a morte pode levar nossos sonhos embora.

— Belas palavras, criança. — Melissa sobressaltou-se ao ouvir a voz de dona Maria logo atrás. — Se Deus quiser, Graça terá muitos anos para exercer o *métier* de artista plástica. Mas se o tempo não for muito longo, não nos lamentemos por isso. — "Como o sorriso daquela mulher podia transmitir tanta paz?", Melissa se perguntou. — O que vale mesmo é a intensidade com que vivemos cada sonho que temos. E existem muitas formas de realizá-los. Basta deixar o medo de lado e se aventurar nas possibilidades que a vida nos oferece diariamente. E, da minha parte, como professora de artes, eu posso garantir que você está indo muito bem em sua carreira de artista plástica — falou, voltando-se para dona Graça, que tinha um sorriso de orelha a orelha. — Você está aprimorando suas técnicas semana após semana, minha cara. Suas pinturas estão magistrais. Estou pensando, inclusive, em expô-las no mês que vem, no ateliê.

Melissa sentiu uma vontade gigantesca de abraçar dona Maria. Não apenas por ela ser tão fofa com aqueles idosos – entretendo-os, pagando por todo o material de arte e dispondo de seu tempo –, mas também porque, pela primeira vez, em meses, ela sentiu um desejo incontrolável de voltar a sonhar. E uma sensação deliciosa de contentamento espalhou-se completamente por ela.

– Oh, Maria, estou sem palavras... receber esses elogios vindos de uma professora tão experiente como você é uma emoção muito grande... e ainda querer expor minhas pinturas no seu ateliê! – Dona Graça limpou as lágrimas que se acumularam no canto dos olhos. – Oh, céus, não vejo a hora de receber a visita da Tininha. Quero mostrar todas as telas que fiz para ela e contar que vou expor minhas pinturas. Obrigada, muito obrigada, querida! – A senhora avançou um passo e realizou o desejo de Melissa: abraçou apertado dona Maria, que retribuiu carinhosamente. Então, distanciou-se delas, sorrindo.

– A filha dela não a visita há seis meses. – Melissa desviou os olhos de dona Graça, que parou no fundo da sala e começou a conversar animadamente com um grupo de idosos, e fitou dona Maria, cuja expressão refletia a mais pura tristeza. – A assistente social falou que a moça continua fazendo os depósitos mensais para pagar a estadia da mãe, mas não apareceu mais. Apesar disso, todo sábado Graça se senta no jardim à espera da filha e só aceita sair de lá ao cair da tarde.

As lágrimas de Melissa assomaram. Uma dor familiar invadiu seu peito. Lembrou-se dos idosos do hospital que viviam à espera da visita de parentes que jamais apareciam. E lembrou-se também dos filhos que permaneciam na internação, acompanhando os pais – a maioria os tratava com descaso e impaciência.

– Isso é muito triste – Melissa falou, secando os olhos. – Todos nós vamos envelhecer um dia. Não podemos virar as costas para os nossos idosos, como se fossem descartáveis...

– Eu concordo, minha querida. – Dona Maria fez um carinho nos cabelos de Melissa. – É por isso que idealizei esse projeto e trouxe para cá. Nossos velhos são muito abandonados... – Suspirou. – Eu também me sinto um pouco abandonada desde que Alfredo morreu... – Seu olhar pesaroso cruzou com o de Melissa. A garota, sem poder resistir, procurou a mão da idosa e a apertou de leve. – Mas muitas pessoas têm bem menos do que eu. – Dona Maria retribuiu o aperto e soltou a mão de Melissa, arrumando os cabelos em seguida. – Não é de bom tom reclamar. Eu sempre tive uma vida privilegiada, cercada de conforto e pessoas especiais. Além disso, tenho o meu querido Rafael. Eu implico com ele, mas não sei o que seria de mim sem aquele homenzarrão explosivo.

Melissa voltou a dar risada, mas, dessa vez, estava ciente do coração disparando. Que *ótimo*! Agora suas emoções deram para se alvoroçar apenas ouvindo o nome do sobrinho de dona Maria...

– Falando em Rafael, vamos encerrar as atividades por aqui, porque preciso passar em outro lugar antes de voltar para casa.

A garota franziu as sobrancelhas. Onde aquela mulher pretendia ir às cinco e meia da tarde, depois de um dia intenso de atividades físicas e aula de pintura?

– Vamos fazer uma visitinha para o Rafael e o Danilo, lá na Galeria do Rock – dona Maria respondeu à dúvida silenciosa de Melissa.

Felizmente, existia um banquinho atrás de Melissa. Caso contrário, do jeito que as pernas da garota tremiam, com certeza, ela teria se esborrachado no chão.

– Estava pensando que talvez você pudesse fazer uma tatuagem, criança. O Rafael é um excelente tatuador. Dê uma olhada na que ele fez em mim. – Dito isso, dona Maria, diante do silêncio chocado de Melissa, que não conseguia articular uma palavra por mais que tentasse, deslizou a manga da blusa de seda azul e revelou uma tatuagem de um ideograma japonês no ombro direito. – Significa liberdade – explicou. – Estou pensando em tatuar o ideograma do amor no outro ombro.

Duas coisas passaram pela cabeça de Melissa naquele momento.

A primeira foi o pensamento: "Essa mulher tem mesmo setenta e dois anos... não seria ela a ter vinte e três?".

A segunda foi uma imagem mental que fez sua pulsação alucinar: Rafael tocando seu corpo para fazer uma tatuagem.

8

Horas e mais horas de especialização na técnica *Dotwork*, bebendo na fonte do grande mestre desse estilo de tatuagem – Thomas Hooper –, mas preocupado também em desenvolver uma técnica própria, com influência dos grafites das ruas. Somando-se às horas que se dedicou à prática do estilo em aquarela. Tudo isso para se dar conta, após dez anos no ofício de tatuador, que a maior parte do tempo tatuaria ideogramas e nomes.

Rafael arrumou a máscara sobre a boca, abafando a vontade de rir, e voltou a se concentrar no contorno da tatuagem – o símbolo do infinito cujas linhas centrais foram substituídas por dois nomes femininos – que estava fazendo no antebraço de um cara que tinha sua idade. Não tentava dissuadir ninguém de fazer a tatuagem que desejava. Pedia apenas para a pessoa pensar muito bem antes de se decidir, afinal, ainda que a tecnologia tivesse avançado bastante nos últimos anos, apagar ou cobrir uma tatuagem não era a moleza que os realities shows davam a entender.

Porém, aquele cliente parecia cem por cento seguro do que decidiu. Brian[1] chegou ao estúdio, por indicação de um amigo, determinado a tatuar os nomes da esposa e da filha. Falou que queria registrar para sempre em seu corpo os nomes das duas mulheres que o faziam se sentir o cara mais afortunado da face da Terra. Os

1. Protagonista do romance ATRAÇÃO EXPLOSIVA, da mesma autora.

olhos esverdeados do preparador físico – profissão que ele colocou no questionário – brilharam de tal forma enquanto ele falava sobre elas que Rafael se pegou várias vezes, durante a sessão, imaginando como seria formar uma família igual à dele.

Sacudiu de leve a cabeça. Caralho, de onde estava tirando tanta sentimentalidade ultimamente? Nos últimos três dias, quase havia chorado com a mãe ao telefone; não parava de pensar se Melissa estava bem e lidando melhor com a morte da mãe; e, no dia anterior, teve que se segurar para não abrir o berreiro quando a senhora, na qual ele estava tatuando um pequeno skate, contou que a tatuagem era uma homenagem ao filho skatista que morreu afogado tentando salvar o irmão numa praia em Bertioga.

Ele sabia qual era o seu problema, na realidade: a aproximação do aniversário da morte de Rogério. Todo ano ficava mexido próximo a essa data. Pelo menos, nunca mais colocara uma gota de álcool na boca. Isso já lhe dava um puta orgulho de si mesmo. Conseguia sentir apenas vergonha da época em que tia Maria precisava resgatá-lo dos bares onde se enfiava para beber até cair.

Encarou Brian, que exibia um sorriso aberto e não parava de olhar a tatuagem. Aquele não era o momento de se enredar por lembranças tristes ou para sentir piedade de si mesmo. A tia costumava lhe dizer: “Mantenha-se no presente, porque todas as nossas misérias estão na rememoração do que não podemos mudar ou na preocupação sobre o que talvez jamais aconteça”. E ela tinha razão. Naquele instante, ele estava contente por Brian dar indícios de estar satisfeito com o trabalho na tatuagem. Era nisso que devia focar.

– Estou quase acabando – anunciou, dando os últimos retoques no nome “Dulce”.

– Meu amorzinho fez um ano no mês passado – Brian disse, sem esconder o orgulho, olhando para o local onde a agulha estava contornando. – A bagunceira aprendeu a andar com dez meses, acredita?

– Precoce, hum? – Rafael comentou, mas não tinha muita certeza se a garotinha era ou não precoce. A verdade era que não sabia quase nada sobre bebês. Não tinha filhos. Tampouco sua irmã tinha algum, já que, assim como ele, Tamires fugia de relacionamento sério como o diabo da cruz.

— Minha japinha se gaba, dizendo que Dulce puxou à inteligência da mãe.

Rafael juntou as sobrancelhas, olhando para Brian.

— Isabella é mestiça — explicou. — Eu a chamo de japinha desde a nossa infância.

— Vocês estão juntos por todo esse tempo? — Arregalou os olhos. Rafael não se imaginava mantendo um relacionamento amoroso por mais de três meses que dirá por quase toda uma vida!

— Bem, na verdade, a gente demorou pra cacete até nos entendermos. Vivíamos uma relação de cão e gato. — Riu. — Mas Isabella sempre foi a mulher da minha vida.

— Você é meu herói, cara — Rafael brincou, mas estava desconfortavelmente ciente da pontada de inveja que sentiu por aquele cara transpirar adoração pela esposa e pela filha. — Meus relacionamentos nunca passaram de três meses.

— É porque você ainda não encontrou a mulher que vai balançar as suas estruturas, cara. Quando você encontrar, não imaginará mais sua vida sem ela. Bem... — hesitou. — Não vou negar que em alguns momentos ela vai te tirar do sério, mas, na maior parte do tempo, você pensará: "Caralho, eu não vivo sem essa mulher!".

Rafael deu uma gargalhada.

— Sei não... acho mais fácil virar um solteirão convicto. Mas só espero não morder a própria língua.

— Bom, eu mordi a minha — Brian declarou e os dois riram.

Afastando a máquina do braço de Brian, Rafael anunciou:

— Acabei, cara.

Brian se levantou da cadeira e deu uma boa olhada no braço, antes de falar:

— Ficou show! Você é mesmo fera na arte, Rafael.

Rafael apenas assentiu com a cabeça, agradecendo. Todas as tensões e lembranças excruciantes desapareciam quando um cliente elogiava seu trabalho. Quando decidira ser tatuador, após anos em contato com grafiteiros e tatuadores nas ruas de São Paulo, não imaginou que esse ofício seria o responsável por dar um rumo em sua vida e um significado especial na de muitas pessoas.

Sorriu e se pôs a explicar a Brian os procedimentos e cuidados que ele deveria ter com a tatuagem pelos próximos dias. O rapaz ouviu tudo com atenção e enfiou na carteira o papel com o nome da pomada que deveria usar sobre a tatuagem por quinze dias. Então, assim que Rafael cobriu o local da tatuagem com película plástica, eles deram um aperto de mão.

— Tomara que a Isabella e a pequena Dulce gostem da tatuagem — Rafael falou, abrindo a porta para dar passagem a Brian.

— Elas vão adorar. Isabella ameaçou ter um surto quando eu revelei que faria a tatuagem. Mas já estou acostumado com os surtos da minha japinha. Depois que ela soube como seria a tatuagem, me encheu de beijos.

— Que bom...

As palavras de Rafael ficaram soltas pela recepção do estúdio. Ele não conseguiu articular mais nada. Nem mesmo prestou atenção ao que Brian disse antes de se despedir e sair pela porta da frente. Sua respiração ficou presa na garganta e descargas elétricas, uma atrás da outra, cortavam seu corpo. Melissa estava sentada, toda de branco, como da última vez que se encontraram, ao lado de tia Maria, em uma das cadeiras da recepção. A certeza de que não estava alucinando, depois de um dia cansativo de trabalho, só veio quando ela abriu um sorriso maravilhoso e seu rosto ficou vermelho, deixando-a ainda mais atraente e fazendo o coração de Rafael trabalhar como um louco.

— Aí está você, meu caro. — Tia Maria se levantou, com a agilidade que o dividia entre admiração e temor por sua saúde, e se aproximou dele. — O coitado do Danilo já estava sem assunto para nos entreter.

Só então, Rafael percebeu que Danilo também estava por lá, encarando-o com uma expressão de culpa. Tinha até medo de saber o que aquele gaúcho fofocou para a tia. Estava cansado de saber que quando aqueles dois se juntavam eram piores do que os apresentadores dos programas de fofocas da tevê. Faltava apenas se sentarem a uma mesa com revistas de celebridades espalhadas por todos os lados enquanto falavam da vida dele. E depois precisava aguentar a tia o admoestando como se ele tivesse cinco anos de idade.

— Espero que vocês dois não tenham assustado a Melissa com fofocas sobre mim. — Rafael abraçou a tia, sem tirar os olhos da garota, que estava de pé agora.

— Eles só estavam tentando me convencer a fazer uma tatuagem.

Primeiro Rafael registrou a voz de Melissa, muito mais doce do que se lembrava, fazendo seu coração ir de zero a cem em dois segundos. Em seguida, processou a informação: Danilo estava planejando fazer uma tatuagem na garota?

Só se passasse por cima de seu cadáver! Se alguém tivesse que tocar no corpo de Melissa, seria ele!

Afastou-se da tia abruptamente, passando a mão pelo rosto. Não, ele não era um sádico, como o acusara tia Maria. Ele era um masoquista da porra que adorava arrumar problema para si mesmo!

— Está tudo bem, meu querido? Você parece abatido! — A tia fez um carinho no rosto do rapaz.

— É só cansaço, tia. Tive várias sessões hoje, uma emendada na outra. — Forçou um sorriso, beijando o rosto da tia e digladiando consigo mesmo para não ficar encarando Melissa como um adolescente cheio de hormônios. — Que milagre foi esse para a senhora me visitar?

— Estamos vindo do asilo. Passamos uma tarde adorável lá, não foi, Melissa? — A tia voltou-se para a secretária e a puxou para mais perto. Perto dele!

Se a dois metros dali, Melissa já estava sendo uma tortura, imagine a menos de dez centímetros, bem ao seu lado?!

Semicerrou os olhos, encarando a tia. Quais eram os planos daquela velhinha enxerida?

— Sim, pintamos o "sete". — A garota riu e, de novo, corou, mas não desviou o olhar quando ele abaixou a cabeça e a encarou. E

Rafael contou mentalmente até dez. Estava se aperfeiçoando na arte de contar. Era isso ou invadir a boca de Melissa com a sua língua, na frente de todos.

Mas ela precisava ter uma boca tentadora como aquela?!

— Fico feliz que vocês tenham se divertido. — Desviou o olhar para a tia. Era mais seguro.

— Acho que na semana que vem vamos iniciar um novo projeto por lá. Algo como "Musicando com a melhor idade". Ainda não pensei direito em qual nome vamos dar. Mas Melissa será a responsável por ele. Ela toca violão, eu te contei? Ainda não a ouvi tocando. Mas tenho certeza de que toca muito bem... e deve cantar também, não é, criança? Acabei esquecendo de perguntar... Não vejo a hora de conhecer seus dotes musicais e...

Enquanto a tia falava sem parar, Rafael voltou a prestar atenção em Melissa e se assustou com a palidez da garota. Além de pálida, suas pupilas estavam dilatadas. No mesmo instante, entendeu duas coisas: o projeto de música era uma novidade para ela. E talvez ela tenha enganado a tia e não soubesse tocar o violão.

Assim que abriu a boca para perguntar a Melissa se ela estava bem, a tia mudou de assunto, despertando-o da garota.

— Bom, mas viemos aqui também porque achei uma boa ideia a Melissa fazer uma tatuagem. Eu disse que você é um excelente tatuador e que ela estará em boas mãos se fizer uma tatuagem com você.

Que ele queria colocar as mãos em Melissa, não podia mais negar para si mesmo, mas se isso era uma boa ideia já eram outros quinhentos...

— Você quer fazer uma tatuagem, Melissa?

Ele se obrigou a perguntar para a garota, tentando a todo custo ignorar o cheiro delicioso de sua pele. Em primeiro lugar, era um profissional.

— Ainda não sei... Mas achei muito bonita a tatuagem que você fez na sua tia. — Deu mais um de seus lindos sorrisos.

— Vamos fazer assim — a tia falou, de repente. — Danilo vai me acompanhar num tour pela Galeria do Rock. Quero ver se encontro um presente para um dos meus alunos que faz aniversário na semana que vem. E vocês dois ficam mais à vontade para conversarem sobre a tatuagem.

Mesmo com os olhos tão arregalados que pareciam querer saltar a qualquer segundo de seu rosto, Rafael notou Danilo, que já havia dado alguns passos para sumir da recepção, paralisar, olhando tia Maria com o cenho franzido; e Melissa arfar ao seu lado; e sua tia exibir um sorriso que só podia ser qualificado de um jeito: conspirador.

Não precisou mais do que dois segundos para a palavra FODIDO se desenhar em sua testa. Sim, estava fodido! Não sabia quais eram os planos da tia. Sabia apenas que viraria picadinho nas mãos dela se magoasse Melissa. Não era à toa que nunca se envolveu com nenhuma aluna de tia Maria. E Melissa parecia ainda mais protegida por ela.

Então, fez a única coisa que poderia fazer, assim que tia Maria, literalmente, arrastou Danilo para fora do estúdio: assumiu a postura de um profissional atendendo a uma cliente.

— Quer dar uma olhada no meu portfólio para ver com qual estilo eu trabalho? — falou, evitando olhar para Melissa.

— Tudo bem. — Mas não olhá-la mostrou-se impossível quando a voz dela atingiu seus ouvidos.

Ele virou-se de frente para ela. Foi quando reparou que tinha uma mancha rosa em sua bochecha direita. Sua mão ganhou comando próprio. Quando ele percebeu, já estava deslizando o polegar pela mancha, tentando limpá-la. Os olhos de Melissa arregalaram sob os óculos, que, não podia negar, davam um charme extra à garota. Para não dizer que, combinados à franjinha, a deixavam sexy pra caralho. E talvez, movido por esses pensamentos, sua mão tenha ficado ainda mais fora de controle. Seu dedo desceu pela bochecha e passou vagarosamente pela boca de Melissa, fazendo-o sentir uma excitação tão incontrolável quanto a carícia que fazia naqueles lábios deliciosos. De súbito, a garota soltou um suspiro. Então, Rafael se deu conta do que estava fazendo.

— Tinha uma mancha de tinta no seu rosto — falou em tom de desculpa.

Distanciou-se de Melissa, reassumindo, a custo, o ar profissional e a chamou para a sala onde tatuava. Pegou a pasta com suas ilustrações e entregou para ela, tomando o cuidado para, dessa vez, levar a sério a resolução de não olhar para ela.

— Minha amiga Denise tem uma tatuagem parecida com essa. — Melissa apontou para um beija-flor, depois de ter folheado quase todas as páginas. — Você desenha muito bem. — Ela sorriu.

— Obrigado. — *Rafael Papadopoulos Aguiar, pare de olhar para os lábios da moça!*, recriminou-se, tirando e colocando a touca.

— Sinto tanta saudade dela... — Ela suspirou.

Ele a fitou, tentando entender sobre o que ela estava falando.

— Denise é minha melhor amiga e minha vizinha na Cidade Tiradentes. — Melissa fechou a pasta e lhe entregou.

— Você é de lá? — Ele encostou na bancada e cruzou os braços, de frente para ela.

— Sim, mas nasci em Guaianazes. Fui para Cidade Tiradentes com seis anos. Mainha costumava dizer que, na verdade, nunca saímos da região onde Judas perdeu as botas.

— Mainha? — Ele esboçou um sorriso, deliciado com o sotaque dela.

— Minha mãe era baiana. Ela veio pra São Paulo tentar a vida, como muitos retirantes nordestinos fazem... — Ela se abraçou, e ele lutou contra o desejo de puxá-la ao seu encontro. — Todo ano íamos para a Bahia e passávamos um mês por lá. Acho que acabei incorporando um pouco o jeito baiano de ser. — Deu uma risada encantadora. E prosseguiu: — Minha tia me chamou para morar com ela em Salvador, quando mainha morreu, mas eu gosto de morar em São Paulo.

Rafael se segurou para não verbalizar um "graças a Deus".

— Também gosto de morar aqui. Só quando voltei da Inglaterra percebi o quanto senti falta de São Paulo. — Tirou a touca e jogou em cima da bancada, então bagunçou os cabelos. Percebeu que Melissa seguiu com o olhar cada movimento seu e, pela primeira vez, se sentiu afetado pela avaliação de uma mulher. Nem queria imaginar o que ela estaria pensando dos seus cabelos, que estavam sob uma touca há quase doze horas.

— Sua tia me falou que você divide um apartamento com seu amigo aqui no centro...

Pelo jeito, dona Maria Aguiar havia passado sua ficha. Esperava apenas que ela não tivesse contado as piores partes de sua história...

— Pois é... mas acho que logo vou ser despejado de lá... Danilo está pensando em juntar os trapinhos com a namorada. Acho que ficaria um pouco estranho eu lá no meio deles... tipo Dona Flor e seus dois maridos...

Melissa deu uma risada alta, deixando seus olhos azuis ainda mais brilhantes e o fazendo dizer algo que jamais imaginou que falaria:

— Quem sabe se, finalmente, não aceito o convite que tia Maria vive me fazendo para morar com ela...

Rafael teve consciência plena de que seus olhos estavam tão arregalados e assustados quanto os de Melissa. Porque não sabia de onde tinha sacado aquela ideia. Com certeza, se tivesse que sair do apartamento, procuraria outro para morar sozinho. E não daria ouvido à voz falando em sua cabeça que encontrar Melissa todos os dias, no apartamento da tia, seria uma tentação deliciosa.

Para sair daquela saia justa, mudou de assunto:

— Qual é o problema com o violão? Você me pareceu bem angustiada quando tia Maria tocou no assunto do projeto de música...

Arrependeu-se no mesmo instante de ter falado aquilo. Melissa deu um passo para trás e empalideceu.

— Eu não deveria ter tocado nesse assunto, desculpe. — Correu as mãos pelos cabelos.

— Não. Está tudo bem... — Ela mordeu os lábios, e ele desviou o olhar com dificuldade. — É que... nem eu sei muito bem o que está acontecendo... E... Bom, eu sempre amei música. A música foi tudo para mim. Eu cresci muito sozinha porque minha mãe trabalhava o dia todo e... eu não tenho pai... quero dizer, nunca conheci meu pai. — Ela olhou para os pés e voltou a encará-lo, exibindo um brilho molhado nos olhos. — Então, a música era a minha grande companheira. Eu canto desde que me entendo por gente... ou melhor, cantava. — Esboçou um sorriso triste, que apertou o peito de Rafael. — E também compunha canções em cadernos e tocava violão. Além disso, cantava no coral da igreja do meu bairro e em casamentos, na adolescência. Mas, desde que as condições de saúde da minha mãe pioraram, eu não consegui mais tocar nada no violão, nem cantar... nem compor músicas. Simplesmente não consigo mais fazer nada relacionado à música... Em alguns momentos, a vontade até parece que vai voltar... mas, então, uma sensação de angústia me paralisa de novo...

Sem poder se conter, Rafael pegou a mão de Melissa e a encostou contra seu peito. Perdeu a concentração por alguns segundos ao sentir a pele macia e ver os olhos rasos d'água da garota, mas se obrigou a pensar em outra coisa — na tentativa de fazê-la enxergar que ainda existia paixão dentro dela, uma paixão que ficou indisfarçável em seus olhos quando começou a falar sobre sua ligação com a música.

— Eu sei como você se sente, Melissa. Eu passei por algo parecido aos dezessete anos. Fiquei quase dois anos afastado das minhas ilustrações, com a cabeça enfiada num buraco e querendo cavar outro mais fundo para me esconder. — Acariciou os dedos dela. — Mas sabe o que eu acho? A paixão por aquilo que nascemos para fazer, cedo ou tarde, chama a gente de volta. Essa paixão é mais forte do que a dor estraçalhando por dentro. Você vai superar esse sentimento paralisante e voltar a cantar, eu tenho certeza disso. — Deslizou lentamente as costas das mãos pelo rosto de Melissa, que não desviava os olhos dos seus. — Mas não se pressione a cantar em público enquanto não estiver preparada. Vá aos poucos... Comece cantando para você mesma até ganhar a confiança de volta. — Deu um sorriso enviesado. — E quem sabe também pode cantar para mim... Vou adorar que você cante para mim...

— E-eu... — A mão dela tremeu no meio da sua.

O desejo de trazê-la ainda mais para perto e beijá-la estava ganhando de dez a zero dentro dele. Mas não era de um beijo que Melissa precisava naquele momento. Seus olhos espelhavam confusão e medo. Ela estava muito fragilizada. Então, o "pegador", como costumavam rotulá-lo, fez o improvável: puxou Melissa para o interior de seus braços, aninhando-a da forma que desejou fazer quando a viu pela primeira vez.

Ela se aconchegou em seu peito, e, ao sentir o corpo delicado e o perfume suave da garota, foi a vez de Rafael tremer. Fechou os olhos e a abraçou mais forte. Um nó inexplicável travou sua garganta. Algo estava acontecendo ali, mas não sabia identificar o que era. Só sabia que não queria soltá-la tão cedo.

O corpo de Melissa, de repente, começou a ser sacudido por um choro silencioso. Rafael se pôs a acarinhar seus cabelos, engolindo em seco e sentindo a velha vulnerabilidade que o acompanhava desde a infância.

— Shh... por favor, não chore, doçura.

O choro durou por mais alguns segundos, antes que Melissa se afastasse, tirando os óculos e limpando as lágrimas com gestos ágeis.

— Desculpe... Ai, meu Deus, que vergonha... molhei toda a sua camiseta!

Ele sorriu, desejando como um louco tê-la novamente em seus braços. Porém, dessa vez, não tinha muita certeza de que não devoraria sua boca com um beijo. Mas achou melhor tranquilizá-la.

— Não esquenta... Se quer saber, eu odeio essa camiseta, mas foi presente do Danilo, então eu uso uma vez por mês, pelo menos, para não dar na cara.

Ela riu, e Rafael desejou sacar outra piada para lhe arrancar aquela risada que fazia o sangue em suas veias correr à velocidade da luz.

Entretanto, antes que pudesse pensar em alguma coisa para fazê-la rir outra vez, tia Maria e Danilo retornaram.

— Então, criança, se decidiu por alguma tatuagem? — a tia foi logo dizendo assim que entrou na sala.

— Acho que vou pensar mais um pouco... — Melissa declarou, sem tirar os olhos do chão.

— Tem razão. Algo tão definitivo como uma tatuagem deve ser escolhido com muito cuidado. Melhor irmos para casa. Jair deve estar cansado de esperar no estacionamento. — Mediu a garota da cabeça aos pés. Então, encarou o sobrinho com o olhar "Eu sei o que você fez no verão passado". E Rafael teve vontade de rebater com um: "E eu gostaria de saber o que a senhora tentou fazer!".

— Veja se aparece lá em casa, meu caro, para tomar um chá conosco. — Tia Maria se recuperou rápido e o abraçou.

— Assim que eu tiver um tempo, eu vou, tia. — Retribuiu o abraço e beijou-lhe o alto da cabeça.

— Tchauzinho, Danilo. — Ela deu um beijo em cada lado do rosto do rapaz. — Adorei sua companhia e obrigada pela ajuda na compra da camiseta.

— Disponha, dona Maria. — Danilo piscou um dos olhos.

Melissa se aproximou e parou em sua frente, levantando os olhos vermelhos. Rafael sentiu como se seu coração falhasse uma batida. Crispou as mãos em volta do corpo. A vontade de tocá-la estava cada vez mais incontrolável. Ela abriu um sorriso tímido.

— Obrigada... e até... — disse apenas e saiu.

Sabia que Danilo o estava olhando sem trégua. E era provável que tinha as duas sobrancelhas erguidas quando perguntou:

— É impressão minha ou tinha um puta clima entre vocês?

— Puta clima é eufemismo, meu amigo. — Enfiou a touca sobre os cabelos.

— Mas tu não te emendas mesmo, hein? Justamente com a moça que trabalha para a tua tia?

Como ele poderia explicar para Danilo que existia alguma coisa diferente naquela garota e no instinto de proteção que ela despertava nele, mas que estava assustado pra caralho com aquilo tudo e querendo correr para o colo da mãe?

9

Os cabelos de Melissa voavam em todas as direções conforme ela balançava a cabeça e o corpo no ritmo da música. Não se sentia tão livre e cheia de energia há muito tempo. Era como se fosse outra pessoa. Seus membros pareciam ter vida própria e o sangue corria veloz em suas veias, deixando-a com uma tontura gostosa. Dona Maria assistia aos passos da dança sorrindo e batendo palmas, sem, contudo, abandonar a cadeira confortável na qual estava sentada, no meio da sala de estar.

Um canto do cérebro de Melissa sabia que aquilo não era correto. Ela era paga para cuidar da idosa, não dançar *Break Free* para a mulher. Mas, pela primeira vez, a garota não desejou ser "a mais ajuizada da turma". Estava deixando-se levar pela sensação deliciosa de fazer algo que os jovens costumavam fazer. Além disso, a música, apesar de não ser o estilo que costumava ouvir, era contagiante. Quem poderia imaginar que uma senhora daquela idade teria Ariana Grande em seu smartphone? Na verdade, quem poderia imaginar que uma idosa teria um smartphone?

Não deveria se chocar com isso. Desde que conheceu dona Maria, percebeu que ela não era uma idosa convencional. Estava mais para uma adolescente com rugas e cabelos brancos, que seriam tingidos de roxo na próxima semana, segundo a sua patroa lhe garantiu.

— Isso mesmo, criança, dance e sinta-se livre. Se eu tivesse certeza de que não ia dar um mal jeito irreversível na minha coluna, também estaria dançando com você. Essa música é um verdadeiro grito de liberdade.

A garota começou a rir, mas obedeceu a sua patroa. Continuou dançando até a música acabar e dona Maria recolocá-la, até suas pernas começarem a doer pelo esforço... até parar de pensar que não deveria ter aceitado a ordem da idosa para que substituísse a tristeza por uma sessão de dança. Tudo porque voltara da Cidade Tiradentes, onde foi fazia três dias, em sua primeira folga, mais abalada do que estava. Encontrar Denise abatida, depois de pegar outra prova de traição do marido, não estava em seus planos. Não aguentava mais dar conselhos para a amiga e ela não seguir nenhum.

A "sessão de dança", no entanto, foi interrompida repentinamente assim que os olhos de Melissa se depararam com a pessoa que não saía dos seus pensamentos: Rafael. A última vez que o vira, há seis dias, ela tinha acabado de sair de uma crise de choro, nos braços dele. E, com certeza, ainda não se recuperara das emoções fortes que o rapaz despertou — incluindo o desejo desenfreado de beijá-lo.

Suas bochechas esquentaram, seu corpo ficou todo mole e seus batimentos cardíacos podiam ser sentidos na cabeça. E ela sabia que aquelas reações não eram apenas causadas pelos vários minutos dançando; elas tinham bem mais a ver com o olhar de Rafael cravado nela e seu sorriso enviesado. Nem mesmo a famosa touca preta que ele usava, da qual Melissa não gostava nada, pois escondia seus lindos cabelos, e a bendita camiseta igualmente preta com estampa macabra, conseguiam fazer a garota parar de arfar.

— Por favor, não pare de dançar por minha causa, Melissa. — A voz de Rafael era rouca e seu olhar tinha uma intensidade que fez a garota dar um passo para trás, arrumando os óculos, com o coração ainda mais descompassado, mas consciente de que queria correr para os braços do rapaz.

— Muito feio da sua parte interromper um momento só de meninas, senhor Rafael — dona Maria admoestou, fazendo uma careta, mas Melissa conseguiu enxergar um brilho divertido nos olhos da idosa.

— Desculpe, tia. Não sabia que vocês estavam curtindo uma baladinha em plena quinta-feira à tarde. — Piscou para a tia e depositou um beijo em sua bochecha. Depois virou-se para Melissa. — E aí, moça, já pensou sobre a tatuagem?

— Ainda não — ela falou timidamente. — É para a vida toda e... preciso de um pouco mais de tempo.

Mais uma vez, Rafael lhe deu um sorriso de lado. Porém, por algum motivo, que Melissa não ficava ansiosa para descobrir qual, ela desejou que ele abrisse um sorriso escancarado, como raramente fazia. O semblante dele lhe parecia sempre tão triste.

— Então, o que te traz aqui em plena luz do dia, meu sobrinho? Por que deixou o pobre do Danilo trabalhando sozinho no estúdio? — Dona Maria perguntou, sobressaltando Rafael e Melissa, que ainda se fitavam.

— Um cliente desmarcou e o próximo vai passar lá no estúdio só no final da tarde. — Rafael cruzou os braços sobre o peito e Melissa desviou os olhos. Aqueles bíceps musculosos e cobertos de tatuagens causavam sensações alucinantes em seu estômago. E ela estava começando a ficar desesperada por isso. Sobretudo, porque não parava de lembrar desses mesmos braços em volta de seu corpo, aquecendo-a por inteira, inclusive partes que não deveriam ser aquecidas.

— Oh, que graça da sua parte vir me visitar, então. Aceita um chá? — Dona Maria se levantou.

— Pra ser sincero, vim aqui para falar da porra do seu irmão.

Melissa arregalou os olhos.

— Rafael, maneire o palavreado na minha casa. Odeio seu linguajar chulo. O que *seu pai* aprontou agora? — A idosa modulou a voz. Aquela era uma mulher que esbanjava classe, não importava as excentricidades que tinha, Melissa concluiu.

Rafael passou a mão pelo rosto, que apresentava a barba ainda mais crescida e perigosamente atraente para o gosto de Melissa.

— Deu uma entrevista para uma revista falando que estou desorientado e precisando de reabilitação para os meus vícios, que incluem fazer tatuagens como um delinquente — o rapaz desabafou. — E fui avisado sobre isso por um cliente!

— Seu pai luta com as armas que tem para trazer você para o lado dele. Você está cansado de saber disso e não deveria ficar tão abalado. — Sua tia suspirou e retorceu os lábios.

— Como eu não vou ficar abalado, po... — Rafael interrompeu diante do olhar severo da tia. — O cara está determinado a arruinar minha vida!

— Plínio, assim como seu avô, jamais soube lidar com pessoas que pensam diferente dele. Ele tem a mente limitada. Você precisa ter paciência e agir com sabedoria. Deveria mesmo era parar de bater de frente com seu pai e terem uma conversa adulta. E eu acho que a oportunidade perfeita é depois de amanhã no coquetel de inauguração.

— Se eu for a esse coquetel, vai sair uma merda bem grande, eu já falei isso pra minha mãe. — Rafael soltou o ar ruidosamente. — Quem sabe a senhora não poderia falar com ele e mandá-lo esquecer que eu existo...

— Plínio não vai me ouvir, Rafael. Lembre-se de que ele também não me vê com bons olhos. Vive me chamando de "velhota maluca". — Deu de ombros. — Eu sei que essa situação é horrorosa, meu caro. — Aproximou-se do sobrinho e fez um carinho demorado em seu rosto. — Mas coloque na sua cabeça que violência não vai resolver nada. Nem seus acessos de raiva vão adiantar para alguma coisa. — Olhou-o com preocupação. — Danilo me contou que você quebrou metade do estúdio na semana passada.

— Ele é uma porra de um fofoqueiro! Eu sabia que ele tinha feito fofoca de mim! E é um exagerado. Só foram alguns vidros de tinta. — Novamente, Rafael passou a mão pelo rosto. — Eu estou desesperado, tia. Não aguento mais a interferência do meu pai na minha vida. Será que ele não consegue entender que eu não quero a po... — hesitou, diante do olhar sério da idosa — porcaria da herança dele? Por que ele não coloca tudo no nome da Tamires, que lambe o chão que o senhor Plínio Aguiar pisa?

— As coisas não funcionam bem assim, meu querido. Você não pode abrir mão do que é seu por direito. Só precisa arrumar um jeito de fazer seu pai entender que você não nasceu com tino para os negócios... não para os negócios do ramo hoteleiro. — Ela deu um tapinha no ombro do rapaz. — Vamos pensar em alguma coisa. Mas, por favor, tente se acalmar. Talvez seja uma boa ideia você acompanhar a Melissa numa dança.

Melissa, que permaneceu afastada, atrás da cadeira da qual Dona Maria se levantara, deu um pequeno pulo, sentindo o coração disparar e as pernas amolecerem quando Rafael ergueu os olhos escuros para encará-la.

— Eu a-acho que vou lá dentro pegar um chá pra vocês... — A garota começou a se distanciar da cadeira.

— Fique onde está, criança. Quem vai se retirar sou eu. — Dona Maria passou a exibir um sorriso, enquanto olhava de Rafael para Melissa que, mais uma vez, fitavam-se como se não houvesse mais ninguém na sala. — Eu vou me deitar um pouco. É hora da minha *siesta*. Velhos fazem isso, vocês sabem. Faça companhia para a Melissa, meu querido. — Ficou na ponta dos pés e sussurrou próximo ao ouvido de Rafael: — Pense com carinho sobre o coquetel. Eu e Melissa vamos. Ficaríamos felizes com a sua companhia. — Depositou um beijo no rosto do sobrinho. Então, sem dizer mais nada, encaminhou-se para o comprido corredor que a conduziria ao quarto.

Melissa apertou um lábio contra o outro, sentindo-se constrangida, tanto por ter sido pega no flagra dançando há pouco, quanto pela discussão íntima que presenciou entre tia e sobrinho.

— Ela é mesmo uma "velhota maluca", não? E adora uma saída dramática — Rafael quebrou o silêncio com sua voz grave. E voltou a olhar Melissa daquele jeito intenso que a fazia se sentir feita de geleia. — Já quer pedir demissão?

— Não. — Melissa sorriu. — Eu gosto dela. Sua tia me faz sentir leve e... viva.

— Gostei de vê-la dançando daquele jeito e rindo. Adoro o som da sua risada. — Os olhares se prenderam outra vez. Melissa abriu a boca para tentar articular qualquer coisa que fosse, mas Rafael desviou os olhos e a atmosfera carregada se quebrou. E ele voltou a falar, num tom divertido — Só acho que a música podia ser outra. Um bate cabeça, de preferência. Heavy metal no último volume é ótimo para exorcizar os demônios interiores.

Melissa riu.

— Bate cabeça, com certeza, não faz o meu estilo. Pra falar a verdade, pop "chiclete" também não. Eu sou fanática mesmo é por MPB — confessou, corando.

— Foi o que eu imaginei... — Ele deu dois passos longos, aproximando-se dela rapidamente, e abaixou a cabeça até quase tocar o ouvido direito da garota. Melissa segurou a respiração, as pernas tremeram. — Também gosto de MPB. Ana Carolina, Seu Jorge, Vanessa da Mata... — enumerou, num sussurro. — Mas não conte pra ninguém, senão vou perder a minha fama de metaleiro *hardcore*.

Melissa voltou a rir, mas sua risada morreu assim que seu olhar encontrou o de Rafael. Os dois estavam tão próximos um do outro que a garota podia sentir a respiração do rapaz sobre seu rosto. Seu estômago dava cambalhotas. Suas pernas tremiam, agora, para valer. O olhar de Rafael desceu para a boca de Melissa. Instintivamente, ela passou a língua sobre os lábios. Então, encarou a boca carnuda do rapaz. *Será que é tão macia quanto parece?*, pensou sem conseguir controlar.

Quando teve certeza de que ele a beijaria, e ela não faria nada para impedi-lo, ainda que soubesse da existência da "ficante gótica" (Será que ele ainda estava com ela?), Rafael distanciou-se.

— Eu preciso ir... Tenho que comprar um material para o estúdio. — Ajeitou a touca na cabeça. — Desculpe pela discussão que você presenciou agora há pouco. Meus problemas familiares estão saindo um pouco do controle.

— Espero que você consiga se entender com seu pai — ela falou baixinho, tentando se recuperar da enxurrada de sensações que percorriam seu corpo.

— Acho que é mais fácil nos matarmos do que nos entendermos, Mel. — Ela lutou contra a vontade de fechar os olhos quando ele pronunciou seu apelido na voz rouca que disparava seu coração. E quando deu por si, estava se aproximando de Rafael.

Ele a fez se sentir especial e... amada. Essa seria a palavra certa? E isso acontecera porque Rafael a escutou com atenção na semana passada e a tomou nos braços, além de dar conselhos preciosos. Ela até mesmo já conseguia ler todas as músicas dos cadernos de composição sem chorar ou se sentir angustiada. Devia algo a ele.

Ergueu a mão e tocou o rosto de Rafael.

— Eu acho que sua tia tem razão. Você deveria ir até esse coquetel e tentar conversar com seu pai. Ou talvez apenas mostrar que trata as coisas entre vocês de forma diferente. Acho que isso pode fazer seu pai enxergar você sob uma nova perspectiva e ver que você é um homem crescido. Dizem que para os pais os filhos nunca crescem. Por isso, às vezes, eles tomam algumas atitudes assim... inconsequentes...

Uma miríade de emoções passou pelos olhos de Rafael em poucos segundos. Melissa conseguiu decifrar algumas, como dúvida, dor, medo... Mas, quando seu olhar obscureceu, as pernas dela voltaram a tremer. Era obrigada a admitir que, apesar de ter namorado por três anos, era bem ingênua em alguns assuntos relacionados a um homem e a uma mulher. Porém, a lascívia que passou a refletir os olhos de Rafael era indisfarçável. E, com o corpo formigando da cabeça aos pés, Melissa sentiu as mãos do rapaz prender-se em volta de sua cintura.

— Qual é o plano de vocês duas?

Ela tirou a mão do rosto dele e franziu as sobrancelhas, tentando entender do que ele estava falando, mas todo o seu raciocínio lógico desapareceu quando a mão de Rafael subiu por suas costas, se embrenhou por baixo de seus cabelos, até alcançar a nuca, fazendo a cabeça de Melissa tombar para trás. Ele a puxou para mais perto, e ela sentiu os seios tocarem o peito forte do rapaz. Cada trecho de seu corpo começou a esquentar de tal forma que ela ofegou. O olhar que Rafael lhe dava agora era o mais intenso que já vira nele. De repente, sua boca tocou o pescoço de Melissa e foi subindo morosamente, passando pelo queixo, pelo canto dos lábios até alcançar a bochecha. Então, fez o caminho contrário na mesma carícia lenta e provocante. Melissa sentiu contra seu ventre uma prova tão irrefutável da excitação do rapaz que sua falta de ar triplicou.

— Pois seja lá qual for seu plano e o da minha tia, eu estou prestes a capitular... e me perder em você, doçura — falou num sussurro a milímetros de seus lábios. Em seguida, a soltou, e Melissa viu tudo rodando em sua frente. Por sorte, havia uma cadeira ao seu lado, na qual se segurou. — A gente se vê... — Ele a olhou detidamente e saiu da sala.

Ela levou as duas mãos ao peito, lutando para não desmaiar enquanto passava por sua mente em letras garrafais: AI.MEU.DEUS.O.QUE.FOI.ISSO? Com certeza, não estava preparada para um metaleiro que curtia MPB. Mas, com mais certeza ainda, não estava preparada para um metaleiro-tatuador-sarado-fofo com a melhor pegada de toda a sua vida e que a fazia sentir coisas que Cleyton sequer lhe despertou algum dia.

Sim, ela também estava prestes a capitular...

10

Aquela noite de setembro estava estranhamente fria. O inverno fora rigoroso, mas o mês havia começado com temperaturas altas. No entanto, o vento gelado, que parecia soprar de todas as direções, fazia Rafael encolher-se, com as mãos nos bolsos da blusa de moletom, conforme caminhava pelo centro de São Paulo. Apesar do cansaço, ele não escondia o sorriso. Nem acreditava que havia conseguido despistar os dois seguranças do pai. Correra da Avenida Higienópolis até a Avenida Angélica e subira num ônibus que o deixara próximo ao metrô Santa Cecília. E agora entrava por algumas ruas para que pudesse chegar à Rua Conselheiro Nébias.

Todo aquele esforço valera a pena. Ele tinha escapado da vigilância doentia do pai, que o estava obrigando a acompanhá-lo diariamente na supervisão dos hotéis, alegando que o filho já havia completado dezessete anos, portanto passara da hora de se envolver nos negócios da família. Rafael estava ansioso para encontrar o amigo e lhe mostrar as novas ilustrações que trazia numa pasta embaixo do braço. Rogério ficaria orgulhoso de seu traço firme. Não era mais o moleque que desenhava apenas super-heróis nos cadernos da escola enquanto os professores explicavam alguma matéria chata e desnecessária. Graças ao grafiteiro, que conhecera em uma de suas fugas do colégio, há dois anos, ele havia aperfeiçoado suas técnicas e diversificado os temas de suas ilustrações.

Rogério se tornou bem mais do que seu professor de desenho. Ele era seu melhor amigo, o cara que ouvia suas lamentações – sempre causadas pelo pai carrasco, a mãe ausente e a irmã sádica – e lhe dava conselhos sábios. O fato de ele ser treze anos mais velho o tornou uma espécie de mentor.

Na realidade, Rafael o enxergava como um herói. A pessoa que merecia ser idolatrada e usada como exemplo para todos. Nunca conhecera um batalhador como Rogério. Ele vinha de uma comunidade pobre da zona sul. Havia perdido pai, mãe e irmão numa chacina. Mas encontrou força e superação no grafite e nos projetos sociais que tocava no centro. Ele já havia recolhido muitos menores infratores no espaço de artes que montara na Rua Conselheiro Nébias e dado um futuro mais digno para os meninos. E os grafites de Rogério estavam espalhados pelos muros de São Paulo, contando sua história de luta, perseverança e vivência com a população mais carente da cidade.

No próximo mês, ele e Rogério iniciariam uma parceria muito bacana – e Rafael estava pouco se importando com as ameaças do pai por causa disso. Os dois começariam a visitar comunidades, nos mais diversos pontos da periferia de São Paulo, para levar aulas de desenho. Cristiano, um amigo tatuador de Rogério, também se juntaria a eles. O projeto foi batizado com o nome de "Trinca das artes". E Rafael sentia a excitação correr em suas veias por, finalmente, poder se dedicar ao que amava de verdade. Além de se aprofundar no universo das ilustrações, poderia ajudar as pessoas menos favorecidas. Estava com o saco cheio de ser obrigado a fechar os olhos para a realidade que encontrava nos becos da cidade, por onde andava quando saía da escola. Sua família fingia que existiam apenas os bairros chiques e as pessoas privilegiadas.

Conhecera a dura realidade das ruas no começo da adolescência, vendo meninos e meninas se drogando à luz do dia, enquanto outros batiam carteira ou participavam de pequenos assaltos. Desde a primeira vez quis fazer alguma coisa por essas pessoas. Propôs ao pai que ele pegasse uma parte de sua fortuna e investisse em projetos sociais. Mas Plínio Aguiar torceu o nariz, alegando que pagava altos impostos para que o governo fizesse isso.

Rafael se alegrava por ser diferente do pai. Podia não ter uma fortuna no nome dele para investir em projetos sociais, por ser menor de idade, mas tinha coragem e vontade de mudar a vida daqueles jovens que conheciam apenas a violência e a privação. Algum dia, quem sabe, poderia convencer o pai a participar também, entrando com a grana para aumentar a colaboração.

Seu sorriso se alargou assim que se aproximou da rua onde ficava o espaço de artes de Rogério. O amigo estava lá esperando--o. Como Cristiano não poderia participar daquela reunião, os dois adiantariam alguns pormenores do projeto. Rafael ajudou a idealizar cada detalhe e isso enchia de orgulho o peito do rapaz, que havia feito das ilustrações toda a sua vida e do amigo grafiteiro a razão para não capitular diante das imposições da família. Aquele mundo era o que lhe fazia inteiro e lhe dava esperança de um dia escapar do jugo de Plínio Aguiar.

Um estampido seco ecoou pela rua deserta, de repente. Eram onze e meia da noite e Rafael tinha visto apenas alguns mendigos dormindo ao longo do caminho. Seu coração acelerou. Aquela região era muito perigosa; ele sabia do risco que corria ao andar por ali à noite. Mas, felizmente, ninguém tinha conhecimento, salvo Rogério e Cristiano, de que ele era filho do herdeiro milionário da rede de hotéis Aguiar. Ainda assim sua espinha gelou. Pela primeira vez temeu que pudesse sofrer algum ato de violência, assim como seu pai vivia dizendo que lhe aconteceria mais cedo ou mais tarde.

Apertou o passo, sentindo o rosto quente e os pés gelados. Outro estampido. A mente de Rafael ficou embaralhada, tomada pelo pânico. Só percebeu que corria em direção ao centro de artes quando seu fôlego ficou curto. Foi, então, que viu dois homens encapuzados saírem de lá e correrem na direção oposta.

Um pressentimento muito ruim espalhou-se completamente por ele, dando uma sensação de sufocamento. Mas tentou não se concentrar nisso. Alcançou a maçaneta da larga porta de ferro. Tremia da cabeça aos pés. Uma das orações que a babá Nani o ensinara quando ele era pequeno surgiu de supetão em sua cabeça. Agarrou-se a ela e seus lábios passaram a se mexer, recitando palavra por palavra. Porém, nada o preparou para a cena que se descortinou à sua frente, no meio do amplo salão. A alegria, que lhe acompanhara até ali, foi arrancada a frio de seu peito. Sua pasta tombou, abrindo-se e espalhando os papéis pelo chão. Um de seus desenhos voou e pousou sobre a poça vermelha que se formava a poucos passos dele.

Rogério jazia imóvel, esvaindo-se em sangue.

Rafael fechou os olhos e acreditou que, de alguma forma, tinha voltado para sua cama e estava sonhando aquela cena. Seu queixo tremia. A garganta travou com um nó intransponível. Então, se obrigou a abrir os olhos, pedindo com todas as suas forças para que o amigo não estivesse mais lá. Ou, pelo menos, que ele estivesse onde deveria estar: em uma das mesas de desenho, dando os últimos retoques em um de suas ilustrações fodas.

Todavia, em meio às lágrimas que não paravam de cair, Rafael descobriu que aquela era a maior realidade com a qual teria de lidar em toda a sua vida. Lutou contra a vontade de fugir e fingir que tudo estava bem... Mas nada estava bem. E nunca mais ficaria.

Correu até o corpo de Rogério e gritou a plenos pulmões, sacudindo o amigo: "Acorde, cara! Por favor, acorde! Não me deixe sozinho...".

Rogério não se mexia. Existia apenas o sangue vivo, mortal, que não parava de sair de seu abdômen. Rafael demorou para despertar do choque e notar que suas mãos estavam cobertas de sangue. A primeira coisa que fez foi consultar o pulso de Rogério, seu grande amigo, seu irmão... a luz naquelas trevas em que vivia. Os sinais vitais estavam desaparecendo. Encarou o fim naquele instante. No mesmo segundo em que soube que sua vida tinha perdido o sentido e talvez jamais voltaria a ter algum.

Tremendo e chorando, sacou o celular do bolso, porém nenhuma ligação foi feita para a emergência. Os seguranças do pai chegaram inesperadamente, acompanhados de Plínio Aguiar, e o agarraram pelas costas.

Em meio aos gritos de desespero e dor, Rafael conseguiu ver a expressão do pai e o que ela dizia ressoava em sua cabeça: "Eu te avisei!". E ele fez a única coisa que podia naquele instante, desvencilhou-se dos braços do segurança e avançou ensandecido contra o pai, acusando: "Assassino! Assassino!".

Rafael despertou sobressaltado, suando. Sentou-se na cama e passou as mãos pelo rosto, que saíram molhadas. Ele estava chorando. Odiava aquele pesadelo. Odiava aquela maldita data. Todo ano era a mesma coisa: sonhava com todos os detalhes da morte de Rogério. E com o maldito rosto sarcástico de seu pai!

Pulou da cama, mas a dor corroendo tudo por dentro não melhorou. Ao contrário, ela cresceu. Um soluço angustiado escapou por seus lábios e Rafael se permitiu chorar, cobrindo o rosto, no silêncio de seu quarto. Ainda se lembrava com clareza do pai lhe desferindo uma bofetada após o chamar de assassino e dando ordem aos seguranças para que levassem o filho para o carro. Ele não pôde se despedir com dignidade de Rogério. Jamais pôde. Nem mesmo no enterro do amigo conseguiu comparecer. A família o trancou dentro de casa e Rafael só conseguiu escapar horas após o sepultamento.

O choro o fazia engasgar e Rafael não queria que isso acontecesse. Queria tanto que as lembranças boas do amigo fossem mais fortes do que toda a tristeza. Queria apenas se lembrar de seu sorriso e seu jeito firme ao dizer: "Vá e faça, Rafa. Não deixe nada pra depois, moleque. Porque pode não existir um depois". Tudo foi, aos poucos, se apagando sob o peso da dor e da visão do corpo de Rogério esvaziando-se de vida.

— Rafa, tá tudo bem aí, irmão?

Rafael levantou a cabeça, secando as lágrimas rapidamente. Mas não conseguiu responder nada para Danilo. Sua voz não queria sair de jeito nenhum.

— Escutei alguns gritos lá da sala. O que foi, cara? Posso entrar? — Danilo insistiu.

— Entra. — Sua voz saiu quebrantada.

Danilo lhe deu uma boa olhada e sentou-se ao seu lado.

– Também detesto esse dia, meu amigo – falou, de repente. – Detesto te ver assim, Rafa, e não poder te ajudar. – Deu um tapinha no ombro de Rafael.

– Daqui a pouco passa, Dan. – Encarou fixamente a parede à sua frente. – Sempre passa...

Permaneceram alguns instantes num silêncio pesado. Então, Danilo mudou de assunto.

– Tua tia ligou há alguns minutos. Falou que tentou ligar no teu celular, mas estava dando caixa postal.

– Eu desliguei o celular quando cheguei do estúdio. Estava pregado e precisava dormir um pouco... – Passou novamente as mãos pelo rosto. Com certeza, o cochilo fora mil vezes pior. – O que ela queria?

– Ela pediu pra te avisar que estava indo com Melissa pro coquetel.

A imagem da doce Melissa formou-se em sua frente. Abriu um sorriso triste, mas foi o suficiente para se sentir melhor. Ainda não podia acreditar no que dera nele na quinta-feira para agarrar a garota e acariciá-la daquela forma. Mas não podia negar que sua vontade mesmo era arrancar as roupas de Melissa e correr sua língua por toda a sua pele, não deixando um único trecho de fora. Aqueles olhos, que refletiam um misto de inocência e paixão, quase o enlouquecera. Nem sabia o que o havia segurado para não levar a cabo seu desejo. Provavelmente, foi o pensamento de que tia Maria o mataria. Ou talvez o medo gigantesco de magoar a delicada garota que possuía os olhos azuis mais encantadores que já vira.

– Tua tia é corajosa de ir a esse coquetel... e ainda levar a pobre da Melissa...

Rafael despertou e olhou para Danilo. Havia jurado a si mesmo que não só não iria ao tal coquetel como nem queria saber o que rolaria por lá. Porém, não tinha pensado nas implicações de tia Maria levar Melissa para o "mundo deslumbrado" de sua família. O jeito tímido da garota saltou em sua mente de forma tão poderosa que seu coração passou a bater como um louco. Sua família faria picadinho da secretária de tia Maria. Eles a magoariam tanto que ela nunca mais quereria saber de sua tia... ou dele.

Pulou da cama. Mas ele não deixaria que isso acontecesse. Nunca! Aquela cambada de esnobes já estragou a vida de pessoas demais.

Abriu o guarda-roupa, tirou sua jaqueta de couro preta e a colocou sobre a camiseta do Motörhead.

— Aonde tu vai?

Rafael pegou a chave da moto, em cima do rack, enfiou a carteira no bolso da calça jeans e encarou Danilo.

— Vou enfrentar um dragão e resgatar uma princesa.

11

Uma princesa de contos de fadas. Era assim que Melissa se sentia enquanto Jair as conduzia, ela e dona Maria, rumo ao coquetel de inauguração da família Aguiar. Ao contrário do que imaginou que aconteceria, quando o "grande dia" chegasse, ela não sentiu vontade de se esconder no quarto e inventar uma desculpa para não acompanhar a idosa no evento. Nem mesmo o costumeiro nó na garganta deu as caras naquele dia. Na verdade, sentia uma excitação que lhe deixava com a cabeça leve, como se fosse sair flutuando a qualquer momento.

É claro que o fato de dona Maria, tão fofamente, tê-la levado à Rua Oscar Freire para lhe comprar um lindo vestido e um par de sapatos chiquérrimos contribuiu muito para que o humor de Melissa se elevasse às alturas. Raramente usava vestido. Muito menos os de marca famosa, já que as poucas peças que tinha foram compradas em lojas populares, pensando na praticidade – ou seja, eram roupas claras (a maioria branca), como calças e blusinhas de botões, que poderiam ser usadas tanto no dia a dia quanto no hospital onde trabalhou.

Assim, quando se viu no espelho da loja, no delicado vestido de renda rosa, com alcinhas finas e cintura marcada, que alcançava o final de suas coxas, Melissa não pôde conter o suspiro alto e o sorriso ao agradecer dona Maria, que respondeu numa voz suave que a alegria estampada nos olhos da garota era o melhor agradecimento de todos.

Depois daquele momento, a sensação de estar dentro de um sonho só aumentou. Dona Maria a levou, além da loja de sapatos, a uma joalheria e lhe presenteou com uma gargantilha de ouro, cujo pingente era uma nota musical. Tão logo descobriu qual era a intenção da idosa com o presente, Melissa não conteve as lágrimas, todas causadas pela mais pura emoção e pelo mais puro amor por tudo que dona Maria vinha lhe fazendo. Desde que Melissa decidira se abrir com a idosa, um dia após visitar o estúdio de Rafael, e contar sua história envolvendo a música e o afastamento dela, dona Maria não apenas se solidarizou com seu relato, como também não perdia a oportunidade de trazer a música de volta para a vida de Melissa — fosse por meio de "sessões de dança", fosse lhe presenteando com mimos que a faziam se lembrar do tempo em que a música era sua companheira constante.

O toque final em seu dia de princesa veio no começo da tarde quando ela e dona Maria foram até um salão de cabeleireiro no Pacaembu, cujo dono, simpaticíssimo, não parava de tecer elogios a seus cabelos bem tratados. Melissa precisava admitir, sem querer dar uma de presunçosa, que seus fios eram realmente bem cuidados, pois Edilene era louca por eles e a incentivava a mantê-los sedosos e longos. Costumava dizer que realizou na filha o sonho de ter lindos cabelos. E acrescentava: "O cabelo de tua mainha teima em crescer pra cima, nunca pra baixo... bichinho danado!".

O único momento da tarde em que a tristeza ameaçou voltar foi aquele, ao se lembrar da mãe. Edilene, com certeza, ficaria muito feliz em ver a filha tendo um tratamento de estrela. Ela sempre acreditou que Melissa iria longe; que não permaneceria escondida na Cidade Tiradentes, onde não existiam quase oportunidades, para sempre. "Tu nasceu pra ganhar o mundo. E um dia eu estarei na primeira fila pra te ver brilhar, meu anjinho", dizia.

Sua mãe jamais a veria daquele jeito... com os longos cabelos em ondas suaves, caindo em volta de seu rosto e em suas costas. Nem saberia que Melissa, pela primeira vez na vida, passou mais do que um gloss nos lábios. Ela exibia uma maquiagem suave, mas que realçava seus olhos sob os óculos. Porém, a garota não permitiria que a tristeza invadisse sua alma e nublasse sua noite excitante. Estava louca para conhecer aquele mundo novo e o conheceria pela mãe, que apenas saiu da zona leste nas vezes em que foi à Bahia visitar os parentes.

Um pouco de medo espreitava dentro dela, não negaria. O ambiente em que estava prestes a entrar era completamente oposto ao que estava acostumada. E toda a ideia que fazia dele vinha das novelas às quais assistia com a mãe. Tinha medo de sofrer preconceito por vir de um bairro humilde. Também ficava receosa que os pais de Rafael não vissem com bons olhos sua presença no coquetel, afinal ela era apenas a cuidadora de dona Maria. Por outro lado, sentia certa segurança porque a idosa confiou nela e lhe contou a história da família Aguiar nos mínimos detalhes, preparando-a para o que enfrentaria no coquetel.

Dona Maria contou que o primeiro hotel da rede Aguiar foi inaugurado há sessenta e cinco anos, em São Paulo, pelo pai, Antônio Aguiar, um português que chegou ao Brasil na juventude e trabalhou vários anos como caixeiro-viajante antes de iniciar no ramo hoteleiro. Prosseguiu a narração dizendo que o pai era um homem muito rígido, que conduzia a educação dos filhos com mãos de ferro. Exibindo um semblante triste, revelou que perdeu dois irmãos mais velhos na adolescência, vítimas de uma epidemia de gripe, e que essas perdas fizeram crescer em Antônio a obsessão pelo caçula, Plínio. O garoto, seis anos mais novo do que dona Maria, passou a acompanhar o pai em todas as viagens para supervisionar os hotéis que, aos poucos, eram abertos em diversas cidades do Brasil. Isso acabou prejudicando sua infância, fazendo-o criar responsabilidade antes mesmo de concluir o processo de alfabetização.

Melissa entendeu que dona Maria contava aqueles detalhes íntimos da família como se quisesse desculpar o pai de Rafael pelas atitudes inconsequentes que tomava em relação ao filho. E teve certeza disso quando ela comentou que, assim como o sobrinho, foi a rebelde da família. Nunca quis se envolver nos negócios do setor hoteleiro. Sempre teve a cabeça voltada para as artes. E teve que travar uma guerra contra o pai até ele aceitar as habilidades artísticas da filha. Mas a verdade era que ele jamais aceitou. Ela foi obrigada a se casar, aos 18 anos, para sair de sua dominação. Já Plínio foi fascinado pelo pai, por seu jeito ditatorial e pelo poder que ele emanava mesmo quando não emitia uma palavra e somente encarava as pessoas com o olhar firme e a boca cerrada.

Esse fascínio, segundo dona Maria, fez com que Plínio incorporasse o jeito do pai. A idosa o enxergava como uma pessoa inflexível, retrógrada, que apenas evoluía e se modernizava como empreendedor, já que os Hotéis Aguiar eram referência em gestão bem-sucedida e organizada. Ainda assim Plínio custou a delegar tarefas e se adaptar à dinâmica da economia moderna, com a participação de acionistas e parceiros comerciais. E, claro, como dona Maria bem ressaltou, demorou para aceitar que Tamires, ao contrário de Rafael, seguiria os passos do pai e assumiria a superintendência dos hotéis, já que Plínio também era bastante machista.

Antes de terminar a longa narração, a idosa ainda falou sobre a mãe de Rafael. Contou que poucas pessoas na sociedade paulistana sabiam que Susana tinha uma origem humilde; era filha de um grego que abrira uma pequena mercearia no Bom Retiro, nos anos 50. Todos acreditavam que ela era filha de um rico fazendeiro de algodão do interior de São Paulo. E continuou dizendo que, infelizmente, para algumas pessoas, tão fora de moda quanto Plínio, ela fez questão de assinalar, a aparência e as linhagens familiares ainda contavam.

– Enfim, chegamos. Pensei que ficaríamos presos indefinidamente no trânsito desta cidade.

Ao ouvir a voz baixa de dona Maria, Melissa emergiu dos pensamentos nos quais estava metida desde que saíra de Higienópolis e voltou-se para a idosa, que estava ao seu lado num elegante vestido creme, com losangos vermelhos. Só, então, a garota notou que o carro havia parado em frente a um prédio alto, cuja fachada exibia uma arquitetura moderna, com paredes brancas e azuis.

Assim que viu a movimentação de carros e pessoas, suas pernas se puseram a tremer. Colocou as mãos no peito para ver se conseguia diminuir o ritmo cardíaco. Um pensamento cruzou rápido sua mente: “Se o Rafael estivesse aqui, talvez eu não ficasse tão nervosa”.

O que ela estava pensando? Se Rafael estivesse ali dentro, com certeza, ela ficaria muito mais nervosa. Fazia dois dias que só faltava rezar para que dona Maria tivesse outra vontade súbita de visitar o sobrinho no estúdio de tatuagem... ou que ele voltasse para uma nova visita à tia. Mas que, dessa vez, ele colocasse aquela boca maravilhosa sobre a sua e a beijasse como se não existisse amanhã.

Melissa desceu do carro, com a ajuda de Jair, se abanando. Definitivamente, ela não estava bem. Ela não se reconhecia! Teve um tempo em que chegou a pensar que era frígida por não sentir prazer com os beijos e carícias de Cleyton. E agora parecia que ia pegar fogo só de pensar nos possíveis beijos e carícias de Rafael!

Melissa, teremos uma conversa séria depois desse coquetel. Muito séria mesmo!

Forçou-se a abrir um sorriso para dona Maria, que a aguardava a poucos passos dali. Só restava mesmo a idosa saber quais eram os pensamentos de sua cuidadora para a vergonha de Melissa ser completa.

— Não canso de dizer que você está adorável, minha querida. — Dona Maria colocou a mão de Melissa sobre seu braço e começaram a andar em direção ao saguão do hotel. — O coração de Rafael iria perder uma ou duas batidas se te visse agora.

Ah, sim, e a tia de Rafael precisava lembrar da existência do rapaz a todo instante... Melissa não podia esquecer desse detalhe. Dona Maria tampouco cooperava para que a garota esquecesse Rafael. Não perdia a oportunidade de falar dele. Melissa estava começando a acreditar que, assim como o tatuador alegou, a tia estava com algum plano mirabolante...

Entraram pela porta, que estava rodeada por homens fortes e engravatados, provavelmente seguranças do local, acreditou Melissa, que prendeu o fôlego tão logo viu um mar de gente, de paredes envidraçadas e de comidas e bebidas. Registrou tudo de uma vez, misturando-se em sua cabeça, deixando-a ainda mais zonza. O burburinho e os sorrisos para todos os lados que olhava a atingiram em seguida. A cabeça pendeu para um lado, e Melissa apertou o braço de dona Maria.

— É muita gente, eu sei, criança. — Dona Maria suspirou. — Susana adora uma badalação.

Não andaram muitos passos até que uma morena, de longos cabelos pretos e lisos, e rosto familiar, se aproximou. Mas Melissa não conseguiu se recordar de onde a conhecia. A mulher começou a falar, dirigindo-se a dona Maria:

— Quanto tempo, tia Maria... Pensei que a senhora tivesse rompido relações com sua própria família.

A voz da morena era seca e seus olhos eram tão frios. Melissa teve uma impressão ruim dela.

— Como vai, Tamires? Eu jamais romperia relações com a minha própria família. Mas, minha cara, ao contrário do seu irmão, que me visita regularmente, parece que você nem sabe mais que eu existo.

O olhar de Tamires brilhava como aço, fazendo Melissa sentir um frio na espinha. E então, subitamente, um nome surgiu em sua cabeça: Artemísia. Era isso! A irmã de Rafael era o clone da atriz que interpretou aquela personagem no filme *300 — A Ascensão do Império*. O mesmo olhar frio e implacável. E quantos pesadelos Melissa não teve com aquela mulher — tudo culpa de Cleyton que a fez assistir às cenas violentas e cruéis protagonizadas pela personagem.

— Continua a mesma excêntrica de sempre pelo jeito, titia... — Abriu um sorriso que não alcançou os olhos. — E quem é essa moça que está te acompanhando?

— Esta é a Melissa, minha nova amiga.

— Muito prazer, Melissa. — Estendeu a mão, e Melissa sentiu um aperto frouxo na mão direita. — Se é amiga de tia Maria, também é nossa amiga. Fique à vontade. — Virou-se para dona Maria. — Me deem licença, por favor. Preciso recepcionar alguns convidados.

Por algum motivo, Melissa não acreditou numa única palavra de hospitalidade de Tamires. Talvez estivesse se deixando influenciar pela semelhança entre ela e a personagem do filme. O caso é que, apesar das palavras da mulher ditas num tom gentil, o frio na espinha continuava.

— Essa mulher tem gelo nas veias no lugar de sangue...

— Como? — Melissa olhou para dona Maria, arqueando as sobrancelhas. Sua patroa disse mesmo o que ela acreditou ter ouvido?

— Nada, criança. Estava apenas pensando alto. Vamos circular. Quero te apresentar a alguns amigos.

— Tudo bem. — Sorriu, olhando a sua volta.

Ai, meu Deus! Havia celebridades ali. Melissa, num único giro de cabeça, viu duas atrizes bastante conhecidas e um jogador de futebol. Teria muita história para contar da próxima vez em que se encontrasse com Denise. A amiga morreria de inveja. Mas não a perdoaria por ela não ter pedido nenhum autógrafo. Teria que passar sem o perdão dela... não conseguia se imaginar nem chegando perto daquela gente sem ficar vermelha dos pés à cabeça... que dirá pedir um autógrafo ou uma *selfie*. Estava longe de ser tão desinibida (e cara de pau) quanto Denise.

O sorriso alargou-se, mas abafou a vontade de dar uma risada alta. A sensação de flutuar sem sair do chão a tomou novamente enquanto andava ao lado de dona Maria, que parava a todo momento para cumprimentar homens e mulheres pelo caminho. Melissa não podia negar que ficou impressionada com a gentileza de cada um deles. Tinha uma ideia bem diferente dos ricos e poderosos. Achava que todos eram uns esnobes. Com certeza, teria que rever seus conceitos... e preconceitos. Uma amiga de dona Maria, *uma socialite famosérrima no beau monde* (palavras sussurradas pela idosa antes de se aproximar da mulher), chamada Laurinha Bittencourt, chegara até mesmo a lhe dizer, com um jeito ainda mais elegante do que o de dona Maria: "Seus cabelos são um escândalo de lindos, *my dear*".

Apesar de toda excitação que corria em seu corpo, Melissa começou a se sentir nervosa conforme o tempo passava e ela não era apresentada aos pais de Rafael. Dona Maria demorou para conseguir alcançar o grupo onde Susana e Plínio se encontravam. Cada passo que vencia em direção a eles, acelerava um pouco mais seus batimentos cardíacos. Quando ficou de frente para a mulher, que era uma cópia de Rafael na versão feminina, com os cabelos escuros lisos na altura dos ombros, seu coração estava batendo tão rápido que Melissa sentia tontura.

Antes de cumprimentar dona Maria, Susana deu uma boa olhada em Melissa, e a garota acreditou ter visto desprezo nos olhos da mulher. Mas a mãe de Rafael desviou o olhar e voltou-se para a idosa.

— Olá, querida. Ficamos felizes com sua presença no coquetel. Faz tanto tempo que não nos vemos. Como você está? — Deu um beijo em cada lado do rosto da cunhada.

— Vou maravilhosamente bem, Susana. Ainda mais depois que ganhei a companhia da adorável Melissa — dona Maria falou, incluindo Melissa na conversa, para a gratidão eterna da garota.

— É a sua cuidadora, não é? Plínio me falou que você contrataria uma. — Mas a mãe de Rafael não parecia nada disposta a lhe dar atenção, pois continuava olhando para dona Maria. — Talvez ela se sinta mais à vontade na sala onde estão as babás, no primeiro andar.

Melissa sentiu o rosto queimar. Mas ergueu o queixo. Uma raiva surda a dominou. A troco do que aquela mulher a humilhava?

— Melissa veio como minha amiga, Susana. E vai desfrutar das mesmas coisas que eu desfrutar. — A garota não pôde deixar de notar que a raiva também transparecia na voz de dona Maria.

— Oh, eu entendo... claro... — Passou a língua pelos lábios, embaraçada. Então, enfim, voltou a olhar para Melissa, e agora a garota viu claramente desprezo dos olhos da mulher. — Será que posso saber de onde você é, Melissa?

Melissa levantou as sobrancelhas, sem conseguir entender qual era a relevância daquela informação para a mulher à sua frente. Porém, segundos depois, movida pela animosidade contrária à sua natureza, e despertada totalmente por Susana, pôs a dizer num fôlego só:

— Sou da Cidade Tiradentes. Talvez a senhora não conheça, porque fica na região mais periférica de São Paulo, no extremo da Zona Leste. Inclusive, meu bairro está entre os dez mais pobres da cidade. Mas eu tive sorte porque minha mãe, uma retirante nordestina muito batalhadora, conseguiu me proporcionar um bom estudo e me formei como técnica em enfermagem, por isso estou aqui, hoje, trabalhando para a dona Maria, que é um poço de gentileza. – *Ao contrário da senhora, que parece não ter um pingo de educação...* segurou-se para não completar.

– Temos um projeto social na Cidade Tiradentes, Melissa. – Uma voz muito similar à outra da qual Melissa estava sentindo saudade fez-se ouvir. Não precisou que ninguém dissesse que aquele senhor esguio, de cabelo cheio e quase todo branco, era o pai de Rafael. Teve a única reação possível: corou e abaixou a cabeça. – Estamos patrocinando uma escolinha de futebol de lá.

– Apenas porque é conveniente para você... – dona Maria sussurrou, mas Melissa ouviu. E Plínio também, pois o semblante calmo mudou drasticamente, sobressaltando a garota. Os olhos do idoso semicerraram-se e seus lábios pressionaram-se um contra o outro, numa linha esbranquiçada.

– Vai começar com as suas gracinhas, velhota maluca? – falou entredentes, numa voz controlada e baixa. – Eu estou começando a achar que não era bem de uma cuidadora que você estava precisando... mas sim de uma clínica psiquiátrica.

– Não é de bom tom termos brigas familiares na frente da Melissa e dos seus convidados, meu caro. – Dona Maria ajeitou os cabelos atrás da orelha, exibindo o sorriso plácido de sempre.

– O problema é que você e seu sobrinho adoram me tirar do sério, *minha cara*. – Plínio sorriu também, porém Melissa notou o sarcasmo em sua voz. O mesmo frio na espinha que sentiu durante o encontro com Tamires a visitou de novo.

De repente, começou a entender por que Rafael tinha tantos problemas com a família. À exceção de dona Maria, o resto era um bando de lobos em pele de cordeiro, prontos para devorar os incautos. Parecia que tinham saído direto das novelas pelas quais Edilene era fanática.

Melissa começou a andar para trás, enquanto dona Maria e Plínio mediam forças. Não tinha ideia aonde ia. Mas precisava respirar longe dali. Quando deu por si, estava caminhando para a mesa de bufê. Só naquele momento reparou nos detalhes. A decoração era linda – em tons de vermelho e dourado. E o que dizer daquelas iguarias que ela não fazia a ideia dos nomes? Mas que tinham uma apresentação maravilhosa – uma profusão de canapés coloridos (pelo menos, ela sabia o nome desses) e... pãezinhos doces? Alguns, em especial, chamaram-lhe a atenção. Eram cobertos por açúcar. Bom, parecia açúcar de confeiteiro.

Ainda assim, ficou receosa em colocá-lo na boca. Que diabos seria aquilo?

– Chama-se *kourabie*. É um doce típico da Grécia.

Uma voz enrouquecida familiar tocou seus ouvidos, fazendo-a ter uma leve vertigem. Aquilo não podia estar acontecendo novamente... O raio cairia duas vezes no mesmo lugar? Ao se virar, encontraria Rafael assim como aconteceu quando se viram pela primeira vez?

Ah, meu Deus, por favor sim!, recitou mentalmente e virou-se.

E lá estava ele, muito mais alto, forte e lindo do que ela se lembrava, com os cabelos bagunçados, a barba crescida e, como sempre, todo de preto, parecendo um anjo da noite.

– Você veio... – ela sussurrou.

– Não consegui ficar muito tempo longe de você, doçura. – Olhou-a de cima a baixo, fazendo Melissa tremer. Aproximou-se e deslizou a mão por seus cabelos. Ela fechou os olhos. – Você está... maravilhosa.

Ela abriu os olhos e um sorriso. Então, retribuiu o olhar, fitando-o por inteiro.

– Eu acho que você está com uma roupa mais apropriada para um show de rock do que um coquetel de grã-finos.

Ele deu uma gargalhada, pousando as mãos em sua cintura. E toda a resolução de Melissa em ter uma conversa séria consigo mesma sobre ficar longe do rapaz evaporou de sua cabeça. Viu-se, inclusive, aproximando-se ainda mais de Rafael.

— Me senti no dever de te resgatar desse ambiente deslumbrado e... da minha família — completou sem tirar os olhos dos dela.

— Você vai ficar chateado se eu confessar que estou adorando esse "mundo deslumbrado"? — ela perguntou, sentindo o rosto esquentar.

Rafael soltou outra risada e subiu as mãos pelos braços de Melissa, numa das carícias que a garota qualificava como "de tirar o fôlego e esquentar vergonhosamente partes íntimas".

— Mas acho que vou aceitar ser salva da sua família — sussurrou. — Eles são um pouco... esquisitos.

— Você está sendo bondosa, Mel. Eles são...

— Um bom filho a casa torna.

Melissa deu um salto e afastou-se no mesmo segundo de Rafael ao ouvir uma voz próxima a eles.

— Pai... — Rafael declarou, passando as mãos pelos cabelos.

— Não me diga que agora você está "catando" as funcionárias da sua tia? Não sei se sua mãe vai concordar com isso. Acho que ela tem planos mais elevados para você... se é que me entende.

Melissa sentiu uma dor tão forte no peito que levou uma das mãos até ele. Mas mordeu os lábios para não chorar. Nem que a vaca tossisse ela choraria na frente daquele homem cruel!

— O senhor continua o mesmo desgraçado de sempre!

Tudo aconteceu tão rápido que Melissa não teve tempo para entender muito bem como a cena se desenrolou. Num instante, Rafael estava à sua frente, no seguinte voava para cima do pai e era empurrado com violência pelo homem. No outro, estava caído no chão, com o supercílio sangrando.

— Foi para isso que você veio até aqui, não foi? Atrás de briga! Pois ponha-se daqui para fora. Estou cansado de você me causar problemas. Olhe o que você fez! Agora deu um bom furo para a imprensa marrom.

Enquanto Plínio gritava aquelas palavras como se estivesse tomado por algum demônio, Melissa correu até Rafael, aflita, mal notando a quantidade de pessoas que se reunira em volta deles. Só, então, se deu conta de que ele havia batido a cabeça em algum objeto de decoração da mesa.

– Você está bem, Rafa? – Melissa ajoelhou-se ao lado dele, com o coração batendo a mil por hora e com todas as partes do corpo chacoalhando muito. Nem parecia a profissional da área da saúde que era.

O rapaz parecia desorientado olhando para ela.

– Só um pouco tonto.

– Oh, meu filho, o que aconteceu? – A mãe de Rafael surgiu, de repente, tentando empurrar Melissa para longe. Mas a garota fingiu que não via e permaneceu onde estava, recebendo um olhar feroz da mulher.

– Ele precisa estancar esse sangue – Melissa disse na voz mais séria que possuía.

– Você não precisa me dizer o óbvio, garota. Sei muito bem cuidar do meu filho. Pode se afastar daqui.

– Eu sou a profissional da saúde *aqui*. – Melissa sabia que estava se metendo numa baita encrenca ao medir forças com Susana. Mas não sairia de perto de Rafael nem se fosse arrastada. – Saiam de cima, por favor. Ele precisa respirar! – gritou para o aglomerado de pessoas ao seu redor, vestindo de vez a roupagem da técnica em enfermagem.

– Levante-se, Susana. Agora não é a hora de bancar a boa mãe. – Dona Maria apareceu, erguendo a cunhada do chão.

– Vamos circular, pessoal. Contratempos como esses acontecem nas melhores famílias. – Melissa ouviu a voz, que ainda lhe causava calafrios, de Tamires. – Chamei dois rapazes que estão fazendo a segurança. Eles vão levar meu irmão para uma sala especial. Estanque o sangue com isso. – Ela lhe entregou um lenço.

– Eu não quero ficar aqui. Não estou mais me sentindo zonzo. – Rafael tentou levantar, enquanto Melissa pressionava o lenço em sua testa.

– Oxente, fique quietinho onde está! – Melissa admoestou, fazendo o rapaz abrir um sorriso largo, que desestabilizou a pulsação da garota. Ela entendeu que, pela primeira vez, seu lado profissional estava perdendo de dez a zero para o emocional.

– Você é uma pequena feiticeira... – ele falou com a voz ainda mais rouca, tocando o rosto dela.

– Acho melhor levá-lo para o meu apartamento. Ou você acha que devemos seguir para um hospital, criança? – Dona Maria parecia aflita ao seu lado.

Melissa verificou a pulsação de Rafael e deu uma boa olhada em seus olhos, lutando para não se afogar naquele lago escuro e hipnotizante. Quando teve certeza de que fez um exame (quase) profissional, disse à patroa:

– Podemos levá-lo para o apartamento da senhora.

– Minha moto está aí fora... Vou pra minha casa...

– Mas é ruim do senhor subir naquela moto hoje, Rafael Papadopoulos Aguiar!

Apesar do final quase trágico, Melissa, enquanto se debatia consigo mesma para não cair na risada, não teve dúvidas de que aquela noite fora a mais excitante de sua vida. E a sensação só ganhou força quando teve Rafael em seus braços, após os seguranças o colocarem no carro de dona Maria, durante o trajeto de volta para o apartamento de sua patroa. A idosa fez questão de ir ao lado de Jair, no banco do passageiro, para que Rafael pudesse se acomodar melhor nos braços da garota. E Melissa teve certeza de que o tatuador-briguento-abusado estava fingindo os gemidos para que ela não parasse de fazer carinho nos cabelos dele.

Tão logo eles entraram no apartamento, e Jair garantiu que daria um jeito de trazer a moto sã e salva de Rafael até ali, dona Maria correu para pegar o kit de primeiros socorros. Porém, ao contrário do que acreditou Melissa, a idosa não ficou na sala para ver o sobrinho ser atendido. Alegou que estava com uma enxaqueca atroz e precisava dormir. Nesse momento, a garota se esqueceu, por alguns segundos, de que era ela quem faria o tal curativo e quase implorou para dona

Maria não a deixar sozinha com Rafael. O problema era que Melissa não garantia que seu lado profissional sairia vitorioso daquela vez...

No entanto, assim que se postou em frente a Rafael, que estava sentado no sofá numa das cinco salas do apartamento, resolveu conversar sobre o que tinha acontecido no coquetel... qualquer coisa servia, menos encará-lo diretamente naqueles olhos que não paravam de fitá-la com a intensidade que deixava suas emoções em polvorosa.

— Parece que as coisas entre você e seu pai só ficaram mais difíceis... — ela disse, desinfetando o local da ferida.

— É...

— Tomara que ele não complique ainda mais a sua vida... — Começou a colocar o curativo.

— Sim...

Melissa juntou as sobrancelhas. Por um momento, temeu que Rafael tivesse voltado a ficar tonto. Então, seus olhos encontraram os do rapaz, que olhava insistentemente para os lábios dela.

— Não sei por quanto tempo mais vou resistir ficar olhando pra sua boca e não te beijar — Rafael declarou, fazendo as mãos de Melissa tremerem.

— E-eu já acabei. — Ela terminou de fixar o curativo com rapidez e deu um passo para trás, sentindo todo o corpo tremer.

— Você também sente que essa atração entre nós está cada dia mais forte, não negue.

"Por que ele precisava ter aquele olhar tão intenso que revirava seu interior de cabeça para baixo?", pensou Melissa, distanciando-se outro passo.

— Sua tia falou que você não leva nenhuma mulher a sério — ela falou, passando a língua pelos lábios.

— Você quer ser levada a sério, Melissa?

Ela fechou os olhos. Aquela voz rouca era muita tortura.

— E-eu não sei o que eu quero... — Ela arfou.

— Pois eu sei que eu quero você, doçura.

Ele a puxou para o colo. E em meio a uma revoada de borboletas em seu estômago, Melissa sentiu os lábios de Rafael sobre os seus. Entretanto, mal teve tempo para aproveitar a maciez daquela boca aquecendo a sua, pois as línguas se encontraram, elevando a garota a um céu que não se lembrava de ter visitado algum dia. O beijo de Rafael era selvagem, cru, tomava sem pedir... um reflexo tão perfeito de sua personalidade que Melissa desejou beijá-lo a noite toda. E aquele desejo só a fez corresponder ao beijo com mais vontade. As línguas entrelaçavam-se incansáveis. Mas não apenas as bocas se comunicavam. As mãos de ambos pareciam ter ganhado vida própria. Rafael acariciava a cintura, os braços, o rosto de Melissa. E ela deslizava a mão pelo peito, o pescoço e os cabelos do rapaz. Ela tinha plena consciência da excitação de Rafael pressionando contra o tecido fino de seu vestido. Contudo, estranhamente, aquilo não a assustava. Ao contrário, a estimulava a aprofundar o beijo.

Inesperadamente, Rafael a deitou no sofá, sem nunca interromper o beijo. Melissa não sabia de onde os dois tiravam tanto fôlego, mas não estava nem um pouco a fim de buscar explicações científicas para aquilo. Beijá-lo era mais do que suficiente. Contudo, logo ele separou os lábios dos dela e os desceu pelo queixo da garota, numa carícia molhada e sedutora. Não contente, Rafael foi um pouco mais para baixo, correndo a língua pelo pescoço e pela clavícula de Melissa, que arfou e jogou a cabeça para trás. Não restava dúvida de que ela não estava em seu juízo perfeito. Como não bebera uma gota de álcool, não podia culpar a bebida. Mas esperava apenas não se arrepender na manhã seguinte. Por ora, queria tão somente que aquelas carícias não terminassem nunca.

Uma das mãos de Rafael insinuou-se por baixo do vestido de Melissa, subindo devagar por sua coxa, numa carícia que teve o poder de fazê-la soltar um gemido rouco. E precisou lutar para não soltar outros quando o rapaz passou a boca sobre a frente do vestido, exatamente onde ficavam seus seios. Então, ele voltou a tomar sua boca em outro beijo interminável e selvagem, acariciando sua barriga, estômago e seios... por baixo do vestido!

Ofegou sob a boca de Rafael quando as mãos habilidosas, em carícias deliciosas, exploraram seus seios. Era a primeira vez que um homem a tocava daquele jeito. Cleyton raramente a tocava de forma íntima. Nunca nem mesmo a deixou nua. Ele preocupava-se apenas em descer sua calcinha e penetrá-la de um jeito desajeitado e muito dolorido. Dizia que agia assim por medo de serem pegos, já que os contatos aconteciam na sala da casa dele ou da dela, quando assistiam a filmes.

No entanto, as carícias maravilhosas foram interrompidas de forma abrupta. O beijo também cessou. E Melissa deparou-se com o olhar de pura luxúria de Rafael a centímetros de seu rosto.

— Se não formos cada um para o seu quarto agora, doçura, vamos nos encrencar de verdade.

Aquilo foi o suficiente para despertar Melissa da insanidade na qual tinha se metido... por vontade própria! Desvencilhou-se do rapaz e tentou levantar num pulo, porém as pernas tremiam demais e ela caiu sentada.

— Fui até aquele coquetel achando que era o fodão, que iria resgatar uma princesa... mas quer saber... — Ele a ajudou a se levantar, dando um sorriso enviesado, mas com as mãos tremendo. — Acho que nós dois precisamos ser resgatados.

Sentindo uma revolução sem precedentes em seu interior, Melissa caiu na risada junto com Rafael.

12

Muitas pessoas diriam que Rafael era louco por não gostar de luxos. Mas era a pura verdade. Ele preferia seu quarto minúsculo, com apenas cama, rack e guarda-roupa, no prédio do século passado, na Avenida Rio Branco, ao quarto imenso e cheio de bibelôs do apartamento de tia Maria. Principalmente porque o maldito colchão, no qual ele rolara a noite inteira, sem conseguir dormir, parecia conter espinhos, não molas de última geração.

Sentou-se na cama, passando as mãos pelo rosto. Não era justo culpar o colchão, os bibelôs ou o luxo. Na realidade, teve uma puta insônia porque sua cabeça não parava de ser bombardeada por pensamentos conflituosos e porque certa parte de sua anatomia não parava de clamar por certa "feiticeira de olhos azuis", que dormia a poucos metros dali.

Nunca teve um pingo de dor na consciência por ter beijado uma mulher. A dor vinha depois... com o término, porque não previra que as garotas se envolveriam emocionalmente de uma forma que ele não conseguiria corresponder. Porém, dessa vez, a sensação de ser o habitante mais filho da puta do planeta veio antes. Assim que se separou de Melissa no corredor que conduzia aos quartos – lutando contra a vontade de puxá-la para sua cama –, sua consciência começou a pesar dez toneladas.

Ele estivera prestes a transar com Melissa no sofá de sua tia. De sua tia! A mulher que via com péssimos olhos seus relacionamentos descompromissados. Pior ainda: a garota era funcionária dessa mulher!

Em um aspecto, seu maldito pai tinha razão: ele estava se envolvendo com a funcionária de tia Maria, uma moça que sofrera o pão que o diabo amassou e ainda sofria com os efeitos colaterais causados pela morte da mãe. Tudo bem que ele nunca sentiu uma excitação tão poderosa por uma mulher quanto estava sentindo por Melissa... Bastavam seus lábios tocarem aquela boca tentadora para ir de zero a cem em segundos.

Entretanto, isso o fazia se sentir ainda mais culpado. Como ele poderia dizer a Melissa que queria se perder em seus beijos pecaminosos e em suas curvas delicadas, mas que daria o fora em três meses, pois esse era o prazo de validade de seus relacionamentos? Mas continuariam se encontrando quando ele fosse à casa da tia, como se nada tivesse acontecido...

Sua cabeça tinha uma porra de um nó que o estava deixando mais zonzo do que a batida que o machucara no maldito coquetel!

Jogou as cobertas para o lado e deu um pulo da cama, apenas de cueca boxer, em busca de suas roupas. Vestiu a calça jeans e a camiseta com agilidade. Não podia se esquecer ainda de seus pais, que trataram Melissa com hostilidade. Plínio Aguiar a humilhou para quem quisesse ouvir. E dona Susana a encarou com aquele olhar de superioridade que Rafael abominava, mas que a mãe usava para todos que acreditava não pertencer ao seu mundinho fútil.

Rafael temia que sua família cismasse com Melissa. Eles fariam da vida da garota um inferno, assim como tinham se especializado em fazer com a sua. Não poderia pensar apenas em si mesmo e em seu desejo fora do comum por Mel. O certo era esclarecer tudo com ela e terminarem antes de sequer começarem algo.

Mas o que ele faria com o perfume suave de Melissa que ainda estava impregnado em sua pele? Como esqueceria o gosto doce e embriagante de sua boca? Ou de que jeito apagaria da memória a sensação deliciosa de ter seus seios pequenos e macios em suas mãos?

— Porra de vida! — resmungou, sacudindo a cabeça e entrando no banheiro da suíte.

Ele fez sua higiene, determinado a subir na moto e desaparecer dali o quanto antes. Talvez fosse o caso de passar um tempo sem visitar a tia e falar com ela apenas por telefone. Melissa acabaria entendendo que seu sumiço era para o bem dela.

Todas as resoluções de Rafael, contudo, escorreram bueiro abaixo quando ele abriu a porta do quarto e deparou-se com Melissa, tão linda e delicada, de calça jeans e regata branca, no final do corredor. Assim que olhou para ele, seu lindo rosto ficou vermelho e ela deu um dos sorrisos "enfarta Rafael".

— Bom dia, Rafa — ela cumprimentou, naquela voz doce que deveria ser seu feitiço mais poderoso, concluiu Rafael. E se aproximou.

— Bom dia, doçura. — E ele a beijou! Sim, foi exatamente o que fez. Segurou o rosto de Melissa com as duas mãos e lhe tascou um beijo. Não um simples selinho. Sua língua procurou a dela, e ambas se enroscaram numa dança lenta e provocante que o deixou a ponto de bala em dois segundos. E foi Melissa quem interrompeu o beijo.

Ele estava perdido... para não dizer que estava f... enfim...

— Como está a sua cabeça? — Ela tocou o curativo. E ele não pôde resistir à vontade de puxá-la para mais perto, passando os braços em volta de sua cintura.

— Enlouquecida de tanto pensar — respondeu, cedendo também à vontade de lhe dar outro beijo; dessa vez, porém, foi apenas um leve roçar de lábios.

Melissa franziu as sobrancelhas, encarando-o. Contudo, Rafael não pôde acrescentar mais nada, pois tia Maria surgiu, de repente, fazendo-o soltar a garota e dar um pulo para trás.

— Olá, crianças! Já estão namorando logo cedo?

Rafael teve certeza de que corou tanto quanto Melissa. E os olhos de ambos também se arregalaram simultaneamente, enquanto olhavam estáticos para a idosa sorridente.

— Ora, não me olhem com essas caras de choque. Eu tenho setenta e dois anos e me casei três vezes. Sei muito bem detectar os sinais de um romance. – Voltou-se para Rafael, com o semblante tão sério que um arrepio percorreu a espinha do rapaz. – Mas eu espero que o senhor esteja ciente das consequências que vai sofrer nas minhas mãos se magoar a Melissa. – Então, ajeitou os cabelos e voltou a exibir um sorriso. – Bom, mas agora venham tomar café da manhã porque beijos não enchem barriga.

– O apelido "velhota maluca" está fazendo cada dia mais sentido, a senhora sabe disso, né? – Ele começou a seguir a tia e Melissa em direção à sala de jantar, sacudindo a cabeça.

A tia fez uma parada abrupta, que Rafael qualificou como a mais dramática que já presenciou, no meio da sala, e falou:

– O que eu sei é que hoje é folga da Melissa. – Fitou a secretária, que arrumava os cabelos atrás das orelhas, ainda com as bochechas ruborizadas. – Você pretende visitar seu bairro, criança?

Uma onda de frustração percorreu Rafael. Melissa não ficaria por ali justamente quando ele tinha o dia livre... Ok, ele não estava apenas perdido. Estava se tornando um bipolar do caralho!

– Queria passar esta folga aqui... se a senhora não se importar.

Tia Maria não respondeu a Melissa de imediato. Mas Rafael não tinha dúvida de que ela estava maquinando alguma coisa, enquanto se sentavam à mesa com um café da manhã que dava para um batalhão. O rapaz não compreendia muito bem por que a tia servia uma tonelada de comida em todas as refeições, mas o que o aliviava era saber que não havia desperdício. Vanda e Jair se encarregavam de levar o que não era consumido para uma comunidade carente da zona sul.

– Por que você não leva Melissa para dar um passeio, Rafael? – tia Maria soltou.

Em meio a uma crise de tosse causada pelo engasgo com o café, Rafael teve um clarão e entendeu o plano que a tia vinha tramando desde a visita ao estúdio, na semana passada. Assim que se recuperou, perguntou, com os olhos semicerrados:

– A senhora está tentando dar uma de cupido?

— Não tenho mais idade para esse tipo de coisa, meu caro. — Mas ela ficou visivelmente sem graça e tratou de disfarçar tomando um gole de leite.

— Ah, conta outra! Desde quando a idade a impediu de fazer alguma coisa?

Rafael olhou para Melissa, preocupado, mas, ao contrário do que imaginou, ela não parecia abalada. Para ser franco, nitidamente a "feiticeira de olhos azuis" estava contendo uma gargalhada. As duas estariam de complô?

— Vamos mudar de assunto — tia Maria começou a falar, atraindo a atenção de Rafael. — O que foi aquilo ontem com o seu pai? Pensei que você tivesse ido até lá para conversarem "numa boa", como vocês, jovens, costumam dizer.

— Ele ofendeu a Melissa. — Rafael mastigou um pedaço de pão, mas foi difícil engoli-lo com a tensão tomando todo o seu corpo. Só de lembrar das palavras de seu pai tinha vontade de voar de novo em seu pescoço. E nem queria imaginar o que Melissa sentiu naquele momento.

— E você tinha que partir para a violência? Você cai com tanta facilidade nas armadilhas do seu pai, Rafael. — A tia suspirou, depositando a xícara na mesa. — Sua mãe me contou que Plínio está pensando em chamá-lo para um projeto de grafite. Algo relacionado a fazer grafites nas paredes da área recreativa de um dos hotéis.

Uma batida sobressaiu-se no coração de Rafael e suas mãos tremeram, segurando a xícara. Era ridículo, ponha ridículo nisso, mas aquela notícia mexeu profundamente com ele. E não pôde impedir que a palavra "esperança" brotasse em sua cabeça. Mas era idiotice... não existia esperança para seu relacionamento com sua família. Nunca existiu. Jamais existiria.

— O que ele está tramando agora? Até quinta-feira eu era o tatuador delinquente e agora quer meus grafites nos muros de um de seus preciosos hotéis?

— Talvez ele tenha apenas mudado de tática... não vou negar. — Tia Maria passou a língua pelos lábios. — Mas é a sua oportunidade para mostrar a ele o quanto é um profissional competente e que não escolheu seguir o caminho das artes por capricho.

— E a senhora acha que Plínio Aguiar, com aquela mente limitada, vai compreender isso, tia? — Como ele odiava aquela porra de nó que travava a sua garganta quando o assunto era a família!

— Você nunca mostrou suas habilidades artísticas para seu pai, Rafael. Todos os julgamentos dele são baseados no que ele acha que é bom para você.

Rafael fechou os olhos por alguns segundos, desistindo de tomar o resto do café. Uma parte dele — a masoquista, com certeza — gostaria de acreditar na tia. A mesma parte que sonhava em mostrar suas ilustrações para o pai e ter a sua aprovação. Porém, outra, a realística — que conhecia muito bem as maldades de Plínio Aguiar —, sabia que embarcar naquela direção era colecionar mais sofrimentos e rejeição.

— Eu vou embora — ele declarou, levantando bruscamente da cadeira.

— Isso mesmo, meu sobrinho. — Tia Maria o encarou, sem vacilar. — Fuja do seu pai, fuja de mim e fuja da Melissa. Mas eu quero ver você fugir de si mesmo.

Rafael voltou a se sentar. Passou as mãos pelo rosto, sentindo todo o peso do cansaço por não ter dormido bem e por estar naquela luta há tantos anos...

— Entendi... O plano da senhora é muito mais elaborado. É o de me enlouquecer! — Ele virou-se para Melissa. — Você sabe que não estou fugindo de você, não é, doçura?

É claro que o fato de ele ter pensado, mais cedo, em fugir dela não contava...

Ela abriu um sorriso triste que arrebentou o coração de Rafael. Melissa não acreditava nele. E isso, inexplicavelmente, o destruía. Ele segurou a mão da garota, que estava ao seu lado, e uma ideia invadiu sua cabeça. Precisava mostrar para Melissa quem ele era de verdade. Era uma necessidade maluca, ele sabia. Mas era incontrolável.

— Quer saber, Mel, vamos dar o fora daqui e deixar essa velhota maluca se roendo de curiosidade para saber aonde estamos indo. — Ele tornou a ficar de pé, levando Melissa junto, dessa vez.

Pelo sorriso triunfante que tia Maria abriu, Rafael soube que aquilo também fazia parte do plano maluco que ela arquitetava. Mas, por estranho que parecesse, não se incomodou com isso. A urgência de "provar sua inocência" à linda garota, que apertava nervosamente sua mão, era maior do que tudo. Então, pediu licença, correu até o quarto onde dormira e costumava deixar algumas de suas coisas, pegou dois capacetes, entregou um para Melissa, e voltou a tomar a mão da garota na sua, soltando-a apenas quando chegaram em frente ao elevador.

— Sua tia não pode saber aonde vamos, mas será que eu posso? — Melissa disse, ao entrarem no elevador, numa voz risonha, mas Rafael detectou medo em seus olhos. Ele a puxou para o interior de seus braços e a apertou contra o peito, beijando-lhe os cabelos.

— Quero te mostrar um pouco da minha história, Mel. Quem sabe, assim, eu possa mudar a imagem de tatuador estourado na sua cabeça.

Ela afastou-se dele, olhando-o.

— Não é essa imagem que eu tenho de você na minha cabeça. — E ela corou, fazendo a pulsação de Rafael alucinar.

— Por que será que estou começando a acreditar que vou morder a língua? E que Danilo vai assistir de camarote?

— Oxente, do que você está falando? — Ela riu.

— Só estou pensando alto, doçura. — E ele riu também... já que chorar queimaria seu filme.

As portas do elevador se abriram, e eles saíram de mãos dadas na garagem do edifício. Felizmente, Jair fora de táxi buscar sua Preciosa — como ele chamava a Ducati vermelha que comprara no ano passado, o único luxo a que se permitia — e a trouxera sã e salva.

— Essa é a minha Preciosa. — Ele bateu, orgulhoso, no banco de couro preto da moto.

— Eu nunca andei numa moto. — A mão dela começou a suar. E seus olhos estavam tão assustados que Rafael cogitou a possibilidade de chamar um táxi. Mas, inexplicavelmente, de novo, era importante para ele que Melissa andasse em sua Preciosa.

Ele colocou o capacete sobre a moto e prendeu o rosto de Melissa entre as mãos, fitando-a com um sorriso, na tentativa de tranquilizá-la.

— A gente não vai muito longe e eu não vou correr. Eu juro. — Depositou um beijo sobre seus lábios.

— Eu vou me segurar forte em você, tudo bem?

— Essa será a melhor parte, doçura. — Deu uma piscadela e a ajudou a colocar o capacete.

No entanto, no final do trajeto, ao chegar à Rua Conselheiro Nébias, Rafael não conseguia se decidir qual foi a melhor parte. Sem dúvida, sentir o corpo de Melissa colado às suas costas fez sua adrenalina correr à velocidade da luz nas veias. Mas teve muito mais do que isso. Teve também a sensação de estar apresentando um mundo novo a uma garota que o fazia sentir coisas assustadoras, mas, ao mesmo tempo, tão excitantes como jamais experimentara antes. E todas aquelas coisas se misturavam à ansiedade em lhe apresentar seu "santuário" especial. O lugar que lhe trazia tanto memórias dolorosas quanto felizes.

Parou em frente à porta de ferro e buzinou. Segundos depois, a porta abriu, dando passagem para a moto, que estacionou num canto do salão. Rogério não estava mais ali fazia doze anos. Mas ele e Cristiano jamais conseguiram abandonar completamente aquele lugar... e os jovens, que continuaram passando por lá em busca de um motivo para sonharem com um futuro melhor.

— Fala, Grego. — Cristiano chocou sua mão com a de Rafael, assim que ele e Melissa desceram da moto e tiraram os capacetes.

Rafael sorriu. Cristiano o chamava por aquele apelido há exatos quinze anos, desde que lhe contou que seu sobrenome tinha origem grega. E apesar de ter passado seis anos sem vê-lo, no tempo em que permaneceu na Inglaterra, quando voltou, a amizade com o negro alto e sorridente, que era quatro anos mais velho do que ele, era tão forte quanto antes.

– E aí, irmão, resolvi dar uma passada por aqui para ver como estão você e os moleques. E também mostrar para a Melissa o espaço de artes. – Entrelaçou os dedos nos da garota e a olhou, sorrindo. – Este é o Cristiano, um grande amigo, com quem tenho um projeto superbacana de ensinar ilustrações e tatuagens para os menores carentes que perambulam pelas ruas de São Paulo. – Ele virou-se para o amigo. – Esta é a minha garota, a Mel.

Minha garota?!

Ele não tinha ideia de onde saíra aquilo. Quando viu, já tinha falado. E agora era tarde para consertar... se é que queria consertar... A verdade é que não tinha mais certeza de nada...

Melissa e Cristiano se cumprimentaram, mas a garota não tirava os olhos assustados dos dele, toda ruborizada. Teve vontade de falar: "Também estou tão assustado quanto você, baby". Mas aquele não era o momento para terem aquela conversa. Então, mais uma vez, a pegou pela mão e a apresentou aos quatro meninos que sempre estavam por ali. Dois deles eram ex-internos da Fundação Casa, para menores infratores. Haviam executado vários pequenos roubos na região central de São Paulo. Os outros dois eram filhos de catadores de papel que se interessaram pelos cursos quando passavam por ali certa vez e viram a porta aberta.

Teve um tempo em que Rafael acreditou que a morte de Rogério traria o fim dos projetos sociais que tocavam juntos. Porém, ele e Cristiano não conseguiram abandonar o sonho de Rogério por muitos anos. Não era justo. Não era certo desistirem de tudo porque um deles não estava mais ali. Porque o amigo continuava, sim, entre eles e nunca seria arrancado de suas memórias. E não podiam simplesmente virar as costas para os jovens que dependiam daquela válvula de escape para se manterem afastados do mundo do crime. Então, mesmo sentindo a maior dor do mundo, assim que Rafael regressou da Inglaterra, ele voltou à Rua Conselheiro Nébias, ao salão de dois andares, que abrigava a sala de ilustrações e grafite, num andar, e a de tatuagem no outro, onde Cristiano tinha seu estúdio. Não podia dedicar mais tanto do seu tempo por causa do estúdio de tatuagem que mantinha com Danilo. Mas procurava aparecer por ali, pelo menos, três noites por semana. Assim como Cristiano, seu primeiro mentor na profissão de tatuador, que também não deixava de ensinar suas habilidades artísticas àqueles meninos.

Depois de todas as apresentações e de contar como funcionava o projeto para Melissa, Rafael comunicou a Cristiano que subiria no primeiro andar, onde ficava o estúdio. Assim que entraram no local, que possuía apenas uma bancada, repleta de material de tatuagem, e uma cadeira, mas era tão limpo e organizado quanto o que ele mantinha na Galeria do Rock, Melissa soltou a mão dele e o fitou com um brilho de tanto orgulho nos olhos que ele se sentiu o cara mais especial do planeta. Uma sensação muito bem-vinda depois de se sentir, por tantas vezes, o maior filho da puta.

— Não sei o que te dizer, Rafa... Isso é tudo tão... você é tão... — Ela literalmente pulou no pescoço de Rafael e o abraçou com força. — Você é o homem mais espetacular que eu já conheci! — ela declarou, exibindo um de seus sorrisos de tirar o fôlego, assim que se separou dele.

— Se sua intenção é fazer com que eu me sinta algum tipo de super-herói ou algo assim... está surtindo efeito pra cacete. — Os dois riram. — Mas não faço nada de mais, Mel. Isso aqui é uma pontinha do iceberg do que precisa ser feito neste país. E talvez eu faça por motivos egoístas: para me distrair dos meus problemas pessoais e não pirar com eles.

— Você é o herói aqui, moço. — Fez um carinho no rosto dele. — Não tire seus méritos. Você e seu amigo Cristiano. — Ela olhou à sua volta. — Por que você não montou seu estúdio aqui com ele?

— Eu não podia... Eu não conseguiria passar um dia todinho aqui... a semana toda. São muitas lembranças dolorosas... Na verdade, passei seis anos sem conseguir pisar neste lugar... Mas Cristiano preferiu ficar. Foi o jeito dele de lidar com a dor... — Melissa franziu a sobrancelhas. – Eu vou te contar tudo, doçura. Vem cá. – Puxou-a pela mão e sentou-se no chão, acomodando-a no meio de suas pernas.

E foi assim que ele contou toda a história de sua amizade com Rogério. Em alguns momentos, se empolgou. Em outros, deu muita risada. Mas quando a parte triste se aproximou, Rafael lutava contra as lágrimas. E isso não passou incólume a Melissa. Ela lhe fez carinhos demorados no rosto e nos cabelos, incentivando-o a prosseguir com a narrativa. E ele deu cada detalhe de que se lembrava da morte do amigo... inclusive a chegada de Plínio Aguiar e dos seguranças. E não pôde omitir a suspeita que o corroía há doze anos: seu pai poderia estar diretamente envolvido no assassinato de Rogério.

– Onde quer que o Rogério esteja, ele deve estar muito feliz e orgulhoso de você. – Os olhos de Melissa estavam rasos d'água quando Rafael terminou a narrativa. – Eu sou de um bairro muito pobre e sei o quanto é duro a gente querer correr atrás de nossos objetivos e não ter meios para isso. Ainda mais quando se é adolescente... Você e o Cristiano fazem um mundo por esses meninos. Mas... – hesitou. – eu queria tanto poder te ajudar... queria poder tirar toda a sua dor, que é tão semelhante à que eu sinto... – Suspirou.

– Eu convivo com ela dia e noite, Mel. A gente acaba se acostumando com aquilo que não pode ser mudado. – Deu de ombros, engolindo, com esforço, a vontade de chorar.

Melissa deu-lhe um beijo demorado no rosto. E Rafael fechou os olhos, sentindo seu coração aquecer de uma forma tão nova que lhe causou um medo quase sufocante.

– Você acha mesmo que seu pai pode estar envolvido com a morte do seu amigo? – ela perguntou, olhando em seus olhos.

– Eu queria muito acreditar que não, mas deixei de idealizar meu pai aos oito anos de idade, quando o peguei transando com uma de suas funcionárias no sofá do escritório dele.

– Nossa, Rafa, que horror...

– Minha irmã estava junto comigo nesse dia. O motorista da família tinha nos levado até lá porque era aniversário do meu pai e queríamos fazer uma surpresa pra ele. – Correu a língua pelos lábios, com as imagens vívidas daquele dia passando em sua frente. – Nunca me esqueci do que Tamires falou, quando eu saí chorando e ela me alcançou: "Você viu agora quem é seu pai? Ele não é o herói que você desenha nos seus cadernos". E depois o peguei mais duas vezes no flagra... Ele não estava nem aí pra esconder seus casos. Só minha mãe fingia não enxergar nada por medo de quebrar a imagem de "família perfeita".

Ficaram um momento em silêncio, Melissa encostada na curva do pescoço de Rafael, e ele deslizando as mãos pelos cabelos da garota.

– Minha mãe conheceu o meu pai no shopping onde trabalhava – Melissa começou, de súbito. – Ele era segurança. Ela era uma moça ingênua, que nunca tinha se envolvido com nenhum homem. Mainha se deixou levar pelas flores, pelas declarações de amor e as promessas daquele homem. Então, um dia ela descobriu que estava grávida de mim e mostrou o teste positivo pra ele. E você sabe o que ele fez? – Um soluço escapou por seus lábios. Rafael a abraçou mais forte. – Ele a violentou e sumiu da vida dela. Eu nunca conheci o rosto dele, mas nunca quis procurá-lo. Só pedia a Deus que eu não fosse uma pessoa má como ele.

– Oh, doçura. – Ele a embalou nos braços, ciente de que também derramava as lágrimas que não podiam mais ser contidas.

Ficaram alguns instantes entregues à dor e às memórias excruciantes. Até que Melissa começou a secar as lágrimas, acompanhada de Rafael, e perguntou, acomodando-se melhor entre as pernas do rapaz:

– Você acha que algum dia vamos superar essas coisas tristes dentro de nós?

– Eu acho que elas sempre vão fazer parte do que somos... mas espero que algum dia não sejam toda a nossa identidade. – Ele a beijou na ponta do nariz e sorriu. – Parece que o destino uniu dois corações destroçados.

– Não... foi Deus que nos aproximou para... quem sabe, curarmos o coração um do outro. – Melissa abriu um sorriso lindo, que acelerou a pulsação de Rafael.

Ele a olhou nos olhos por vários segundos, embevecido com a inocência e, ao mesmo tempo, com a força que emanava deles. E uma voz sussurrou em sua cabeça: "Você está definitivamente perdido".

– O que eu faço com você, pequena feiticeira?

Ela riu, e ele deliciou-se com a risada melodiosa.

– Eu aceito beijos...

– Isso eu posso fazer imediatamente, doçura. – As bocas se uniram, sorrindo.

A palavra "esperança" voltou a rondar a mente de Rafael. Mas, dessa vez, ele não achou que fosse impossível acreditar nela. Ao contrário, ele queria tanto acreditar! E que ela permanecesse em sua vida... assim como a feiticeira de olhos azuis, que fazia seu coração bater num ritmo desconhecido, assustador e viciante.

13

Uma energia poderosa entrelaçando-se em cada célula, até se tornar parte de todo o seu corpo e entrar no ritmo das batidas de seu coração. Melissa sentia a música dessa forma. Era tão parte dela quanto os braços, as pernas e a miopia, que a obrigava a usar óculos desde o começo da adolescência. Mas, assim como vários pedaços dentro dela, um dia a música adormeceu. Sua magia foi enfraquecendo até que seu toque não pudesse mais atingir Melissa.

As notas musicais pararam de ressoar em seus ouvidos. Seu canto silenciou-se junto com a paixão, que havia iluminado as trilhas escuras pelas quais Melissa passou ao longo de sua vida. Ela sofreu a metamorfose inversa: foi de borboleta a crisálida. Recolheu suas asas e se fechou num casulo, perdendo contato com o mundo e consigo mesma. Mas, num canto escondido, ela sempre soube que bastava esticar os braços para tocar o céu e, então, levantar voo. Porque tudo do que ela precisava para despertar estava dentro de si mesma, jamais esteve fora.

E foi mergulhando fundo em si mesma que Melissa reencontrou a energia que fazia seu corpo todo vibrar numa paixão já tão esquecida. Viu suas canções preferidas girando em espiral à sua frente; chamavam por ela. Faziam a trilha sonora de sua história; ora triste, ora feliz e tão cheia de esperança... como ela se sentia naquele momento: repleta de esperança... e de música. Era tanto amor e tantas canções que ela se sentia transbordar, enquanto limpava as lágrimas.

De repente, ela estava viva de novo. Era a vida que ela sempre conheceu: a vida movida pela música. Deu um pulo da cama, onde esteve sentada desde que voltou do passeio com Rafael, pouco depois das três da tarde, relendo suas composições. Foi até o closet e olhou para o violão encostado na parede do fundo. Sorriu. Ela só precisava dar dois passos. Apenas dois passos e esticar seus dedos, então ela o agarraria. As lágrimas voltaram a cair. Colocou a mão sobre a boca para abafar os soluços. Viu-se, de súbito, sentada num banquinho num dos lados do altar da igreja que frequentava, cantando *Amor Perfeito*. Apesar da música ecoando pelo lugar, os noivos não a notavam ali. Mas ela acompanhava cada movimento deles e cada olhar apaixonado que trocavam. E cantava com mais emoção. Ela adorava cantar em casamentos, porque podia ver o amor de perto, senti-lo invadindo-a por inteira. E sonhava em ser amada daquela forma algum dia. Ela não era como Edilene. Não podia mentir. Melissa acreditava no amor. Acreditava com todo o seu coração. Mas nunca viveu um de verdade. Pensou que viveria... até descobrir que não seria em Cleyton e nem por ele que aquele sentimento cresceria.

Deu o primeiro passo. Suas pernas ameaçaram vergar. Ignorou a fraqueza. Avançou outro passo, vacilante. Fechou os olhos e puxou o ar com força para dentro do peito. Quando o soltou, soltou também os primeiros versos da música... da última música que cantou antes de sua voz se silenciar por tanto tempo.

Fecho os olhos pra não ver passar o tempo
Sinto falta de você
Anjo bom, amor perfeito no meu peito
Sem você não sei viver
Então vem, que eu conto os dias
Conto as horas pra te ver
Eu não consigo te esquecer
Cada minuto é muito tempo sem você

Com as mãos trêmulas, pegou o violão; abriu os olhos. Mas não pararia de cantar. Não podia parar. Nada mais queria ficar dentro dela. Nem a música... nem aquela emoção imensa que a fazia ver o rosto atraente de Rafael de forma tão clara em sua mente. E isso a fez deslizar pela parede do closet, sentar-se no chão e dedilhar a segunda estrofe.

O resto da canção foi cantado entre sorrisos, lágrimas, soluços – uma mistura de alegria indescritível e medo descomunal. Tudo acompanhado do violão e de sua voz suave, espalhando-se por todo o quarto. Naquele momento, ela não era mais a garota da periferia de São Paulo, que vencia batalhas diárias e era discriminada por não ter nascido em berço de ouro; era apenas uma pessoa como qualquer outra, vivendo sua paixão e deixando sua alma falar através dela.

Ah, meu Deus, obrigada! Muito obrigada!, seu coração gritava sem parar. Ela podia cantar de novo. E não havia esquecido como tirar uma música no violão. Estava... completa outra vez. Dedilhou as últimas notas e encarou o instrumento em suas mãos. Então, não pôde conter o impulso de beijá-lo, sorrindo. Assim como foi o beijo de despedida que deu em Rafael, na porta do prédio de dona Maria. Mas, ao contrário da madeira fria, nos lábios do rapaz encontrava um calor que lhe aquecia por inteira.

– Foi o amor que te trouxe de volta...

Melissa sobressaltou-se, deixando o violão cair de seu colo, ao ouvir a voz de dona Maria à porta do closet. Levantou de supetão, sentindo o rosto quente. Mas quando se deparou com o sorriso amoroso da boa senhora, sua pulsação se acalmou. E ela teve que se conter para não correr até a idosa e abraçá-la.

– ...o amor que nunca se apagou dentro de você, minha querida – dona Maria continuou e puxou Melissa para os seus braços, fazendo a garota sorrir e apertar a idosa contra si. – Eu sempre confiei que ele seria maior do que seus medos. Você só precisava de tempo e de um empurrãozinho meu e... de certo rapaz explosivo.

Melissa riu e se afastou de dona Maria.

— Parece que estou sonhando... a senhora ouviu? Eu cantei *Amor Perfeito* todinha!

— Sim. Você tem ótimo gosto, aliás. — As duas riram. — Você foi agraciada com uma voz de anjo, criança. E é muito afinada. Eu ouvi toda a canção da porta do seu quarto, mas fiquei com medo de me mostrar e você parar de cantar. Um dom como o seu é raro. Não podia permanecer adormecido por muito tempo.

Elas se fitaram por alguns segundos. Melissa viu orgulho nos olhos da idosa. Seu coração não cabia no peito. Sim, era orgulho também que sentia de si mesma. Queria dançar, pular, rir... e cantar. Cantar muito mais. Cantar todas as músicas que sabia... e todas aquelas que já compôs nos cadernos. Ela recomeçou a tremer.

— Vem cá, minha querida. — Dona Maria percebeu como Melissa estava se sentindo e a conduziu até a cama. — Um passo de cada vez para não ficar sufocada em meio a tantas emoções. — Elas se sentaram lado a lado.

— Eu estou tão feliz, dona Maria! Faz tempo que não me sinto assim... Na verdade, acho que nunca me senti desse jeito. Estou acostumada a viver mais coisas ruins do que boas, pra falar a verdade. — Olhou para as próprias mãos.

— Pois se depender de mim, Melissa, daqui para frente você vai viver todas as coisas maravilhosas que a vida tem para te oferecer. Nós temos o péssimo hábito de nos acostumarmos com coisas e sentimentos ruins. Talvez não nos achemos merecedores do que existe de melhor. Mas eu afirmo, com convicção, que isso é apenas medo. Temos medo do que nos tira do chão, do que nos faz grandes, indestrutíveis, verdadeiros e do que nos causa a mais pura felicidade. — Depositou um beijo na testa da garota. — Todos nós nascemos pequenos arco-íris em potencial. Mas muitos escolhem apagar todas as cores e mostrar apenas tons de cinza.

As lágrimas assomaram nos olhos de Melissa. Mas, dessa vez, eram causadas por gratidão. Abraçou novamente dona Maria e beijou-lhe o rosto.

— A senhora me ajudou a redescobrir o meu dom musical. Eu nunca poderei retribuir tudo o que faz por mim.

— Como eu te disse ontem, seu sorriso é o maior agradecimento de todos, criança. E também a promessa de que você não vai deixar sua vida passar em vão. Quero que você corra atrás dos seus sonhos. Para mim, está claro que você nasceu para brilhar no mundo da música.

— Eu não sei... por onde começar. — Melissa mordeu os lábios.

— Vamos começar pelo começo, como tudo na vida. — Dona Maria exibiu outro de seus sorrisos angelicais. — Você vai voltar a cantar. Acho que o projeto "Musicando com a melhor idade" é ideal para isso, o que acha?

— Concordo! — A garota assentiu, sentindo o coração a cada instante mais leve.

— Muito bem! E depois pensaremos em como vamos levar seu talento musical a voos mais altos. Um passo de cada vez, lembra-se? — Ajeitou os cabelos, no seu tique clássico, fazendo Melissa sentir o carinho por aquela idosa nada convencional crescer. — Seu namorado vai ficar muito feliz com essa notícia. — Mudou repentinamente de assunto.

O coração de Melissa acelerou. Namorado? De onde dona Maria tirou aquela ideia? A idosa mesma havia falado que Rafael não era o tipo de homem que namorava. Mas, claro, não negaria que gostaria que fosse diferente com ela. Eles mal tinham se conhecido, mas ela já se imaginava plenamente como namorada do tatuador com uma das histórias mais tristes que já ouviu na vida. Suas lágrimas ameaçavam cair de novo apenas com a lembrança de tudo que Rafael lhe contou. Porém, trocas de confissões não faziam dos dois namorados.

— Rafael não é meu namorado... ele é... bem, nós somos... acho que só estamos nos conhecendo um pouco melhor e...

— *Ficando? Dando uns pegas?* Enfim, todos esses termos horrorosos que vocês jovens gostam de usar? — Dona Maria entortou a boca. — É claro que também sou contra apressar as coisas, criança. Uma linda história de amor precisa de tempo para maturar, como um bom vinho. Mas eu já tive três histórias de amor na minha vida. E a maior delas foi aquela que começou no improviso, a mais inesperada e contra todas as probabilidades, com Alfredo, meu cardiologista. Pois é, vivi uma história nem um pouco de acordo com a ética médica, não é? – Ela riu. – Conheci Alfredo, aos trinta e nove anos, numa consulta para realizar exames pré-operatórios para retirar o útero. Eu tinha um mioma abominável que estava prejudicando muito a minha saúde. Inclusive, ele é um dos motivos pelos quais nunca tive filhos... Mas esse é outro assunto – suspirou. – O caso é que eu e Alfredo relutamos para nos entregarmos ao que estávamos sentindo um pelo outro. Além de tudo, nós dois tínhamos acabado de sair de um divórcio. E tínhamos a relação de médico e paciente, não é mesmo? Mas o amor surge nos lugares e nos momentos mais inesperados. Essa é a vida. E essa é a graça dela. E eu tenho experiência suficiente para dizer que você e Rafael têm uma ligação muito forte. Enxerguei isso desde quando os vi juntos, pela primeira vez, no meu ateliê – deu um tapinha na mão de Melissa. – Vou te contar um segredo: ele nunca olhou nenhuma das *ficantes* do jeito que olha para você. Eu sei disso porque conheci todas. – Melissa não pôde reprimir a risada. – Eu sei o que você está pensando... sou mesmo uma velhota maluca e enxerida. Eu fiz questão de conhecer cada uma, porque tinha esperança de que Rafael fosse se apaixonar por uma delas. E se permitir amar uma mulher. A grande verdade é que ele nunca se permitiu. Mas meus ossos velhos dizem que, como diria meu segundo marido, um pintor inglês muito mais excêntrico do que eu: *You are the one*. Você é aquela que ocupará todo o coração de Rafael... *quiçá*... para sempre.

A cabeça de Melissa se pôs a flutuar, levando seu coração junto. Segurou-se para não dizer a dona Maria que Rafael já ocupava todo o seu coração e sentia que aquilo duraria muito... *quiçá para sempre*! Achou, entretanto, que não ficava bem confessar aquelas coisas. Era tudo muito recente. Além disso, os dois vinham de mundos diferentes e tinha o agravante de ela ser pobre e ele, mesmo não reconhecendo, ser rico. Morria de medo de ser tachada de oportunista. Assim como em relação à música, Melissa achava melhor viver um passo de cada vez em seu relacionamento com Rafael. Só precisava dizer para si mesma, várias vezes, que deveria controlar aquela saudade que já crescia dentro dela após somente duas horas que viu o tatuador pela última vez. Ele nem ao menos falou quando se encontrariam de novo. Ou pediu o número de seu celular... ou deu o dele. Como ela gostaria de dar outra volta com ele na moto... Jesus, que sensação de liberdade maravilhosa andar agarrada a ele, sentindo o vento bater em seu corpo! Mas o que queria de verdade mesmo era voltar a beijá-lo. Ah, aqueles beijos eram sua perdição...

— Eu liguei para o Danilo, enquanto você e o Rafael estavam passeando. Ele me falou que a agenda do Rafael está livre amanhã, às duas da tarde. Fiquei pensando que seria perfeito você ir fazer a tatuagem... ou apenas uma visita social. — Deu uma piscadela. — O Jair pode te levar. Amanhã vou receber uma amiga da Inglaterra e não sairei.

— A senhora está bancando a casamenteira mesmo, não? — Melissa deixou escapar e tapou a boca em seguida.

— Se for para fazer vocês dois felizes, então estou. Apesar de que acho esse nome fora de moda. — Colocou o dedo sobre os lábios, pensativa. — Prefiro conselheira amorosa.

Dessa vez, foi a vez de Melissa dar um tapinha na mão de dona Maria.

— Quer saber... já sei como será minha tatuagem e em qual lugar do corpo vou fazê-la. De amanhã não passa!

— É assim que se fala, minha querida!

As duas se entreolharam. A cumplicidade e o carinho entre elas eram inegáveis. E Melissa teve certeza de que aceitar o emprego como "cuidadora-secretária" foi a melhor decisão que já tomou na vida. Mais do que uma patroa, ganhou outra mãe. Era mesmo uma garota sortuda. Tinha duas mães — Edilene permaneceria para sempre em seu coração — e, no dia seguinte, passaria a tarde toda com o cara mais lindo e fofo que já conhecera.

14

A segunda-feira deveria ser exterminada do calendário. Bem... talvez a terça-feira ocupasse seu lugar, mas isso não vinha ao caso. O caso era que aquela segunda-feira estava uma merda. Uma merda tão grande que Rafael tinha vontade de fechar o estúdio e voltar para sua cama. Tudo começou com o primeiro cliente, que havia marcado para fazer uma tatuagem sobre a costela – um dos locais mais sensíveis do corpo. Os primeiros minutos da sessão foram tranquilos, embora o cara gemesse de uma forma que já dava indícios de que a coisa toda ia desandar. E desandou pouco depois, quando a cadeira e Rafael foram lavados de vômito. O maluco tinha comido três pães com ovos e bacon no café da manhã. Foi o que ele confessou, enquanto Rafael limpava tudo e contava mentalmente até dois mil.

No entanto, o pior estava por vir... e chegou às onze horas da manhã, quando recebeu a ligação de Plínio Aguiar. Rafael nem mesmo sabia que seu pai tinha o número de telefone do estúdio. O cara nunca, ao menos, quis saber o endereço do lugar. Mas claro que ele sabia o endereço e o telefone, senão como faria suas denúncias desgraçadas à Polícia Federal e à vigilância sanitária? De qualquer forma, foi uma grande surpresa para o rapaz ouvir a voz do pai do outro lado da linha. Podia jurar que, depois do incidente no maldito coquetel, sua família sumiria por um bom tempo. E que o poderoso chefão adotaria medidas de retaliação pesadas... Quem sabe tentaria atear fogo no estúdio na calada da noite? O que seria um motivo perfeito para Rafael voar novamente no pescoço dele. Mas, apesar de aparentemente mais manso, Plínio não desceu do salto. Fez um pequeno discurso, sem proferir qualquer cumprimento antes, dizendo que o comportamento execrável do filho no coquetel lhe rendeu telefonemas de jornalistas abutres e de seus assessores de marketing. E que o havia feito dormir à base de remédios controlados por duas noites. Porém, ele estava disposto a dar uma segunda chance a Rafael.

Nesse instante, Rafael recorreu, mais uma vez, à "contagem terapêutica". Algum dia ainda chegaria ao número um milhão... Preferível contar até morrer a detonar o estúdio e Plínio Aguiar. O pai, sem notar o filho rangendo os dentes do outro lado da linha, prosseguiu falando que esperava que Rafael estivesse à altura de sua confiança e que o filho retribuísse com responsabilidade à tarefa da qual seria incumbido. Obviamente, o filho em questão não entendeu nada e foi obrigado a falar as primeiras palavras, após o "alô", e perguntar do que se tratava a conversa. Plínio deu vários suspiros, o que parecia um hábito adquirido com a convivência de anos com Susana. Então, respondeu que gostaria que Rafael comparecesse no sábado ao hotel de Campos do Jordão – um dos poucos que o rapaz conhecia e, era obrigado a admitir, adorava – com seu "material de pintar". Ao ouvir o pai falar assim, Rafael sentiu que tinha cinco anos de idade e deveria pegar seu estojo de lápis de cor e bloquinho de colorir. Mas não comentou nada. Apenas quis saber mais detalhes sobre o plano mirabolante do ditador Aguiar.

O homem explicou que tivera a ideia de cobrir uma das paredes da área recreativa do hotel com alguns temas decorativos ligados ao esporte, já que estava na moda o Brasil sediar grandes eventos esportivos. Ele achava que aquilo deixaria o hotel "*hors concours*". Mas que Rafael não tomasse a expressão francesa ao pé da letra – "fora da competição" –, pois, na realidade, o hotel deveria ficar excelente, à altura de competir com os grandes da região. O rapaz bem que gostaria de rir da tentativa de piada do pai, mas estava mesmo preocupado com as segundas intenções do velho. Nada vindo dele tinha apenas uma intenção... Tudo tinha, no mínimo, umas três ou quatro intenções escondidas. Assim, não se acanhou e perguntou na lata: "E o que tem por trás disso? O senhor não quer que eu acredite que, do dia pra noite, resolveu apoiar minha profissão, né?".

Uma série de suspiros depois, Plínio pediu um pouco de boa vontade por parte de Rafael, pois estava apenas seguindo um conselho de seu terapeuta para tentar mudar a relação conflituosa que tinha com o filho. Ao ouvir aquilo, Rafael sentou-se na cadeira, porque suas pernas ficaram fracas e ele quase se esborrachou no chão. Desde quando o maluco-despótico-cruel Plínio Aguiar tinha terapeuta?

Rafael, entretanto, não precisou verbalizar aquela pergunta, porque, claramente sem graça, o pai disse que aquelas eram ideias de Susana e Tamires e que ele foi obrigado a acatar, caso contrário elas mexeriam os pauzinhos e o afastariam da presidência da rede hoteleira. Foi quando o rapaz sentiu, pela primeira vez em sua vida, que sua família era de carne e osso. Até aquele momento sempre teve a impressão de que o pai, a mãe e a irmã tinham saído de algum filme B – só não se decidira se era um filme policial ou de terror.

A conversa começou a interessar Rafael, que, para sua vergonha eterna, não conseguia se livrar da esperança infantil de ter uma relação harmoniosa com o pai. Chegou até a acreditar que, pensando bem, segunda-feira era seu dia de sorte. Mas, então, Plínio botou as manguinhas de fora, de novo, e estragou tudo ao "alertá-lo" para não cair no golpe do baú das aventureiras que andavam por aí. O tatuador não precisou de dois segundos para saber que o pai falava de Melissa. Mas precisou de todo o seu autocontrole para não mandar o homem a puta que pariu.

Assim, para a segurança de todos, resolveu desligar o telefone; não sem antes anunciar que topava fazer a tal arte e que sábado marcaria presença em Campos do Jordão, mas que levaria sua namorada... sim, Melissa. Não prestou atenção à reação do pai, porque ele mesmo estava tendo todas as reações imagináveis – do coração batendo loucamente às mãos suando. Era a primeira vez que se referia a uma mulher como "namorada". Em vez de correr como o diabo da cruz do que Melissa lhe despertava, ele anunciava aos quatro ventos que ela era sua NAMORADA! Pior ainda: Rafael queria dizer isso a Melissa, assegurar que ela fosse apenas dele e nenhum outro homem a tocasse... de preferência nunca mais.

Enfim, as horas seguintes, após a conversa com Plínio, foram... angustiantes. Sua cabeça não parava de ser bombardeada com pensamentos sobre seu pai e a mudança repentina do velho; e sobre Melissa e tudo o que estava sentindo por ela. Quando deixou Melissa em frente ao prédio de tia Maria na tarde anterior, teve que travar uma luta árdua para não pedir o número do celular dela. Ele sabia que se pedisse, não poderia resistir à tentação de lhe ligar assim que chegasse em casa. Mal se despediram e ele já sentiu falta daquela voz doce e daqueles beijos deliciosos que o levavam à loucura e o obrigavam a falar mil vezes a si mesmo que transar com a garota só faria crescer o desejo que sentia por ela.

Tirou e colocou a touca, encarando a ilustração de caveira que fazia. Assumia que era obcecado por caveiras. Não era à toa que tinha duas tatuagens – uma no braço e outra nas costas – com esse tema. Mas não tinha nada de macabro em sua obsessão. Tudo começou quando leu, por volta dos treze anos, num dos livros "esotéricos" de tia Maria, que a caveira simbolizava transformação, força e início de um novo ciclo. E a vida de Rafael sempre foi feita de todos esses ingredientes. Então, nada mais lógico do que se interessar por caveiras. No fim, parecia que elas eram as únicas coisas estáveis em seu mundo caótico e desequilibrado. Além disso, eram as únicas que o entendiam...

Não. Melissa também o compreendia. A história de ambos era feita de tristezas e recomeços. E ela o escutou com tanta atenção no dia anterior. Fazia muitos anos que não compartilhava com alguém os acontecimentos mais tristes de sua vida. Na realidade, apenas a linda garota do sorriso de tirar o fôlego soube tantos detalhes sobre ele. E ainda, durante o almoço que fizeram no centro, após passarem a manhã com os meninos no espaço de artes, Rafael contou como foram os anos na Inglaterra – a difícil adaptação longe dos amigos e... sim, longe da família –, e Melissa retribuiu contando acerca de sua infância solitária e cheia de privações. A sensação que ele tinha era que, em menos de duas semanas, sentia mais cumplicidade com uma mulher do que com amigos de anos. E... era uma sensação boa... muito boa... à que ele se acostumaria sem problema algum.

Fechou os olhos e largou o lápis. Lá estava ele pensando outra vez em Melissa... Que saudade da porra daquela feiticeira de olhos azuis!

Porém, ele não poderia sair dali para dar um pulo no apartamento de tia Maria (para uma visita recheada de segundas intenções, não negaria a si mesmo). O problema era que tinha um cliente agendado para dali a poucos minutos. Um cliente que o senhor Danilo Klering marcou para ele sem consultá-lo. Realmente, segunda-feira deveria ser extinta dos calendários do mundo todo!

Suspirou e voltou a se debruçar sobre o desenho. Então, começou a ouvir um "da-rá-rá-dan-dara". Franziu as sobrancelhas. Estaria começando a delirar devido ao estresse?

Olhou para trás e teve certeza de que estava mesmo delirando, porque não era possível que Melissa estivesse ali, à porta, tão linda, com os cabelos caindo em volta do rosto, fazendo todo o ar da sala desaparecer. E ela estava... cantando?

Ficou de pé num pulo. Buscou o oxigênio com todas as forças, enquanto ela prosseguia com os "dandaras", dando um passo tímido por vez em direção a ele. Rafael levou as mãos ao peito quando ela soltou a voz, sem tirar os olhos dos dele.

Como pode ser gostar de alguém
E esse tal alguém não ser seu
Fico desejando nós, gastando o mar

Rafael esfregou os olhos. Se não era delírio, deveria ser sonho. Melissa estava mesmo ali, com aquela voz angelical, cantando *Amado*, da Vanessa da Mata, para ele? Engoliu em seco. Ele não estava preparado para aquilo... sem ter um ataque fulminante do coração.

Ela prosseguiu cantando, sem ter noção do rebuliço que causava dentro dele. Quando deu uma pausa, passando a língua pelos lábios, a menos de dois passos de distância, Rafael não pôde resistir.

Cantou uma das estrofes. E estava muito ciente da mensagem que estaria passando ao cantá-la. Pouco se importou. Nada mais fazia sentido dentro dele...

É tanta graça lá fora passa
O tempo sem você
Mas pode sim
Ser sim amado e tudo acontecer

Ele soube que ela entendeu a mensagem, que até ele mesmo tinha medo de interpretar, pois seus olhos começaram a brilhar como se ela retivesse as lágrimas. Mas isso não a intimidou. Ela voltou a cantar. Não. Eles voltaram a cantar juntos, de mãos dadas.

Terminaram a música cantando, dançando e rodopiando pela sala. Quem entrasse ali, naquele momento (felizmente, Danilo fingia não ouvir nada), acharia que ele e Melissa eram dois loucos. E era assim que ele se sentia enquanto a tinha nos braços e sussurrava em seu ouvido: *Quero dançar com você... dançar com você.* Estava completamente ensandecido por aquela mulher. E não queria mais buscar remédio para aquela loucura.

— Fazemos um par e tanto... acho que deveríamos cantar juntos — Melissa falou, assim que pararam de cantar, ainda abraçados.

— Eu não ousaria estragar sua carreira — eles riram. — Se sua intenção era acabar com o pobre do meu coração, você foi bem-sucedida. Se apenas te ouvindo falar tenho vários ataques cardíacos, você pode imaginar como estou após ouvir você cantar nesta puta voz a música de uma das minhas cantoras favoritas.

— Eu voltei a cantar, Rafa. Até toquei o violão ontem. Estou tão feliz! — Ela o abraçou pelo pescoço. Ele a apertou, de olhos fechados. Era surreal a saudade que sentia de Melissa desde que se viram pela última vez, há pouco mais de 24 horas.

— E eu estou tão orgulhoso de você, doçura — falou, vencendo o nó que fechava sua garganta. — Eu já imaginava que você cantasse bem, mas não estava preparado para tanta afinação e esse timbre de deixar minhas pernas bambas. – Segurou-lhe o rosto entre as mãos. – Espero que essa seja apenas a primeira música de muitas que você vai cantar pra mim.

Ela sorriu, imitando o seu gesto e prendendo-lhe o rosto com as mãos.

– Quero cantar pra você as minhas músicas... todas as que escrevi nos cadernos.

– A senhorita está determinada a me causar um infarto fulminante mesmo, não? – Ele ergueu uma das sobrancelhas, e ela deu aquela risada que lhe provocava uma tempestade de descargas elétricas pelo corpo. – Mas antes de te ouvir cantando outra música, eu preciso desesperadamente te beijar, como um náufrago precisa de uma tábua de salvação.

A risada de Melissa, dessa vez, foi encoberta pelos lábios de Rafael, que abriu sem pudor a boca da garota e entrelaçou sua língua à dela, iniciando uma dança muito mais estimulante do que a que protagonizaram há pouco. O beijo foi ganhando ritmo. Mas Rafael não se contentou em explorar apenas o interior da boca de sua doce Melissa. Ele mordiscou-lhe os lábios tentadores – primeiro o de cima; em seguida, sugou o de baixo, sem pressa, degustando aquela doçura que nunca encontrou em mulher nenhuma. E aquilo, ao mesmo tempo que atordoava, o fazia querer muito mais. Encontrou a língua dela novamente e retomaram o beijo ardente. Tão ardente que estimulou suas mãos a subirem pelas costas de Melissa, agarrarem-lhe os cabelos da nuca e posicionarem a garota melhor sobre sua boca. De repente, tocar-lhe os lábios não era mais suficiente. Assim como aconteceu no sofá da sala de tia Maria, Rafael precisava correr sua língua pela pele de Melissa. Não. Ele precisava muito mais do que isso. O que queria com desespero era cobrir o corpo de Melissa com o seu, senti-la em cada trecho de pele, e, então, entrar nela e fazê-la sua, até curar aquela necessidade dolorosa da feiticeira de olhos azuis. Se é que aquilo tinha cura...

Aqueles pensamentos o fizeram voltar a si e interromper o beijo, à procura de ar. O que estava acontecendo com ele? Estava em seu estúdio agindo como um adolescente inconsequente, com Danilo na sala ao lado! Mas bem que Melissa poderia cooperar e não olhar para ele com aqueles olhos cheios de paixão...

— Você tem consciência de que um dia não vamos conseguir parar apenas nos beijos, né? Mas eu espero que nesse dia estejamos num lugar privado.

Ela corou e baixou a cabeça. Com certeza, aquilo não o ajudava em nada. Ao contrário, o obrigou a soltá-la e dar um passo para trás.

— Eu acho que estou sendo uma cliente bem sem ética, isso sim. — Ela sorriu.

— Cliente?

— A cliente que você tem marcada para as duas sou eu. Sua tia combinou tudo com o Danilo ontem. — Riu.

Como ela poderia rir num momento tão sério como aquele? Quando, definitivamente, o ataque do coração parecia uma possibilidade real para Rafael. Como Melissa achava que ele conseguiria tocar o corpo dela para fazer uma tatuagem enquanto estava em combustão espontânea por esse mesmo corpo?

Respira, Rafael! Respira e conte até três mil!

— Você está bem, Rafa? — Melissa o tocou com gentileza no braço.

— Só estou tentando processar a informação, Mel. — Tirou a touca e a arremessou sobre a bancada. — Então, você decidiu fazer a tatuagem? — Tentou sorrir. Eram mais de dez anos naquele ofício. Não era possível que uma garota com a boca mais doce que já conheceu e o corpo mais tentador que já tocou apagaria por completo seu lado profissional.

Certo. Aqueles pensamentos complicavam mais do que ajudavam...

— Sim. E estou ansiosa para ver como ela vai ficar! — Melissa falou. E o olhar que lhe deu, espelhando uma inocência que o desarmava, o fez se recuperar dos pensamentos pecaminosos.

— Muito bem, moça. Então, me diga o que pretende fazer e em qual parte do corpo. — Ah, que medo atroz ele tinha da resposta...

Ela uniu as duas mãos, esfregando uma na outra.

— Eu quero fazer no pulso, porque é um lugar que olho bastante e essa tatuagem será muito especial para mim.

Rafael quase verbalizou um "ufa" bem grande, mas continuou fazendo cara de paisagem.

— Se você pretende fazer uma *tattoo* pequena, com um desenho delicado, é um ótimo lugar.

— É exatamente o que pretendo! — Ele não pôde conter o sorriso quando ela deu um pulo entusiasmado em sua frente. Como aquela mulher podia ser tornar a cada instante mais linda? — Minha ideia é uma clave de sol...

— Foi o que imaginei, pequena feiticeira. — Ele deslizou os dedos por uma mecha dos cabelos dela.

— Oxente, ainda não terminei! — admoestou, e ele riu, lutando contra a vontade de puxá-la ao seu encontro. — Quero a clave de sol entrelaçada a... tulipas vermelhas.

— Tulipas vermelhas... por quê? — ele perguntou, mesmo que seu coração já tivesse lhe dado a resposta.

— Para eu sempre me lembrar da minha mãe, que amava tanto essa flor e... — Corou, olhando para o chão. — Para eu me lembrar sempre de... você.

Era impossível continuar se contendo: ele a puxou e se apossou de sua boca, dando outro beijo nada profissional. Porém, existia algo a mais daquela vez, não podia deixar de notar. Havia uma emoção envolvida que lhe apertava o peito e lhe queimava a garganta, como se Rafael fosse desatar a chorar a qualquer momento. Para variar, tudo aquilo o assustava e ele preferiu interromper o contato, voltando a agir o mais profissionalmente possível.

— Vou fazer o desenho da sua clave de sol e das suas tulipas vermelhas ali, na bancada, enquanto a senhorita fica sentadinha na cadeira, bem longe das minhas mãos, porque do contrário não vai sair tatuagem nenhuma hoje.

Rindo, cada um ocupou seu lugar. Rafael nem acreditou quando, assim que pegou o papel para fazer o desenho, seu lado profissional voltou com força total. Esmerou-se na ilustração, criando duas tulipas cujos caules estavam enroscados nas linhas de uma clave de sol. A imagem refletia tanto a personalidade delicada de Melissa que sentiu um puta orgulho de si mesmo. Agora era ele quem estava ansioso para saber a opinião da garota e como a tatuagem ficaria em seu pulso. E seu entusiasmo foi ao pico quando os olhos de Melissa se encheram de lágrimas. Mas claro que ao lhe segurar o pulso delicado seu profissionalismo todo ameaçou escorrer ralo abaixo. Teve que buscar todo o autocontrole possível para se concentrar na máquina e na pele dela. E a concentração foi tanta que ficou vários minutos em silêncio. De repente, se deu conta de que, em nenhum momento, Melissa reclamou de dor.

Interrompeu a tatuagem, por alguns instantes, e levantou a cabeça, encarando-a sorridente.

— É maravilhoso fazer tatuagem em você, doçura. Você não sente dor.

— Tenho limiar de dor alto — ela explicou, sorrindo.

— Entendi, enfermeira. — Ele deu uma piscadela. Em seguida, sentiu uma necessidade imensa de saber mais coisas sobre ela. — Me conta, o que você fazia nas horas vagas na Cidade Tiradentes, quando não estava no hospital ou cantando na igreja?

— Nunca tive uma vida muito emocionante, pra falar a verdade, Rafa. — Ela suspirou. — Eu sempre fui caseira. Gostava mesmo de ficar no meu quarto, escrevendo as músicas ou assistindo a novelas com a minha mãe. Às vezes, eu saía com o Cleyton e... — Ela mordeu o lábio inferior, ruborizando como nunca antes.

Rafael ficou estático com a máquina na mão. *Cleyton? Quem seria aquele imbecil?* Sentiu o sangue ferver dentro das veias. Não tinha ideia de onde surgiu aquela raiva toda, mas não conseguiu conter a animosidade na voz ao perguntar:

— Quem é Cleyton?

— É meu ex-namorado... a gente terminou há um ano. Ele pediu para eu escolher entre ele e minha mãe doente... — Desviou os olhos dos dele.

— Um imbecil... exatamente como eu imaginei! — explodiu.

Melissa inesperadamente começou a rir.

— Você está com ciúmes do meu ex-namorado, Rafael? — E ela deixou bem claro o que ele gostaria muito de esconder a sete chaves.

— Pois é... estou... E você está adorando isso, né, feiticeira de olhos azuis? — Balançou a cabeça, consciente de que ele era um caso perdido.

Ela riu, mas não respondeu, e ele resolveu mudar de assunto.

— Eu te meti numa enrascada sem querer, Mel... — Começou a fazer o preenchimento das tulipas.

— Numa enrascada?

Rafael contou toda a conversa que teve mais cedo com o pai pelo telefone. Melissa, surpreendentemente (já que sofreu discriminação de Plínio Aguiar), ficou feliz com o telefonema. E disse que assuntos de família sempre a tocavam de forma profunda e que ela torcia para que pai e filho se entendessem de verdade. O rapaz teve vontade de confessar que, no fundo, gostaria de apagar tudo o que seu pai lhe fez e descobrir que o senhor Aguiar não era um homem tão mau. Mas aquelas eram coisas que até ele mesmo tinha dificuldade para aceitar... quanto mais partilhar com alguém. Então, falou apenas sobre o pé atrás que tinha com aquela ideia maluca de grafitar a parede da área recreativa do hotel. Entretanto, toda a placidez de Melissa desapareceu quando ele contou que havia dito ao pai que a levaria junto, a Campos do Jordão, no sábado, como sua namorada. Os olhos dela arregalaram e ela começou a tremer. Rafael se arrependeu no mesmo instante. Felizmente, estava no final da tatuagem.

— Por que você mentiu para o seu pai que estamos namorando? — ela perguntou, e ele notou que a respiração dela estava ofegante. Com certeza, abordar o assunto foi uma péssima ideia.

— Eu não menti, doçura. — Ele fez um carinho no rosto da garota, na tentativa de acalmá-la. — O pedido não vai sair do jeito que eu queria... mas... — Puxou o ar com força, dando o retoque final na tatuagem. — Será que você aceita namorar este tatuador de pavio curto?

Um soluço escapou pelos lábios de Melissa e ela colocou a mão sobre a boca, com os olhos cheios de lágrimas.

— Ai, meu Deus! Ai, meu Deus! — Ela se abanou com a mão livre. — É muita emoção para um dia só. — Olhou para a tatuagem. — Ai, meu Deus, ficou linda! Do jeito que eu sonhei e... a resposta é sim. — As lágrimas caíram. — Nada me deixaria mais feliz do que ser sua namorada, Rafael Papadopoulos Aguiar... Eu... adoro seu sobrenome grego, preciso te dizer isso. Acho tão chique! — Melissa sorriu entre as lágrimas, e ele soube que viveria e morreria por aquele sorriso... e para fazê-la feliz.

A máquina permaneceu esquecida em sua mão. Só aqueles olhos azuis, que o atraíam como imãs gigantes, importavam. Levou a mão até os óculos de Melissa e os retirou. Mas não desviou o olhar do dela. Não podia beijá-la por causa da máscara que lhe cobria a boca. Portanto, toda a emoção que sentia foi comunicada por seus olhos, presos aos dela, e por seu coração, batendo da forma mais ritmada e deliciosa que algum dia sentiu.

— E você topa subir a serra, até Campos, comigo e com a Preciosa? — Ele engoliu com dificuldade, sem conseguir parar de olhá-la.

Os olhos de Melissa vacilaram por alguns segundos, refletindo medo. Mas, em seguida, ela deu um sorriso imenso e falou:

— Se sua tia me liberar... eu topo sim.

— Deixa aquela velhinha metida a cupido comigo. — Ele abriu um sorriso e se perguntou se merecia a alegria gigantesca que estava sentindo. — E leve uma roupa velha porque você também vai colocar a mão na massa... quero dizer, nas tintas. Agora vai ser a minha vez de pintar o sete com você, *sweetie*. — Piscou um dos olhos.

— Vou contar as horas pra isso... — A voz doce de Melissa intensificou a sensação de felicidade dentro de Rafael. E ele desejou abraçar aquela sensação para sempre.

Campos do Jordão. Vista paradisíaca das montanhas. Ele e Melissa juntos, como namorados. Quem mesmo queria exterminar a segunda-feira dos calendários? Por um mundo com mais segundas-feiras como aquela. E que o sábado viesse na sequência.

Riu sozinho e voltou a se concentrar na tatuagem. A vida lhe sorria como nunca antes.

15

Melissa experimentou cinco dias no paraíso. Tudo o que poderia lhe acontecer de mais maravilhoso aconteceu naquela semana. Ela estava vivendo sobre uma nuvem de felicidade. Uma emoção que raras vezes sentiu de forma tão plena. E o melhor era saber que vinha mais pela frente, pois o sábado chegara!

Jogou as cobertas para longe e levantou da cama. Sua vontade era sair dançando e cantando pelo quarto, mas se preocupou em acordar dona Maria. A idosa foi um amor por liberar Melissa sábado e domingo para a viagem com Rafael. E pareceu mais animada do que a própria secretária quando ficou sabendo que o sobrinho havia pedido Melissa em namoro e a convidado para irem ao hotel da família Aguiar. Mas, claro, não deixou de falar um "tenham juízo os dois".

Uma onda gelada perpassou seu estômago enquanto vestia a calça skinny, a blusa branca, jaqueta e botas pretas (até mesmo o tempo, que esfriara bastante, resolveu colaborar para deixar o passeio às montanhas mais romântico). O alerta de dona Maria a fazia lembrar que ela e Rafael, ao contrário do que acreditou quando o rapaz propôs a viagem, não voltariam no mesmo dia. Poucos minutos após ela surtar com o pedido de namoro e com a linda tatuagem, o namorado confessou que seria melhor dormirem no hotel, regressando no domingo, porque era provável que a arte no muro tomasse várias horas e ele não se sentia seguro em dirigir, cansado, cerca de três horas, de novo.

Aquela seria a primeira vez que ela passaria a noite fora com um namorado. Todos os passeios que fez com Cleyton duraram, no máximo, uma manhã ou uma tarde. À exceção de uma vez, que foi a uma casa noturna em Ermelino Matarazzo. Mas, além de Denise e o marido os acompanharem, eles foram embora antes do dia amanhecer. O problema todo, na verdade, não era passar a noite fora, mas sim o que iria rolar durante aquela noite. E Melissa tinha idade suficiente para saber o que rolaria. Só não tinha experiência para saber como lidar com aquilo, graças à superproteção de Edilene.

Escovou os cabelos, sentindo o nervosismo espalhar-se por seu interior. Se sua mãe não a tivesse incentivado a ficar longe dos homens a adolescência toda e a "poupado" de ter uma vida sexual saudável, Melissa não estaria se sentindo como uma virgem prestes a ter a sua primeira vez. Não podia se esquecer das palavras da mãe quando, há três anos, Cleyton a chamou para dormir na casa dele, pois sua família passaria o Carnaval fora: "Tu não vai porque terá a vida inteira para fazer sexo com teu namorado quando se casarem. Não vou deixar tu tomar esse caminho se nem sabe se é com esse cara mesmo que vai ficar, visse?".

Ela também não se esquecera de como ficou revoltada pelo pensamento arcaico e a falta de confiança da mãe, mesmo sabendo que Edilene a protegia dos homens devido ao trauma por tudo que passou nas mãos do cara que a engravidou. O problema é que a mãe só conseguiu fazer Melissa nunca ter uma relação sexual de verdade, já que todas foram feitas às pressas, incompletas e dolorosas, em sofás. No entanto, não era justo colocar toda a culpa em Edilene. Cleyton nunca foi atencioso quando o assunto era sexo. Ele era focado inteiramente no próprio prazer, a ponto de Melissa não ter ideia do que seria ter um orgasmo com um homem.

Sentiu o rosto pegando fogo enquanto arrumava a cama. Com certeza, não deixaria seus pensamentos seguirem aquele caminho. Ainda nem tinha encontrado Rafael para rumarem em direção a Campos do Jordão... como ela poderia prever de que forma seria a noite deles? Sem contar o fato de que Melissa tinha a escolha de não fazer amor com o namorado... Mesmo que todo o seu corpo clamasse por isso. E como clamava! Principalmente, após a semana deliciosa que passaram juntos.

Sentou-se na cama, sorrindo. Eles conseguiram se encontrar na quarta e sexta-feira. E se falaram pelo celular todos os dias, antes de dormir. Na quarta, Rafael a levou, de noite, à academia onde ele treinava jiu-jitsu. Ela sentiu uma onda de calor tão imensa, enquanto o assistia lutar, que pensou que hiperventilaria. Não estava preparada para aquele peito forte nu e muito menos para o abdômen bem definido que arrancaram todo o ar de seus pulmões. Além do mais, existia um vigor, uma entrega total nos movimentos dele que a hipnotizaram. Passou metade do tempo desejando estar no lugar do cara com quem ele treinava, mesmo sabendo que se Rafael travasse aquelas pernas musculosas em volta de seu corpo de míseros 49 kg não sobraria nada dela. Mas o safado pareceu saber muito bem quais eram os pensamentos de Melissa, pois sempre que podia a encarava com aquele olhar intenso e sedutor que a deixava de pernas bambas e pedindo água. E ela nem se importou em lhe tascar um beijão, após o treino, mesmo ele suando em bicas. Precisava confessar, inclusive, que sua mão correu de propósito pelo peito de Rafael antes de se afastar... porque ela não era de ferro.

O encontro de sexta-feira, contudo, foi mais inocente. Rafael almoçou na casa de dona Maria. E Melissa pôde contar em primeira mão para ele que, além da sessão "Musicando com a melhor idade" ter sido um sucesso, pois ela cantou cinco músicas acompanhada de idosos para lá de animados, a dona do asilo a convidara para dar um concerto dali a um mês, no aniversário do lugar. E dona Maria prometeu "mexer os pauzinhos" e contratar instrumentistas e um aparato de som dignos de uma "diva da música brasileira" – palavras dela, que emocionaram muito Melissa. E ela ficou ainda mais emocionada quando Rafael, olhando-a com uma ternura que lhe encheu o estômago de borboletas, falou que não perderia aquele concerto por nada.

De repente, seu celular começou a tocar, na cabeceira da cama, fazendo Melissa dar um pulo. Olhou o visor. Era Rafael. Seu coração disparou antes mesmo de ouvir a voz rouca.

– *Já estou saindo daqui, doçura.*

– Ah, minha nossa, fiquei perdida em pensamentos e nem tomei café da manhã!

– *Eu te perdoo se você disser que estava pensando em mim.*

– Seu metido! – Mas ela riu. E ele também.

– *Vou demorar uns quinze minutos para chegar aí. Não se esqueça de só levar uma bolsa pequena porque a Tamires já despachou nossas coisas para Campos.*

– Tá bem.

– *Bye, sweetie.*

Melissa desligou o celular, rindo. Adorava aquele lado engraçado de Rafael e o fato de ele estar exibindo um comportamento mais alegre. Mas não seria ela a metida agora, ao dizer que o crédito era todo seu. A verdade é que muito daquela alegria se devia à aproximação de Rafael com a família – Melissa não tinha dúvida disso. Ele chegara a ir até o escritório da irmã para entregar a lista de material de pintura que precisariam e para pedir que Tamires levasse as mochilas com as coisas dos dois, assim teriam uma viagem mais tranquila.

A única coisa que Melissa gostaria era que a família de Rafael percebesse, finalmente, a joia preciosa que ele era e o valorizassem. Pelo que o namorado contara sobre a conversa com o pai, parecia que, ao menos, um tempo de paz teria início entre eles... Mas diziam que a bonança precedia uma tempestade. A garota torcia com todo o seu coração para que, naquele caso, o ditado não fosse verdadeiro.

A viagem durou três horas. Fizeram três paradas para abastecer a moto e esticar as pernas. Mas Melissa estava tão ansiosa e eufórica que, por ela, iria direto, só curtindo as paisagens e a emoção de estar em contato direto com os elementos da natureza (e com o corpo de Rafael em volta de seus braços). Demorou vinte e três anos para ela se dar conta de que era uma aventureira nata. Amava cada nova experiência que estava tendo. Só não entendia por que levou tanto tempo até perceber o quanto a vida que tinha antes da morte da mãe era monótona. Mas neste aspecto não poderia culpar Edilene. Ainda que a mãe não lhe permitisse ter "aventuras radicais" com namorados, ela incentivava Melissa a explorar novos conhecimentos e perseguir seus sonhos. O duro era admitir a si mesma que foi uma medrosa, que preferiu se assentar em sua zona de conforto e seguir uma rotina conhecida. Contudo, isso só contribuiu para que criasse uma personalidade melancólica e se sentisse despreparada para muitas coisas.

Não pensaria em coisas ruins, decidiu. Sobretudo quando estava em frente ao hotel mais lindo que já vira, em estilo europeu, encravado no meio das montanhas, distante alguns quilômetros do bairro central de Campos do Jordão.

Desceu da moto, tirou o capacete e encarou a vista espetacular da cadeia de montanhas à sua frente. Se medisse sua pulsação e chegasse ao índice de duzentos e cinquenta batimentos por minuto, ela acharia que ainda era pouco. Seu coração batia de um jeito que parecia prestes a saltar pela boca. A beleza de tudo era tão imensa que seus olhos se encheram de lágrimas. E quando ela dizia tudo, aquilo incluía também Rafael, cuja aparência lhe roubou o fôlego no instante em que o encontrou, em frente ao prédio de dona Maria. Confessava que, apesar de achá-lo lindo com qualquer look, gostaria muito de vê-lo também em outro tipo de roupa que não fosse o de "anjo da noite". E seu sonho tinha se realizado. Aquela calça de jeans lavado, a malha creme por baixo da jaqueta de couro e os cabelos lisos despenteados a estavam fazendo arfar descaradamente.

— Eu também me senti extasiado quando me deparei com esta vista pela primeira vez. Quero dizer, toda vez que venho aqui me sinto assim. — Rafael se aproximou, com o sorriso escancarado, o preferido de Melissa, e a puxou pela cintura.

— Na verdade, estava pensando que não é apenas a vista das montanhas que me tira o fôlego... — Sustentou o olhar dele, mesmo ciente de que deveria estar mais vermelha do que tomate maduro.

Rafael jogou a cabeça para trás, dando uma gargalhada. Então, segurou-lhe o rosto entre as mãos. Era incrível como tudo criava vida dentro dela quando ele fazia aquele tipo de carinho.

— Você tem noção de que está me estragando para sempre, né, minha pequena feiticeira de olhos azuis? — Depositou um beijo demorado em seus lábios. E a olhou ternamente. — Se você quer saber... a "vista" que estou tendo neste momento ganha de dez a zero da das montanhas ali atrás.

Melissa mordeu o lábio inferior, segurando as lágrimas, enquanto o abraçava. Sim, ele a estava estragando para sempre também. Não, ela estava... se apaixonando por ele. Aquela emoção que a fazia querer chorar a todo instante e ficar abraçada a ele por toda a eternidade só poderia ser... amor. O apertou mais forte, ouvindo o coração de Rafael bater. Que medo sufocante e que alegria na mesma proporção aquele sentimento novo lhe dava.

— Algo me diz que este será um dos melhores finais de semana da minha vida — ele falou, assim que se separaram, entrelaçando os dedos nos dela.

— Eu não tenho dúvida de que será o melhor da minha.

Eles se fitaram, sorrindo. Nenhuma palavra foi dita, mas o que Melissa viu refletido nos olhos de Rafael a assegurou de que não estava sozinha em meio àquele mar de sensações novas. E como ela desejava que ele se permitisse... amar. Se dependesse dela, o amor seria a maior melodia de suas vidas.

Caminharam até a recepção do hotel, mas Melissa prestou pouca atenção nela. Estava envolvida com a emoção que crescia velozmente dentro de si, deixando-a fora do chão, como se flutuasse. Apenas retribuiu o cumprimento do recepcionista e notou que ele passou a transpirar nervosismo quando ficou sabendo quem era Rafael. Em seguida, escutou o rapaz informar que o senhor Plínio estava esperando o filho na quadra poliesportiva.

Nesse momento, Melissa despertou por completo. Não imaginava que o pai de Rafael estaria por ali. Acreditou que o homem apenas fosse supervisionar o trabalho do filho após o término... e longe desse filho. Aquilo a fez ficar eufórica. Era uma emoção bastante ridícula, já que era óbvio que o senhor Aguiar não perderia a oportunidade de humilhá-la. Principalmente agora que era a namorada de Rafael. Mas ela era assim. Não tinha jeito. Torcia para que as pessoas se entendessem, para que mal-entendidos fossem resolvidos e para que todos fossem felizes. Talvez isso estivesse ligado aos próprios sofrimentos e também ao sofrimento de tantos pacientes dos quais cuidou no hospital. O fato era que Melissa sabia como a vida poderia ser cruel. E qualquer sinal de um possível milagre era muito bem-vindo e deveria ser agarrado com unhas e dentes.

Entretanto, assim que o recepcionista anunciou a presença de Plínio, Melissa reparou que a mão de Rafael retesou no meio da sua. E ela percebeu que o corpo do rapaz tensionava. Passou a fazer carinho em seu braço, tentando lhe passar tranquilidade. Mas ele pareceu se desligar de tudo ao seu redor. Logo se puseram a andar para o fundo do hotel. Melissa queria dizer para ele não se preocupar, que o pai o recepcionaria com um abraço caloroso e ficaria feliz por Rafael ter vindo. Porém, aqueles seriam comportamentos de Edilene. Infelizmente, a família de Rafael, com exceção de dona Maria, parecia não conhecer sentimentos tão humanos, como o carinho e o respeito.

O coração de Melissa estava disparado quando eles chegaram à quadra. Mas não precisou esperar muito para saber qual seria a reação do empresário assim que visse Rafael, pois Plínio, com a expressão indecifrável, que gelou a espinha de Melissa bem mais do que a temperatura baixa de Campos do Jordão, caminhou rapidamente ao encontro deles.

— Vejo que meu filho é um homem de palavra.

— Não sei por que o senhor pensou o contrário.

Melissa conteve a vontade de fechar os olhos diante da animosidade na voz de Rafael. Mas não pôde impedir sua mão de apertar a do namorado. Algum dos dois precisava ceder ali. Plínio Aguiar não parecia disposto a isso.

— Como vai, Melissa?

A garota arregalou os olhos. De onde aquele homem, que lhe metia medo só com o olhar, tinha tirado aquela voz dócil? E dirigida a ela, "a funcionária que não estava em seus planos elevados para o filho"?

— Vou bem, obrigada. — Ela forçou a voz a sair.

— A velhota maluca não veio com vocês?

— O senhor está vendo tia Maria aqui?

— Mas ela pediu para avisar o senhor que fará uma visita ao hotel em breve, porque ela quer conferir de perto como ficará a arte do Rafael. — Melissa tinha consciência de que estava se intrometendo na conversa entre pai e filho, mas faria qualquer coisa para que Plínio parasse de olhar Rafael como se fosse esganá-lo.

— Ok... Então, vamos ao que interessa. Um dos funcionários da Tamires trouxe todo o material que você pediu. Você vai fazer pinturas... achei que fosse fazer aqueles grafites pavorosos que só servem para poluir os muros de São Paulo.

Quando Rafael ameaçou dar um passo em direção ao pai, Melissa, sem qualquer traço de acanhamento, o obrigou a ficar no lugar. O rapaz pareceu ter entendido a intenção da garota, de impedi-lo de brigar, e apenas soltou o ar ruidosamente.

— Não vou grafitar o muro. Vou fazer alguns desenhos e usar tinta própria para ambientes externos.

— Certo... Prefiro assim. E como está indo seu estúdio de tatuagem? — perguntou. E Melissa enxergou desprezo no olhar do idoso. O cara também não facilitava nada!

— Está indo muito bem... não graças ao senhor.

— Rafael! — Melissa disparou.

— Não se preocupe, menina. Estou acostumado com a agressividade do meu filho. Ele odeia a família que tem...

— Eu odeio a minha família? Tem certeza disso? — Rafael soltou Melissa e correu as mãos pelos cabelos. — Sou eu quem faço denúncias anônimas injustas para prejudicar o próprio filho? Ou que estou obcecado para que este filho siga os meus passos, a qualquer custo?! – Cerrou os punhos. – É fácil jogar a responsabilidade no colo dos outros e lavar as mãos, senhor Plínio Aguiar!

– Rafael, eu não te chamei aqui para brigar. E eu não admito que você faça acusações a mim. Você não está nem aí para o seu patrimônio. Prefere que tudo vá parar na mão de um grupo estrangeiro a assumir a presidência. Mas eu me preocupo com o que seu avô construiu com suor e trabalho. Nada veio de graça para a nossa família, você sabe muito bem a história dos nossos hotéis. – Suspirou. – E eu não vou durar para sempre, filho. Eu preciso preparar alguém para assumir meu lugar... alguém do meu sangue!

Melissa sentiu Rafael oscilar ao seu lado. E ela viu uma névoa de fragilidade cobrir os olhos do rapaz. Seu peito se apertou. Foi quando ela entendeu que ele se agarrava aos acessos de raiva para encobrir sua vulnerabilidade diante do pai.

– Você tem a Tamires, ela é tão sua filha quanto eu, pai – Rafael falou numa voz fraca.

– A Tamires é uma ótima executiva, não nego. – Plínio fez um gesto de desdém com a mão. – Mas não serve para o cargo da presidência. É preciso ter mãos de ferro, vigor. Ela sempre se deixará levar pelos hormônios e pela fraqueza, típicos das mulheres...

– O senhor é mesmo um machista da porra! – Bateu os punhos sobre as pernas.

– Olhe como você fala comigo, moleque! – Plínio apontou o dedo para o filho.

– Calma, gente! – Era sério que ela tinha entrado no meio dos dois? Pois foi exatamente o que Melissa fez. E, mais uma vez, não se acanhou por isso. Era provável que aqueles dois nunca tivessem uma conversa sem brigar (sentia-se triste por aquela constatação). A relação deles tinha se deteriorado de uma forma que não havia mais espaço para os sentimentos bons que um pai e um filho deveriam nutrir um pelo outro. Porém, não podia evitar a dor ao perceber que tanto Rafael quanto Plínio sofriam por isso.

– Nem sei por que te chamei aqui... – Plínio deu um passo para trás, suspirando.

– O senhor me chamou aqui pra vir com essa lengalenga de presidência dos hotéis e pra me tirar do sério!

– Um dia, Rafael, você vai ter que aceitar esse cargo e aceitar que é tão dono de tudo isso quanto eu. – Abriu os braços, olhando à sua volta.

– Ou o quê? O senhor vai mandar me matar também?

Ah, meu Deus do céu! Quem oscilou, dessa vez, foi Melissa.

– Eu nem quero tentar entender do que você está falando, Rafael. Porque se eu descobrir, vou acabar te pondo para fora daqui a pontapés.

– A verdade é sempre dura de ser engolida... – Rafael falou entredentes, mas Melissa compreendeu perfeitamente. E se pegou rezando em silêncio para que Plínio não mordesse a isca.

Para o alívio colossal de Melissa, o idoso ignorou, colocando as mãos nos bolsos da calça e voltando a exibir seu olhar de superioridade.

– O material está lá no canto, encostado na parede onde você deve fazer os desenhos. – Apontou para trás. – Estou voltando para São Paulo. Um dia, filho, você vai se arrepender de tudo o que me acusa. Só espero que não seja tarde demais para voltar atrás.

E ele rumou para a recepção, sem nem olhar para Melissa. Mas a garota não se importou. Não queria que ele percebesse o quanto estava tremendo. Com certeza, se pai e filho resolvessem se atracar, ela não teria força para impedi-los.

– Porra! Mil vezes porra!

Olhou para Rafael, que começou a andar de um lado para o outro.

– Tenta se acalmar, Rafa. Ele já foi embora. – Ela sabia que estava falando como se o namorado fosse uma criança, mas era assim que o via naquele momento: uma criança perdida e desamparada.

– Desculpe por te meter em tudo isso, Mel. Eu deveria saber quais eram os planos do meu pai ao me chamar aqui. Ele adora inverter a situação: bancar o bonzinho e me deixar com a imagem do vilão inescrupuloso! — Colocou as mãos no quadril. — Caralho, são quase trinta anos nessa brincadeira de gato e rato!

— Rafa, eu... eu acho que seu pai não faz por mal. — Ele a olhou com os olhos muito abertos, e ela temeu ter se metido numa baita encrenca. — Quero dizer, ele age com ignorância porque não sabe agir de outra forma. Não estou arrumando uma desculpa pra ele... só acho que o seu Plínio está perdido nessa história de sucessão. Eu não entendo nada desse mundo dos negócios, claro. Mas a obsessão do seu pai para que você assuma o lugar dele é tão grande que isso o cegou. Eu queria te dizer o que fazer, mas eu nunca tive pai. Não tenho experiência quanto a isso. O que eu posso te dizer é que o fato de ele ter te chamado aqui para fazer o que você gosta, desenhar, não pode se apagar na sua cabeça, só porque ele falou meia dúzia de palavras movidas pela ignorância. Eu... talvez seja muito ingênua, mas acho que ele tentou se aproximar de você... de alguma maneira. Mas a relação de vocês está tão deteriorada que não conseguem se entender nem mesmo quando a intenção do seu pai é boa.

Rafael a olhou fixamente por vários segundos. Melissa chegou a acreditar que seria ela a ser enxotada a pontapés dali. Então, ele abriu um de seus sorrisos que causava uma revoada de borboletas no estômago da garota.

— Você está querendo me fazer capitular de todas as formas possíveis, não é, linda feiticeira? E quando você sair da minha vida... o que vai sobrar de mim?

Ela olhou para baixo rapidamente, sentindo todo o corpo estremecer por aquela verdade que estava prestes a dizer:

— Eu só vou sair da sua vida se você me mandar embora, Rafael. Caso contrário, não existe maneira de me tirar de perto de você.

Ele nada disse. Apenas a puxou pela nuca e a beijou de forma tão selvagem que Melissa sentiu os lábios arderem. Mas ela retribuiu o beijo, porque sabia que Rafael precisava descarregar toda aquela adrenalina correndo dentro dele. E quem sabe... também precisasse dela.

Rafael interrompeu o beijo bruscamente, e Melissa viu que seus olhos ainda estavam nublados por aquela tristeza que ela daria tudo para apagar de dentro dele. No entanto, achou melhor não fazer mais comentários sobre assuntos que lhe traziam sofrimento.

— Estou vendo umas latas de tinta ali atrás nos esperando. E me parece que marquei pra hoje a sessão "pintando o sete com um tatuador lindo... e todo meu". — Ok, a última parte foi impossível falar com naturalidade, sem sentir o rosto esquentar. Mas, pelo menos, ela conseguiu tirar outro sorriso de Rafael e um olhar de adoração.

— Pois esse tatuador "todo seu" não sabe o que seria dele sem você, *agápi mou*.

— "Agápi mu?" — Ela franziu as sobrancelhas. O que diabos era aquilo?

— É uma expressão em grego... — Aproximou-se dela, acariciando seu rosto com as costas da mão.

— E eu posso saber o que quer dizer? — Ela passou a língua pelos lábios.

O olhar de Rafael ficou mais intenso, quase hipnótico. As pernas de Melissa viraram duas gelatinas, prontas para se desmontarem ao menor toque.

— Meu amor — ele sussurrou contra os lábios dela.

Melissa fechou os olhos e foi recompensada por um beijo doce, uma verdadeira reverência. A carícia delicada foi um bálsamo após a tempestade pela qual passaram. E enquanto sentia cada parte de seu corpo se aquecer, seu coração festejava. Ela era o amor de Rafael... e ele era o seu amor. A felicidade, de repente, não tinha mais limite.

Separaram-se sorrindo e caminharam de mãos dadas até o local onde estavam o material de pintura e suas mochilas. Colocaram as roupas velhas que trouxeram, cada um num vestiário da área recreativa. E por quase uma hora, Melissa assistiu a Rafael diagramando os desenhos no muro, que não era tão grande quanto ela imaginou. Não deveria ter mais do que três metros de comprimento. Achou melhor não comentar com o namorado, mas era provável que Plínio tivesse escolhido o local menos extenso da área recreativa porque a pintura era mesmo uma desculpa para se reaproximar do filho.

Assim que Rafael terminou — e ela ficou encantada com os desenhos perfeitos de quatro esportistas, dividindo-se entre o futebol, o vôlei, o basquete e o handebol —, a instruiu como ajudá-lo a preencher as cores de forma que as pinceladas não saíssem falhadas ou para fora das linhas demarcadas.

Melissa seguiu cada instrução que ele deu, porém percebeu que Rafael, mesmo rindo com os comentários que ela fazia sobre sua total inabilidade para a pintura e lhe dando beijos rápidos, estava distante dali. Dirimir os conflitos internos do namorado, ela sabia, era impossível. Mas poderia tentar fazê-lo ver que a vida podia ter um colorido especial, apesar de tudo desabando dentro de nós.

É. Parecia que a convivência com dona Maria a estava tornando uma efusiva de carteirinha. Se Edilene soubesse disso, soltaria um "oxente" caprichado. Conteve-se a tempo de dar uma risada. Entretanto, não conteve a vontade de colocar seu plano em ação. Olhou pelo canto dos olhos para Rafael, que estava concentrado na pintura da bola de basquete. Aos poucos foi se aproximando dele, o mais silenciosamente que conseguiu. Quando estava bem pertinho, soltou a voz:

Ainda bem
Que agora encontrei você
Eu realmente não sei
O que eu fiz pra merecer
Você

Ele parou imediatamente a pintura e a encarou, num misto de susto e encantamento. Era o que ela precisava para prosseguir cantando (e dançando!) uma das músicas que mais amava de Marisa Monte:

Porque ninguém
Dava nada por mim
Quem dava, eu não tava a fim
Até desacreditei
De mim

Ele tentou puxá-la para os seus braços, mas Melissa se desvencilhou e correu, não sem antes passar o pincel com tinta preta no nariz dele.

— Ah, mas isso não vai ficar barato, Melissa de Oliveira! — ele gritou, mas ria.

E ela continuou correndo para o fundo da quadra, cantando e lutando contra as risadas. Felizmente, estavam na baixa temporada e não tinha nenhum hóspede por ali.

Obviamente, ele a alcançou, suspendendo-a no ar pela cintura, antes que ela terminasse a música. De qualquer forma, ela não terminaria, porque não conseguiu mais impedir que as risadas a tomassem por completo.

— Achou que ia escapar depois de cantar a música que eu secretamente adoro?

— Secretamente? — ela perguntou, quase sem fôlego, enquanto ele a colocava no chão, levantava os braços dela, unindo-os acima da cabeça, e a pressionava com o seu corpo, no muro logo atrás deles. De repente, parecia que a garota não entendia mais o português tamanha era a lentidão em seus pensamentos conforme seu corpo todo pegava fogo.

— Não posso perder minha fama de metaleiro hardcore, lembra-se? — E ele passou a língua por seu pescoço, tirando o resto de forças das pernas de Melissa. Ela fechou os olhos, prendendo a respiração. Era claro que a punição de seu namorado não seria com inocentes pinturas em seu rosto.

— Cantar e dançar é muita sacanagem, doçura. Sua punição virá em dobro. — A voz rouca e sensual ressoou em todas as partes de

Melissa... inclusive nas mais íntimas. E a garota não sabia se arfava ou ruborizava.

— Te-temos que ter-terminar de pintar os de-desenhos — ela gaguejou quando a língua de Rafael subiu por seu queixo. — E estamos à vista de todos.

Aquelas palavras bastaram para Rafael se separar dela no mesmo instante, correndo as mãos pelos cabelos.

— Você vê o que faz comigo, né? Me deixa parecendo um adolescente que não sou há mais de uma década! — Melissa riu. — E você ri? Vamos ver quem vai rir por último... — E ele passou o pincel, que a garota nem reparou nas mãos dele, em sua bochecha, de fora a fora.

Ela ofegou. Ele gargalhou e correu. E as próximas horas foram um festival de tinta na parede, tinta nos rostos, tinta para todos os lados... e muita risada. Melissa se sentiu afortunada por ver o brilho feliz voltar aos olhos de Rafael. Seu plano havia dado certo. O único problema era aquela ansiedade que crescia na boca de seu estômago. Ela sabia muito bem que a tal "punição em dobro" viria ainda, quando estivessem sozinhos, num lugar privado. Ao mesmo tempo que desejava implorar para ele a levar para o tal lugar, queria correr para o apartamento de dona Maria e se esconder embaixo da cama. Teria que ter uma conversa com Rafael. Só não sabia como abordar o tema "sexo"...

A oportunidade, contudo, surgiu após terminarem a arte no muro, duas horas após o almoço, que foi feito no bufê do próprio hotel. Rafael comunicou que subiriam para um dos quartos para tomarem banho. Assim que eles entraram na suíte espaçosa, cujos móveis coloniais estavam por toda a parte — da cama ao sofá na saleta —, Melissa começou a tremer e caminhou a passos rápidos até a porta balcão, que se abria para uma vista tão linda quanto a que teve quando chegaram. Mas ela não conseguiu se encantar dessa vez.

— Eu não vou te obrigar a nada, doçura. Jamais faria isso — Rafael sussurrou atrás dela, colocando as mãos em seus ombros.

Ela sobressaltou-se e virou de frente para ele. O olhar terno do namorado lhe deu a coragem de que precisava. Respirou fundo, fechando e abrindo os olhos, num átimo de segundo.

– E-eu.... nunca tive uma relação sexual de verdade... Quero dizer, eu fiz pouquíssimas vezes com meu ex-namorado e foi sempre... tão ruim... ele nunca nem tirou toda a minha roupa.

– Ele te estuprou, Melissa? – Suas pupilas dilataram e ele cerrou os punhos em volta do corpo.

– Não! Ele só... fazia as coisas com rapidez, sem carinho e... – Suspirou. – É tão complicado explicar, Rafa...

– Você não precisa me explicar nada, meu amor. – Colocou o dedo com delicadeza sobre os lábios de Melissa. – Não vou negar que estou morrendo de desejo por você. Mas não quero que você faça nada contra a sua vontade. E, principalmente, não quero que você faça amor comigo para me agradar.

– Mas eu quero... quero tanto... mas só queria que você me ensinasse como fazer... sem dor...

Ele fechou os olhos, seu pomo-de-adão subiu e desceu. Então, tornou a olhá-la.

– Sua inocência me desarma de uma forma que me dá vontade de confessar um monte de coisas, sabe? Mas por ora eu posso te garantir que vou agradecer pelo resto da vida porque o imbecil do seu ex-namorado não enxergou a mulher maravilhosa que você é. – Beijou-lhe a testa. Ela o abraçou. Eles ficaram naquela entrega por vários minutos, até Melissa sentir toda a angústia dispersar.

– Posso tomar banho primeiro? – ela perguntou, distanciando-se dele.

– Acho que... vou tomar banho no quarto ao lado, que também está vago.

– Você promete voltar aqui?

– É claro, doçura. – Ele abriu um sorriso. E Melissa enxergou uma emoção diferente no olhar dele. Um brilho que nunca tinha visto antes. Algo que fez seu coração disparar.

Ela tomou banho acompanhada de uma sensação de ansiedade, mas era um anseio bom, porque sentia a alegria também presente. Colocou o vestido de lã vermelho com decote canoa, que havia comprado na companhia de dona Maria, num shopping em Higienópolis. Tantos choques perpassavam o seu estômago que Melissa sentia um pouco de ânsia. Porém, ela não ficou fazendo hora no banheiro. Saiu assim que secou os cabelos no secador. E deparou-se com Rafael, com o olhar perdido através da janela. Ele usava a calça jeans com a qual tinha vindo. E uma camiseta branca. Era a primeira vez que o via de branco. Existia algo especial no fato de ele usar a cor que ela tanto amava. As lágrimas ameaçaram aparecer. Engoliu em seco.

Deu um passo. Ele a fitou, deixando o embevecimento evidente no olhar.

— Linda — ele declarou, numa voz profundamente rouca, e esticou o braço. As mãos de ambos se encontraram. — Minha linda.

— Meu amor — ela sussurrou de volta. Ele sorriu sem tirar os olhos dos dela.

Ele a puxou com delicadeza para mais perto. A pulsação de Melissa foi à loucura enquanto fitava os lábios carnudos que lhe despertavam sensações jamais sentidas antes. Mas Rafael não a beijou. Não ainda. Ele lhe tirou os óculos e colocou sobre o rack onde estava a televisão, sem desviar os olhos, que brilhavam intensamente, dos dela.

— Seus olhos foram a minha perdição, baby. — As palavras bailaram em volta do coração de Melissa, que lutava contra as lágrimas. Rafael pegou uma mecha dos cabelos dela e deslizou os dedos vagarosamente por toda a extensão. — E seus cabelos povoaram todos os sonhos doces que tive com você. — Seus lábios resvalaram a boca de Melissa, num toque quase imperceptível, como se ele temesse machucá-la. — Mas foi a sua boca que me rendeu para sempre...

O beijo foi uma explosão de sentidos, de cores, de magia. O balé das línguas traduzia a emoção deliciosa que enchia o peito de Melissa. Ela subiu a mão pelas costas de Rafael e lhe puxou pela nuca. Queria mais dele. Muito mais. Até que seu corpo parasse de gritar por ele. Mas o namorado, de súbito, interrompeu o contato. E a pegou no colo, deitando-a na cama, tão delicadamente como a vinha tratando desde que ela saíra do banheiro.

Os lábios de Rafael tocaram-lhe a testa, então desceram por seus olhos, nariz, bochecha, boca, queixo, numa carícia suave. Melissa sentia tudo se eletrizando dentro de si. Fechou os olhos e jogou a cabeça para trás quando sentiu a língua do rapaz correr morosamente por seu pescoço e parar sobre sua clavícula. Dedos quentes abaixaram a gola de seu vestido, expondo a curva de seus seios. Ela arfou, quase implorando para que ele a tocasse mais intimamente. Ele não se fez de rogado. A língua indomável passou sobre a base dos seios, lhe arrancando os primeiros gemidos. A mão quente subiu pela barra do vestido, acariciando sua coxa. As bocas se encontraram novamente; dessa vez, o beijo foi mais selvagem. E Melissa não resistiu à vontade de puxá-lo para cima dela. Ele obedeceu, mas tomou cuidado para não colocar todo o seu peso.

Os corpos se tocando era o nirvana das sensações. Porém, havia roupas demais entre eles. Precisava sentir as peles sem aquela barreira. Ousadamente, agarrou a barra da camiseta de Rafael e tentou tirá-la. Ele sorriu sobre seus lábios.

— Assim vai ficar difícil continuar fazendo as coisas devagar, doçura.

— Então, pode fazer rápido — ela se viu falando e lutando contra a camiseta.

— Seu desejo é uma ordem, minha feiticeira apressada. — Ele deu uma risada rouca e arrancou a camiseta com agilidade, jogando-a no chão.

Melissa se deliciou com aquela visão de músculos definidos. Sentou-se na cama e correu as mãos por eles, sem um pingo de timidez; explorando abdômen, peito, braços. Rafael soltou um gemido rouco, completamente entregue. E isso a estimulou a se aproximar e tocar-lhe o tórax com os lábios, subindo sem qualquer pressa, até encontrar os lábios do rapaz. Ele a agarrou pela nuca e aprofundou o beijo. Então, foi a vez de Rafael lutar para lhe tirar o vestido. Melissa o ajudou, mas não previra que a vergonha fosse atacá-la assim que ficou apenas de calcinha na frente do namorado.

Os olhos de Rafael ficaram ainda mais escuros. Ela tremeu.

– Mel... você é muito mais linda do que em todas as fantasias que tive... – A declaração saiu numa voz gutural que fez Melissa prender o fôlego.

A mão de Rafael correu por sua barriga, seu estômago, seus seios, numa reverência que lhe enfraqueceu todo o corpo. E a sensação só cresceu quando a mão foi substituída pela boca, que sugou, mordiscou, acariciou, dando atenção especial aos seus seios. As carícias lhe deram tanto prazer que Melissa pensou que teria um orgasmo apenas com o estímulo daquela língua maravilhosa entumecendo os bicos de seus seios. Estava perdida em gemidos. E os gemidos ascenderam a um novo patamar quando sentiu os dedos de Rafael invadirem sua calcinha, acariciarem seu clitóris e a penetrarem. Ela lhe arranhou as costas, sem reserva. Ele desceu por sua barriga, alcançando suas coxas, onde deu pequenas mordidas, sem nunca interromper os estímulos em sua parte mais íntima.

A única coisa que lhe passava pela cabeça naquele momento era: "Como esse homem pode ser tão fantástico tanto com a boca quanto com as mãos?", mas nada disse. Apenas soltou novos e longos gemidos. A vergonha havia evaporado há muito tempo. E o safado de seu namorado estava adorando aquilo, pois a cada novo gemido ele intensificava os movimentos dos dedos a colocando muito próxima de um abismo intransponível. Mas não era assim que ela queria ter um orgasmo. Melissa queria também dar prazer a Rafael. Era uma necessidade tão grande que chegava a doer. Assim, reuniu coragem e sussurrou:

– Eu quero fazer amor com você... agora.

Ele levantou a cabeça. Os olhos refletiam a mesma luxúria que queimava as veias de Melissa.

– Você é uma pequena dominadora, não é mesmo? E eu adoro isso – falou, enrouquecido.

Em movimentos ágeis, ele tirou a calça jeans e a cueca. Melissa ofegou. Ok, a timidez voltou a galope. Ver certas partes da anatomia masculina não era novidade para ela, claro. Era técnica em enfermagem, afinal de contas. Mas nunca viu naquele estado tão... rígido e grande. A verdade era que não sabia o que estava mais quente, se era seu rosto ou todo o corpo. O fogo que corria por ela era tanto que quando deu por si tinha escorregado a calcinha pelas pernas, fazendo Rafael praticamente voar para cima dela após vestir a camisinha.

Agora os beijos e as carícias não tinham mais nenhum rastro de morosidade ou delicadeza. Eram brutos, como a ânsia que Melissa sentia para que Rafael a penetrasse. Mas a penetração foi cuidadosa, e a garota não podia negar que se retesou quando ela começou a ocorrer. O trauma por tudo que passara com Cleyton a rondava. Chegou a temer que todo o prazer que sentira com Rafael até ali evaporasse se a dor desse as caras. A preocupação travava uma batalha árdua contra a lascívia dentro do namorado – Melissa não podia deixar de notar isso quando os olhos de ambos se encontraram.

– Está doendo, doçura? Diga a verdade, por favor. – Ele interrompeu a penetração.

– Não... não para, Rafa.

Foi naquele momento que ela soube que a experiência com Rafael seria totalmente diferente daquela que teve com o ex-namorado. Porque existia algo muito especial na sintonia perfeita que tinham. Então, relaxou e o puxou de encontro a si. O membro de Rafael se moldou às suas carnes. E ela sentiu pela primeira vez a comunicação completa, pele contra pele, com outro corpo. Os olhos de Melissa se encheram de lágrimas. Seu amor estava dentro dela. E ela não sentia dor. Sentia mil coisas... menos sofrimento. E quando ele começou a fazer movimentos vagarosos, mas ritmados, ela se entregou de vez. Seus olhares não se abandonaram mais. Melissa queria que ele soubesse como estava lhe dando prazer, tanto prazer que ela perdera o contato com a realidade. Era apenas uma massa flutuando através de uma atmosfera densa da mais pura paixão. Ele deu um dos gemidos guturais que a estimulavam a ponto de deixá-la novamente à beira do abismo. Não... ela estava às portas do paraíso mais lindo que já visitou.

As estocadas tornaram-se mais fortes e rápidas. Melissa correu as unhas pelas costas de Rafael. Sentindo-se poderosa, o puxou pelas nádegas. Um mundo todo, de repente, pareceu invadi-la, mas ela não sabia como colocá-lo para fora. Uma energia indomável não parava de crescer em cada uma de suas células. Sua cabeça girava. Seu corpo dançava ao encontro do corpo de Rafael. O rapaz arfava, dividido entre beijá-la e fitá-la com aqueles globos escuros, hipnotizantes.

De súbito, algo forçou passagem, querendo ser arrancado de dentro de Melissa. Ela elevou o corpo contra o de Rafael, que começou a ter vários espasmos. Os mesmos que, enfim, escaparam através de Melissa e ganharam todo o seu corpo. Jamais esperou por aquilo... não com aquela intensidade... não ao mesmo tempo que acontecia para Rafael. Entregou-se às sensações, aos tremores, aos gemidos, à certeza de estar sendo preenchida por uma energia vital. O abismo ficou para trás. Ela abraçou Rafael e o paraíso dos dois. E, então, veio o silêncio.

De olhos fechados, percebeu as lágrimas escorrendo por seus olhos. Lágrimas de gratidão... lágrimas de amor. Nunca mentiu para si mesma sobre seus sentimentos. Não seria agora que mentiria. Estava irremediavelmente apaixonada por aquele tatuador, que escondia suas infinitas qualidades e vulnerabilidade atrás de todos os sofrimentos pelos quais passou. Quando ele tombou sobre ela, Melissa o abraçou com todo o amor que preenchia o seu coração.

Ele se apoiou no cotovelo. Seus olhos tinham um brilho molhado. Parecia tão emocionado quanto ela.

— Se eu te disser que foi a primeira vez que fiz amor na minha vida, você acredita?

— Bom, foi a minha primeira vez também, então eu acredito. — Sorriu, sabendo exatamente do que ele estava falando. Todas as relações que tiveram foram sexo sem um sentimento profundo envolvido.

— Outro dia você me falou que Deus nos aproximou para que curássemos o coração um do outro... — Ele fez um carinho no rosto dela. – Você curou o meu coração, Melissa. E é por você que ele bate agora. Só por você, minha pequena feiticeira.

Ela sorriu entre as lágrimas, que ele prontamente secou.

– E o meu bate por você, meu anjo da noite... meu amor.

Um beijo delicado selou aquelas palavras. Melissa sabia que seu coração ansiava por mais uma declaração... "a declaração". No entanto, como prometeu a si mesma, seria um passo por vez. E um dia eles estariam prontos para se dizer as palavras que lhe acalentava a alma. Por enquanto, continuar vivendo sobre sua nuvem de felicidade era mais do que suficiente.

16

Quem poderia prever que um dos caras mais avessos a relacionamento sério da história mergulharia de cabeça em um e passaria a se comportar como um adolescente apaixonado? Com certeza, Rafael não previra isso. Ao contrário, esteve propenso a acreditar que terminaria seus dias sozinho e viajando sem rumo pelo mundo.

Bastou apenas um mês para mudar todas as suas concepções. Um mês de namoro com sua Melissa. O mês mais paradisíaco de sua vida.

Sua vida amorosa poderia ser dividia em a.C. e d.C. – Antes de Campos do Jordão e Depois de Campos do Jordão. A experiência que viveu lá foi forte a ponto de ele entrar em contato com um lado seu que não conhecia. Um lado mais suave e romântico. Enquanto vivesse não conseguiria apagar de sua memória o primeiro amor que ele e Melissa fizeram. A entrega, o prazer, o entendimento perfeito entre seus corpos. Num primeiro momento, quando ela contou sobre a experiência ruim que teve com o imbecil do ex-namorado, Rafael não podia negar que tremeu nas bases, com medo da responsabilidade de apagar os traumas de Melissa em relação ao sexo.

A verdade era que nunca esteve num relacionamento no qual a parceira fosse inexperiente. Sempre receou que uma mulher inexperiente não aceitasse o jogo que ele costumava jogar. Agora Rafael sabia que era assim que encarava seus relacionamentos: um jogo de cartas marcadas no qual ele e a parceira seguiam regras muito claras. Nenhum deveria criar um vínculo além do que fora estabelecido no início. E no final cada um ia para o seu lado, sem continuarem atrelados ao que tiveram juntos.

Só naquele momento entendia que teve medo de se envolver de verdade com alguém. Ele não fugia de compromisso sério para evitar repetir a fórmula hipócrita do casamento dos pais, como pensara. Na realidade, não queria encarar o medo atroz que carregava dentro de si de viver um sentimento mais profundo, que lhe tirasse o prumo, lhe fizesse se sentir vulnerável – algo que experimentou em demasia ao longo da vida.

Era incrível como Melissa, em tão pouco tempo, foi retirando "pedra por pedra" do imenso castelo de temor que ele carregou por tantos anos, então substituiu por um sentimento poderoso que passou a acalentá-lo dia e noite desde que a conheceu. E esse sentimento só crescia. Cada encontro que tinham – e naquelas quatro semanas foram muitos; inclusive, a namorada passou todas as folgas ao seu lado, incluindo as noites – mais certeza tinha Rafael de que Melissa veio para ficar. E para fazê-lo encarar tudo o que ele jogou para baixo de seu tapete emocional.

Conversar com Melissa, de certa forma, era redescobrir a si mesmo, ir mais fundo em seu centro e perceber verdades que não sabia existir dentro dele. Fazer amor com sua feiticeira de olhos azuis era como provar uma espécie de droga que o deixava cada dia mais dependente. E admirá-la enquanto ela dormia, tão linda e delicada, ao seu lado, o tornava poderoso... apenas por saber que ela escolhera estar ali, com ele, e em mais nenhum outro lugar.

Estava claro para Rafael que ele era um caso perdido. Entretanto, não se importava com isso. Não se importava com mais nada – desde que tivesse Mel por perto. O único problema era verbalizar tudo o que sentia, não restava dúvida. Ele não conseguia colocar em palavras a emoção que corria por cada veia de seu corpo. Naqueles mais de trinta dias, procurou tratar sua Melissa como ela merecia, como seu coração pedia que a tratasse. Porém, não pôde fazer a declaração que ele lia nos olhos da garota. E aquilo o angustiava, mesmo sabendo que jamais falara aquelas "três palavrinhas" para as mulheres com quem ficou. Sabia, contudo, que sua inabilidade de expressar seus sentimentos mais profundos tinha a ver com a rejeição que sofrera por parte da mãe durante a infância.

Jamais conseguiu se esquecer das ocasiões, quando ainda criança, em que buscava a mãe, que estava quase sempre com a cabeça em mil outras atividades, mas nunca com os olhos voltados para o filho, e dizia: "Eu te amo, mãe". E ela respondia: "Que bom, querido. Agora vá brincar com a Nani, porque a mamãe está ocupada aqui".

Não negaria que o apavorava o fato de que talvez nunca conseguisse fazer aquela declaração novamente. Temia que Melissa acabasse o deixando por conta disso. Por outro lado, também ficava apavorado só de pensar em se declarar e ser rejeitado. Eram emoções conflituosas, que o desestabilizavam um pouco. Então, ele preferia não as explorar a fundo. Por ora, era suficiente o que estava vivendo ao lado de sua namorada. Além do mais, também lhe dava uma sensação de conforto perceber que seus ataques de fúria tinham desaparecido. Obviamente, Plínio Aguiar lhe ajudou quanto a isso, já que nunca mais aprontou das dele. Pelo contrário, chegou a ligar de novo no estúdio para dizer que havia gostado das pinturas no hotel de Campos e que estava pensando na possibilidade de Rafael fazê-las em outros hotéis da rede.

Estava na melhor fase de sua vida. E, caralho, como aquilo era bom!

Sorriu consigo mesmo, encarando a tela do celular, cujo papel de parede era uma foto que tirou de Melissa no Pico do Itapeva, em Pindamonhangaba, cidade vizinha a Campos do Jordão. Ela estava de braços abertos, exibindo um de seus sorrisos doces, contra a vasta paisagem que o local proporcionava.

O domingo que passaram nas serras foi tão espetacular quanto o sábado, que terminou com Melissa adormecendo em seus braços, após jantarem na Vila Capivari, o centro movimentado da cidade. Visitaram alguns pontos turísticos, trocaram muitos beijos, fizeram amor mais duas vezes e conversaram sobre dezenas de assuntos. Rafael, inclusive, apresentou à garota algumas músicas de suas bandas favoritas de Heavy Metal. Melissa não se acanhou em dizer que as músicas eram muito "barulhentas" para os seus ouvidos, mas que não podia negar que as baladas do metal eram poderosas e cheias de emoção. E que *Nothing Else Matters*, com certeza, era uma das músicas mais lindas do mundo. Nessa parte, o coração de Rafael entrou num ritmo alucinante e ele não pôde resistir à vontade de cantá-la para Melissa, enquanto ela repousava a cabeça em seu colo. Ele sabia que sua voz estava longe da qualidade vocal da de James Hetfield, mas sentiu-se um cara de puta talento quando Mel derramou algumas lágrimas ao ouvir os versos *Trust I seek and I find in you/Every day for us something new/Open mind for a different view/And nothing else matters*[2]. E quando ele terminou, ela disse que sua voz rouca causava todos os tipos de borboletas possíveis em seu estômago.

Soltou o ar devagar, olhando para a televisão na sala, sem realmente prestar atenção ao programa que estava passando. Para sua vida ficar melhor, só faltava dar a hora em que sairia de casa para assistir ao concerto de sua pequena feiticeira no asilo. O grande dia, enfim, tinha chegado! Queria mesmo era buscar Melissa no apartamento da tia e levá-la para o concerto. No entanto, a tia não permitiu. Falou que Jair as levaria e Rafael deveria apenas comparecer ao evento, às cinco da tarde, para assistir ao show de uma das divas da música brasileira – o que efetivamente Melissa era, segundo a tia, e o rapaz concordava –, caso contrário a secretária acabaria perdendo a concentração.

Rafael acabou aceitando os argumentos da tia, porque não queria que nada estragasse a apresentação de Melissa. Ele acreditava que tinha esperado por aquele dia com a mesma ansiedade que a namorada. Como queria vê-la sobre um palco, encantando outras pessoas da mesma forma que ele se encantava ao ouvi-la cantando. Era um crime que aquele talento continuasse encarcerado por mais tempo.

---

2. Confiança eu procuro e encontro em você/Todo dia para nós algo novo/Mente aberta para uma nova visão/E nada mais importa

E sentia-se frustrado por não poder ajudá-la a entrar profissionalmente no meio musical. Todos os seus contatos eram com pessoas envolvidas com tatuagem, artes plásticas ou grafite. Sua esperança era tia Maria. Se dependesse dela, Melissa acabaria em algum *reality show* de música, como ela comentou na noite anterior.

Deu outra olhada para o celular, rindo. E assim que encarou a boca sorridente da namorada uma descarga elétrica percorreu seu corpo. Beijara aquela boca fazia menos de doze horas, mas sentia-se tão sedento por ela que dava a impressão de que estavam longe um do outro há doze meses!

Não conteve a gargalhada. Tinha se transformado mesmo numa porra de um romântico! E que Deus o ajudasse, mas aquilo prometia ficar ainda pior... ou seria melhor?

— Teu caso está ficando sério, hein, cara? Já tá até rindo pra foto da tua namorada no celular...

Rafael teve um pequeno sobressalto no sofá ao ouvir a voz de Danilo atrás de si.

— Eu disse que tu ia ficar de quatro por uma guria, não disse? — ele prosseguiu, arrastando duas malas de rodinhas. — Pena que não vou mais continuar aqui pra assistir de camarote.

O nó na garganta que Rafael sentiu quando Danilo anunciou que iria embora para morar com Lea, uma vez que a amiga com quem a moça dividia o apartamento na Aclimação resolvera voltar para o interior de São Paulo, deu as caras de novo, ameaçando estrangulá-lo.

— Você vai me abandonar mesmo, meu velho? — Rafael ficou de pé, colocando o celular no bolso da calça jeans.

— Bah, tu tá muito sentimental ultimamente... — Danilo riu, mas ficou sério logo em seguida. — Eu vou continuar tocando o estúdio contigo, meu amigo. Mas não posso mais viver sem minha *pin-up girl.* — Rafael sorriu diante do apelido que Danilo havia colocado na namorada. — Não aguento mais encontrá-la apenas nos finais de semana. Pelo menos, agora passaremos todas as noites juntos.

– Eu te entendo, Dan. Estou há apenas um mês com a Mel, mas se eu pudesse passaria todas as noites com a minha pequena.

Aquela era uma verdade bem assustadora de admitir, porque raramente passou a noite toda com uma mulher. E muito menos desejou que a noite não terminasse nunca, como se pegava fazendo em todas as folgas de Melissa.

– Estou feliz por tu ter assumido esse namoro, de verdade, cara. Eu andava muito preocupado contigo. Tu tava entrando numa rota meio autodestrutiva, Rafa. – Danilo apoiou-se nas malas, e Rafael notou a expressão preocupada do amigo.

– Você tem razão... eu estava perseguindo um caminho autodestrutivo a passos largos... embora já tenha estado lá uma vez e não queira nunca mais voltar.

– Tu não voltou a beber, não é mesmo? – O amigo averiguou o rosto de Rafael.

Desde que contara para Danilo sobre os anos em que passava os dias mais alcoolizado do que sóbrio, o gaúcho tomava cuidado para que nenhuma bebida alcóolica se aproximasse de Rafael – fosse ali no apartamento, fosse quando saíam em grupos de amigos.

– Estou limpo há dez anos, cara. E contando cada um desses dias. – Rafael levantou as duas mãos em frente ao rosto.

– É assim que se fala, irmão. – Deu um tapinha no ombro de Rafael. – Bom, agora eu preciso ir. Amanhã chegarei ao estúdio no horário de sempre.

– Cadê a *pin-up girl*? – Sorriu.

– Está aí embaixo, me esperando no carro.

– Dona Lea está com medo de mim? – Ergueu uma das sobrancelhas, cruzando os braços sobre o peito.

– Bah, e aquela mulher tem medo de alguma coisa ou de alguém? É uma tigresa... em todos os sentidos. – Arregalou os olhos.

– Dispenso detalhes sórdidos entre vocês, meu velho.

Ambos riram.

— Ela achou melhor ficar no carro porque está difícil estacionar por aqui — o amigo explicou, começando a andar em direção à porta.

De repente, o celular de Rafael fez barulho, anunciando a chegada de uma mensagem. Ele o pegou do bolso e franziu as sobrancelhas ao olhar a tela.

— Algum problema com a Melissa?

— Não. É mensagem do Cristiano. — Rafael clicou na mensagem e leu em voz alta: — "Grego, preciso falar com você. Passe aqui assim que puder". Que estranho, estivemos juntos ontem...

— Tomara que não seja algum problema com os meninos.

— Tomara... — Um frio subiu pela espinha de Rafael. Mas achou melhor ignorá-lo. Aquele era um dia especial. Não deixaria que nada atrapalhasse.

— Bom, tô indo. Até amanhã.

— Falou, meu amigo. — Chocaram as mãos. — Boa sorte na casa nova e veja se não vai se empolgar muito com a "Lea tigresa" e acabarem fazendo bebês.

As bochechas de Danilo se tingiram de vermelho.

— Acho que esse conselho serve pra ti também... vejo que tu e Melissa andam bem empolgadinhos...

Foi a vez de Rafael ruborizar. Certo, quem começou foi ele...

Tão logo Danilo saiu do apartamento, e a ansiedade de Rafael o fez desejar encarar um combate dos bons de jiu-jitsu para usar toda aquela adrenalina acumulada, o celular voltou a vibrar; no entanto, agora estava recebendo uma ligação. E todo o seu corpo amoleceu quando viu que era Melissa.

— Onde você está, doçura?

— Estou no meu quarto, na casa da sua tia. Vamos sair em poucos minutos. Mas eu... precisava ouvir sua voz pra ver se me acalmo, Rafa. Estou tão nervosa! Faz dois anos que não me apresento para um público grande. Os parentes dos idosos estarão lá também e até algumas amigas da sua tia... E se for um fiasco completo? E se eu esquecer as letras das músicas e eles me detestarem, então...

— Shhh, meu amor, fique calma — ele a interrompeu. — Já conversamos sobre isso ontem. Você vai subir naquele palco e botar pra quebrar. Será um puta concerto, Mel, não tenho nenhuma dúvida disso. E quer saber, eu também fico muito nervoso antes de participar de competições em convenção de tatuagem. Então, basta começar o concurso pra adrenalina apagar todo o nervosismo. — Ele passou a mão pelo cabelo, sentando-se no sofá. — Mas você pode também fazer o seguinte: finja que está cantando apenas pra mim. Prometo que estarei na primeira fila... nem que para isso eu tenha que colocar alguma velhinha sentada no meu colo. — Melissa soltou uma de suas risadas adoráveis.

— *Obrigada, amor... você é mesmo o meu anjo.*

— Mas seu anjo está tendo pensamentos nada santificados neste momento, como o de trucidar certa velhinha que não me deixa ver você antes do concerto.

Ela riu de novo.

— *Falando na sua tia, ela está me chamando. Preciso ir. Fiquei mais tranquila depois que falei com você. E... espero que você goste da surpresa.*

— Surpresa? Que surpresa, Mel?

— *Durante o concerto, você vai ficar sabendo. Tchau, meu anjo da noite.*

— Melissa de Oliveira, não ouse desligar...

A diabinha desligou! Ah, mas ela pagaria por isso mais tarde quando estivessem a sós ali, porque era óbvio que sua namorada não voltaria hoje para o apartamento de tia Maria. Nem que a sua tia tentasse arrastá-la para lá!

Foi até seu quarto, pegou a chave da moto e a carteira, então desceu para a garagem do prédio. Seria obrigado a descarregar a adrenalina conduzindo sua Preciosa — com responsabilidade, claro, porque não queria sofrer nem provocar algum acidente. Tinha que chegar inteiro ao asilo em Santo Amaro. Precisava saber o que sua pequena feiticeira estava aprontando. Alguém lhe dizia que fosse lá o que fosse ele ficaria à beira de um infarto — uma coisa que vinha acontecendo com frequência desde que conheceu a senhorita Melissa de Oliveira.

Ligou a moto, contendo uma risada. Em seguida, acelerou sua belezinha e juntos invadiram as ruas de São Paulo.

Parou em frente ao asilo, uma construção larga, de dois andares, com um jardim bem cuidado na frente, faltando dez minutos para as quatro. Pelo jeito, várias pessoas já tinham chegado, pois a rua estava tomada por carros. Ainda bem que a moto não ocupava tanto espaço e ele conseguiu estacioná-la entre dois carros na frente da entrada. Tia Maria dissera que o concerto seria realizado no jardim dos fundos, que era tão grande quanto um campo de futebol. Rafael não duvidava de que a tia estivesse exagerando. Talvez o fato de ela nunca ter pisado em um estádio de futebol, e abominar o esporte, ajudava bastante na descrição exagerada do terreno. Porém, o rapaz torcia para que o local fosse grande o suficiente para caberem os convidados da apresentação.

Ele ajeitou a jaqueta de couro sobre a camiseta cinza e penteou os cabelos com as mãos. Uma idosa, que caminhava pela calçada, junto com uma mulher um pouco mais nova, parou ao seu lado e falou:

— Que gato!

— Mamãe! — a mulher mais jovem a repreendeu.

— Obrigado — ele agradeceu, sorrindo. — A senhora é que é uma gata. — Ele deu uma piscadela.

— E é um cavalheiro, olhe só, Andréa. Seu marido devia se espelhar em homens assim e parar de te tratar como um estorvo. Ou talvez você devesse mandá-lo pastar... Isso! Você deveria mesmo era mandar aquele traste pastar e arrumar um galanteador como esse.

— Vamos, mamãe! — A mulher começou a arrastar a mãe. Mas a idosa se desvencilhou das mãos da filha.

— Você também veio para o concerto, meu jovem? — Ela o fitou com os olhos azuis muito similares aos da mulher mais especial de sua vida. E o coração de Rafael começou a bater agitado. Será que Melissa já tinha chegado?

— Sim, a cantora é minha namorada — confessou, voltando a prestar atenção na idosa simpática.

— Oh, que maravilha! Melissa é uma menina adorável. Eu a conheci na última vez que estive aqui para visitar minha prima Cleonice. Acabei me envolvendo também no curso de pintura que ela e dona Maria estavam dando. Melissa me ajudou a segurar o pincel para rabiscar algumas coisas... minhas mãos já não são tão firmes. — Levantou a mão, mostrando um leve tremor, enquanto a filha batia o pé impacientemente no chão. — Ela vale ouro. Cuide bem dela.

— Pelo resto da minha vida — Rafael deixou escapar.

Os olhos da idosa brilharam, encantados.

— És também um romântico... — Suspirou. — Definitivamente, um homem em extinção. Você e Melissa formam um lindo par. Não é à toa que Deus os uniu. Pessoas de coração bom sempre se atraem. — Deu-lhe um último sorriso e acabou cedendo aos puxões da filha, entrando pelo portão que era guardado por um homem sentado em um banquinho.

Rafael as seguiu, ainda sorrindo. Gostaria muito de ter uma agenda menos apertada, assim poderia participar dos projetos da tia naquele asilo. Os idosos pareciam pessoas bem animadas por ali. E vivenciar aquela experiência tiraria muito de seu estresse diário. Mas seria necessário que os dias tivessem quarenta e oito horas para se envolver em todas as atividades que queria, além do estúdio, do espaço de artes, das convenções de tatuagem e dos treinos de jiu-jitsu.

Continuou seguindo as mulheres até alcançar o jardim dos fundos. Soltou um pequeno assobio. E não é que ele era grande mesmo? Certo, não era do tamanho de um estádio de futebol, mas talvez um campinho de várzea coubesse ali dentro.

A segunda coisa que notou foi o palco montado. Um palco pequeno, claro, com quatro caixas de sons, duas em cada lado, um microfone de pedestal e um cara mexendo numa plataforma de som — deveria ser o DJ. De qualquer forma, era um palco muito bem aparelhado. Seu peito ameaçou explodir de carinho por tudo o que a tia tinha conseguido organizar para Melissa. E aquela emoção só triplicou quando reparou nas dezenas de cadeiras dispostas em várias fileiras. Fez contas rápidas e chegou ao número aproximado de cem assentos. A grande maioria já estava ocupada. Talvez não conseguisse um lugar na primeira fileira, como prometera para Melissa. E a possibilidade de encontrar alguma velhinha que aceitasse sentar em seu colo era pouco provável, uma vez que elas pareciam acompanhadas de maridos ou de filhos. Era capaz ainda de levar uma guarda-chuvada na cabeça se fizesse tal oferecimento...

— Finalmente você chegou, meu sobrinho. — Virou-se rindo e encontrou tia Maria, caminhando naquele jeito apressado que sempre o fazia temer por sua saúde. — Faltam apenas cinco minutos para sua namorada entrar. Pensei que você não fosse chegar a tempo.

— E a culpa seria toda da senhora, que me obrigou a vir direto para o concerto, em cima da hora! — Colocou as mãos nos quadris, mas tinha completa consciência de que não estava bravo. Na realidade, queria pegar aquela velhinha enxerida no colo e beijar aquelas bochechas sem parar.

E foi o que Rafael fez. Ergueu tia Maria do chão e lhe plantou um beijo estalado no rosto.

— Rafael Papadopoulos Aguiar, me coloque imediatamente no chão! Você vai amassar meu vestido de chiffon, que a pobre da Vanda levou vários minutos para passar. — Mas a velhinha elegante e cheirosa ria quando aterrissou no chão.

— Opa, ouvi meu nome! — Vanda surgiu, sorridente como só ela sabia ser e arrancando um sorriso instantâneo de Rafael.

— Oi, Vanda. Está mais linda do que a tia Maria, mas não conte pra ela — ele sussurrou após cumprimentar a mulher com um beijo e não pôde deixar de notar que a mulher ruborizou.

— O senhor já destilou o seu charme para todos os lados, agora vá para o lugar que reservei lá na frente. A Vanda vai te mostrar onde é. — Tia Maria começou a empurrar Rafael na direção que apontou.

Ele, contudo, fincou os pés no chão e a encarou, correndo a língua pelos lábios.

— Onde ela está? Mais importante ainda: como ela está?

— Melissa está um pouco nervosa, mas, no geral, está bem, meu querido. — Fez um carinho no rosto dele. — Não se preocupe. Ela está com a dona Graça, uma das idosas aqui do asilo, numa sala onde improvisamos um camarim. E ela está linda.

— Ela é linda, tia. — E o nó na garganta, seu visitante ilustre dos últimos tempos, apareceu. — A mulher mais linda que eu já conheci.

Sua tia abriu um sorriso amoroso.

— Então, diga isso para ela mais tarde. Tenho certeza de que sua namorada vai adorar saber. — Ela deu um tapinha de leve em seu peito. — Você a tem feito muito feliz, meu querido. E eu o amo ainda mais por isso. Melissa merecia sentir essa felicidade. A vida dela foi muito sofrida, com tantas privações... O seu amor a ajudou a enxergar o amor que ela tinha dentro de si mesma. E sempre será através desse sentimento que alcançaremos nossos maiores sonhos e venceremos todos os nossos medos.

— A senhora está determinada a me fazer chorar antes de eu sequer ouvir Melissa cantar, não é mesmo?

— Não, meu caro. Eu estou determinada a fazê-lo abraçar com toda a sua alma a sua felicidade e que nunca mais a deixe escapar por entre os dedos. — Ficou na ponta dos pés, beijou-lhe a face e caminhou para dentro da construção.

— Dona Maria e suas saídas dramáticas... — Rafael suspirou.

— Ela adora soltar frases de efeito e deixar as pessoas matutando sobre elas... — Vanda falou, fazendo um gesto de desdém com as mãos.

Rafael riu.

— Vamos lá, minha querida Vanda. Me leve aonde vou me sentar antes que eu acabe assistindo à apresentação da Mel de pé, aqui atrás da última fileira.

Não demorou muito para que tia Maria aparecesse para anunciar a entrada de Melissa, depois que Rafael se sentou bem de frente para o palco. E o estômago do rapaz gelou de tal forma que ele pressionou as mãos contra ele. Em seguida, seu coração entrou em galope, e Rafael sentiu uma forte vertigem. Era a mistura perfeita do adolescente apaixonado, cheio de hormônios, adrenalina e ansiedade. Tinha até medo de saber aonde ia parar daquele jeito... sem dúvida, irremediavelmente preso à linda garota de olhos azuis, que acabara de subir ao palco.

Rafael sorriu assim que seus olhos encontraram os de Melissa. Segurou-se para não gritar o quanto ela estava maravilhosa, com o cabelo todo preso do lado direito da cabeça, com mechas caindo sobre seu seio, e usando um vestido branco, de algum tecido que ele não fazia ideia do nome, mas que parecia similar ao que usava tia Maria. Não obstante, aquela informação não tinha importância, já que por sua cabeça só passava como ele arrancaria aquela roupa sem rasgá-la. Era um pervertido do cacete. Mas era impossível não pensar em se perder nas curvas daquela mulher e em ficar dentro dela, pelo menos, uma noite toda enquanto ela o fitava do palco com um sorriso de lhe causar um colapso nos batimentos cardíacos.

Melissa agradeceu a presença de todos, em sua eterna voz doce, que não ajudava em nada a sanar os pensamentos pervertidos do rapaz. Ao contrário, o fez fechar os olhos e rememorar todos os gemidos estimulantes que ela já emitiu nos braços dele. Porém, Rafael se obrigou a abrir os olhos e prestar atenção à primeira música que a namorada começou a cantar.

Sorriu. *De Volta Pro Meu Aconchego*. Ótima escolha. Só não sabia se seria ótimo para seu emocional. Sobretudo, quando ela chegou à parte "*Pra mim tu és a estrela mais linda/Seus olhos me prendem, fascinam/A paz que eu gosto de ter*", sem desprender os olhos dos dele nem por um segundo.

A música seguinte foi ainda mais complicada para que ele continuasse segurando as lágrimas. *Amor Perfeito* naquela voz angelical era covardia. Ainda mais presenciando uma entrega tão absoluta de Melissa. Onde estavam os empresários do mundo da música que não descobriam aquele talento nato? Talvez em lugares onde o talento era ditado pelas regras do dinheiro...

Entregou-se por inteiro à voz de Melissa, às músicas, às sensações vertiginosas girando dentro de si. Com os olhos vergonhosamente cheios de lágrimas, ouviu interpretações de Marisa Monte, Vanessa da Mata, Tiê, Roberto Carlos, Elis Regina. Era uma viagem musical e tanto. E ele não perdeu uma única nota, um único sorriso de Melissa, nem um mísero olhar... talvez nem as respirações da garota tenham passado despercebidas.

Durante toda aquela viagem, foi embalado pela música e por uma emoção gigantesca fluindo sem cessar por suas veias, quase o afogando. Queria correr até Melissa e falar tudo o que sentia... mesmo com todo o caos em seu interior, que não permitia ver com precisão o que estava sentindo. Mas também tinha vontade de correr de tudo aquilo. Era uma sensação de euforia e pânico. Estava tão perdido naquelas sensações que demorou para se dar conta de que a última canção havia acabado. Levantou a cabeça e se deparou com Melissa ajeitando o violão, em silêncio, tomando cuidado para não o encarar.

Juntou as sobrancelhas. O que a pequena feiticeira estaria aprontando?

— A próxima música que vou cantar é a última... mas é a mais especial para mim... e não apenas porque fui eu que escrevi — ela começou a falar, rindo e levando a audiência junto. — Ela é a primeira música que eu componho em muitos meses. — As mãos de Rafael tremeram. Por que diabos ela não comentou nada com ele sobre ter composto uma nova música? — Eu estive perdida... cheguei a acreditar que meu dom musical tinha morrido dentro de mim. Então, eu consegui me reconectar a essa paixão que me move desde a infância. Mas não fiz isso sozinha. Uma grande parte de tudo isso eu devo a uma pessoa. A alguém que me fez ver que aquela paixão jamais morreu e fez com que eu me sentisse poderosa de novo. Essa pessoa está aqui hoje. — Finalmente fitou Rafael, que prendeu a respiração. — Esta música eu escrevi especialmente para você, meu Rafa... meu amor. — Sorriu. — Muito obrigada por este mês da mais pura felicidade que você me proporcionou.

Ela começou a dedilhar o violão. Rafael levou a mão ao peito. *Acalme-se, coração, o infarto pode esperar.*

Entretanto, quando Melissa soltou a voz, ainda mais suave e celestial do que em todas as músicas que cantou até ali, Rafael perdeu o controle da respiração e nem queria imaginar o que estava acontecendo com o seu coração. Só pedia para continuar vivo até o final da música, porque invadiria aquele palco, sem se preocupar com as consequências, tão logo ela acabasse.

Eu era uma garota com tantos sonhos
Mas com tanto medo de realizá-los
As lágrimas foram a presença constante na minha vida
Acorrentada ao passado
Sem querer perseguir meu futuro
Então você chegou...

Você iluminou o caminho dentro de mim
Você trouxe uma batida a mais para o meu coração
Você é o amor de que eu preciso
E sempre será
Meu grande amor

Todos os meus sonhos agora são feitos de você
De mãos dadas vamos
Sem olhar para trás
Seguindo as trilhas que traçamos juntos

Você iluminou o caminho dentro de mim
Você trouxe uma batida a mais para o meu coração
Você é o amor de que eu preciso
E sempre será
Meu grande amor

Ao seu lado o mundo me espera
Sem medo
Só esperança
Você sempre será
Meu grande amor
Meu grande amor
Meu grande amor

Estarei sempre aqui
Não se esqueça disso
Você nunca mais estará sozinho
Eu e você
Para sempre[3]

Pensando bem, ele não tinha voltado à adolescência. Ele era novamente uma criança, chorando como se lhe tivessem tirado um doce. As lágrimas não paravam de escorrer pelo rosto de Rafael. Todos os seus membros estavam enfraquecidos. Talvez por isso não tenha conseguido se levantar para invadir o palco e mal percebera que Melissa o deixara após agradecer à salva de palmas que não tinha fim. De qualquer jeito, naquele momento não conseguiria dizer nada para sua namorada. Estava engolfado pelas emoções.

No entanto, um pensamento nítido surgiu em sua mente: "*Você buscou essa mulher por toda a sua vida, sem saber*". Sim, ele buscou uma pessoa que o compreendesse, que olhasse para dentro dele e visse mais luz do que trevas. Buscou também uma pessoa que o ouvisse e se divertisse com ele, com as piadas bobas que contava. Sempre quis dividir seus anseios, seus temores, suas lembranças, sua vida com alguém que quisesse compartilhar com ele seu próprio mundo. Desejou ser amado, aceito, ser ele mesmo, apenas ele mesmo e ninguém além disso. E que aquilo não fosse um peso emocional difícil de carregar. No fundo, sempre quis dar todo o amor que extravasava em seu interior. Um amor que sua família nunca aceitou receber...

3. A letra da música é de autoria de Shirlei Ramos.

Pulou da cadeira, ignorando o burburinho ao seu redor. Enxugou as lágrimas com as costas das mãos. O amor nunca foi embora. Ele só adormeceu, esperando sua feiticeira de olhos azuis. A mulher que o fazia o homem mais feliz da face da Terra. Aquela que seria sua companheira para o resto da vida, se dependesse de Rafael. Quando percebeu, estava correndo em direção à construção, desesperado para encontrar o tal camarim do qual tia Maria falou. Era impossível continuar guardando tudo aquilo dentro dele... Ele explodiria se não encontrasse Melissa.

Deu de encontro com um senhor. Pediu desculpas e perguntou se ele sabia onde ficava o "camarim" da cantora. O idoso sorriu, apontando para a recepção no fundo do estabelecimento. Rafael voltou a correr. Chegou lá sem fôlego, no mesmo instante em que via tia Maria saindo por uma porta lateral, com uma senhora, que Rafael reconheceu como a socialite Laurinha Bittencourt.

— Onde ela está? — Ele segurou os ombros da tia, ciente de que estava sendo um puta de um mal-educado por não cumprimentar Laurinha.

O sorriso terno pairou nos lábios de tia Maria, mas a angústia de Rafael só crescia.

— Ela está te esperando lá dentro. — Indicou a porta pela qual ela acabara de sair.

Rafael não disse mais nada. Apenas correu até o lugar. Seu coração parou. Com certeza, ele parou quando viu Melissa de pé, linda, etérea, como um anjo, sorrindo, no centro da pequena sala.

— Pensei que você tivesse fugido porque não gostou da música.

As lágrimas ameaçaram retornar. Rafael engoliu em seco, fechando os olhos e os abrindo em seguida.

— O meu medo era *você* fugir, porque esse tatuador aqui não sabe expressar o que sente por você... E não conseguiu ainda fazer a declaração... — Ela franziu a testa, e Rafael limpou a garganta, a rouquidão estava numa parada dura contra ele.

— Eu jamais fugiria de você, meu amor. — Ela chegou perto dele, pegando suas mãos e entrelaçando os dedos. — E quem disse que você não sabe expressar o que sente por mim? Seus olhares, seus carinhos, seus beijos, seu cuidado comigo e, sim, suas palavras românticas falam mais do que mil declarações de amor, Rafael. Os seus sentimentos transbordam nas batidas do seu coração. — Ela pousou a mão sobre o lado esquerdo de seu peito. — E neste momento eu sinto a intensidade de cada uma delas. Isso... é tudo de mais maravilhoso que você poderia me dar.

Ele sorriu, sentindo mais do que nunca o quanto era afortunado por ter Melissa. Então, segurou-lhe o rosto entre as mãos e olhou fixamente para dentro de seus amados olhos azuis. A última vez que dissera as palavras que viriam a seguir ficou perdida na escuridão de lembranças muito bem enterradas. Respirou fundo. E a declaração não pôde mais ser contida dentro de si.

— Eu te amo.

A namorada fechou os olhos e deixou cair duas lágrimas.

— Caralho, eu te amo demais, Melissa!

Ela abriu os olhos, rindo.

— Sem palavrão não seria você, né?

Ele riu, sentindo-se tão leve, como se pudesse voar através daquela sala.

— Eu também te amo tanto, meu Rafa! Descobri que te amava quando fizemos amor pela primeira vez. Mas tive medo de confessar isso e você achar que eu estava te pressionando. — Fez um carinho demorado em seu rosto, olhando-o com tanta ternura que Rafael sentiu um choque poderoso na boca do estômago.

— E eu tive medo de colocar em palavras o que estava sentindo, Mel. Essa é a primeira vez que eu faço essa declaração para uma mulher... com exceção da minha mãe.

— Ai, meu Deus! — Ela começou a tremer. — Isso é ainda mais especial. Eu...

De novo, ele se comportou como um mal-educado, impedindo-a de falar, porque precisava sentir aqueles lábios tentadores desesperadamente e demonstrar com um beijo todo o sentimento que ficou encarcerado dentro de si por tantos anos. As línguas se entrelaçaram, e Rafael soube que estava comunicando através da sua todos os "Eu te amo" que ficaram guardados no fundo de seu coração. A carícia ganhou força, um significado mais especial a cada instante. Ele aninhou Melissa em seus braços, sem parar de beijá-la. Sentia-se tão aquecido como nunca experimentou em sua vida. Seus anseios estavam preenchidos. Seu coração estava sossegado. E sua alma curtia a balada mais radical da galáxia. Rafael sentia-se poderoso, como Melissa dissera que se sentia por causa dele.

Aos poucos, o beijo foi perdendo força, mas Rafael não soltaria sua Melissa por nada no mundo. E quando as bocas se separaram, ele a abraçou com mais força, fitando-a com adoração. Sabia que era isso que refletia em seu olhar ao falar:

— Sobre a música que você compôs pra mim, qualquer dia você vai me causar um infarto, espero que saiba disso. — Ela riu. — A música é linda, Mel. E vou querer que você cante para mim todos os dias. A começar por hoje à noite, quando chegarmos ao meu apartamento.

As bochechas de Melissa ficaram rosadas. Ele fez um carinho nelas com as costas das mãos, encantado.

— Você está me convidando pra dormir no seu apartamento de novo?

— Por mim, você só dormia lá, doçura.

— E perderia o meu emprego. — Deu outra risada, encostando a cabeça sobre o peito do rapaz.

— O Danilo se mudou para o apartamento da Lea hoje — ele contou, e Melissa levantou a cabeça, olhando-o.

— Então, ele foi embora mesmo... — Ela ficou na ponta dos pés e lhe depositou um beijo suave sobre os lábios. — Por que você não vai morar com a sua tia?

— Acho que perderíamos a nossa liberdade, doçura. E também não quero desrespeitar tia Maria... Eu não conseguiria ficar com as minhas mãos longe de você, se morássemos sob o mesmo teto.

Ela sorriu, acanhada.

— E é melhor irmos um passo por vez, sem pular as etapas.

— Claro — ele concordou, mesmo querendo queimar todas as etapas o mais rápido possível e ter Melissa morando com ele. — Será que já podemos ir?

— Só vou trocar de roupa e avisar a sua tia. — Separou-se dele. — Ah, tenho uma novidade maravilhosa pra te contar!

— Hum, agora me deixou curioso... — Puxou-a de volta, beijando-lhe a ponta do nariz.

— Sabe a amiga da sua tia, a Laurinha Bittencourt?

— A mesma que eu quase atropelei e nem falei um oi? — Ele riu diante do olhar confuso de Melissa. — Sei quem é.

— Bem, sua tia falou tanto de mim que a Laurinha ficou curiosa pra me ver cantando. E agora há pouco ela veio até aqui e contou que a filha dela é dona de um barzinho na Vila Madalena, com música ao vivo. E a moça tem muitos contatos no mundo da música. A Laurinha me deu o cartão da filha e falou pra eu procurá-la amanhã.

— E não é que dona Maria está se saindo uma ótima empresária? — Rafael jogou a cabeça para trás, rindo. — Isso dá mais um motivo para comemorarmos lá em casa... — A mão subiu, sem um traço de constrangimento, pela cintura de Melissa e acariciou seu seio direito. E a garota arfou quando a língua de Rafael traçou um caminho molhado de seu pescoço até o canto dos lábios.

— Vo-você anda bem safadinho, hein, moço?

— Você ainda não viu nada, *sweetie*. — Deslizou uma das alças do vestido e passou a boca ao longo da pele nua do ombro. — Mas agora vamos porque tenho, pelo menos, umas dez maneiras pra te mostrar o quanto eu te amo.

Eles sorriram, se fitando. Melissa que o aguentasse dali para frente. Nada mais o impediria de dizer todos os dias, em todos os momentos que pudesse, o quanto amava a garota que o fizera mergulhar fundo em seus traumas e sair vencedor.

17

Os corpos se buscaram; as peles estavam em chamas quando se encontraram. Melissa jogou a cabeça para trás, sentindo a língua indomável passar por seu pescoço. Seus seios estavam tão excitados que doíam de encontro ao peito forte. Sua parte íntima ansiava pela entrega completa. A penetração aconteceu em seguida. Não conseguiriam esperar mais. As estocadas sincronizadas, nem muito rápidas nem lentas, a levaram ao auge em poucos instantes. Gemidos. Arranhões. Beijos molhados. Se rendeu a tudo sem reservas. Então, os movimentos foram interrompidos com brusquidão. E ela se sentiu vazia, de repente. Alguma coisa não estava certa naquela experiência deliciosa. Melissa só não sabia o que era. O problema era que estava com tanto sono... Talvez até estivesse sonhando com tudo aquilo. Sonhando com ela e Rafael fazendo amor de novo, depois da noite paradisíaca que tiveram assim que chegaram do asilo.

A letargia invadiu seus pensamentos. Não conseguia mais se concentrar para descobrir se era sonho ou realidade o que acabara de viver. Deixou o sono a conduzir através de uma bruma de contentamento. E adormeceu quando Rafael a puxou para o interior de seus braços, aconchegando-se a ele. Despertou apenas ao perceber a luz do sol, que passava através de uma fresta da cortina, incidindo sobre seu rosto.

Abriu os olhos, se sentindo estranha. Era como se tivesse perdido alguma coisa muito importante. Franziu a testa. Lembrou-se do sonho: ela e Rafael fazendo amor, de madrugada. Parecia tão real que podia ainda sentir a pele do namorado contra a sua e *aquela parte* da anatomia dele em seu interior. No entanto, não podia ter realmente acontecido. Eles haviam feito um amor cheio de entrosamento e recheado de ternura logo que chegaram. E ela teve um dos melhores orgasmos de sua vida ouvindo Rafael sussurrar um "Eu te amo" naquela voz rouca que a revirava do avesso. Em seguida, tomaram banho juntos – um banho de língua, inclusive, que a deixava quente só de lembrar – e foram dormir abraçados.

Resolveu parar de tentar descobrir o que de fato acontecera. Ela e Rafael jamais fariam amor enquanto dormiam, sem camisinha e sem a menor responsabilidade... fariam? Não, com certeza, não fariam. Naquele primeiro mês de namoro foram sempre muito responsáveis. E ela estava com médico marcado para iniciar o anticoncepcional.

Começou a se sentir mais tranquila, ainda que a sensação estranha não parasse de crescer dentro dela. Entretanto, não pensaria mais nesse assunto. E tampouco acordaria Rafael para sanar aquela dúvida. Ele dormia tão placidamente ao seu lado...

Virou-se, nos braços do rapaz, e ficou de frente para ele. Sorriu, sentindo as borboletas voando por seu estômago. Como podia ter um namorado tão lindo, tão carinhoso, tão gentil, tão romântico... Jesus amado, bem disse Denise pelo telefone, da última vez que se falaram, quando ela contou à amiga sobre Rafael, que Melissa parecia ter se transformado em um daqueles personagens melosos de novelas mexicanas.

Colocou a mão na boca para impedir a risada. Mas qual era o problema disso? As cenas que ela mais gostava nas novelas eram sempre as românticas melosas – para o desespero de Edilene.

Seu coração bateu apressado, de repente. O que sua mãe pensaria de Rafael? Abaixou a mão antes que pudesse tocar o rosto do namorado, que ressonava baixinho, com aquela boca carnuda a centímetros da dela. Edilene gostaria dele, claro que gostaria. Quem não gostaria de Rafael? Só a família dele, que não devia regular bem da cabeça, não sabia valorizar o rapaz. Sua mãe nunca gostou de Cleyton. Vivia dizendo que pessoas que não encaravam os olhos das outras e falavam mansinho o tempo todo não eram dignas de confiança. E Melissa ficava brava por isso. Agora via que a mãe tinha razão...

Como desejava que a mãe tivesse conhecido o seu Rafa. Melissa sentia que Edilene encontraria no rapaz um semelhante – uma pessoa forte e guerreira, como a nordestina que jamais abaixou a cabeça para alguém, sempre encarando a vida de cabeça erguida e com coragem.

Igual ao homem ao seu lado.

A declaração de amor que ele lhe fez, logo após o concerto, ainda estava ressoando sem parar em sua cabeça. Ela passou um mês se contendo para não confessar o quanto estava apaixonada por ele; e principalmente, se conteve para não falar todos os "Eu te amo" que seu coração proclamava quando se encontravam. Por isso, escreveu a música para o namorado – para que pudesse expressar aquele amor todo que a preenchia por inteiro, sem pressioná-lo.

O duro era aguentar a ansiedade terrível que a perseguia nos últimos dias, desde que começou a pensar sobre o futuro dos dois. Ser humano era um bicho mesmo complicado, que gostava sempre de ver adiante, nunca se contentando com as bênçãos do presente – bem lhe disse dona Maria outro dia. Ainda tinha muito medo da família de Rafael, de como eles agiriam quando percebessem que o namoro era para valer. Também morria de medo de Rafael não aguentar a pressão e abandoná-la, assim como seu pai fez com Edilene.

O melhor a fazer era sair da cama, sem despertar Rafael, antes que se angustiasse com pensamentos sem sentido. Ergueu o braço dele com cuidado e resistiu à tentação de beijá-lo. *Nem um beijinho na testa, Melissa. Vai acordá-lo.* Reteve o movimento, obedecendo à voz de sua consciência. Das últimas vezes que dormiu ali, Rafael teve sonos agitados, se debateu tanto. Era a primeira noite em que ele dormia tranquilo, sem se mexer muito ou gemer, como se estivesse tendo sonhos ruins.

Levantou da cama, pegou suas roupas sobre uma cadeira, no canto do quarto, e saiu para usar o banheiro do corredor. Poucos minutos depois, já havia feito sua higiene matinal e colocado a mesa do café da manhã. Agora estava concentrada na máquina de café, pondo água e pó.

— Posso saber por que a senhorita fugiu da cama?

Melissa deu um pulo, levando a mão ao peito e olhando para trás. Deparou-se com Rafael parado à porta da cozinha, de braços cruzados, apenas de calça jeans, com aquele tórax e abdômen definidos de lhe roubar o ar e o juízo.

— Quer me matar do coração, homem? Eu não quis te acordar... você estava dormindo tão pesado...

— Por que será, né? Depois daquele exercício todo, eu deitei na cama e apaguei...

Seu rosto esquentou em um nível alarmante, mas ela precisava saber sobre o sonho. Se deu conta de que a dúvida ficaria voltando à sua cabeça até esclarecer tudo com Rafael.

— Rafa... eu... a gente... rolou alguma coisa entre nós de madrugada? É porque tive um sonho tão real...

Ele passou a língua pelos lábios, aproximando-se, e segurou o rosto de Melissa entre as mãos. Subitamente, parecia bastante constrangido.

— Quase fizemos a maior loucura da nossa vida, Mel. Não sei o que deu em mim... isso nunca me aconteceu. Quando acordei estava... dentro de você. — Soltou o rosto dela e correu as mãos pelos cabelos. — Mas eu interrompi tudo no mesmo instante, eu juro. E não aconteceu nada mais grave. Eu jamais te colocaria em risco, meu amor.

O alívio a percorreu por inteira. Mas bem que a *sensação estranha* poderia ir embora de vez...

— Está tudo bem, amor. — Deu-lhe um selinho. — Levantei antes do celular tocar e vim fazer o café. Minha folga acaba às nove, você sabe. — Se distanciou para terminar de pôr o pó de café na máquina, fingindo que aquela era apenas uma manhã como todas as outras e que não tinha um homem de agitar os hormônios de qualquer mulher com sangue nas veias logo atrás si.

Sentiu Rafael se aproximando. Os pelos de todo o seu corpo se eriçaram. Prendeu a respiração. Ele parou atrás dela, a menos de um palmo de distância. Mas não a tocou. Melissa se esqueceu de voltar a respirar. E se esqueceu também por que estava segurando uma medida de café entre os dedos.

— Faltam quase duas horas para as nove... — sussurrou em seu ouvido direito, ainda sem tocá-la. — Temos bastante tempo ainda... — Ele pressionou os lábios quentes sobre o ombro direito de Melissa, que usava uma regata rosa. Repetiu o mesmo toque no ombro esquerdo. Ela fechou os olhos. E nada de colocar as mãos nela.

— Eu amo o cheiro da sua pele, doçura.

Ele ia continuar torturando-a, estava claro. Parecia que o tatuador safadinho não tinha se "vingado" o suficiente ontem por ela ter escondido sobre a música. Mas Melissa também sabia ser vingativa. Virou-se, de súbito. Reuniu toda a sua coragem, e perdeu toda a sua vergonha. Colocou a boca na altura do estômago de Rafael e subiu, vagarosamente, num rastro molhado, até a curva do pescoço. Ouviu um gemido rouco. Deu um passo para trás, escapando dos braços dele.

— E eu amo o gosto da sua.

Estava vermelha do dedão do pé ao couro cabeludo, sem dúvida. Mas valera a pena só por assistir à cara apoplética de Rafael. Acabou rindo.

— Você é a garota mais cruel que eu conheço, Melissa de Oliveira. — Ele pousou as mãos sobre os quadris. — Mas é a que eu mais amo também... estou fodi... enfim...

Ela riu novamente, sentindo o coração derreter.

— Digo o mesmo pra você, Rafael Papadopoulos Aguiar, meu amor maldoso.

Ele deu um sorriso enviesado.

— Agora ponha uma camiseta e vamos sentar pra tomar café.

— Queria continuar me exibindo pra você. Não vai rolar? — Fez uma carinha de menino carente, mas Melissa se manteve firme, porque sabia que faltava quase nada para se entregar ao charme daquele homem sedutor, e quem ficaria apoplética seria dona Maria, à sua espera.

— Você anda muito exibido, isso sim. — Tentou empurrá-lo em direção à porta.

Ele a puxou, de repente, invadindo seus lábios com a língua. Deram um beijo profundo, tão estimulante, que Melissa repensou sobre a possibilidade de dona Maria esperá-la. Mas Rafael interrompeu o contato, piscando-lhe um dos olhos e indo em direção ao quarto. Voltou segundos depois, muito cheiroso e lindo numa camisa jeans. Melissa se viu correndo para sentar à mesa, antes que o agarrasse.

— Acabei de me dar conta de uma coisa: você não disse como se chama a música que fez para mim. Apesar de que eu estava tão fora do espaço que você pode ter dito antes de começar a cantá-la no concerto... — ele falou assim que tomou um gole de café.

— Eu não disse mesmo... É porque eu estava pensando em qual nome dar... Queria um nome que representasse não apenas a música, mas também você na minha vida. — Sorriu, bebendo o leite quente puro.

— Chegou a alguma conclusão. — Seus olhos a fitavam com uma ternura indisfarçável.

— Sim. — Passou a língua pelos lábios e encarou as mãos sobre a mesa. — A música se chamará *Para Sempre*... que é quanto eu desejo que você permaneça na minha vida.

Ele segurou-lhe o queixo, fazendo-a encará-lo. Seu sorriso aberto fez o coração de Melissa dar várias piruetas. Ela segurou o fôlego.

— É justo, minha pequena feiticeira, já que ficar com você para sempre é o maior desejo da minha vida.

Ficaram alguns segundos se olhando, sorrindo um para o outro.

— Você imaginou que ficaríamos juntos? — ele perguntou, de repente.

— Acho que se eu falar o que eu imaginei sobre você, antes de te conhecer, vou perder o posto de sua namorada. — Ela voltou a se concentrar na refeição.

— Como assim?

— Bom, quando fui fazer a entrevista na casa da sua tia, ela me contou que estava contratando uma cuidadora... quer dizer, secretária... porque o sobrinho dela, um tal de Rafael, a estava pressionando para que não continuasse sozinha e que ele era um rapaz muito teimoso, e ela sempre acabava fazendo os gostos dele.

– Eita velhinha mentirosa do caralho! Eu é que sempre atendi cada desejo dela. Enquanto a teimosa não conseguia o que queria, não sossegava. Quase me mandou para a Inglaterra, na casa de amigos dela, embalado numa mala! E quando eu dei a ideia de contratar uma cuidadora, ela correu comigo do apartamento e só faltou jogar uma estátua do Buda na minha cabeça.

Melissa riu tanto que sentiu a barriga doer.

– Pois é... ela me enganou direitinho.

– Será que eu devo perguntar o que você pensou de mim graças à imagem deturpada que tia Maria te passou? – Ele a olhou de rabo de olho, fazendo-a rir ainda mais.

– Achei que você era um esnobe metido a besta – ela soltou, de uma vez, cobrindo a boca e arregalando os olhos.

– Ai, essa doeu. – Ele colocou a mão sobre o lado esquerdo do peito, com os olhos fechados, mas sorrindo. – Não sei se vou conseguir esquecer isso com facilidade, dona Melissa.

– Desculpe, mas eu tinha um monte de preconceitos com gente rica... Na verdade, só conhecia pessoas ricas das novelas. E todos são sempre tão esnobes, cheios de si...

– Eu não sou rico, Mel – ele a interrompeu, com a expressão muito séria, assustando a garota.

– Como você não é rico, Rafa? – Elevou as sobrancelhas. – Você é filho de um milionário, dono de uma das maiores redes de hotéis do Brasil.

– O dinheiro é dele, não meu.

– Mas será seu um dia. Você não pode negar isso.

– Se depender de mim, não será. Doarei tudo.

– Eu também não sou apegada a bens materiais, mas acho que seu pai tem razão quando disse em Campos que você precisa valorizar o que foi construído com trabalho e esforço pelo seu avô.

— Você vai ficar do lado do Plínio Aguiar agora? — A voz de Rafael estava tão séria e enfurecida que Melissa tremeu.

— A gente vai brigar? — Ela largou o pão sobre a mesa, perdendo toda a vontade de comer, sentindo as lágrimas assomando.

— Não, doçura... claro que não... me desculpe. — Ele a colocou sobre as pernas, beijando-lhe os lábios com delicadeza. — Esse assunto ainda é difícil para mim, Mel. Eu sei que algum dia vou precisar encará-lo. Sei também que a lógica da vida não funciona assim, não posso doar toda a fortuna da família Aguiar pra caridade. Mas sempre que penso em colocar a mão nesse patrimônio, meu estômago queima como se fosse explodir, porque fica passando pela minha cabeça um filme de tudo o que meu pai já me fez.

— Então, não vamos falar sobre isso agora, amor. Já está na hora de irmos. Preciso pegar o ônibus para o apartamento da sua tia. Vou com ela ao escritório da filha da Laurinha ainda pela manhã.

— E quem disse que você vai de ônibus? Está esnobando a Preciosa?

— Oxente, que eu já estou ficando com ciúmes dessa Preciosa!

Ele jogou a cabeça para trás, gargalhando.

— Tem como eu te amar mais? — Abraçou-a, depositando um beijo sobre seus cabelos.

— Ai, que bom que você me perdoou sobre "o esnobe metido a besta".

— E quem disse que eu te perdoei? O troco virá mais tarde... — Suspirou. — Lembrei... hoje não vamos nos encontrar... Tenho que ver o que o Cristiano quer depois que fechar o estúdio.

— Será que é algo com os meninos? — Acarinhou o rosto dele.

— O Danilo pensou a mesma coisa. Mas espero que não seja. Vez ou outra, rola alguma confusão, principalmente quando um usuário de crack aparece por lá. Em geral, eles querem saber se o Cristiano tem droga pra fornecer. Espero que não seja nada relacionado a isso.

— Agora fiquei preocupada, Rafa. Quando você sair de lá, me liga, por favor.

— Eu ligo, meu amor, prometo. — Beijou-lhe os lábios demoradamente. E Melissa o abraçou apertado, odiando aquela sensação ruim na boca do estômago. — Melhor irmos. Tenho um cliente às dez.

Melissa levantou do colo de Rafael, forçando a mente a lembrar de todos os momentos bons que passaram juntos no dia e na noite anteriores, na tentativa de sufocar a angústia. E deu resultado. Saiu do apartamento, de mãos dadas com o namorado, sorrindo e eufórica com a perspectiva de encontrar, em poucas horas, uma empresária com inúmeros contatos no mundo da música.

O escritório de Inês Bittencourt — Melissa leu o nome da moça no cartão que Laurinha lhe deu apenas horas depois do concerto, tamanha foi a euforia por tudo que viveu no dia anterior — era suntuoso, num prédio de arquitetura moderna na Avenida Paulista. Além de administrar um bar com música ao vivo na Vila Madalena, a mulher também era sócia de uma casa noturna na Vila Olímpia, dona Maria lhe informou pouco antes de saírem de casa.

Ah, dona Maria...

Só de pensar em sua patroa e fada madrinha, Melissa tinha vontade de pular no colo da idosa, que estava sentada ao seu lado numa ampla sala de espera, e abraçá-la sem parar. O empenho da boa senhora em lhe ajudar a ingressar na carreira musical era comovente. Sem contar a grana preta que ela já tinha desembolsado com tudo isso, alugando todo o aparato de som e contratando o DJ para o concerto no asilo. A garota sentia-se até um pouco angustiada, sem saber como retribuir tudo aquilo. Mas dona Maria ficava muito brava quando Melissa sugeria que a patroa diminuísse seu salário como forma de ajudar nos "gastos musicais".

A idosa chegara a dizer que iria promover Melissa de secretária à pessoa da família, adotando-a como filha. Assim a garota pararia de querer "retribuir a cada instante" tudo o que ela vinha fazendo de todo coração. Claro, Melissa acabava rindo e sentindo ainda mais gratidão. Não sem antes deixar a ética profissional de lado e abraçar dona Maria pelo pescoço. Como estava prestes a fazer naquele momento... porque estava mesmo bem difícil de resistir à vontade imensa de demonstrar o quanto gostava de "sua nova mãe".

Felizmente, a secretária de Inês apareceu e pediu para ela e dona Maria a acompanharem, contendo Melissa a tempo. Mas a garota não conteve a vontade de segurar a mão da idosa, apertando-a forte – de puro nervosismo agora. Ela retribuiu. E também lhe deu um de seus sorrisos, que Melissa passou a apelidar de "budistas". Não entendia muito sobre a filosofia budista, mas dona Maria parecia uma grande apreciadora dela.

Chegaram a uma sala, toda envidraçada, cuja vista de São Paulo era surpreendente e dava à pequena morena de cabelos encaracolados curtos, que estava em frente a uma mesa, exibindo um sorriso cortês, uma aura de poder que Melissa jamais viu igual. Ela abriu muito os olhos e sentiu profunda admiração por aquela mulher, antes mesmo de falar com ela.

– Olá – Inês cumprimentou, aproximando-se delas. – Como vai, dona Maria? – Deu um beijo na face da idosa. – Faz bastante tempo que não nos encontramos. Estive ocupada com a reforma da casa de show na Vila Olímpia, mas mamãe me contou sobre o lindo projeto que a senhora tem mantido no asilo.

– Estou bem, minha cara. E tentando não deixar aqueles velhinhos na moleza... Aposentadoria só depois da morte. – As duas riram. – Mas minha querida Melissa tem me ajudado muito.

Inês encarou Melissa, arregalando os olhos.

– Que falta de educação a minha! É um prazer conhecê-la, Melissa. – Estendeu a mão, e a garota apertou, adorando o toque firme. – Mamãe me falou muito de você ontem. Ela disse que você tem uma voz de anjo e era a culpada por fazê-la chorar por quase duas horas.

Melissa riu.

– Sua mãe é uma fofa. E quase me matou do coração quando me deu o seu cartão, dizendo que você tem muitos contatos no meio musical... – Foi Melissa quem arregalou os olhos, dessa vez. Era sério que ela tinha virado uma língua solta?

Por sorte (sua sorte!), Inês deu risada.

– Já vi que você é das minhas, Melissa: vai direto ao ponto. – Tocou seu ombro. – Mas sentem-se, por favor.

Assim que se acomodaram em duas cadeiras muito confortáveis – Melissa achou que pareciam mais sofás do que cadeiras –, com Inês sentada de frente para elas, a mulher disparou:

– Me conte um pouco sobre sua experiência com a música: desde que idade canta, quais instrumentos toca, para qual público costuma se apresentar e qual é seu gênero musical. E se você puder cantar alguma música, para eu ver sua afinação e timbre, agradeço.

Melissa respirou profundamente e, sob o olhar amoroso de dona Maria, contou toda sua história envolvendo a música. Procurou se lembrar de cada pequeno detalhe – nem mesmo o gravadorzinho que ganhou de presente na infância foi omitido da narração ou o fato de cantar pela primeira vez, na igreja que frequentava, aos oito anos de idade. Inês não fez nenhum comentário enquanto ouvia atentamente. E isso estimulou ainda mais a garota, que contou também sobre as dezenas de músicas que já compôs e sobre seu amor pelo violão, além do sonho de gravar um CD com as suas canções.

E no final, cantou *Bem Que Se Quis*, sua música preferida de Marisa Monte, sob os olhares embevecidos de Inês e dona Maria.

– Muito obrigada por contar tudo em detalhes... E... nossa! Que voz e que afinação, Melissa. Essa é uma das músicas que mais gosto da Marisa. E sua interpretação me emocionou... – Inês sorriu, fitando-a com os olhos cheios de lágrimas. – Vejo que você já nasceu com aptidão para a música e batalha nesse meio há bastante tempo. Talento somado a trabalho são sempre garantias de sucesso. Bom, como minha mãe deve ter falado, eu administro o Bar Geração na Vila Madalena. E temos cantores da noite se apresentando por lá todos os dias. Eu mesma os contrato e tenho o compromisso de pagar um couvert artístico à altura de suas apresentações, porque, com a minha experiência no meio musical, eu sei que esta não é uma profissão fácil. Eles desgastam muito as cordas vocais, às vezes, cantando músicas que fogem de suas extensões vocais... ou precisam fazer um número de apresentações excessivo ao longo do mês, por cantarem em outros lugares também.

— Eu posso imaginar... — Melissa falou, mas, na verdade, não tinha uma noção tão grande desse meio, já que sua experiência se resumia às apresentações na igreja.

— O que eu quero dizer é que eu poderia te dar uma oportunidade, a partir do próximo mês, porque, infelizmente, este mês o bar está com a agenda lotada, de cantar uma noite por semana por lá. Isso te daria bastante experiência, acredito eu. Mas você precisaria de uma dedicação intensa. — Melissa ficou com vontade de abraçar o pescoço de Inês, o que estava virando um hábito estranho para sua personalidade contida. — Em relação à gravação do CD, eu conheço um produtor musical dos bons, chamado Vítor Medeiros. Ele pode te ajudar a produzir um CD de MPB à altura das grandes cantoras da nossa música. E seria ótimo para sua carreira, porque você poderia colocar à venda esse material nos dias em que se apresentar no bar.

O coração de Melissa sairia pela boca e voaria pela janela, então se estatelaria no asfalto em frente ao prédio, era isso que iria acontecer. As mãos da garota começaram a tremer. *Ah, meu Deus, não me deixe morrer agora!*, se pegou recitando mentalmente. Era muita emoção!

— Mas... bem, Melissa, essas coisas custam bastante dinheiro, não posso iludi-la. Uma gravação de CD com um profissional como o Vítor é uma pequena bolada, infelizmente. Não estou querendo de te desanimar, longe disso. Apenas preciso ser realista.

— É claro... — Melissa suspirou. Mas já sabia disso. Uma vez, quando procurou saber sobre o processo de gravação de um CD, descobriu que precisaria economizar anos de seu salário se quisesse fazer num bom estúdio.

— Dinheiro não é o problema, Inês. — Melissa teve um sobressalto com a voz segura de dona Maria ao seu lado. Encarou a idosa como se a estivesse vendo pela primeira vez. — Me nomeei a empresária de Melissa e também patrocinadora de sua carreira musical.

Ok, não era apenas o coração de Melissa que queria sair de seu corpo, as lágrimas resolveram também fazer o mesmo caminho.

– Dona Maria... isso não está certo... é muito dinheiro... Eu não vou me sentir bem – a garota gaguejou, secando o choro.

– Não vou discutir isso com você, criança. – Virou-se para Inês. – Só me dê o número do telefone do produtor que cuido do resto, minha cara.

– A senhora também é das minhas, dona Maria. – Inês deu uma piscadela. – Vou passar tudo direitinho para vocês. Mas o Vítor está viajando com alguns músicos pela Europa e só chegará daqui a um mês. Mas não tem problema. Você vai ensaiando suas músicas, Melissa, e as registrando. Uma grande ideia é entrar nas redes sociais como cantora. Essas mídias são maravilhosas para a carreira de qualquer artista hoje em dia. Para começar, abra uma conta no YouTube. Faça alguns vídeos semiprofissionais, interpretando músicas de seus cantores favoritos. Só não se esqueça de pagar a taxa de direitos autorais pelo uso das canções. E vá angariando fãs. É assim que a coisa toda começa. – Deu um sorriso caloroso a Melissa, que derrubou novas lágrimas. – Faremos você se tornar conhecida no meio e você brilhará muito, não é, dona Maria?

– Com toda certeza do mundo! – A idosa apoiou. – E para que existem os sonhos se não for para serem realizados? Do contrário, seria um desperdício de tempo sonhar...

Todas riram. Melissa fechou os olhos, agradecendo em silêncio. Não sabia o que tinha feito para merecer tantas bênçãos e tanta felicidade. Mas se sentiria grata pelo resto da vida por isso. E por todas as pessoas que Deus colocou em sua vida nos últimos tempos. Com certeza, a sensação estranha, que continuava insistindo em dar as caras a cada oportunidade, era o pressentimento de que muito mais estava por vir.

Seria uma cantora profissional!

18

Rafael estacionou em frente ao espaço de artes às nove e meia da noite, gastando todo seu estoque de palavrões. A porra da descarga do banheiro no estúdio tinha que estragar justamente à tarde, obrigando-o a correr atrás de um encanador? Pior ainda: Danilo não foi trabalhar, porque ele e Lea estavam vomitando sem parar, num hospital, após ingerirem alguma comida estragada no restaurante onde foram comemorar a vida que começariam juntos. Belo começo de vida nova para os dois...

Felizmente, Cristiano foi superbacana e disse que o esperaria até a hora que fosse preciso. O problema era que Rafael queria tanto dar uma passada na casa da tia para ver Melissa. Ela estava tão feliz quando lhe ligou depois de chegar da reunião com a filha de Laurinha Bittencourt. E ele estava mais feliz ainda pela perspectiva de sua pequena Mel realizar os sonhos de uma vida toda. Sentia também uma gratidão monstruosa por Inês. Ainda existiam pessoas boas no mundo. Parecia inacreditável diante de tantas desgraças que se via diariamente.

Mal Melissa falou sobre cantar no Bar Geração, que ele conhecia apenas de nome, pois evitava passar até na porta dos bares desde os dezenove anos, ele ficou ansioso por sua primeira apresentação. Claro que sentia certo frio na boca do estômago, afinal preferia não entrar em ambientes onde a bebida alcóolica corria solta. Não porque temesse ter uma recaída. Incrivelmente, não sentia vontade alguma de ingerir álcool fazia anos. O problema era que esses lugares lhe traziam lembranças desagradáveis. Mas faria qualquer coisa por sua Mel.

Passou o dia com um aperto incômodo no peito. Quase tiveram a primeira briga pela manhã. Podia parecer ridículo, afinal todos os casais do mundo tinham brigas vez ou outra – e até diziam que isso era bom para apimentar o relacionamento –, mas o coração dele sangrou quando viu os olhos de Melissa cheios de lágrimas depois de falar rispidamente com ela. Ele foi uma porra de um grosso! Fora o fato de ter agido como um irresponsável, de madrugada, ao entrar em Melissa sem camisinha. Não gostava nem de pensar nisso. O pior era ter certeza de que faltaram milésimos de segundos para a tragédia anunciada. Claro que ele assumiria um eventual bebê. Era seu filho, porra! Que tipo de homem seria se fugisse dessa responsabilidade? Seu medo era que Mel o odiasse pelo resto da vida...

Tirou o capacete e passou a mão pelos cabelos. Aquele não era o momento para deixar os pensamentos correrem desgovernados. Além do mais, não ia ficar angustiado com algo que não aconteceu. Amanhã encontraria sua feiticeira de olhos azuis e mataria a saudade que, para variar, estava grande novamente.

Buzinou, enfim, chamando a atenção de Cristiano, que deveria estar no andar de cima do espaço. Estava cansado de saber que aquela região era perigosíssima. Só não entendia por que estava devaneando no meio da rua, na região da Cracolândia. Devia estar perdendo o juízo de vez!

Menos de um minuto depois, Cristiano apareceu, abrindo a porta. O pensamento de que precisava pedir a cópia da nova fechadura do lugar – já que a antiga foi trocada devido a uma tentativa de arrombamento – passou rápido pela cabeça de Rafael, antes de entrar com a moto e se deparar com a cara fechada do amigo. Sentiu um frio nada agradável na espinha. Aquele dia estava sendo um terror; como torcia para que tudo estivesse indo às mil maravilhas no espaço de artes. Mas não parecia ser o caso... então, só pedia para que o problema fosse fácil de resolver. Logo iria embora e cairia em sua cama para terça-feira chegar o mais breve possível. Se bem que dormir sem Melissa era uma merda...

— E aí, meu amigo? — Chocou a mão com a de Cristiano. — Pela sua cara você não me chamou aqui para dividirmos uma pizza enquanto damos uma olhada nos trabalhos dos meninos.

Cristiano ensaiou um sorriso, que não alcançou seus olhos. *Fodeu!*

— Grego, pra falar a verdade, eu não sei o que pensar... Minha cabeça está dando voltas desde que achei o bagulho, domingo de manhã... Não sei se é uma pegadinha de mau gosto ou se é algo bem sério. — Coçou a cabeça. — Só sei que não estou gostando nada disso.

— Se você continuar falando por enigmas, eu não vou conseguir acompanhar, meu velho. Hoje tive um dia do cão e não sei mais nem quanto é dois mais dois... — Riu, colocando as mãos nos quadris.

— Vamos lá pro estúdio que eu te explico tudo... e te mostro a coisa que gerou minha ligação.

Seguiu Cristiano, consciente do estômago que não parava de se agitar. Que sensação horrível do caralho! Quase desejou que Melissa estivesse ali com ele, segurando sua mão. Mas não queria envolvê-la nos assuntos delicados do espaço de artes. Ela já passara por situações ruins em demasia nos últimos anos. Queria poupá-la de todo e qualquer sofrimento dali para frente. Ela não dizia que ele era seu anjo da noite? Pois, então, era isso que ele seria: seu anjo da noite, da tarde e do dia, se possível.

— O caso é o seguinte, mano... — Cristiano falou, de repente, pegando um envelope na bancada. — Eu cheguei ao estúdio no domingo de manhã e vi um envelope enganchado na caixinha do correio. Achei estranho, porque o carteiro não passa de final de semana, né? — Rafael concordou com a cabeça, desejando apenas que o amigo encurtasse a narrativa. — Bom, peguei o dito cujo e quando abri me deparei com algumas fotos e um bilhete impresso... apontando quem era o assassino de Rogério.

Rafael segurou-se na cadeira à sua frente. Por um segundo, sua vista embaralhou. Se existia um dia que não gostaria de falar naquele assunto, com certeza era aquele, quando estava cansado e com a cabeça cheia. Na realidade, por mais que aquela morte estivesse marcada a ferro e fogo dentro dele, não queria falar dela nunca. Nem acreditava ainda como havia contado em detalhes tudo para Melissa. Teve um tempo – por muitos anos – que teve sede de justiça. Queria descobrir o assassino de Rogério a qualquer custo... mesmo que sua mente estivesse embotada pelo álcool. Mas nada do que pudesse fazer ajudaria, já que o inquérito foi arquivado por falta de provas.

– Quem fez essa brincadeira de mau gosto? Caralho, é muita maldade desenterrar essa história depois de doze anos! – Rafael correu as mãos pelos cabelos. – O inquérito foi arquivado! Por mais que se buscassem provas, o assassino... ou os assassinos... sumiram no ar. A polícia tentou colher depoimento até de usuários de droga que estavam no entorno, mas todos alegaram não terem visto nem uma única sombra passando por ali na hora em que Rogério foi assassinado. E eu vi apenas de relance duas pessoas correndo daqui de dentro... não tenho ideia de como elas sejam. – Se pôs a andar de um lado para o outro.

– Eu sei de tudo isso, Grego. Também acompanhei de perto o inquérito e me culpo até hoje por estar viajando com a minha mãe naquele dia. – Cristiano acompanhava a agitação de Rafael com os olhos, mas permanecia encostado na bancada. – Se acalme. Esse envelope só pode ser alguma brincadeira de mau gosto. Alguém deve ter descoberto sobre a morte do Rogério e quis zoar com a gente. – Coçou a cabeça de novo. – Não faz muito sentido, eu sei, mas faz menos sentido ainda uma moça tão linda e novinha ter cometido um crime como esse. Rogério nem estava namorando na época. Não acredito em vingança ou coisa assim.

Rafael semicerrou os olhos. Do que aquele cara estava falando?

– Do que você está falando, cara? – Parou abruptamente. Suas mãos começaram a tremer. Um pressentimento macabro correu por suas veias.

– Todas as fotos mostram uma mulher dentro de um carro, no banco do motorista, e tem alguém do lado dela. Parece um homem, mas a imagem foi manipulada para que apenas a moça aparecesse bem. E as fotos estão com a data impressa do dia da morte do Rogério. E dá pra ver que o carro dela estava parado em frente ao espaço, durante o dia. Veja você mesmo. – Estendeu o envelope.

Rafael pegou o envelope que Cristiano lhe entregou e abriu imediatamente, retirando o conteúdo e olhando as cinco fotos. Em seguida, leu o bilhete. Seu coração parou. Aquele dia ficaria marcado para sempre em sua memória como o dia em que seus batimentos cardíacos cessaram por intermináveis segundos, então voltaram descontrolados.

Desejou ter o poder de desintegrar sua memória. Assim jamais se lembraria do que tinha visto e ainda continuava em suas mãos. Sua vista escureceu. Ele caiu sentado na cadeira. Havia uma cadeira atrás dele, pelo menos.

– Cara, *'cê* tá bem? Você ficou pálido como um fantasma, de repente. – Cristiano se aproximou rápido. – Você conhece a moça?

As lágrimas inundaram os olhos de Rafael, enquanto encarava Cristiano e apertava as fotos contra o peito.

– É minha irmãzinha – falou num fio de voz.

– Ah, não... – Cristiano cobriu a boca com a mão. – Tem certeza? Eu não conheço sua irmã, mas... será que ela... – Cristiano coçou a cabeça, com os olhos arregalados.

Foi impossível conter os soluços, o peito se dilacerando pela dor e o corpo sendo sacudido pelo choro. O pesadelo voltara. Rafael estava em queda livre novamente.

– É a Tamires, sim! Minha irmã matou o meu melhor amigo...

– Calma, Grego. Tente se acalmar... – Cristiano dava tapinhas no ombro de Rafael, mas suas mãos tremiam ao acrescentar: – Tudo pode não passar de um grande mal-entendido. Alguém querendo prejudicar você e sua família ou...

A voz de Cristiano foi perdendo a nitidez. Uma cena muito clara voltou à mente de Rafael. Tamires, com seu ar arrogante e predador, perguntando se ele pretendia ir ao espaço de artes após a escola, exatamente no dia da morte de Rogério. Disse que se ele fosse ela o deduraria para o pai. O rapaz ficou irado com a irmã e falou que se ela fizesse aquilo ele lhe daria uma surra, mesmo se jamais tivesse encostado o dedo nela alguma vez. Muito pelo contrário, vivia apanhando da garota e se segurando para não dar o troco. Pois seguia a filosofia "Em mulher não se bate nem com uma flor" ao pé da letra. E se orgulhava disso.

Agora se dava conta de como Tamires estava estranha também nos dias em que antecederam aquele. Ficava andando atrás dele, fazendo perguntas sobre os projetos que ele tocava no espaço de artes com Rogério. Rafael chegou ingenuamente a acreditar que a irmã estava interessada, enfim, em suas coisas e, quem sabe, pararia de ser tão cruel com ele.

Tudo não passou de um plano dela. O plano perfeito para matar o melhor amigo do irmão.

– Ela o matou! – Rafael deu um grito feroz, ficando de pé. – Você viu o que está escrito no bilhete? "A morte de Rogério Bastos não pode ficar impune. Esta mulher tem que responder por este assassinato" – leu em voz alta, recomeçando a chorar. – E as fotos?! É a Tamires quando mais nova, com 21, 22 anos... E o carro dela está parado, aí, do outro lado da rua! Porra, olha em quantos ângulos as fotos foram tiradas para que não restassem dúvidas! E a data? Quinze de setembro de dois mil e três, caralho! As fotos foram tiradas no mesmo dia do assassinato do nosso amigo, Cris! E a miserável tentou colher todas as informações possíveis sobre nossa rotina aqui no espaço, agora eu me lembro nitidamente disso!

– Mas quem tirou essas fotos, Grego? E por que demorou tanto tempo para revelá-las?

– Eu não sei! Não sei, porra! – Rafael voltou a andar de um lado para o outro.

Rafael queria se acalmar. Precisava se acalmar. Mas como poderia fazer isso quando seu mundo desabava levando junto o resto de suas ilusões sobre sua família? Ele acusou Plínio Aguiar do assassinato de Rogério naquele dia fatídico, mas, num canto escondido, acalentava a ilusão de que ninguém de sua família tivesse a ver com aquela morte. Não podiam ter. Apesar de todos os pesares, eles eram pessoas de bem. Só eram fúteis e cheios de preconceitos, mas não eram criminosos. Principalmente, Tamires... Eles cresceram juntos, caralho! Ela era sua Tatá, sua irmãzinha. Tudo que fez durante toda a sua infância foi protegê-la, ainda que ela fosse cinco anos mais velha e fosse sempre tão agressiva e fria com ele.

De repente, as maldades que ela lhe fez quando ele era criança começaram a passar por sua cabeça, de forma vertiginosa. Tamires colocando o pé na frente, fazendo-o cair de cara no chão, na frente de suas amigas. Tamires fingindo que tropeçou e molhando-o da cabeça aos pés com suco na frente dos amigos DELE. Tamires quebrando seu videogame, de propósito, mas jurando que o aparelho caiu sozinho da rack. Tamires o arranhando, socando, empurrando, tirando-lhe sangue em todas as oportunidades que podia.

Voltou a se engasgar com as lágrimas. Ela nunca foi uma pessoa boa. Ela sempre o odiou porque Plínio a preteriu desde o nascimento. Sua mãe contou sobre isso, naquele seu jeito de como se nada fosse grave o bastante. Seu pai passou cinco anos rejeitando a própria filha porque não teve seu primogênito. As coisas só melhoraram quando Rafael nasceu. Ou talvez tenham piorado, já que na cabeça de Tamires ela perdera para sempre seu lugar como sucessora do pai.

— Grego, escuta. — Rafael limpou as lágrimas, com gestos bruscos, despertando do transe causado pelas lembranças, e encarou Cristiano. — Precisamos pensar com a cabeça fria em como vamos agir em relação a tudo isso. Talvez alguém tenha guardado essas fotos para trocar informação por dinheiro. Eu sei que se passou muito tempo, mas tem doido de todos os tipos neste mundo. Vamos pensar com calma e...

Rafael começou a andar para trás. Não conseguia pensar com calma. Aquilo era pedir demais. Sua irmã quase destruiu sua vida. Mas ele sempre a amou. Ele jamais faria nada para machucá-la. Ou destruí-la. Como ela podia ter acabado com o que era mais precioso para ele na adolescência: seu melhor amigo?

Doía demais. Não conseguia se concentrar em mais nada. Precisava fazer alguma coisa para se livrar daquela dor, que o estava dilacerando sem piedade. Caminhou em direção à porta.

– Aonde você vai, cara? – Cristiano veio logo atrás. – Não vai fazer nenhuma besteira, né?

– Eu só preciso... dar uma volta. É muita informação na minha cabeça. Eu vou enlouquecer.

Desceu correndo as escadas e subiu na moto, ligando-a, com Cristiano ainda em seu encalço. Acelerou.

– Grego, você não pode sair assim, você não está bem.

– Abre a porta.

– Rafael!

– Abre a porra da porta, senão eu vou derrubá-la!

Cristiano obedeceu. E Rafael saiu rasgando pelas ruas da Santa Ifigênia. Tinha que ficar sozinho. Só ele e Preciosa. Então correr até toda a dor desaparecer. Aquilo era insano, ele sabia. Mas reviver tudo após doze anos também era. As fotos de Tamires dentro do carro, tão jovem e com o rosto angelical não paravam de passar em sua frente. Acelerou ainda mais, ziguezagueando entre os carros.

Subitamente, uma memória há muito esquecida submergiu de dentro dele. Rafael tinha nove anos, e Tamires quatorze. Eles estavam passando as férias em Búzios. Os pais estavam entretidos com amigos na casa que a família tinha na cidade. Ele e Tamires foram para a praia. Ele começou a pegar conchas, que eram depositadas pelas ondas na areia. Chamou Tamires para acompanhá-lo na "caçada". A irmã fez pouco caso, falou que não era mais criança para aquele tipo de brincadeira. Ele insistiu. Só queria a companhia da irmã. Por fim, Tamires cedeu. Foi a única vez que eles brincaram juntos. E riram, enchendo as camisetas de conchas. E pareceram irmãos de verdade.

Tamires confessou que achava os desenhos de Rafael muito bonitos. E pediu que ele a desenhasse. O rapaz fez um desenho da irmã na areia. Seus olhos expressivos. Seus cabelos muito lisos. E a boca que nunca sorria. Ela ficou brava, dizendo que o desenho não tinha nada a ver com ela. Rafael acabou concordando. Apagou a tristeza no olhar da moça na areia e botou um sorriso em seu rosto. Era assim que uma garota tão linda quanto Tamires deveria ser: sorridente. E

Tamires sorriu para ele, um pouco acanhada. Em seguida, admitiu que ele era a criança mais talentosa que ela conhecia.

Foi a primeira vez que Rafael viu a irmã despida de sua prepotência e frieza.

A primeira e a última.

Correu tanto com a moto que já não sabia mais onde estava. Sentia-se um pouco tonto. Talvez tivesse que estacionar em algum lugar para que as coisas parassem de girar. Acabaria sofrendo um acidente se continuasse daquele jeito. O peito ainda queimava e a garganta estava fechada. O maldito nó voltara com todo seu poder. Foi então que viu o estabelecimento aberto ao longe. Novas lembranças surgiram. Um gosto invadiu sua boca. Era estranho que se lembrasse dele depois de tanto tempo. Mas, de repente, parecia que foi ontem que o sentiu pela última vez.

Desacelerou a moto. Parou. Seu coração batia com tanta força que era como se tentasse rasgar seu peito. Caminhou surpreendentemente em passos firmes para dentro do estabelecimento. Podia imaginar que a cara dele estava péssima, assustadora, com os olhos vermelhos. O dono do lugar pensaria que ele tinha se drogado. Foda-se. Ele pagaria o que consumiria. Não tinham motivos para não lhe venderem o que pediria.

— O que vai hoje, meu amigo? — Um senhor se aproximou do balcão, vindo do fundo do bar.

Sim, ele estava num bar. Sim, ele era um fraco da porra. Sim, ele não estava pensando... ou talvez estivesse pensando demais...

— Uma dose caprichada de vodka — respondeu, sentando-se no banquinho alto.

— Tem dinheiro pra pagar, né? — O homem elevou uma das sobrancelhas.

Rafael começou a procurar a carteira nos bolsos, as mãos tremiam. Demorou até localizá-la e mostrar o dinheiro para o dono do bar.

— Tem o suficiente para duas garrafas, se quiser.

— Mas não vai beber tudo isso porque está dirigindo. Vi você chegar de moto.

— Me vê a porra da vodka logo.

— Esquentadinho você, hein? — Balançou a cabeça de um lado para o outro. — Vocês, jovens, andam cada vez piores.

— Se algum dia o senhor tiver seu melhor amigo assassinado por sua irmã, ficará esquentado também, pode ter certeza.

O homem arregalou os olhos, se benzendo.

—Deus me livre disso!

— Pois é... mas Deus não me livrou disso... E nem me livrou de eu mergulhar no inferno de novo.

O homem voltou a balançar a cabeça, mas encheu um copo de vodka, colocando-o na frente de Rafael.

— Aqui está, meu jovem, mas vá com calma. A vida do seu amigo foi interrompida de maneira trágica, mas a sua continua. E tenho certeza de que essa bela moça ficaria devastada se algo te acontecesse.

O copo estava a milímetros da boca de Rafael. Ele podia sentir o cheiro forte, embriagando-o, quase como se a bebida já corresse por seu sangue. Mas ficou estático, olhando para onde estavam voltados os olhos do homem. Então, viu a foto de sua Melissa, no papel de parede de seu celular. Havia tirado o aparelho da calça sem ver e jogado sobre o balcão.

Sentiu como se fosse sugado à força de um pesadelo, no qual tentavam agarrá-lo em todas as direções para que ele capitulasse. Submergiu de uma vez; parecia que voltava a respirar após vários minutos embaixo d'água. Deu um pulo do banco. Encarou o homem, o copo, a si mesmo.

— Desculpe... eu... — Começou a andar para trás. — Está tudo errado. Esse é meu passado. Meu presente é a Melissa.

O homem fez uma careta, confuso. Rafael jogou uma nota de dez reais sobre o balcão e saiu apressado.

Não era de uma porra de vodka que ele precisava. Ele precisava de sua pequena feiticeira. Seu amor. Ela o curaria. Tinha que curá-lo.

19

Melissa acordou com a campainha do apartamento soando sem cessar. Sentou-se na cama, desorientada, notando que o celular estava em suas mãos. Já passava da meia-noite. Lembrou-se imediatamente de Rafael. Havia adormecido, esperando a ligação dele. Tentara contatá-lo, mas só dava caixa postal. Será que ele ainda estava no espaço de artes? E quem poderia ser àquela hora? O porteiro não usou o interfone para avisar sobre o visitante? Seria algum vizinho?

Oxente, chega de fazer perguntas e vá ver quem é, Melissa!

Colocou o robe sobre o short doll e abriu a porta do quarto, sentindo o peito comprimir. Maldita sensação ruim que não a largava! Deparou-se com dona Maria e Vanda no corredor, descabeladas. Ela não deveria estar em melhores condições, mas não tinham tempo para pensar em vaidade. Não quando o toque da campainha tinha sido substituído por pancadas na porta.

— Meu bom Deus, quem será que está tentando derrubar a porta a essa hora? — Vanda perguntou, fechando o roupão.

— Ninguém desconhecido passaria pela portaria sem ser anunciado. — Dona Maria começou a andar em direção ao hall, ajeitando os cabelos.

— Pode ser algum vizinho — Melissa falou.

— Talvez fosse melhor chamar a polícia antes de abrir — Vanda sugeriu.

— Se ficarmos aqui cogitando quem é ou o que devemos fazer, a pessoa lá fora vai mesmo derrubar a porta! — A idosa só faltou rugir, fazendo Melissa se encolher. Ela não gostava nada quando dona Maria mostrava o lado leoa de sua personalidade.

Chegaram ao hall ao mesmo tempo que gritos começaram a ecoar vindos do outro lado da porta.

— Melissa, tia Maria! Abram essa maldita porta!

As três se entreolharam e falaram simultaneamente:

— Rafael!

Vanda se apressou, lutando contra a fechadura, então a porta se abriu e Rafael caiu aos pés dela.

— Amor! — Melissa correu até Rafael, agachando-se ao seu lado, com o coração querendo sair pela boca ao reparar no rosto abatido do namorado. — O que aconteceu, Rafa?

— Oh, meu querido, você está em péssimo estado. — Dona Maria começou a ajudar Melissa a erguer o rapaz. — Nos ajude, Vanda! Esse homenzarrão deve pesar uns cem quilos.

No mesmo segundo, Vanda se aproximou e as ajudou a levar Rafael até o sofá da sala de estar. Durante todo o curto trajeto, Melissa rezou para que fosse lá o que tivesse acontecido não estivesse relacionado à bebida alcóolica. Aparentemente não conseguia detectar cheiro de álcool nele, mas ainda se lembrava com uma clareza angustiante das histórias que dona Maria contou sobre Rafael beber até cair.

E parecia que a própria idosa se lembrava muito bem daquilo, pois, assim que o sobrinho se sentou no sofá, ela disparou:

— Você andou bebendo, meu sobrinho?

— Não! — O grito dele saiu profundamente enrouquecido, como se houvesse chorado muito.

Os olhos de Melissa se encheram de lágrimas e ela começou a fazer carinho nos cabelos de Rafael, enquanto dava pequenos beijos em seu rosto.

— Conte pra gente o que aconteceu, meu amor, por favor. Eu estava tão preocupada... Você não me ligou e seu celular só dava caixa postal. Acabei até adormecendo em cima do meu celular. Foi lá no espaço de artes? Foi alguma coisa com os usuários de drogas que aparecem por lá de vez em quando? Eles tentaram te machucar?

Melissa sabia que só estava piorando as coisas fazendo tantas perguntas, pois Rafael parecia a cada instante mais confuso, olhando fixamente para frente, como se não soubesse onde estava. Mas não era apenas confusão que via nos olhos do namorado. Era também o maior sofrimento que algum dia eles já espelharam.

Encarou a tia de Rafael.

— Ah, meu Deus, dona Maria, o que ele tem? Eu estou ficando apavorada!

— Também estou ficando bem preocupada, criança. Espero que o pai dele não tenha aprontado de novo. Apesar de que Plínio anda tão cordeirinho ultimamente que até estou desconhecendo meu irmão. — Pegou na mão de Rafael. — Fale com a gente, meu querido. Queremos ajudá-lo. Você está seguro agora. Nada de mal vai lhe acontecer aqui dentro. Você está comigo e com a sua Melissa, está me ouvindo, meu bem?

De repente, Rafael virou-se para Melissa, a abraçou forte e desatou a chorar, um choro tão sofrido quanto o brilho que a garota enxergara em seus olhos. E Melissa não pôde conter as próprias lágrimas, enquanto o aninhava contra o peito.

— A Tamires... ela matou o Rogério... ela é uma assassina... minha própria irmã é uma assassina... — ele começou a murmurar entre um soluço e outro. Então, se afastou de Melissa e tirou um envelope do bolso da jaqueta.

As três mulheres se puseram a olhar, umas para as outras, franzindo a testa.

— Eu vou preparar um chá pra ele — Vanda foi a primeira a falar, saindo apressada em direção à cozinha.

— Olhem isso! — Rafael jogou o envelope no colo de Melissa, que se sentia mais e mais confusa, e limpou as lágrimas com gestos nervosos.

A garota tirou várias fotos lá de dentro, deixando cair um papel no chão. Porém, não se preocupou em resgatá-lo. Estava concentrada nas imagens da mulher, cujo olhar maquiavélico ainda lhe assombrava de vez em quando. Tamires estava mais jovem nas fotos, mas o semblante demoníaco ainda era o mesmo. Não conseguia desvencilhar a irmã de Rafael da personagem do filme, a Artemísia. Não importava a idade em que a visse.

— Senhor, o que isso significa? — Dona Maria correu os olhos pelo pedaço de papel, com as mãos trêmulas, e o leu em voz alta, fazendo Melissa tremer da cabeça aos pés.

Rafael despertou completamente da crise emocional assustadora na qual estava metido desde que ali chegara. Correu as mãos pelos cabelos e soltou o ar de uma vez, encostando-se no sofá. Parecia que havia acabado de participar de um de seus combates de jiu-jitsu e estava exaurido.

— Eu vou contar tudo pra vocês. — Segurou a mão de Melissa e virou-se para ela. Ah, como lhe doía na alma ver nos olhos escuros que tanto amava aquele sofrimento todo! — Você me salvou de fazer a maior besteira da minha vida, minha pequena feiticeira. — Beijou-lhe delicadamente os lábios. — Mas agora estou aqui, tendo mais certeza do que nunca que era de você que eu precisava para me sentir melhor. Parece que despertei de um pesadelo. — Fechou os olhos por um átimo de segundo, e Melissa apertou-lhe a mão com mais força. — Bom, eu cheguei ao espaço de artes...

Melissa e dona Maria prestaram atenção a cada detalhe da história. E a garota não pôde reprimir o sentimento de revolta que crescia dentro dela conforme Rafael descrevia as atitudes de Tamires quando eram crianças e na idade adulta. Não conseguia perdoá-la por tê-lo machucado tanto e continuar machucando. Teve vontade de procurar a mulher e lhe dar um belo tapa na cara — para não dizer que queria lhe puxar os cabelos até vê-la pedindo piedade. Contudo, tratou de apagar aqueles pensamentos rapidamente. Edilene sempre fez questão de lhe passar bons valores e amor ao próximo. Não seria uma mulherzinha desequilibrada que apagaria a educação que a mãe lhe dera. De qualquer maneira, uma boa surra não resolveria os problemas de Tamires. O negócio prometia ser muito mais sério do que brigas "inocentes" entre irmãos.

Teria Tamires assassinado mesmo o amigo de Rafael? A troco do que a mulher faria tal coisa? Para ferir ainda mais o irmão? Até que ponto ia seu sangue frio? Ou será que o tiro era para Rafael e quem acabou recebendo foi Rogério?

Ai, meu Deus! Não iria por aquele caminho. Se Tamires fosse uma psicopata e quisesse matar o irmão já teria feito. Casos assim, de pessoas matando seus próprios familiares, viviam pipocando pela mídia, por mais que Melissa fizesse questão de não assistir a esses noticiários sangrentos. Com certeza, a irmã de Rafael não era desse jeito. Mas Deus ajudasse que não se tornasse quando descobrisse o que Rafael sabia sobre ela.

— Ah, meu Jesus, rasgue essas fotos e esqueça tudo isso! E se a sua irmã tiver feito isso mesmo e quiser se vingar de você agora que você sabe? Ela pode tentar te machucar de novo... pra valer, desta vez... eu não vou aguentar te perder... não vou aguentar... — Melissa se deu conta tarde demais que verbalizava todos os seus temores e começava a falar coisas desconexas.

Rafael passou o braço pelo corpo dela, trazendo Melissa para mais perto e começou a fazer carinho em seus cabelos, olhando-a com preocupação.

— Calma, doçura. Depois que eu saí da casa dos meus pais, a Tamires passou a agir de forma mais madura comigo. Nunca mais tivemos nenhuma briga. Ainda que mal nos falemos e ela me trate friamente quando nos encontramos... — Rafael suspirou.

— Sua irmã tem gelo nas veias! — Dona Maria explodiu, sobressaltando Rafael e Melissa. — Mas eu não acredito que ela tenha matado Rogério, Rafael.

— Todas as provas e o comportamento dela, infelizmente, só me levam a acreditar nisso, tia. Não adianta a senhora tentar defendê-la, dando uma de Madre Teresa, como costuma fazer com todo mundo.

Dona Maria sentou-se numa cadeira, de frente para eles, ajeitando os cabelos e voltando a apresentar o comportamento plácido de sempre.

— Não a estou defendendo, Rafael. Sua irmã me causa frio na espinha tamanha é a frieza com que encara tudo e todos, mas eu acredito que tem uma segunda e até uma terceira pessoa nessa história. Um quebra-cabeça precisa ser montado. Tem um homem ao lado dela no carro. Pelo menos, me parece um homem. E tem a pessoa que tirou a foto. É provável que Tamires estivesse apenas te perseguindo para te dedurar para o Plínio. E o homem que tirou a foto tivesse interesse, desde o começo, de incriminá-la. Só não sei por que demorou tanto tempo para fazer isso. É essa a peça que falta ser encaixada.

Rafael semicerrou os olhos.

— A senhora anda assistindo a séries policiais no Netflix?

O inesperado aconteceu: Melissa desatou a rir e não conseguiu parar nem colocando a mão diante da boca. Era sério que o seu Rafael estava fazendo piada naquele momento tão tenso e depois de tudo pelo que passou? Pois ela não se esquecia também de que o irresponsável parou num bar, depois de dirigir em alta velocidade pelas ruas de São Paulo, e que foi a foto dela que o salvou de beber — coisas que Rafael fez questão de contar o mais rápido que conseguiu, se atropelando com as palavras e olhando para todas as direções, menos para ela. Teriam uma conversinha quando a poeira baixasse. Oh, se teriam! Dirigir aquela tal Preciosa a mil por hora e quase ter uma recaída na bebida alcóolica, num único dia, era querer matá-la por um infarto combinado a um AVC!

— Só estou tentando montar o quebra-cabeça, meu caro — dona Maria falou, parecendo subitamente constrangida, e Melissa despertou dos pensamentos.

— E eu estou tentando pensar no que faço, tia Maria.

— Acho que você não deveria fazer nada. Quem sabe devesse até rasgar todas essas fotos, como a Melissa sugeriu. — Deu de ombros.

— Como não fazer nada, tia? A senhora está louca?! A morte do Rogério continua impune. Alguém interrompeu precocemente a vida dele. A senhora sabe quantos projetos ele tinha? E família? Ele nem chegou a formar uma família! Tinha a idade que tenho agora quando morreu. Acha que é justo a pessoa que o matou continuar desfrutando livre, leve e solta por aí sem um pingo de consciência pesada, enquanto meu amigo está morto e sem ter realizado todos os sonhos que tinha? — Rafael deu um pulo do sofá, as mãos fincadas no quadril.

— Ora, mas essas fotos não provam nada, Rafael! E você acha que sua irmã, se for a assassina, vai confessar uma coisa dessas? — Dona Maria retorceu os lábios. — E você tem certeza de que pretende mesmo escavar de novo essa história e reviver todos os sofrimentos? Nada vai trazer o Rogério de volta, meu querido. E a justiça de Deus é muito mais poderosa do que a justiça dos homens.

— Pois eu quero que as duas justiças sejam feitas! — Sua voz voltou a soar forte, com um toque de rouquidão, como costumava ser, para alívio de Melissa, sentando-se novamente ao seu lado.

— Neste aspecto, eu apoio o Rafael, dona Maria — Melissa intrometeu-se. — Se foi a irmã dele quem matou o Rogério, ela não pode ficar impune, dando uma de boazinha por aí. E se ela matar outra pessoa? Mas eu acho que você não deve deixar a Tamires saber que essas fotos chegaram até você, amor. — Olhou preocupada para ele. — Leve isso direto para a polícia, faça denúncia anônima, sei lá... mas não se envolva. Agora estou com medo da sua irmã. Jesus, o olhar maligno daquela mulher me causa pesadelos até hoje.

Os dois a encararam, de um jeito estranho.

— Ai, desculpem, mas que ela é a encarnação da Artemísia do filme *300: Ascensão do Império*, isso ela é. Ou melhor, é o cruzamento da Artemísia com a bruxa da Branca de Neve.

Rafael deu uma gargalhada tão inesperada que Melissa quase pulou do sofá. Então, a puxou para o seu colo, enterrando o nariz em seus cabelos.

— Eu não sei mais como dizer o quanto te amo, doçura. Mas pode ter certeza de que é tanto que meu peito parece que vai explodir com todo esse amor.

Melissa derreteu, dando-lhe um monte de beijos na boca e esquecendo-se completamente de dona Maria, que começou a fazer "hum-hum". A garota saiu no ato do colo do namorado, sentindo o rosto queimar.

— Amanhã nós pensaremos com mais clareza sobre essa situação toda. Quero dizer, hoje, assim que acordarmos daqui a poucas horas. — Dona Maria fitou o relógio na parede. — O cansaço está roubando meu raciocínio e o decoro de vocês dois.

Outra gargalhada explodiu do peito de Rafael, porém Melissa só conseguia desejar que um buraco se abrisse para que ela caísse no apartamento de baixo e sumisse. Era muita vergonha!

— A senhora é mesmo uma figura, dona Maria. — Rafael levantou-se do sofá, levando Melissa junto, e se aproximou da tia. Em seguida, deu um beijo demorado na testa da idosa e falou, abraçando a namorada: — Não quero que nenhuma das duas se preocupem mais com esse assunto. Não vou envolver a polícia nisso... por enquanto. Mas vou resolvê-lo ainda hoje. Algumas coisas do meu passado estão pedindo acerto de contas faz tempo. E eu preciso encarar isso de uma vez por todas. Chega de fugir desses assuntos.

Melissa mordeu o lábio inferior e franziu a testa. O estômago dela congelou. Foi exatamente assim que sentiu. Não era apenas um esfriar leve. Era como se todas as forminhas de gelo da geladeira tivessem sido despejadas dentro dela. Detestou tanto aquela sensação que saiu dos braços de Rafael, que a fitou com o olhar terno, causando-lhe uma vontade enorme de chorar. Definitivamente, não aguentaria se acontecesse alguma coisa com ele. Já perdera demais em sua vida. Estava na hora de começar a ganhar.

Só esperava que Deus também estivesse pensando assim...

20

Havia fugido de Melissa e tia Maria. Não tinha como colocar de outro jeito. Foi isso que Rafael fez. Quando teve certeza de que as duas estavam dormindo tranquilamente em seus quartos, depois de ele tomar o bendito chá de camomila que Vanda não parava de insistir para que tomasse e passar duas horas andando de um lado para o outro no próprio quarto, Rafael saiu de fininho do apartamento.

Ele tinha certeza de que nem a namorada nem a tia concordariam com o que tinha em mente. Ao contrário, o dissuadiriam a não levar aquilo adiante. E ficariam preocupadíssimas. Mas algo dentro de seu coração — uma voz interior, um pressentimento, ele não sabia — o empurrava naquela direção. Não podia mais continuar fugindo de sua família. Ou batendo de frente com eles. Precisavam ter uma conversa de adultos, enfim. E a primeira pessoa com quem levaria aquele papo seria Tamires.

Certo, ele devia ser um louco do caralho. Não contestaria isso. Procurar a cobra no covil dela só podia ser loucura. No entanto, não pensava como Melissa. Ele não acreditava que Tamires chegasse ao ponto de machucá-lo gravemente. Aquelas coisas tinham ficado para trás. Além do mais, ela era uma executiva brilhante, que fez todas as especializações possíveis no Brasil e no exterior. Ela levava uma vida toda dedicada ao trabalho. Seja lá o motivo que a levou a matar Rogério — e aquela conclusão o dilacerava no meio toda vez que surgia em sua cabeça – ficou no passado. Não combinava com a Tamires administradora de mente genial do presente, que comandava um batalhão de funcionários dos vários hotéis da família espalhados pelo Brasil.

A verdade era que o "Rafael sentimental" queria dar uma chance à irmã. Ele tinha plena consciência disso, porque uma parte imensa dentro de seu coração ainda esperava por uma relação harmoniosa entre eles. Esperava tanto que sua garganta ardia só de pensar. Queria poder dizer aos parentes, aos amigos, a si mesmo que sua irmã era uma das pessoas a quem mais protegeria nesse mundo – como qualquer irmão falaria. Era muito difícil saber que uma pessoa de seu sangue não representava nada para ele; que mal se viam em datas comemorativas. Nem no Natal e Réveillon do último ano se encontraram, já que Rafael foi para o Rio Grande do Sul e passou os feriados na casa da família de Danilo. Isso porque até mesmo tia Maria resolveu abandoná-lo, viajando para o Rio de Janeiro com algumas amigas.

Por outro lado, queria também ter certeza da participação de Tamires na morte de seu amigo. Não gostaria de agir movido pelo sangue quente, o medo ou a dor. Sem dúvida, se sua irmã fosse culpada não a pouparia de acertar as contas com a justiça – ainda que aquilo o destruísse tanto quanto a eventual ação de Tamires. Era provável que nenhuma de suas emoções, pensamentos e atitudes naquele momento fizessem muito sentido. Não negaria o quanto estava confuso com a história toda. Mas sabia apenas que tinha que prosseguir daquela maneira. Só esperava não estragar a única possibilidade real que teve nos últimos doze anos de descobrir quem era o assassino de Rogério.

Chegou ao bairro de Alphaville, onde Tamires morava sozinha, num condomínio fechado, às seis e meia da manhã. Torcia muito para que ela estivesse em casa, e não viajando para visitar algum hotel da rede. Temia apenas que, quando o porteiro o anunciasse, a irmã se recusasse a recebê-lo. Esteve ali apenas uma vez, obrigado por tia Maria, na festa de trinta anos da irmã. Mas foi um fiasco total. Seu pai o cercou por todos os lados para apresentá-lo a amigos como "o futuro presidente da Aguiar Hotéis". E uma das amigas de Tamires queria de qualquer forma que eles transassem numa das suítes da casa, porque seria muito emocionante. Aquela foi uma das únicas vezes de sua vida que literalmente fugiu de sexo casual. Fugiu como o diabo da cruz. Podia ter vivido pulando de relacionamento em relacionamento, mas jamais desrespeitaria alguém de sua família, principalmente a irmã.

Estacionou a moto na vaga de visitante e comunicou ao porteiro que era o irmão de Tamires. Surpreendentemente, menos de um minuto depois, o homem autorizou sua entrada. Um arrepio sinistro perpassou sua nuca. Seu estômago se contorceu. Não comia fazia horas. Na realidade, perdera as contas de quando foi a última vez que fez uma refeição, já que não aceitou o jantar que Vanda lhe ofereceu. Aquilo deveria explicar a leve tontura que sentiu ao caminhar pelas ruas desertas do condomínio até alcançar a mansão de Tamires.

Fechou os olhos por alguns segundos e o trecho de uma prece, há anos esquecida, que a Nani costumava lhe recitar quase todos os dias, surgiu de supetão em sua mente, assustando-o: "Meu Deus, permita que meus espíritos guardiões possam ajudar-me quando me achar em dificuldade". Abriu os olhos no mesmo instante. Não se enveredaria pelo caminho do medo. Aquilo era ridículo. Era Tamires, porra! Não estava indo encontrar um *serial killer*. Se bem que tinha a péssima impressão de que não sabia mais nada sobre a irmã (como se algum dia tivesse sabido alguma coisa sobre ela...).

Parou em frente à porta de carvalho, da mansão de dois andares. Respirou fundo. Mas não precisou tocar. Uma mulher uniformizada, assustadoramente séria, surgiu à sua frente, quando a mão de Rafael se dirigia à campainha.

– Bom dia, eu sou o Rafael, irmão da Tamires.

– Sim, o porteiro falou. – "Que voz horripilante do caralho!", pensou Rafael, mas manteve o sorriso. – Tamires está se trocando para o trabalho e pediu que você aguardasse na sala.

Deu passagem para Rafael, que a seguiu, enquanto olhava para todas as direções, absorvendo a decoração tão clara que ofuscava os olhos. Não havia reparado nisso quando viera ali no aniversário de Tamires. Talvez porque fosse à noite. Porém, incrivelmente, aquela decoração toda "clean" lhe causava sufocação. Sentia como se estivesse preso num daqueles pesadelos, cujo lugar não tinha porta ou janela – apenas um corredor branco que se estendia ao infinito.

Engoliu em seco. A mulher, que não disse o nome em nenhum momento e era radicalmente diferente da simpática Vanda, lhe ofereceu algo para beber, que ele recusou de imediato. Recusou também se sentar. Começou a ficar tão nervoso que temeu ter um mal súbito na sala da irmã. E tarde demais pensou que deveria ter avisado Danilo de tudo o que ocorreu. O amigo acabaria chegando ao estúdio e ficaria sem saber o que aconteceu ao seu sócio. Para complicar, a merda da bateria de seu celular havia descarregado.

Depois de alguns minutos, que para Rafael pareceram eternos, ouviu um barulho atrás de si. Virou-se e encontrou Tamires, toda vestida de preto – conjunto de saia, blusa, sapatos, colar. E até mesmo a maquiagem era escura. Sentiu um frio na espinha diante de seu olhar sério e intenso. Lembrou-se dos comentários de sua Melissa – realmente a irmã era muito parecida com a atriz que interpretou a Artemísia no filme *300*. Seus olhos eram tão expressivos e frios quanto os da mulher.

– Ora, ora, é mesmo o meu irmão que estou vendo nesta sala? – Tamires finalmente quebrou o silêncio e o transe de Rafael.

– Acho que não conseguimos conversar direito da última vez que nos encontramos, Tatá. – Se viu, inexplicavelmente, chamando-a pelo apelido que lhe deu na infância.

Uma emoção diferente passou pelos olhos de Tamires. Rafael não soube identificar o que era. Mas, por um segundo, destoou da frieza de sempre.

– É, não conseguimos mesmo. O problema é que você preferiu se atracar com o papai a agir como um ser civilizado. Uma pena que você tenha perdido a *finesse*, mano.

– Se é que algum dia eu tive isso. – Ele riu.

Aquela conversa, com certeza, não estava sendo como previu. Balançou a cabeça, tentando entender o que estava acontecendo. Era para ele voar no pescoço da irmã depois daquelas fotos comprometedoras, mas, estranhamente, tinha vontade de abraçá-la.

— Tenho que concordar... *finesse* nunca combinou com você. — Ela deu um passo em sua direção. E ele manteve-se firme, resistindo à vontade de cumprimentá-la com um beijo no rosto. — Fez novas tatuagens? Não me lembro dessa caveira no seu braço esquerdo.

Acompanhou o olhar da irmã e só então se deu conta de que havia saído do apartamento sem a jaqueta. A cabeça dele não estava mesmo funcionando direito.

— Foi o Danilo, o cara que trabalha comigo no estúdio, que fez.

— Eu sei quem ele é.

— Andou investigando a minha vida, Tamires? — disparou.

Ela semicerrou os olhos, voltando a exibir o olhar frio.

— Por que eu investigaria a sua vida, Rafael? Não tenho nenhum interesse nela. Não sou o nosso pai.

— Mas já teve, não é mesmo? — Correu a língua pelos lábios. — Um interesse bem obscuro, que a fez cometer atos nada lícitos.

Caralho, ele estava ficando louco! Só podia! Estava entregando o ouro ao bandido.

— O que você veio fazer aqui, Rafael? Essa não é uma visita social, não é? Você jamais me faria uma visita social. Desde que chegou da Inglaterra, você se mantém afastado de mim, do papai e da mamãe. Por que agora se importaria com a gente? Na verdade, você sempre se importou apenas com suas artes, seus amigos e suas mulheres... — Cruzou os braços. — Ouvi falar que você está namorando a cuidadora de tia Maria. Será que vai durar? Achei a moça meio bobinha. Não combina com você.

— Deixe Melissa fora disso, Tamires! Não ouse falar dela com esse veneno nojento que escorre da sua boca. — Deu um passo à frente.

— Ou o quê? Você vai me bater? Seria um troglodita e me bateria? — Retorceu os lábios, olhando-o de cima a baixo, o que não era muito difícil, pois ela era uma mulher alta, uns dez centímetros apenas menor do que ele.

— Eu nunca bateria em você. E você sabe muito bem disso. Jamais relei um dedo em você durante toda a minha vida. Já você... — Colocou as mãos nos quadris.

— É sério que você apareceu na minha casa, antes das sete da manhã, e está me atrasando para uma reunião que terei na Cidade Jardim, apenas porque queria conversar sobre quem bateu em quem durante uma época remota da minha vida que eu nunca mais quero saber?

— Aham, não duvido que você não queira mesmo saber. Quem gostaria de relembrar dos próprios podres e de coisas incriminadoras? — elevou uma das sobrancelhas, imitando o gesto que a irmã acabara de fazer.

— Inferno, Rafael! O que você quer de mim? Estou perdendo a paciência com seus joguinhos. Não sou a tia Maria, que puxa o seu saco até não poder mais.

— E pelo jeito você tem ciúme disso, Tatá. Queria ter o colo da titia também?

Inesperadamente, e surpreendendo tanto Rafael que seu coração acelerou, Tamires começou a rir. Contudo, não era uma risada maquiavélica, como ele esperaria. Era uma risada musical, tão bela quanto a de Melissa. E ele teve que lutar com todas as suas forças para não estreitar a irmã nos braços e dizer que a perdoava por tudo — até mesmo pelo crime que ele não tinha certeza de que ela cometera.

— Não acredito que estamos brigando como duas crianças. E no mês que vem eu faço trinta e cinco anos!

— Eu sei... no dia 25. — Ele sorriu.

— Não me diga que você veio trazer o meu presente adiantado? Não me lembro de tê-lo visto por aqui no ano passado, nem no retrasado, me presenteando com nada.

Como ela ficava linda com os olhos refletindo diversão! Porra de vontade de abraçá-la que só aumentava!

– Você não tem gelo no lugar de sangue – soltou, sem poder se segurar. – Mas você gosta que as pessoas pensem que você tem. Por que, irmãzinha?

Ela arregalou os olhos, desmontando a pose de dama de ferro. Entretanto, isso durou poucos segundos. Logo, Tamires deu um suspiro e voltou a encarnar a "Artemísia" de sempre.

– Vamos começar essa lengalenga de novo?

Contudo, o pouco do que o olhar dela deixou transparecer – e que o lembrou tanto do brilho de inocência que costumava ver nos olhos de Melissa – lhe deu força para compartilhar todas as dúvidas que lhe corroeram a alma por tantos anos.

– Por que você gostava de me ver sofrer, Tamires? Por que me torturou tanto na infância? Eu sempre quis ser apenas seu amigo, não seu inimigo. Nunca quis competir com você por nada... nem pela atenção de nossos pais... nem por sua posição dentro dos negócios da família. Eu só queria que fôssemos irmãos de verdade, que nos déssemos bem. Quem sabe até saíssemos juntos nas baladas, como alguns irmãos fazem. Podíamos também trocar ideias sobre tantos assuntos... Nunca quis nada do que era seu. Nunca mesmo, mana. Se tinha algo com o qual sonhei foi ter o seu amor e o seu respeito.

– Cara, não acredito que você bateu na minha porta a essa hora para fazer declarações pegajosas que não combinam com você. Ah, me poupe, Rafael! Eu tenho muito mais o que fazer da minha vida. Vá caçar alguém que não tem nada para fazer, como a tia Maria ou sua namorada.

Enquanto ela dizia todas aquelas palavras, com uma ferocidade impressionante, Rafael decifrou outro brilho que ia e voltava nos olhos dela: medo. Mas algo dentro do rapaz dizia que não era medo de que ele soubesse algum podre sobre ela. Era medo de se mostrar de verdade, sem o verniz da prepotência erguida por anos de prática.

– Qual é o seu envolvimento com a morte de Rogério Bastos, Tamires?

A pergunta voou por sua boca. Não tinha como voltar atrás. Mas talvez não quisesse voltar atrás. Aquela fragilidade recém-descoberta da irmã o fazia confiar nela. Era mesmo um louco!

– Do que você está falando, Rafael? – Sua voz saiu com um leve tremor, o rapaz não pôde deixar de notar. – Você está bebendo de novo? Você teve uma nova recaída?

– É claro que não! Estou limpo há dez anos. Mas se eu tivesse bebido, a culpa teria sido sua. – Meteu a mão no bolso de trás da calça. E sim, ele tirou o envelope com as fotos e mostrou para ela. – Será que você pode me explicar essas fotos? Será que elas têm explicação? Elas foram tiradas exatamente no dia em que Rogério, meu melhor amigo e você sabia muito bem disso, foi assassinado. O que você estava fazendo na porra desse carro em frente ao espaço de artes?

Tamires tremeu. Era a primeira vez na vida que Rafael via a irmã tremendo. E os olhos dela vacilaram. O olhar já não era mais intenso. O medo já não podia se esconder dentro dela. Nem a vulnerabilidade. Ela escancarou os dois, olhando dele para as fotos.

– Onde você conseguiu isso?

– Alguém deixou lá na caixinha de correio do espaço de artes, junto com esse bilhete. – Entregou-o para ela.

Ela leu rapidamente, tremendo mais e mais.

– Eu não matei seu amigo, Rafael. Você tem que acreditar em mim. Eu juro que não matei! – Ela começou a andar para trás. Será que estava pensando em fugir? Ah, mas ela não fugiria mesmo! Ele a alcançou e a pegou pelos braços. – Então, pelo amor de Deus, me diga a verdade, o que você estava fazendo lá, naquela hora, Tamires?

Os lábios da irmã perderam a cor. Ela desviou os olhos dos dele.

– Eu só queria me certificar de que você não estava lá... e nem passaria por lá, naquele dia.

Ele uniu as sobrancelhas.

– Por que se eu estivesse você me deduraria para o nosso pai, é isso? Se eu estivesse lá dentro, você correria contar para ele que eu fugi da escola e estava metido no espaço de artes?

— Não! — ela gritou. — Eu queria me certificar de que você não estivesse no caminho... de que eles não te machucassem...

A cabeça de Rafael começou a rodar para valer. A privação de comida estava vencendo-o de dez a zero. Mas seria forte e arrancaria aquela história de Tamires até o final.

— Foi você que matou o Rogério ou não, porra? — Apertou, sem perceber, os braços dela.

— Me solta, Rafael! Você está me machucando. — Os olhos assustados se arregalaram muito.

Ele a soltou imediatamente, passando as mãos pelos cabelos.

— Desculpe... eu estou desesperado... não acredito que a minha irmãzinha fez isso... não acredito, caralho! — dobrou-se sobre ele mesmo.

— Não fui eu, Rafa! Quantas vezes vou ter que te dizer! Eu... — vacilou — só queria te dar um susto... Só queria que o papai... tivesse orgulho de mim... por tirar o filhinho dele do convívio com aquela gente da periferia. Quem sabe assim ele enxergaria que eu era tão capaz quanto você de administrar os negócios... mesmo se eu tivesse nascido mulher, não homem!

— Tamires, você está dando um nó na porra da minha cabeça! Do que você está falando? — Começou a andar de um lado para o outro.

— Eu achei que se eu contratasse alguém para simular um assalto no galpão e... desse uma surra no Rogério, você se desse conta de que aquela vida não era para você. E você parasse de se meter com aquele tipo de gente, daí eu diria para papai que fui eu que te trouxe de volta para o convívio com a família. Então, ele veria o quanto eu era inteligente, como você ou ele. Mas deu tudo errado... e a pessoa... acabou atirando no seu amigo.

— Caralho! Tudo o que você está falando não faz sentido algum... Como você explicaria para o pai que tinha me tirado dos projetos sociais e do convívio com meus amigos matando o Rogério?

— Não era para matar, eu já disse! — ela vociferou, o desespero evidente em sua voz.

— Mesmo assim, Tamires! Você diria que contratou alguém para simular um assalto e dar uma surra no meu amigo, então, Plínio acharia tudo lindo e você se tornaria a filhinha do papai?

— Papai vivia tomando medidas parecidas com você. Ele não te trancava sem comida no quarto? Ou te arrastava pela rua pelos cabelos? Ou ainda denunciava para a polícia o dia e o local quando vocês estavam grafitando os muros da cidade? Pois então, ele sempre foi cruel e por que não gostaria se a filha seguisse o mesmo caminho?

Rafael deu um passo para trás.

— Você está me assustando, Tamires. Você está agindo como uma louca.

Ela colocou os cabelos atrás das orelhas, como se lutasse para recuperar a calma. Porém, suas mãos continuavam tremendo.

— Eu estou agindo como uma louca? É loucura querer se parecer com o pai para ver se ele aceita que a filha seja tão capaz de tocar os negócios da família quanto ele? É loucura mostrar que não sou a fútil da mulher dele, cujo cérebro só consegue armazenar o guia da alta sociedade brasileira?!

Uma dor aguda atingiu o peito de Rafael. Engoliu o nó que lhe sufocava a garganta. Tudo fez sentido em sua cabeça, de súbito. Tamires não tinha culpa. Não toda a culpa. Ela foi uma vítima das circunstâncias. Ele também foi. Os dois estavam fadados a atravessar a vida carregando a infância traumática que tiveram. Não podiam fugir disso. Isso os definiam, marcando-os para sempre.

— Eles detonaram nosso emocional, não é mesmo? E nos deram traumas que vamos carregar por toda as nossas vidas.

Ela o olhou fixamente, mas Rafael sabia que a irmã havia compreendido de quem ele falava.

— Mamãe sempre esteve preocupada com o próprio umbigo e papai com os hotéis. Eles nunca souberam o que fazer com a gente... — falou, exibindo um olhar tão sofrido quanto o que ele viu em si mesmo por tantos anos. – Mas papai sempre teve grandes planos para você. Eu era apenas a filha que nasceu por acidente. Não era o varão... Você teve sorte... tem, ainda. Ele te quer na presidência. A presidência que você esnoba... a mesma com a qual eu sonho dia e noite.

– Você sonha mesmo com isso, Tamires? Ou só quer provar para o pai que pode chegar lá?

– Não, Rafael... – Fechou os olhos e os manteve assim. – Esse sempre foi meu ideal de vida. Eu gosto de sentir o poder correndo por minhas veias. Gosto da ideia de comandar um império, fazê-lo crescer ainda mais, com planos arrojados e ideias produtivas. Eu nasci para isso. Eu nasci para substituir o papai. – Ela abriu os olhos, e Rafael viu lágrimas brilhando neles. – Você sabia que um dia o vovô Antônio admitiu isso? Foi uma única vez e foi um comentário jocoso, mas ele admitiu. Eu tinha doze anos e estava ajudando o papai a arquivar alguns documentos. Vovô Antônio olhou para mim e falou bem assim: "Pequena Tamires, você se dedica aos hotéis como eu fazia quando ainda era dono de uma espelunca na Praça da República. Você tem a garra de um verdadeiro Aguiar. E os olhos de um administrador. Quem sabe não acabe administrando tudo isso aqui algum dia... O mundo está mesmo de ponta cabeça, com as mulheres tomando as posições dos homens...". Eu me lembro de cada palavra. Cada uma delas e até o tom que ele usou. – Ela interrompeu a narrativa, engolindo em seco repetidas vezes. – E-eu não queria que seu amigo morresse... eu não queria mesmo. Não estava nos meus planos. Mas eu convivo com o peso dessa morte dia e noite, Rafa. – E ela caiu no choro, despedaçando o coração de Rafael em mil pedaços, fazendo-o se aproximar rápido.

– Não chore, meu bem, por favor. – Ele a aninhou no interior de seus braços e a abraçou como desejou fazer por tantos anos. E ela começou a soluçar, agarrada a ele, e as lágrimas de Rafael se liberaram também. – Vai ficar tudo bem. Tem que ficar, Tatá. Somos fortes. Somos feitos do mesmo sangue do vovô Antônio, que ergueu todo o nosso patrimônio. E somos gente do bem. Somos sim.

Rafael a abraçou mais forte, beijando-lhe os cabelos. Ele a perdoava. É claro que perdoava. E a ajudaria a vencer todos os traumas e a dor, assim como Melissa o ajudou. Nunca mais deixaria sua irmãzinha sozinha, como sentia que ela sempre esteve. Um pouco da culpa de tudo que Tamires já fez foi dele, por não ter enxergado os problemas psicológicos dos quais ela sofria. De agora em diante, estariam unidos. E nada poderia mudar isso.

– Que cena comovente! Será que eu bato palmas ou choro? Estou bem indeciso aqui.

Rafael soltou imediatamente Tamires quando uma voz masculina veio da porta da frente. Virou-se e deparou-se com um homem que lhe era vagamente familiar. Ele tinha o aspecto amedrontador – com os olhos muito arregalados, as roupas amassadas e os cabelos claros desgrenhados.

– Odair? Como você conseguiu entrar aqui? – Tamires se afastou, apavorada, encarando o homem. "Alguma coisa estava muito errada", Rafael pensou.

– Tenho meus meios, minha morena. – E o rapaz ouviu uma risada macabra, que lhe roubou o oxigênio dos pulmões. E as reações de seu corpo só pioraram quando o homem o encarou. – E não é que seu irmãozinho mordeu a isca e veio ver quem é a vadia que tem como irmã... Mas eu pensei que fosse vir no domingo. Você me fez passar dois dias num maldito carro...

– Olhe como fala da minha irmã, cara! – A mente de Rafael só conseguia processar o insulto a Tamires. E ele fechou os punhos, na intenção de avançar sobre o tal Odair, mas a irmã o impediu. – Quem é você?

– O motorista da sua mãe? O amante da sua irmã? Qual cargo você prefere? Não, espera... – Colocou o dedo sobre a boca. – Não sou mais seu amante, né, Tami? Você me deu um pé na bunda na semana passada, depois de tudo que fiz para você... que mal-agradecida. – Balançou a cabeça.

Rafael lembrou-se, então, do homem. Ele realmente era o motorista de Susana há anos. Lembrava-se também de nunca ter gostado do olhar que o sujeito lhe dava todas as vezes que cruzava com ele pela casa. Mas a revelação de que ele era amante de Tamires era surreal demais. Sua irmã era muito arrogante para se envolver com um funcionário da família. Na verdade, ela não dava margem para homem nenhum se aproximar. Não tinha uma única memória de Tamires apresentando um namorado para a família.

— Odair, vá embora. Já conversamos tudo o que tínhamos para conversar! — O grito de Tamires despertou Rafael, que percebeu o olhar insistente de Odair em sua direção. Um arrepio percorreu todo seu corpo.

— Faz quinze anos que eu faço tudo por essa ingrata... eu lambo o chão que ela pisa. — Se pôs a fazer uns sons estranhos com a boca. — Eu matei o seu amigo, sabia? O Rogério Bastos. Um nome de presença... E tive que matar também o Décio, o cara que me ajudou, para não deixar pistas. Você queria apenas que déssemos um sustinho nele, lembra, Tami? Era para roubar algumas coisas e, no máximo, dar uma surra no cara. Mas levei uma arma, por via das dúvidas. E acabou disparando. Essas coisas acontecem... Às vezes, elas criam vida própria e querem trabalhar sozinhas. Ossos do ofício. Mas você queria ficar bem na fita com o seu papai, não é, Tami? Queria que seu irmão se desse conta da roubada que era se envolver com os pobres e saísse daquela vida... mas eu também sempre fui pobre, minha morena... Você se esqueceu disso. Sou gentinha também, e você fodeu gostoso comigo todos esses anos... mas agora eu não sirvo mais, Tami... tsc, tsc... não vou ser descartado como merda... de jeito nenhum. Parece que você esqueceu que eu sabia dos seus podres... Você achou que eu ia guardar seu segredo depois de tomar um pé na bunda? — Olhou para as fotos, que tinham caído no chão. — Foi Décio quem tirou essas fotos. Pedi para ele tirar para ter um trunfo contra você. Eu sabia que algum dia precisaria dele. — O homem falava, sem pausa para respirar, deixando Rafael tonto. — Eu te amei, Tami... Te amei muito, mas esse amor todo acabou. Porém tem outro sentimento aqui dentro, viu... vingança, minha morena. Palavra muito saborosa...

Ninguém seguraria Rafael desta vez. Ele avançaria sobre esse homem e lhe daria tanta porrada que não sobraria nada dele. Mas quando deu o primeiro passo, o cara sacou uma arma e Rafael teve que lutar para permanecer de pé. Suas pernas quase vergaram. Aquilo tinha que ser um pesadelo.

— Ela quis dar um passeio comigo hoje. — Odair deu um sorriso, que fez Rafael pensar na palavra "diabólico". — Não é a mesma que acertou seu amigo, viu? Não adianta querer fazer perícia. Eu me livrei daquela.

Não podia se entregar ao pânico. Tinha que manter a cabeça fria. Por Tamires e por ele mesmo. Falou na voz mais firme que encontrou dentro de si:

— Me dê essa arma, cara, você vai acabar machucando alguém.

— Pra você atirar em mim? — Apontou a arma para Rafael, que ergueu as duas mãos. — Acha que eu sou otário?

— Abaixe essa arma, Odair. Vamos conversar — Tamires falou, mas sua voz era tudo, menos firme.

— Eu ia matar apenas você, Tami... mas, quer saber, acho que as manchetes dos jornais sairão mais bonitas se eu matar os dois irmãos. O que vocês acham? Meu nome vai entrar pra história! Os herdeiros Aguiar são assassinados juntos. Soa como música para os meus ouvidos. Então, não serei apenas o motorista sem futuro, como você me acusou na semana passada. Vou ser grande, minha morena. Muito grande.

Rafael sabia que só teria uma chance de tirar a arma da mão daquele cara, mas a usaria assim mesmo. Iria ser ferido ou, até mesmo, morreria, de qualquer jeito. Não sabia quantas balas tinha o revólver. Pelo menos, Tamires não seria atingida. Porém, ele estava longe do homem e, quando fez o primeiro movimento, a arma disparou. Rafael fechou os olhos, esperando a dor do tiro. Ela não veio. Talvez a adrenalina correndo em suas veias tivesse impedido. De repente, o sorriso delicado de Melissa surgiu em sua cabeça. E ele lhe deu uma paz imensa. Foi quando ouviu duas coisas: o barulho do segundo tiro e um corpo desabando no chão.

Rafael abriu os olhos e viu, de um lado, Odair caído, com um tiro na cabeça; do outro, Tamires com as mãos sobre o peito, os olhos arregalados.

— Não! — gritou, correndo até Tamires, que foi escorregando, segurando-se no sofá.

— Eu não quero morrer... não me deixa morrer, Rafael! Está queimando muito... Ai... Não me deixa morrer! — ela se pôs a falar, quando ele abaixou-se ao seu lado.

— Alguém chama o SAMU, porra!

A mulher de cara fechada surgiu, chorando muito.

— Eu estou chamando... ah, meu Deus... Ele se matou? — Indicou o cara estirado no chão. Rafael não queria saber dele. Não queria pensar nele. Não enquanto sua irmãzinha não estivesse a salvo.

— Os médicos já estão vindo, meu bem. Não se mexa.

Ele não podia passar por isso de novo... De novo não... Não... Não... Não conseguiria aguentar de novo isso.

Seus pensamentos entraram em curto-circuito. Queria sair correndo com Tamires nos braços, mas tinha noções básicas de primeiros socorros, devido ao trabalho como tatuador, para saber que aquilo pioraria tudo.

— Rafa... — Tamires recomeçou a falar, numa voz estrangulada.

Rafael a olhou e sentiu as lágrimas descendo por seu rosto.

— Fique quietinha, Tatá. Poupe suas energias.

— Eu sei que te machuquei muito quando você era criança, mas... — Os olhos dela ficaram vidrados, de súbito. O desespero ameaçava sufocar Rafael. E se a ambulância não chegasse a tempo?

— Não é hora de falarmos sobre isso, Tamires.

— Me... perdoa... mano. — A palidez em seu rosto acentuou-se.

— Eu já te perdoei, irmãzinha. Não gaste mais energia, fique quietinha. — Beijou seus cabelos.

— E-eu só queria que você sentisse a mesma dor que eu sentia... todas as vezes que o papai me feria. Ainda dói tanto... a rejeição dele.

Eu precisava que alguém sentisse a mesma dor que eu... Ai... meu peito está pegando fogo. – Fechou e abriu os olhos. – Eu nunca te disse uma coisa... – sussurrou.

– Pare de falar, Tamires! – ordenou, segurando a mão dela. Estava tão fria...

– E-eu... morro de orgulho de você, Rafael. E... e... eu ainda me... lembro do desenho que... você fez de mim na areia... Era lindo.

Rafael deixou escapar um pequeno sorriso entre as lágrimas e os soluços.

– Eu vou fazer outro desenho seu, irmãzinha. Outro muito mais bonito. Você vai sair dessa.

– Tá doendo, Rafa.

– E você também estará sorrindo nele – ele prosseguiu falando, percebendo que precisava distraí-la. – Seu sorriso é lindo. Você deveria sorrir o tempo todo.

Ela abriu um sorriso tímido.

– O-bri-ga-da. – E fechou os olhos.

No entanto, ela não voltou a abri-los. E enquanto apertava Tamires de encontro ao peito, e ouvia o barulho da ambulância ao longe, Rafael recitava mentalmente: “Por favor, Deus, por favor, não faça isso de novo comigo. Eu não vou aguentar!”.

21

Momentos antes do médico anunciar a morte de Edilene, Melissa viu uma borboleta preta – a maior que já vira na vida – pousar sobre uma das janelas do hospital. A garota se lembrava de ter ficado tão atraída por ela que tentou tocá-la. Mas assim que abriu a janela, o inseto levantou voo. Ela nunca mais viu outra borboleta tão impressionante quanto aquela.

Até hoje.

A borboleta que agora estava em sua frente, apesar de ter a cor preta entremeada a listras azuis, era tão majestosa quanto a que viu naquele dia. Além disso, também a estava vendo num hospital. E Melissa sentia a mesma necessidade de tocá-la. Talvez, dessa vez, conseguisse, porque esta borboleta estava no jardim, ao lado da capela do hospital.

Melissa andou pé ante pé, tomando cuidado para não assustá-la. Quando estava bem próxima à borboleta, estendeu a mão e seus dedos tocaram as delicadas asas. Sorriu. Aquilo só podia ser um bom sinal. Sim, sem dúvida, era um bom sinal. Depois de toda a tempestade das últimas horas, aquele era o sinal de que precisava para acreditar que as nuvens se dissipariam, permitindo que o sol reaparecesse.

Enxugou uma lágrima fortuita, observando a borboleta subir por sua mão. Ela era tão linda e tão alheia a toda a maldade e às turbulências que os homens faziam à sua volta. Com certeza, era feliz, sobrevoando jardins e vivendo plenamente sua natureza – sem ambição, sem prejudicar ninguém.

Fechou os olhos. O sorriso escancarado de Rafael surgiu, sem aviso, em sua mente. Um soluço escapou por seus lábios, junto com os pensamentos angustiantes.

Meu Deus, por que coisas ruins acontecem com pessoas boas? Qual é a lógica nisso tudo? Por que tanto sofrimento? Quanta dor ainda teremos que suportar até que as bênçãos comecem a surgir?

A borboleta desprendeu-se dos dedos de Melissa e alçou voo. Provavelmente, a paz plena não fosse possível, concluiu a garota. Essa era a lei da vida. Um acontecimento bom seguido de outro ruim.

Ou talvez estivesse sendo muito pessimista...

No entanto, como poderia pensar diferente quando parecia que tudo estava desabando novamente para todos os lados?

Olhou para o céu. Ele estava azul, sem uma única nuvem. Chegava a ser irônico um céu tão lindo num dia de tanto desespero. Quando se levantou pela manhã, seu coração estava cheio de esperança. Acreditou que tudo terminaria bem e que todas as sensações que vinha tendo eram apenas motivadas pelas fotos que Rafael havia recebido. Aquele aperto no peito passaria assim que o namorado tomasse uma decisão sobre o que fazer com as possíveis provas incriminadoras contra a irmã. Jamais imaginaria que a maior provação viria horas depois de procurar o namorado no quarto dele no apartamento de dona Maria e não o encontrar.

Não gostava nem de rememorar o que sentiu quando viu que Rafael não estava no quarto, mas havia deixado a jaqueta sobre a cama. Ele nunca conduziu sua Preciosa sem usar uma jaqueta. Pelo menos, não desde que estavam juntos. Aquilo só podia ser um mau sinal. Dona Maria também concordou. E ficou tão aflita quanto Melissa. Elas ligaram tantas vezes no celular de Rafael que o telefone estava quase discando sozinho. Chegaram até a ligar para Danilo e preocupar o rapaz, que não tinha ideia de onde andava o sócio.

Só ficaram sabendo sobre a tragédia envolvendo Tamires perto das nove da manhã, quando Rafael ligou para elas do hospital, chorando desesperadamente. Ele falava atropelando as palavras, e Melissa não conseguia entender muito bem do que se tratava. Morreu um pouco naquele instante, ao entender erroneamente que ele foi baleado. Foi Plínio quem pegou o telefone da mão do filho e explicou para Melissa o que tinha acontecido a Tamires. Pela primeira vez, desde que o conhecera, a voz do inabalável milionário estava débil, enrouquecida. Mas ela e dona Maria só entenderam mesmo tudo o que ocorreu ao chegarem ao hospital e encontrarem Rafael abatido como a garota jamais viu antes.

Dizer que desejou trocar de lugar com o namorado e receber toda a sua dor, não seria falar apenas palavras bonitas. Ela realmente sentiu essa necessidade. Rafael andava tão feliz! E ver o sofrimento voltar para os olhos dele foi uma das coisas mais difíceis que já enfrentou. Só pensava em abraçá-lo e confortá-lo até aquela dor toda sumir. Mas ele preferiu contar cada detalhe do ocorrido, pedindo inclusive desculpas para ela e para a tia por ter fugido do apartamento. Melissa quis ficar brava, mas lhe desculpou no mesmo segundo. No fundo, pressentia que ele tomaria aquela decisão. Só temeu acreditar que o desfecho pudesse ser trágico. E como o beijou, agradecendo sem parar a Deus por ter poupado a vida do seu amor. Então, entendeu por que acordou sobressaltada, uma hora antes do costume, sentindo uma pressão sufocante no peito. Era um aviso de que Rafael esteve prestes a ser baleado por um psicopata.

Aquela história a chocou demais. Uma coisa era ver assassinos como o tal do Odair em manchetes de jornais. Outra, completamente diferente, era saber que uma pessoa amada foi ameaçada por um. Nunca sentiu tanto alívio pela morte de alguém. Claro que se matar com um tiro na cabeça era algo muito triste, mas aquele foi o único desfecho possível para a história de um homem (um assassino!) que não sabia quando o fim de um relacionamento chegara e passava a agir como um louco vingativo.

Tamires também errou. E muito. Sobretudo, por não medir as consequências do plano que acabou matando Rogério. Contudo, para sua surpresa, seu coração não guardava rancor da cunhada. Ao contrário, sentia uma compaixão imensa pela mulher depois de tudo que Rafael contou. Notou o quanto o namorado sentia falta de ter uma relação baseada em carinho e respeito com a irmã.

Agora rezava apenas para que essa irmã sobrevivesse.

Sentou-se no banco do jardim. Tamires chegou no hospital entre a vida e a morte, depois de uma parada cardíaca. Como técnica em enfermagem, Melissa sabia que sobreviver a um tiro dependia de muitos fatores — a rapidez com que a pessoa recebia atendimento médico, a trajetória da bala, o local da lesão, a possível hemorragia que essa lesão causou... Os médicos disseram apenas que a irmã de Rafael passaria por uma cirurgia e que a bala havia entrado no lado direito de seu peito.

Isso fazia três horas.

E durante todo esse tempo, Rafael não saiu de perto dos pais. Pais estes que pareciam tão perdidos que Melissa sentiu pena. Era como se eles jamais tivessem lidado com algo tão "real". Duvidada que eles já tivessem, na verdade. Viviam sob uma redoma de superficialidades e proteção. Sobretudo, Susana, que não parava de falar que não entendia como Odair, seu sempre fiel motorista, se transformou num assassino frio e conseguiu a arma com a qual atirou em Tamires.

Melissa ficou tão angustiada com o clima da sala de espera que resolveu descer para a capela e rezar. Tinha passado mais de meia hora por ali, sozinha. Só ela e Deus. E sua mãe. Sentia que Edilene estava ao seu lado. Podia quase ouvir a mãe dizendo que tudo ficaria bem. "Não existe bem que dure muito, nem mal que não se cure", ela gostava de recitar quando Melissa reclamava de algum problema. Acreditaria na mãe. Sempre acreditou nela. Ela era uma mulher que sabia das coisas.

— Aí está você, criança. Rafael está te procurando.

A garota levantou a cabeça e deparou-se com dona Maria, tão abatida como toda a família de Rafael.

— Vim até aqui para rezar pela Tamires — falou, ensaiando um sorriso.

Dona Maria sentou-se ao seu lado, pegando-lhe uma das mãos.

— Você é uma boa moça, minha querida. Meu sobrinho tirou a sorte grande quando te conheceu.

— Eu que tirei a sorte grande quando conheci ele e a senhora. — Deu um leve aperto na mão da idosa, que lhe abriu um sorriso terno. — A senhora acha que a Tamires vai ficar bem?

— Essa reposta só os médicos e Deus podem nos dar. Mas eu espero que sim. Sinto-me mal por ter julgado Tamires de forma injusta. Bom, ela cometeu muitos erros, é claro. Mas quem de nós não coleciona um monte deles? Seja por medo ou ignorância — suspirou. — Porém ela sempre esteve à deriva. Meus dois sobrinhos estiveram, mas eu só dei atenção ao Rafael.

— Não se culpe, dona Maria. Tamires não permitia que ninguém se aproximasse muito. Só a vi uma vez, mas ela me passou essa impressão — Melissa colocou os cabelos atrás das orelhas. — Ela só precisa de uma nova chance. Todo mundo merece uma segunda chance na vida.

— Concordo, criança.

A atenção das duas se voltou para a movimentação de médicos e visitantes que atravessavam o pátio em direção à lanchonete a poucos metros dali.

— Eu estou preocupada com o Rafael, dona Maria — Melissa quebrou o silêncio. — O que será dele se a irmã morrer? Ele terá visto outro assassinato... E pode nunca mais se recuperar.

A idosa fitou Melissa, com o sorriso triste.

— Vamos lidar com uma coisa de cada vez, Melissa. Tamires está viva neste momento. Vamos ter fé de que o desfecho dessa história ainda não tenha sido escrito.

— Por que a vida é tão injusta? Por que as pessoas boas sofrem tanto?

— A vida não é injusta, minha querida. A vida é sábia. Ela só dá as cargas mais pesadas para aqueles que podem carregá-las. Porque são também por essas pessoas que as bênçãos são mais valorizadas.

Melissa deixou lágrimas escorrerem.

— A senhora e Rafael foram os melhores presentes que a vida me deu.

— Você é nosso presente abençoado também, minha filha.

Elas se abraçaram.

— O que vocês duas estão fazendo aqui fora?

Dona Maria e Melissa desvencilharam-se dos braços uma da outra ao ouvir a voz de Rafael, que vinha caminhando pelo jardim. O coração de Melissa falhou uma batida. Seu namorado estava muito abatido. Ficou de pé e se aproximou dele, segurando-lhe as mãos.

— Amor, você precisa se alimentar. Até agora só comeu um lanche e um suco.

— Nada vai passar pela minha garganta enquanto a cirurgia da Tamires não acabar, doçura. — Ele a abraçou, beijando-lhe os cabelos. — Melhor irmos lá pra dentro. Os médicos podem aparecer a qualquer momento.

— Meu querido, sei que esse não é momento de falar nesse assunto. E sei que também você ainda terá que lidar com toda a burocracia da polícia, mas independentemente do que acontecer daqui para frente, quero que você passe um tempo no meu apartamento. Não vou deixar você sozinho no seu apartamento agora que Danilo não está mais lá.

— Concordo com a sua tia, Rafa. Você não está em condições de ficar lá sozinho.

— Vocês duas não confiam em mim... acham que eu vou voltar a beber, é isso?

No fundo, Melissa sabia que ele tinha razão. Morria de medo de Rafael ter uma recaída, mas jamais diria isso para ele.

— Não é isso, amor. É porque você está muito abalado emocionalmente. Deixe a gente cuidar de você.

— Bom, se é pra ficar mais tempo ao seu lado, como eu posso recusar, minha feiticeira? — Ele segurou-lhe o rosto entre as mãos.

O brilho terno competia com o de dor, obrigando Melissa a engolir as lágrimas.

— Mas isso não vai dar o direito de tomarem certas liberdades sob o meu teto, espero que saibam. — Dona Maria se pôs a ajeitar os cabelos.

A risada de Rafael saiu rouca. Mas Melissa sentiu-se tão feliz como se ele tivesse gargalhado.

— Pode deixar, dona Maria, prometo que meu namoro com a Melissa será como no tempo em que a senhora era garota: só pegando na mão e dando beijos no rosto.

— Só para sua informação, meu primeiro beijo na boca foi aos treze anos. E de língua. — Deu-lhes uma piscadela e saiu andando.

Melissa e Rafael se entreolharam e não puderam conter a risada.

— Essa velhinha não cansa de me surpreender.

— Isso porque você não convive com ela 24 horas — Melissa falou, ainda rindo.

— Graças a Deus por isso!

Eles se fitaram. O olhar amoroso voltou com força total para o rosto de Rafael.

— Obrigado por estar ao meu lado neste momento tão difícil, meu amor.

— Oxente, que espécie de namorada eu seria se não ficasse?

— Que namorada você seria eu não sei... mas sei que você é a melhor namorada com a qual eu poderia sonhar. — Ele fez um carinho lento em seu rosto. — Te amo muito mais por isso, você sabe, né?

— Eu também te amo tanto! — Colocou a cabeça em seu peito, e Rafael a abraçou forte. — Vamos sair dessa, amor. Esse pesadelo vai acabar em breve, você vai ver.

— Eu espero que sim. Não aguento mais viver nessa montanha-russa emocional. Colar os pedaços e depois eles tornarem a se partir. É cansativo demais.

Ela ficou na ponta dos pés e beijou-lhe delicadamente os lábios.

— Pois então descanse, enquanto eu cuido de te manter inteiro.

Rafael deu o sorriso escancarado, do qual Melissa sentiu tanta falta, e ela soube que as bênçãos estavam começando a chegar.

Caminharam em direção ao saguão do hospital, de mãos dadas. E subiram até o andar onde Tamires estava sendo operada. Plínio os recebeu com o mesmo semblante tenso de antes. Susana olhava para as unhas. Destoava tanto daquele cenário que Melissa sentiu uma estranha vontade de rir. Aquela mulher havia criado um mundo só dela. Era a coisa mais bizarra que a garota já tinha visto.

— O médico já apareceu? — Rafael perguntou para ninguém em específico.

— Ainda não. Essa demora só pode ser para nos enlouquecer — o pai respondeu, ficando de pé.

— Tem um médico vindo — dona Maria deu um pequeno grito, levantando-se também.

— Vocês são a família de Tamires Papadopoulos Aguiar? — perguntou. — Sou o médico que realizou a cirurgia dela.

— Como foi a cirurgia, doutor? — Rafael perguntou, sem rodeios.

— A cirurgia foi bem-sucedida. Mas o estado dela ainda é delicado. A bala por muito pouco não perfurou o pulmão, mas atingiu o fígado, causando perda de cerca de vinte por cento do órgão. As próximas horas serão cruciais para a recuperação dela, mas Tamires está reagindo bem ao pós-operatório. E eu acredito que o pior já passou.

— Ah, muito obrigada, meu Deus! — Melissa expressou em voz alta.

— É claro que a recuperação será lenta e difícil. E temos que torcer para que ela não pegue nenhuma infecção — o médico acrescentou.

— Ela não vai pegar. Tatá é uma guerreira. — Rafael sorriu.

— Minha filha é forte, doutor. É como o pai. Vai sair dessa.

— Oh, já podemos vê-la, doutor? — Susana se manifestou pela primeira vez depois de horas.

— Por enquanto não. Ela está na UTI, se recuperando. As enfermeiras avisarão quando vocês puderem entrar. Agora me deem licença.

Ele virou as costas e voltou pelo corredor. Melissa queria sair dançando de alegria. E percebeu, com exceção de Susana, que continuava perdida, que aquela energia corria por toda a família.

Rafael virou-se para ela, sem nada dizer, mas seu sorriso e seu olhar, cheios de esperança, lhe diziam o que ela pensava: "O pior já passou".

Lembrou-se das palavras que dona Maria dissera há pouco. A vida era mesmo sábia. E se dependesse de Melissa cada pequena bênção seria comemorada dali para frente e aquela família, finalmente, entenderia que apenas o amor os ajudaria a superar as diferenças e os obstáculos.

22

O Natal da família Aguiar era conhecido em toda a alta sociedade como o grande acontecimento do ano. Susana esteve sempre à frente da organização e não poupava esforços para proporcionar aos convidados uma festa inesquecível, regada ao melhor champanhe francês e às comidas mais sofisticadas – brasileiras e gregas. Membros da elite de todo o Brasil – socialites, políticos, celebridades – compareciam em peso. A confraternização era feita em hotéis da rede Aguiar, em São Paulo. Mas já houve ano em que Susana decidiu que a festa deveria ser realizada na fazenda, de vinte quartos, que tinham na cidade de Porto Feliz. "Ali caberiam todos os amigos, e eventos campestres estavam na moda", ela justificava.

No entanto, o essencial nunca esteve presente em nenhuma das comemorações ao longo dos anos: o espírito de união familiar. Ao contrário, as crianças só podiam participar de um "jantar protocolar", antes das dez da noite, e depois ficavam trancadas em quartos do hotel ou da fazenda, com suas babás. Entre elas, estavam Rafael e Tamires. Os dois passaram anos vendo toda a movimentação e os fogos de artifício das janelas dos quartos. Tamires só foi autorizada a participar da celebração inteira quando completou dezesseis anos. Mas a moça alegava que aquela mudança, na realidade, não mudava nada, pois ela continuava odiando o Natal. Rafael, por seu lado, ficava nervoso e dizia que a irmã não sabia o que estava falando. Natal era o dia mais esperado do ano. Gostava tanto de ver os fogos e ouvir as pessoas festejando no andar de baixo, ainda que seu maior desejo fosse celebrar a data apenas com sua família, reunida em volta de uma mesa, abrindo os presentes e dando abraços de feliz Natal.

Tamires dava de ombros ou lhe dava um beliscão, na intenção de calar o irmão. Mas eles sempre dormiam, assistindo a algum filme natalino, juntos. E Rafael levantava antes de todo mundo, no dia de Natal; não porque estivesse ansioso para ver qual presente Papai Noel tinha lhe deixado. Na verdade, ele queria descer para onde foi realizada a festa e ver o que sobrou da comemoração. Tamires costumava aparecer logo depois. Eles ficavam olhando para todos os lados e Rafael tinha certeza de que, assim como ele, a irmã se pegava imaginando como teria sido se desfrutassem de tudo aquilo também. Em seguida, sentavam-se no chão, comendo restos de sobremesas. Mas logo os funcionários apareciam para limpar e pediam para eles saírem. Eles voltavam para seus quartos e, só então, iam até a árvore de Natal para abrirem os presentes que ganharam.

Ganhavam brinquedos caríssimos pelos quais perderiam o interesse em poucos dias. E olhavam a cada instante para a porta, na esperança de que os pais aparecessem. Será que lhes desejariam finalmente um feliz Natal? Mas eles nunca apareciam. E horas depois os chamavam para o almoço da família. Uma nova reunião cheia de regras sociais, na qual estavam presentes também amigos mais próximos. Mal olhavam para a cara dos filhos, só perguntavam se haviam gostado dos presentes e pediam para que não fizessem muita bagunça com eles.

O dia de Natal terminava. A família Aguiar voltava para sua casa. Para suas vidas lotadas de compromissos. Tudo continuava do mesmo jeito. O espírito de Natal não tinha operado milagre nenhum na relação que tinham desde sempre. O pedido que Rafael fez a Papai Noel, mais uma vez, não foi atendido. Os pais não permitiram que ele e Tamires participassem de toda comemoração junto com eles. Tampouco abraçaram os filhos enquanto os fogos pipocavam à meia-noite.

Rafael cresceu. Começou a passar o Natal com amigos, que tinham famílias que realmente davam valor às palavras união e amor. Tamires se metia no trabalho. Até mesmo nos feriados de final de ano. Trabalhava para esquecer o fiasco que era aquela data – o irmão sabia. Não a culpava. Cada um lidava com a ausência dos pais a seu modo.

Ele perdeu a esperança de que um milagre acontecesse e a família se unisse. A família Aguiar não era como as outras. Ou, quem sabe, fosse como algumas, cujo dinheiro e a futilidade falavam mais alto. Ver a família unida que não fosse para falar de negócios ou brigar era uma realidade improvável. Compartilhando a dor juntos, então, era impossível.

Rafael secou as lágrimas, olhando à sua volta. Sua mãe, seu pai e Tamires. Todos estavam ali. Não estavam brigando. Não estavam protegidos pelo verniz social. Não falavam superficialidades. Estavam ali despidos de tudo, unidos pela dor e pela esperança. E como Rafael torcia para que estivessem unidos também pelo amor...

Não era Natal. E a ocasião era triste. Mas Rafael sabia que aquele era o milagre que pediu tantas vezes em sua vida.

Encarou o pai. Ele lhe deu um sorriso encorajador. Era provável que fosse o primeiro sorriso genuíno que Plínio Aguiar dava na vida.

– Ela está corada, vocês perceberam? Tamires vai se recuperar rápido.

– Vai mesmo, pai – Rafael falou, sorrindo também.

Plínio estava espantosamente mais suave. A verdade é que não era tão espantoso assim aquele novo comportamento do pai. Só mesmo uma tragédia para dar uma sacudida nas pessoas e fazê-las perceber o que realmente importava; e valorizarem o que quase perderam. Mas Rafael não gostaria que tivesse sido assim. Sentia-se um pouco culpado por ter agido tantas vezes irracionalmente, movido pelo sangue quente, e não ter percebido que sua família pedia socorro.

– Para que tantos fios e sondas na minha filha? – a mãe disse, num tom meio histérico.

Apenas dona Susana continuava metida em seu mundo de faz de conta. Uma mudança radical de sua mãe, contudo, era levar a utopia ao último grau. Aquela mulher vivia fora da realidade desde que Rafael se entendia por gente.

— São os remédios, mãe. E também os aparelhos que monitoram os sinais vitais.

Tinham entrado na UTI assim que o médico liberou. Entretanto, Tamires continuava dormindo, talvez sob o efeito da anestesia. Sua irmãzinha tinha uma expressão plácida como Rafael jamais viu antes em seu rosto. Só não queria que toda aquela tragédia tivesse acontecido para que ela encontrasse um pouco de paz dentro de si. Quer dizer, Rafael esperava que finalmente Tamires encontrasse paz. Mas sabia que o caminho dali para frente seria longo. A recuperação de um trauma como o que sua irmã sofreu era lenta. Ele bem sabia disso devido ao que viveu depois da morte de Rogério, mas Tatá era forte, como ele e seu pai disseram mais de uma vez. Era uma Aguiar. Pessoas que não desistiam fácil de uma luta e sempre encontravam garra para recomeçar.

— Ela está acordando — Plínio declarou, chamando a atenção de Rafael para a irmã, que abria lentamente os olhos.

— Estamos aqui, meu bem. — Rafael apressou-se em pegar a mão da irmã.

Tamires abriu um sorriso tímido, lembrando-o do último que ela deu, antes do desespero engolfá-lo de vez e ele começar a gritar pela ambulância — que chegou no exato momento que a irmã sofria uma parada cardíaca.

Rafael, no entanto, não queria rememorar nada daquilo. Nunca mais, de preferência.

— Como você está se sentindo, filha? — Plínio perguntou. Parecia um pouco sem jeito.

— Estou meio grogue e dói... só quando eu respiro.

Sem poder controlar, Rafael soltou uma gargalhada. Tamires fazendo piada era novidade das boas.

— Você tem a opção de segurar a respiração, Tatá.

— Não tinha pensado nisso, mano. Obrigada pela sugestão. — O sorriso voltou a bailar em seu rosto.

— Não acredito que vocês dois estão fazendo piada num momento tão sério desses! — Plínio repreendeu-os, e Rafael sentiu como se voltasse à infância. Estranhamente, não sentiu angústia por isso. Apenas sentimentos bons passeavam por seu peito.

— Você nos pregou um susto dos grandes, querida. Espero nunca mais passar por isso. Devo ter envelhecido uns dez anos em dez minutos quando fiquei sabendo que o Odair tinha atirado em você. Aquele miserável... Agora entendo por que ficou dois dias desaparecido lá de casa... Afe, ainda bem que se matou. Senão, eu o mataria com as minhas próprias mãos — Susana falava, descontroladamente.

— Susana, se é para você falar besteiras para a Tamires, é melhor descer na lanchonete onde estão a Maria e a Melissa. — A voz possante de Plínio reverberou pelo quarto.

— Mamãe, agora não é hora de falarmos sobre isso. — Rafael olhou significativamente para a mãe, sentindo uma súbita compaixão por ela.

— Oh, desculpem... — Ela se encolheu.

— Está tudo bem... — A voz de Tamires saiu abafada. — E-eu acho que devo um pedido de desculpa para vocês. E-eu não sabia que o Odair era daquele jeito... eu...

— Shhh, agora não é o momento para termos essa conversa, mana. Vamos nos concentrar primeiro na sua recuperação.

— Papai... o senhor está muito bravo comigo? — a irmã tornou a falar, ignorando Rafael. — E-eu não queria causar essa confusão toda. Espero que não prejudique a imagem dos hotéis.

A preocupação e o medo brilharam de forma tão evidente nos olhos de Tamires, para qualquer um que quisesse ver, que Rafael voltou a pegar sua mão. Era difícil acreditar que, depois de tudo pelo que a irmã passara, ela só conseguisse se preocupar com os negócios e se sua imagem ficaria suja diante de Plínio Aguiar.

O rapaz engoliu em seco, segurando-se para não pedir ao pai que tranquilizasse Tamires. Mas não conteve o pedido no olhar ao encarar Plínio, que pôs as mãos nos bolsos, aproximando-se mais da cama.

— Seu irmão tem razão, Tamires. Agora não é hora de falarmos sobre isso. Você precisa focar na sua recuperação. — Ele correu a língua pelos lábios. — Eu não estou bravo com você, filha. Estou agradecido por sua vida ter sido poupada. — Pegou a outra mão de Tamires, formando um nó na garganta de Rafael. — O que seria de mim sem meu braço direito nos negócios? Acho que metade dos acionistas ia cair fora. Deus nos livre de um castigo desses!

Todos riram, à exceção de Tamires, que ficou, de repente, muito séria, fitando o pai.

— Desde quando eu sou seu braço direito, papai? O senhor vivia dizendo que eu estava ajudando na supervisão dos hotéis enquanto o Rafael não acordava para os deveres dele.

Um silêncio pesado espalhou-se pelo quarto. E Rafael sentiu-se mal, como se estivesse sobrando.

— Eu sei que já te disse algumas coisas que não deveria ter dito. Para mim é difícil aceitar certas modernidades... — Voltou a colocar as mãos nos bolsos, pouco à vontade. — Mas isso não tira os seus méritos e nem seu tino para os negócios, filha. E nem apaga o fato de que perder você seria a coisa mais difícil que eu precisaria enfrentar em toda a minha vida. — Tamires deixou as lágrimas escorrerem, e Rafael fechou os olhos. — Quem diria para mim, durante as reuniões de diretoria, que o nó da minha gravata estava feito errado? Ou ficaria me vigiando para eu colocar adoçante no café, não açúcar? Ou ainda quem seria o anjo que me salvaria de uma saia justa, me lembrando sobre o que tínhamos discutido com os acionistas na última reunião? Só você faz tudo isso, querida. Eu nunca te disse, eu sei, mas eu sempre notei você ao meu lado. Quando seu irmão escolheu ir embora, você ficou. Quando eu sofria com a ausência do Rafael, você compensava com sua presença e seu jeito suave de me chamar de "papai". — Plínio secou o canto dos olhos agilmente, como se temesse que alguém o visse chorar. – Eu gosto quando você me chama assim. Gosto muito. – Olhou para os pés. – E eu te amo, minha filha.

– Ah, papai... Não me faça chorar... dói meu peito – Tamires colocou a mão na frente da boca, controlando o choro.

Plínio abaixou-se sobre a filha, beijando-lhe o rosto.

– Então, não chore, querida. É um momento de comemoração, não de choro.

Rafael começou a andar para trás, soluçando. Abriu a porta e se viu perdido. Melissa estava na lanchonete com tia Maria, e ele, naquele momento, não tinha ideia de qual direção tomar para chegar lá. Viu-se de volta à salinha com dois sofás, onde estiveram esperando pela liberação de visitas para Tamires. Sentou-se em um deles, com as mãos no rosto, tentando controlar as lágrimas.

– Não chore, filho. O pior já ficou para trás. Sua irmã vai se recuperar rápido.

O rapaz levantou a cabeça, encontrando o pai a poucos passos dali. Sua postura era impassível, com as mãos nos bolsos. Era tão familiar e desconhecido, ao mesmo tempo, que Rafael desejou correr até Plínio e abraçá-lo, implorando para que o pai lhe ajudasse a lidar com todas as emoções que ameaçavam sufocá-lo. O idoso sentou-se à sua frente.

– Eu errei muito com vocês dois, não foi? – Plínio suspirou. – Sou homem suficiente para assumir meus erros. Seu avô me fez assim.

Rafael limpou as lágrimas, buscando toda a sua concentração. Não queria que a conversa que precisava ter com o pai fosse numa situação como aquela. Mas a vida sempre seguia seus próprios desejos para fazer as coisas acontecerem, deveria aceitar isso.

– Sim. Foram muitas dores desnecessárias, tantas atitudes impensadas. Mas o passado nunca poderá ser refeito, pai. O jeito é encararmos o presente e o futuro de um jeito novo.

– Fui eu que denunciei seu estúdio... as duas vezes – entregou, de súbito.

— Eu sei. Eu sempre soube. — Rafael deu-lhe um sorriso triste.

— Eu não sabia mais como fazê-lo entender que aquele não era seu lugar. Seu lugar era ao meu lado, enquanto eu te preparava para assumir a presidência.

— Nunca desejei esse cargo, pai. Nem mesmo quando era criança e via o senhor e o vovô conversando tão animados sobre a expansão acelerada da rede de hotéis. Meu sonho sempre foi me profissionalizar em minha arte, levá-la para outras pessoas e fazer a diferença na vida delas com o meu dom.

Eles ficaram se olhando.

— Dizer certas coisas é difícil para mim, Rafael... Homem não deve demonstrar fraqueza. Isso é coisa de mulher.

— Isso é machismo, pai. Homem é tão humano quanto mulher, com suas fraquezas e medos.

Plínio encarou o chão, as mãos cruzadas sobre os joelhos.

— Você se tornou um bom homem, Rafael... Seu avô dizia para eu prestar atenção em você. Dizia que você era como sua tia. Mas que isso não era ruim. Que ele demorou para entender Maria e que precisou vê-la partir para o outro lado do mundo para sentir falta dela. Ele me confessou isso, mas duvido que tenha dito para ela. Ele era muito orgulhoso... — O idoso ergueu a cabeça, encontrando o olhar de Rafael. — Quando você passou anos na Inglaterra, eu... senti sua falta, filho. Não senti falta apenas de te ensinar como administrar o seu patrimônio. Senti falta do seu entusiasmo diante da arquitetura arrojada dos hotéis que visitávamos. Senti falta de sua risada quando te pegava no pulo, desenhando alguém ou alguma coisa, em vez de prestar atenção ao que eu estava explicando. Eu... senti falta de te ouvir me chamar de papai, como Tamires faz. Você nunca mais me chamou assim. Eu... ainda sinto falta. Eu queria muito que você assumisse a presidência. Mas queria também ter conseguido te enxergar melhor como você realmente era. Eu sinto como se tivesse perdido algo vital de sua infância e adolescência. É um sentimento estranho. Mas eu queria que você soubesse que... eu me arrependo de não ter feito de outro jeito e ter te prejudicado tanto. — Plínio voltou a secar, sem jeito, os olhos, enquanto Rafael não controlava, de novo, o choro. – A vida é muito frágil... bem dizia o seu avô. Quase perdemos a nossa Tamires. E... será que algum dia vamos ter uma relação saudável de pai e filho?

– Acho que poderíamos nos esforçar para isso, pai. Acho que... vai valer a pena. – Obrigou-se a controlar os soluços. – Eu não quero assumir a presidência. Ela sempre foi da minha irmã. Mas prometo me envolver mais com os hotéis por meio da minha arte. E também prometo ficar mais com a minha família.

– São promessas que me agradam, filho. É um recomeço para todos nós. Acho que... podemos selar com um abraço.

Rafael não se lembrava de o pai tê-lo abraçado algum dia. Tinha certeza de que isso nunca aconteceu, pois se lembraria se tivesse acontecido. Então, quando se ergueu e se jogou nos braços de Plínio, e ele o abraçou de volta, o rapaz não pôde evitar novamente a sensação de ter voltado à infância. Contudo, não era apenas isso que corria por todo ele. Enquanto apertava forte o pai de encontro a si, existia também a alegria, viajando em todas as direções, e a certeza de que os pedaços esparsos dentro dele, enfim, se encaixavam, cessando suas lágrimas e lhe fazendo abrir o sorriso mais feliz de sua vida.

Eles se separaram. Dessa vez, Plínio não se preocupou em limpar as lágrimas que escorriam. Apenas encarava o filho, com um sorriso tão amoroso quanto Rafael viu tantas vezes no rosto de tia Maria.

– Não sei se deveria confessar isso... mas tenho orgulho de você, filho. É um sentimento bom. Eu gosto dele.

– E eu tenho orgulho do senhor porque percebeu seus erros e quer escrever uma história diferente para a nossa família.

Subitamente, Plínio ergueu uma das sobrancelhas, sem deixar de sorrir.

– Mas eu espero que você não esteja querendo que eu fale aquelas coisas... aquela frase... que eu falei para a sua irmã... Homens não se dizem isso.

Rafael deu uma risada rouca.

— Acho que já exigimos demais do senhor por hoje, pai. — Deu um tapinha no ombro do idoso. — Mas, mesmo arriscando lhe causar um ataque cardíaco, eu vou te falar... Eu te amo, papai.

Plínio fechou os olhos, deixando duas lágrimas escorrerem. Porém, os abriu logo em seguida, sorrindo e olhando para um ponto atrás de Rafael.

— Acho melhor você dizer essas coisas para a sua namorada, ali atrás, que não para de chorar nos braços da sua tia. Humpf, mulheres! — Revirou os olhos.

Rafael olhou para trás e viu sua pequena feiticeira, a grande responsável para que ele abrisse seu coração para a família, não tinha qualquer dúvida quanto a isso. Pediu licença para o pai e começou a caminhar em direção a Melissa. Tia Maria passou por ele, fez um carinho rápido em seu rosto e aproximou-se de Plínio.

Melissa abriu o sorriso delicado que fazia os fogos de artifícios explodirem em seu peito. Era amor demais por aquela mulher. Um sentimento que o deixava tão grande quanto o próprio infinito.

— Ai, meu Deus, Rafa, como eu estou feliz por você ter se entendido com o seu pai. — E ela voltou a chorar. — Eu pedi tanto a Deus por um milagre.

Ele a tomou nos braços, fechando os olhos. Queria apenas senti-la, confirmar que ela era mesmo real e que ele podia ser, enfim, plenamente feliz.

— Você foi o meu milagre, Melissa de Oliveira. Desde o começo, você esteve destinada a ser o meu milagre... Não, você esteve destinada a mudar a minha vida desde sempre. — Ele lhe beijou a testa.

Ela se aconchegou a ele, apertando com mais força os braços à sua volta e sussurrou:

— Fomos o milagre na vida um do outro, meu amor.

23

Melissa exibia um sorriso perpétuo. E sentia uma alegria que deixava seu peito pequeno para comportá-la. Eram oitenta e dois dias de felicidade. Ela anotara mentalmente cada um daqueles dias que passou ao lado de Rafael, desde que ele a pediu em namoro. Mesmo durante as tempestades que enfrentaram há quase dois meses, o amor resistiu. Na verdade, elas só serviram para aumentar ainda mais a união entre eles. E o fato de encontrar o namorado todos os dias e partilharem muitos momentos de cumplicidade no apartamento de dona Maria só fazia a garota querer mais.

Aquele pensamento fez Melissa rir, enquanto se ensaboava embaixo do chuveiro. Com certeza, não era a única a querer mais, porque o senhor tatuador cara de pau estava estendendo sua estadia no apartamento da tia indefinidamente. No hospital, assim que ele percebeu que Tamires estava se recuperando com uma velocidade extraordinária, inclusive emocionalmente – o que não espantou Melissa, já que estava claro que aquilo acontecia devido à reconciliação da família Aguiar –, pensou em voltar atrás e declinar o convite de dona Maria. Mas as duas não precisaram fazer muito esforço para convencê-lo de que ficar sozinho não era uma boa ideia naquele momento, pois, querendo ou não, o trauma pelo qual passou foi muito grande.

No final da semana passada, brincando, a tia perguntou quando o sobrinho pretendia ir para o apartamento dele. E Rafael respondeu que estava tomando coragem para ir embora e voltar a cozinhar pra si mesmo, porque tinha total consciência de que os grudes que fazia não chegavam aos pés das iguarias de Vanda e de Danilo. Melissa riu tanto que o namorado fez uma cara magoada, dizendo que queria ver ela caçoando quando ele cozinhasse para ela após o casamento deles. Ela parou de rir no mesmo segundo. Não porque temesse experimentar a comida dele – ela tampouco era uma excelente cozinheira (não como Edilene, pelo menos). Melissa foi obrigada a interromper as gargalhadas, porque seu coração passou a bater num ritmo tão intenso que a sala toda girou à sua frente. Rafael falando de casamento – do casamento dos dois! – era a receita perfeita para ter um piripaque.

Não era apenas sua vida amorosa que nadava num mar de rosas, contudo. Seu grande sonho estava se realizando. Ela estava entrando profissionalmente na música! Melissa não parava de exultar há duas semanas, quando encontrara, pela primeira vez, o produtor musical Vítor Medeiros. Ele foi um fofo por receber ela e dona Maria no estúdio de gravação, para lá de chique, na Lapa, assim que voltou de viagem. Passou mais de uma hora a entrevistando e explicando como funcionava o trabalho dele. Porém, não discutiu valores, porque sua patroa – que não queria mais ser chamada assim – falou que aquela conversa teriam apenas ela e ele, sozinhos.

Melissa ficou maravilhada em conhecer o processo de gravação de um CD – montar o repertório; fazer os arranjos; marcar o andamento das canções; gravar os instrumentos, a voz; fazer a mixagem e, então, a masterização. Estava tão habituada a encarar a música de forma amadora, sem realmente acreditar que algum dia poderia se profissionalizar, que não era de se espantar que tivesse demorado tanto para saber com mais profundidade sobre aquele mundo fantástico. E, morrendo de vergonha, teve que admitir que não tinha muita noção para qual caminho queria conduzir sua carreira. Então, Vítor, como um produtor experiente, e após ouvir algumas canções de autoria de Melissa, registradas num pequeno gravador, com a ajuda do violão, sugeriu que ela enveredasse para um estilo mais acústico, criando um CD homogêneo, no qual a voz e o violão se sobressaíssem.

Ela amou a ideia e já queria começar tudo imediatamente. No entanto, o processo não era tão rápido – como bem explicou o produtor. Passaram aquelas duas semanas decidindo quais músicas escritas por Melissa se encaixariam bem no CD e quais deveriam ficar de fora. Das dezenas de canções escritas nos cadernos, selecionaram apenas dez. Vítor achou que era um bom número para um primeiro CD de uma cantora que ainda não era conhecida no meio musical. Também conseguiram retrabalhar as músicas, dilapidando-as, e gravaram a parte do violão. E hoje seria o grande dia: soltaria a voz para gravar a primeira música – que não necessariamente entraria nesta ordem no CD.

Havia escolhido uma música muito especial. Uma que lhe arrancou muitas lágrimas quando escreveu no mês passado. Ela foi composta em homenagem a Edilene. Sua mãe merecia que uma canção fosse imortalizada em seu nome. Melissa tinha certeza de que onde quer que ela estivesse ficaria feliz.

O momento seria ainda mais especial, porque Rafael a acompanharia daquela vez. Estava eufórica por isso. Ele se prontificou a sair mais cedo do estúdio de tatuagem – a gravação começaria às sete da noite, porque o produtor notou que a voz de Melissa era mais límpida no período noturno – e acompanhá-la. Tudo bem que a garota sabia que uma parte (grande) disso se devia ao ciúme do tatuador esquentadinho. Melissa bem percebeu as caras e bocas que ele fazia quando ela contava sobre a competência e o empenho de Vítor Medeiros. Uma vez, inclusive, ela acabou gargalhando, sem poder resistir, quando Rafael explodiu, no meio da sala de dona Maria, fazendo a tia arregalar os olhos, e disse: "Vítor pra cá, Vítor pra lá... Acho que preciso fazer uma visitinha neste estúdio e mostrar pra esse produtor que você tem namorado". Depois de rir até sentir dor na barriga, Melissa o tranquilizou, dizendo que o homem a tratava com o mais absoluto profissionalismo. Além disso, conhecera sua esposa e ele parecia adorá-la.

Agora só restava a Melissa tentar controlar aquela ansiedade avassaladora que a estava fazendo ter ânsia de vômito desde a hora em que colocou os pés no chão, pela manhã. Apesar de que vinha tendo aquele sintoma desde que começou os trabalhos no estúdio, fazia dezessete dias. Eram novidades demais em sua vida. Além do fato de estar mergulhando num sonho que nem ousara sonhar direito. Só era uma pena que Inês Bittencourt tenha recuado e pedido mais um tempinho para Melissa, antes de ela estrear no Bar Geração. A mulher achou melhor a garota passar primeiro pelo processo de gravar o CD para não desgastar a voz desnecessariamente em várias "frentes" ao mesmo tempo.

Melissa foi obrigada a concordar, mesmo preferindo usar a voz em "todas as frentes possíveis". Mas Inês prometeu que, assim que toda a gravação fosse concluída, arrumaria um dia da semana perfeito para a garota estrear. Então, precisava ter paciência.

E parar de querer vomitar a cada cinco minutos...

Melissa se enrolou numa toalha, resmungando consigo mesma. Não imaginava que fosse se tornar uma pessoa tão ansiosa. Por causa do trabalho na área da saúde, sempre se esmerou para passar tranquilidade aos pacientes e a si mesma. Só esperava que sua personalidade não mudasse quando se tornasse uma cantora profissional.

Cantora profissional... aquilo era música para os seus ouvidos!

Entrou, cantando uma de suas músicas, no closet e vestiu a primeira calcinha que encontrou. Abriu uma das portas e, quando levantou a mão para pegar a roupa que usaria, algo caiu em sua cabeça. Agachou-se e agarrou um pacote de absorventes do chão. Um frio repentino invadiu seu estômago. Quando foi a última vez que menstruou mesmo? Era a pergunta mais estranha de se fazer, ela sabia. Principalmente, para uma técnica em enfermagem, que deveria ser muito ligada na própria saúde. Porém, aquela informação simplesmente se apagara de sua mente. Foi uma montanha-russa de tantas emoções nos últimos meses que se desligou do próprio corpo. Além do mais, foi obrigada a desmarcar o ginecologista, que seria no mês passado, porque ele ficava no hospital onde trabalhou, na zona leste, e não poderia ir até lá por estar ocupada com mil e uma atividades.

Colocou o pacote no lugar, concentrando-se para se lembrar de qualquer coisa que fosse sobre a última menstruação. Nada vinha à sua mente. Não era a mulher com ciclo menstrual mais regulado do mundo. Na verdade, tinha ciclos meio bagunçados, até por causa disso queria começar a tomar o anticoncepcional. Mas não era possível que fizesse assim tanto tempo desde a última menstruação.

O enjoo insuportável ameaçou voltar. Que droga! Por que não se lembrava de nada? Mas estava claro que a menstruação estava prestes a chegar. E isso explicaria aquela ansiedade toda, os enjoos e os seios inchados, que estavam doendo bem mais do que o normal – o que não deixavam de ser sintomas estranhíssimos. Era uma privilegiada, pois raramente a TPM a atacava, como na maioria das mulheres.

Encostou-se na porta e uma coisa passou como um raio por sua cabeça. O trecho de um sonho... que descobriu ser realidade. Ela e Rafael fazendo amor sem qualquer proteção. O closet virou de ponta cabeça à sua frente. Não, nada de mais acontecera. Seu namorado garantiu que ela estava segura.

Mas que relação sexual era cem por cento segura sem o uso de preservativo?

Ai, meu Deus! Ai, meu Deus!

Que espécie de profissional de saúde era ela que não se preocupou com as consequências daquela imprudência e acreditou piamente nas palavras tranquilizadoras de Rafael? Onde ela estava com a cabeça para não ter feito nada no dia seguinte que garantisse que estava mesmo segura?

Levou a mão à boca, tremendo. Quando mesmo foi que tudo aconteceu? Foi no dia em que Rafael pegou as fotos que pareciam incriminar Tamires no assassinato de Rogério. Exato! Disso ela se lembrava. E fazia cinquenta e dois dias. Respirou aliviada. Sem dúvida, sua menstruação já tinha vindo depois disso e veio no período em que ela e Rafael foram várias vezes à casa dos pais dele para ela verificar os curativos de Tamires. Esse período estava meio nebuloso em sua cabeça, porque fez muitas outras coisas também. Participou dos projetos no asilo, escreveu algumas músicas e ajudou dona Maria a organizar a exposição de dona Graça, que foi um sucesso, há quinze dias, contando, inclusive, com a (enfim) presença da filha da idosa.

Olhou novamente para o pacote de absorventes. Mas por que raios ele estava inteiro ainda se não se lembrava de ter comprado outro?

Você não vai se enveredar por esse caminho e nem pirar, Melissa!

Sim, não ia pirar, criando mil conclusões em sua cabeça. O ginecologista já estava marcado, para dali a dois dias, e, dessa vez, não seria remarcado. Tudo estava bem com ela. Ela não estava grá... ah, meu Deus, nem conseguia verbalizar aquilo! Se "aquilo" acontecesse, toda a família Aguiar a chamaria de golpista. Pior ainda: e se Rafael também achasse que ela tinha dado o golpe? Tinham menos de três meses de namoro, Jesus! E ela não podia repetir a história de sua mãe! Edilene ficaria muito decepcionada com ela, fosse lá onde estivesse.

Vestiu a calça jeans e a regata branca em tempo recorde, obrigando-se a não se preocupar mais com aquele assunto. Aquela seria uma noite especial e precisava de toda a sua concentração para soltar a voz e "botar pra quebrar" – como gostava de dizer Rafael – no estúdio dali a pouco.

Penteou os cabelos e saiu do quarto, mais tranquila. Encontrou dona Maria e Vanda arrumadas, prontas para saírem.

– Não era para você estar no estúdio do Vítor, criança? – Dona Maria a interpelou, ajeitando os cabelos.

– Ainda é cedo. Marquei com o Rafael às seis.

– Eu e Vanda vamos ao salão do Claudinho. Consegui convencer a Vanda a mudar a cor dos cabelos.

– Mas não vou tingir de roxo igual ao seu, eu já falei, Maria! – Vanda cruzou os braços. E pela primeira vez Melissa viu a mulher com a cara fechada.

Ela riu. Dona Maria havia mesmo tingido os cabelos daquela cor. E não podia deixar de dizer que seu ar excêntrico triplicou.

– Eu sei, mulher. E nem eu gostaria que você fizesse isso. Já passamos da idade de bancar a dupla de adolescentes rebeldes da escola. – Começou a puxar Vanda. – Vamos logo porque o Claudinho vai ficar impaciente.

Saíram sob o eco das risadas de Melissa.

— Depois de um dia cansativo de trabalho, escutar esta risada é como chegar no paraíso.

Melissa ouviu a voz que tanto amava e virou-se sentindo o corpo todo mole, ao deparar-se com Rafael, lindo de morrer, sorrindo escancaradamente, com os cabelos escuros brilhantes, caindo sobre uma das sobrancelhas, o jeans claro e a camiseta cinza, por baixo da jaqueta de couro preta. A vontade de abraçá-lo era tanta que correu em sua direção. No entanto, quando estava bem perto, sua vista escureceu e ela começou a cair, mas foi amparada pelo namorado antes de estatelar de cara no chão.

— O que foi, doçura? — Rafael a olhou preocupado.

— Tudo escureceu, de repente.

— Você está muito nervosa com a gravação hoje, não é? — Segurou-lhe o rosto, dando um beijo suave em seus lábios. — Não fique assim, meu amor. Eu vou estar lá com você. Prometo que seguro sua mão, se você quiser.

Ela sorriu, abraçando-o.

— Estou com medo da minha voz não sair boa... ou esquecer a letra... ou o Vítor odiar minha interpretação da música...

— Shhh, nada disso vai acontecer, Mel. — Ele a apertou mais forte. — Você se preparou a semana toda, com muito profissionalismo, o que me deu um puta orgulho. Se o cara não gostar, ele é um otário.

Melissa começou a rir, afastando-se do peito de Rafael.

— Você não acha que está levando esse seu ciúme muito a sério?

— O que eu estou levando a sério é a saudade insuportável de te tocar, minha feiticeira. — Uma das mãos de Rafael subiu pelas costas de Melissa, por baixo de sua camiseta. — Não estou mais achando uma boa ideia ficar hospedado por aqui, te vendo todos os dias e tendo que me contentar com beijinhos inocentes.

— Temos dormido no seu apartamento nas minhas folgas e não rolam só beijinhos inocentes. — O rosto da garota esquentou, a timidez ainda adorava torturá-la.

Rafael soltou uma gargalhada rouca contra seu pescoço.

— Uma vez por semana é pouco demais pra entrar em você, doçura — o safado sussurrou, muito ciente de que aquilo lhe aumentaria o rubor. Mas, não contente, meteu a mão por baixo de seu sutiã e se pôs a lhe acariciar o seio.

Melissa arfou. Um simples roçar de dedos começou a fazê-la se contorcer, a sensibilidade à flor da pele. Isso o estimulou a passar para o outro seio. As bocas se encontraram, em seguida, devorando-se. A garota segurou-lhe a nuca e teve consciência de que foi ela quem aprofundou o beijo. Mas o gosto daquele homem era tão bom. Só o perfume que podia ser um pouco menos enjoativo.

Enjoativo?

De onde tirara aquilo? Ela amava tanto o perfume de Rafael...

Interrompeu o beijo, nervosa. Rafael não pareceu notar, porque prosseguiu correndo as mãos por seus seios, costas, quadris.

— O seu corpo está diferente nos últimos dias — falou numa voz enrouquecida.

— Diferente como? — O frio no estômago a atacou sem piedade.

— Seus seios e seus quadris... estão maiores...

— Com tantas comidas gostosas que a Vanda anda fazendo, eu devo estar engordando como uma porca — tratou de falar apressada.

— Pare de besteiras. Você só fica cada dia mais linda. — Passou a língua por seu pescoço.

— Esta-tamos nos atrasando, Rafa. — Se desvencilhou do namorado, gaguejando, o nervosismo crescendo em proporções alarmantes dentro dela.

— Tem razão. — Correu a mão pelos cabelos. — Será que não daria tempo de eu tomar um banho gelado antes? — Ela riu, sentindo-se um pouco mais "ela mesma". — Ah, quase me esqueço! Minha mãe me ligou agora há pouco e nos convidou para almoçar lá no domingo. A Tamires também vai. Quero aproveitar a oportunidade para ver se consigo convencer a Tatá a vender a casa dela em Alphaville e vir morar por aqui. Não gosto da minha irmã morando sozinha, tão longe de nós. Tudo bem?

Os olhos de Melissa ficaram rasos d'água. Como ficava emocionada por Rafael passar a arrumar toda e qualquer desculpa para encontrar a família nos dois últimos meses.

— Claro, amor. — Ficou na ponta dos pés e lhe deu um beijo rápido.

Enquanto se encaminhavam para a garagem do prédio, Melissa pensava o quanto estava feliz por ter sido aceita na família de Rafael. Jamais imaginou que Plínio e Tamires passariam a tratá-la com tanta cordialidade e respeito, todas as vezes em que se encontrassem. Dona Maria dizia que eles finalmente haviam caído em si e percebido que foi graças à garota que Rafael se reaproximou da família.

Melissa não se dava aquele crédito todo, contudo. Além do mais, não poderia negar que gostaria que também dona Susana a tratasse de forma gentil. Não que a mãe de Rafael a estivesse tratando com grosseria. Mas era nítido em seus olhares que ela não morria de alegria pela união entre o filho milionário e a filha da retirante nordestina.

Como num passe de mágica, bastou entrar no estúdio, ver as paredes revestidas pela espuma acústica escura e a sala onde ficavam os instrumentos, além do microfone — o que chamavam de aquário de gravação — para todas as aflições de Melissa desaparecerem. Começou a se sentir tão leve que chegou a acreditar que flutuaria a qualquer segundo. Era como se cada célula de seu corpo encontrasse o lar. Um lar feito de música.

Olhou para Rafael, que, sorridente, cumprimentava Vítor. Felizmente, seu namorado ciumento havia caído em si e percebido que aquele produtor compenetrado e sério não representava nenhum "perigo".

— Está preparada para a gravação da primeira música, Melissa? — Vítor virou-se para ela, exalando profissionalismo. Precisava confessar que aquilo a intimidava um pouco.

— Quando quiser... Eu ensaiei bastante em casa para não errar a letra nem o tom da música.

— A letra vai ficar fixada em frente ao microfone, não se preocupe. Mas quero repassar com você cada verso antes de eu ir para a sala da técnica e iniciarmos o processo todo. — Ele lhe entregou o papel com a letra. — Pode começar.

Melissa respirou fundo, buscando toda a sua concentração para cantar do jeito que havia ensaiado, sem errar nenhuma nota.

Ah, mas como era difícil se concentrar quando queria chorar sem parar!

Cantaria uma música em homenagem à mãe. Seria a primeira canção a ser gravada. E ela se sentia a própria Marisa Monte, guardadas as devidas proporções, claro.

Com muito esforço, começou a cantar verso por verso. Vítor lhe interrompeu apenas uma vez para lhe chamar a atenção para um alongamento exagerado de uma palavra. Porém, era difícil saber o que ele estava achando, já que sua expressão não mudava nunca. Nem um único sorriso saía daquele homem.

Ela terminou a leitura "cantada" tremendo e recriminando-se por dar na cara o quanto estava nervosa. Vítor não percebeu ou talvez não tenha comentado nada para não piorar o seu estado. No entanto, o seu Rafa notou imediatamente como ela estava se sentindo, pois colocou as mãos em seus ombros e sussurrou em seus ouvidos: "Você foi perfeita, meu anjo da música".

Melissa sentiu o coração dançar dentro do peito. Mas não conseguiu responder-lhe, pois Vítor, com seus longos cabelos presos num rabo de cavalo, declarou, de repente, quase lhe causando um enfarto:

— Você chegou pronta, Melissa. Já trabalhei com muitas cantoras nesses vinte anos de estrada, mas encontrei poucas como você. Sua afinação é uma coisa de outro mundo. Tenho a impressão de que meu único trabalho hoje será assisti-la cantar.

Ela não tinha certeza de que aquele seria o único trabalho de Vítor — mesmo porque jurou a si mesma nunca abandonar a humildade que Edilene fez questão de lhe incutir –, mas estava exultante porque o produtor lhe deu a liberdade de cantar, num fôlego só, sem interrupções do começo ao fim da canção, enquanto Rafael a fitava embevecido do outro lado da sala. E quando os acordes pré-gravados da música começaram a soar pelos fones, encaixados sobre seus ouvidos, Melissa se entregou de corpo e alma à realização de mais aquele sonho. Então, cantou, sabendo que cantava exclusivamente para Edilene, onde quer que ela estivesse:

Você que me ensinou
a ser uma pessoa melhor
custe o que custar
mamãe, é para você
esta canção

Sonhei com o seu abraço
por tantas noites e dias
sei que você
está num lugar bom
mas meu coração vive me lembrando do
seu sorriso e suas palavras amorosas

Esteja onde estiver
levo você e seus ensinamentos
queria que você soubesse
que te amei e para sempre
vou te amar

Obrigada por ter me dado
tudo o que me deu
jamais seria quem sou
se você não estivesse estado lá
sei que você se orgulha de mim

Encontrei meu caminho
como eu te prometi
aprendi a viver o amor e seguir meus sonhos
não fujo mais da minha felicidade

Eu nunca te disse adeus
Você nunca foi embora
continua comigo e me ajuda
a atravessar as minhas tempestades

E assim sempre será
Mamãe[4]

As lágrimas foram inevitáveis ao final da gravação. Elas escorriam livremente pelo rosto de Melissa. Inevitável também foram as lembranças, que vieram numa enxurrada, virando tudo de pernas para o ar dentro dela. Eram tantas que Melissa se sentia perdida e zonza.

Ela e a mãe de mãos dadas, voltando da escola; Edilene sorria e perguntava o que a filha tinha aprendido de bom para lhe ensinar.

A mãe disfarçando a expressão cansada após um dia de trabalho, ao abrir um sorriso amoroso e pedir um abraço à filha.

Melissa rindo até a barriga doer quando Edilene imitava a dona da loja onde trabalhava.

Edilene brava, porque sua novela preferida não teve o desfecho que gostaria.

As duas se olhando, cúmplices, enquanto comiam sorvete no próprio pote. Sua mãe declarando: "Tu sabe que não vou te largar nem mesmo quando tu casar, né, não?" Então, se abraçavam com tanto amor que Melissa ainda conseguia senti-lo correndo por toda ela.

4. A letra da música é de autoria de Shirlei Ramos.

Quando os soluços ficaram incontroláveis, Rafael a embalou em seus braços. E ela só queria que a mãe soubesse: "Este homem me faz a mulher mais feliz do mundo, mainha, mas uma parte de mim será para sempre da senhora. Jamais te esquecerei".

Então, de repente, ouviu a voz da mãe em sua cabeça, tão nítida como se ela estivesse ao seu lado: "Tem um bebê crescendo dentro de você, filha. E você não está sozinha".

24

Alguma coisa estava acontecendo com sua namorada, mas Rafael não fazia ideia do que era. E há cerca de duas horas tentava descobrir. Tudo começou após Melissa chorar por tantos minutos em seus braços, assim que terminou a gravação da música em homenagem à mãe, que o deixou angustiado. Já previa que gravar aquela canção seria difícil para ela. Foi por isso, principalmente, que quis acompanhá-la naquele dia até o estúdio. Está certo que também queria conferir de perto como era o tal do Vítor Medeiros. A porra do medo de ser trocado por outro cara quase o enlouquecera nas últimas semanas. E aquele era um sentimento novo e nada bem-vindo, pois o deixava parecendo um garotinho perdido.

No final, a insegurança – que Melissa chamava de ciúme, e Rafael não sabia o que era mais vergonhoso – se provou uma puta idiotice. Vítor Medeiros estava tão interessado em Melissa quanto estaria por uma unha encravada. Teve um momento que ele mesmo, o namorado ciumento, começou a ficar nervoso pelo descaso com que o cara olhava para Melissa enquanto ela se esmerava em cantar a letra escrita no papel. Mas, para seu alívio, ele terminou por elogiá-la de uma forma que deixou aqueles olhos lindos brilhando como duas safiras.

O caso era que, apesar de toda alegria que Melissa demonstrou pelo elogio do produtor, ao final da sessão no estúdio, ela estava destruída emocionalmente. E o que estava deixando Rafael intrigado era que ficava a cada minuto mais evidente que o abalo emocional não era apenas causado pela gravação da música ou pelas lembranças que ela suscitou. Se fossem apenas essas coisas, Melissa não estaria mortalmente pálida, monossilábica, tremendo, como se estivesse prestes a sofrer um colapso, e fugindo do contato visual. Além do mais, ela costumava se abrir quando estava muito saudosa da mãe. Em geral, a namorada ficava mais sensível nos dias em que completava outro mês da morte de Edilene. E ele a confortava, enquanto ela contava lembranças felizes que tinha da mulher. Dessa vez, Melissa parecia empenhada em fingir que ele não existia.

Os pensamentos de Rafael corriam acelerados, enquanto ele conduzia Preciosa pela Avenida Sumaré, depois de terem saído de um restaurante, onde Melissa mal olhou para a cara dele e remexeu tanto a comida, comendo apenas duas garfadas, que lhe deu agonia.

Os dois últimos meses foram tão perfeitos para eles... Não havia explicação para aquele comportamento de Melissa. Nem mesmo a quase tragédia com Tamires conseguiu tirar o brilho dos dias maravilhosos que passaram juntos. A cumplicidade que tinham o fazia se questionar como algum dia acreditou que permaneceria solteiro para sempre. Simplesmente não imaginava mais sua vida sem sua feiticeira de olhos azuis. E estava com o botão do "foda-se" pronto pra ser acionado para quem achasse que aquilo era sentimentalismo barato. Tinha mesmo virado um sentimental de carteirinha e faria qualquer coisa por sua Melissa.

Se ela permitisse, é claro!

Passou direto pela Avenida Angélica, onde deveria entrar para chegar ao apartamento de tia Maria, e tomou uma decisão: iria para o seu apartamento. Aquele comportamento adolescente de continuar hospedado no apartamento da tia, porque queria ficar perto da namorada, estava indo longe demais. Ele e Melissa necessitavam de um mínimo de privacidade para discutirem assuntos importantes e delicados. Quem sabe assim ela contaria o que estava lhe acontecendo.

Por um momento, temeu que tivesse algo a ver com dona Susana Papadopoulos Aguiar. Sua mãe tinha passado dos limites com os olhares atravessados para Melissa e os suspiros exagerados quando eles chegavam juntos, enquanto Tamires esteve hospedada com os pais. Ele foi até mesmo obrigado a chamar a mãe num canto e passar-lhe um sermão por aquele comportamento infantil. É claro que ela se fez de coitada e ameaçou desatar em lágrimas. Rafael, para variar, teve que segurar as próprias lágrimas, ao mesmo tempo que abraçava a mãe, pedindo apenas que ela não voltasse a tratar Melissa daquele jeito. E ela deu indícios de que iria mudar, uma vez que ligou para ele hoje e convidou animadamente filho e nora para o almoço do domingo.

Os braços de Melissa apertaram o corpo de Rafael com mais força, de repente. A angústia cresceu dentro dele. Um pensamento sombrio invadiu sua cabeça: "Será que ela queria terminar o namoro e estava tomando coragem para isso?".

Acelerou a moto, sem se dar conta, fazendo a namorada agarrá-lo ainda mais. Diminuiu a velocidade em seguida.

Espere chegar ao seu apartamento pra pirar, Rafael!

Felizmente, menos de quinze minutos depois, estavam entrando na garagem do apartamento na Avenida Rio Branco. Precisava confessar que, desde que Danilo foi embora, começara a detestar aquele lugar. Cheirava a mofo, os vizinhos eram figuras estranhas, que se assemelhavam a vampiros, pois só saíam de casa à noite, e o piso de todo o imóvel parecia que descolaria a qualquer momento. Estava pensando seriamente em aceitar a oferta de seu pai e se mudar para o apartamento da família que estava vago no Pacaembu. Até que seria uma boa, pois ficaria perto de Melissa, já que o bairro era vizinho ao de tia Maria. O problema é que não gostava daquela ostentação toda: sair de um apartamento de trezentos mil reais e ir para um avaliado em três milhões, de trezentos metros quadrados.

– Por que viemos pra cá, Rafa? – Melissa falou assim que eles tiraram o capacete. E Rafael sentiu um aperto no peito ao notar que ela estava com os olhos vermelhos. Certamente, tinha chorando enquanto estava sobre a moto.

– Porque precisamos conversar, não precisamos? Tem alguma coisa acontecendo com você, e eu já estou ficando angustiado por não saber o que é, Mel.

Ele avançou um passo para lhe pegar pela cintura. Ela retrocedeu.

Ok, ele já podia se desesperar?

E ela começou a andar em direção ao elevador, abraçando-se.

Sim, ele já estava desesperado, quase a ponto de suplicar para ela não o abandonar, mesmo antes de ouvir a sentença final.

Subiram em silêncio no elevador. Quando Rafael abriu a porta do apartamento, seu coração estava tão disparado que suas mãos tremiam. Deu passagem para Melissa, que andou rápido até o meio da sala. Ele fechou a porta atrás de si, passando a língua pelos lábios.

– Certo. Vamos ver se conseguimos fazer isso da forma mais indolor possível, Melissa – ele começou a falar. – É o fim do nosso relacionamento, é isso? Mais uma vez, eu não passei pela prova dos três meses com uma garota.

Ela arregalou os olhos, que se encheram de lágrimas, fazendo-o cruzar os braços para não a puxar ao seu encontro.

– Você quer terminar comigo?

– Quem quer terminar comigo é você, não eu. – Pôs as mãos nos quadris. – Você está fugindo de mim de todas as formas possíveis desde que saímos do estúdio. Mal trocamos meia dúzia de palavras no restaurante. E nas vezes que tentei te tocar, você deu um jeito de se desvencilhar.

– Não! Eu não quero que a gente termine. Se você for embora, eu vou ficar sozinha, igual a minha mãe. Eu não quero passar por isso. Vai ser terrível. – Ela voltou a se abraçar e começou a chorar compulsivamente, apavorando para valer Rafael, que correu até ela.

– Oh, meu amor, você está me deixando confuso e muito preocupado. – Aninhou-a em seus braços. – Me conte o que está acontecendo. Se você não me falar o que está te afligindo, eu não posso te ajudar.

Melissa chorou mais, agarrada à jaqueta de Rafael. Ele se pôs a beijar-lhe os cabelos. Precisava acalmá-la de alguma forma. Então, buscou a voz mais serena que tinha dentro de si para falar:

— Confie em mim, Mel. Seja lá o que for, vamos tentar resolver juntos.

Ela saiu de seus braços, seus lábios tremiam muito. Levantou os olhos, e Rafael viu tanto medo refletindo neles que suas pernas bambearam. Então, Melissa soltou:

— Eu estou grávida.

— Ah, porra... — Ele correu as mãos pelos cabelos e deu um passo para trás, sentindo a cabeça leve.

Puta que pariu, ele ia desmaiar! Segurou-se no sofá, inspirando e expirando devagar. Seus pensamentos entraram em curto-circuito, ele não conseguia articular uma palavra.

— Você está bem, Rafa? — A voz delicada e o toque gentil de Melissa em seu ombro o retiraram do estado de choque, mas seu coração batia numa velocidade que deveria ser humanamente impossível.

— Grávida? Mas como, Melissa? Nós só fazemos sexo seguro. Somos tão cuidadosos...

Ela voltou a se afastar dele, prendendo uma mecha de cabelo atrás da orelha.

— Teve uma vez que fizemos uma loucura... no dia que você descobriu as fotos da sua irmã no espaço de artes... você falou que não tinha acontecido nada de mais grave...

— Caralho... — A falta de ar o atacou sem piedade. — Mas isso faz tanto tempo! Sua menstruação não vem desde aquela época?

Nada fazia sentido. Era como se tivessem lhe tirado o chão e ele não soubesse mais onde estava pisando.

— Só quando saímos do estúdio de gravação hoje eu me lembrei da data da minha última menstruação e... ela está atrasada há uns trinta dias. Com todos os acontecimentos recentes, eu me desliguei completamente do meu corpo. E também nunca tive ciclos regulados. Na verdade, sempre foram bagunçados e longos...

Rafael andava de um lado para o outro, sem poder controlar as mãos, que pareciam ter vida própria, correndo por seus cabelos.

— Você fez um teste de gravidez?

— Ainda não. Mas eu tenho certeza de que estou grávida. — Ela mordeu o lábio inferior, sem nunca o encarar. — Quando terminei de gravar a música, escutei minha mãe falando, com muita clareza, que tinha um bebê crescendo dentro de mim. Além disso, não posso negar que estou com todos os sintomas possíveis de gravidez: enjoos, tonturas, pressão baixa e meu corpo está diferente... como você mesmo notou... Mas depois de amanhã eu tenho consulta com o ginecologista no hospital onde trabalhei e farei o exame de sangue.

Ele olhou fixamente para ela, só então se deu conta de que não era apenas o corpo de Melissa que estava diferente. Toda ela estava mudada. O rosto estava mais redondo e... mais brilhante? Era como se ela estivesse envolta numa aura dourada, quase ofuscante. E mil vezes mais linda do que costumava ser. Como ele fora tão cego para todas essas mudanças?

— E você pretendia esconder isso de mim? Você acha que eu sou um moleque, Melissa?! — ele explodiu, sem conseguir controlar. — Você achou que eu ia fugir da minha responsabilidade de assumir meu filho? — Parou perto da porta, semicerrando os olhos.

— Não, claro que eu ia contar... Só estava tomando coragem... Eu estava com tanto medo. — Um soluço escapou por seus lábios. — Me desculpe, Rafael, eu não queria ter ficado grávida.

Em menos de um segundo, Rafael tinha Melissa nos braços novamente. Existia uma revolução assustadora dentro de si, mas nada o faria ficar longe de sua feiticeira, sobretudo quando ela estava tão fragilizada.

— Nunca mais peça desculpas por isso. — Segurou-lhe o queixo. — Se tem algum culpado aqui sou eu, que fui um irresponsável da porra.

— Na verdade, nós dois fomos irresponsáveis. Mas agora não adianta ficarmos procurando um culpado. — Ela arregalou os olhos e verbalizou o que não parava de passar pela cabeça do rapaz: — Nós vamos ter um bebê! Ai, meu Deus!

— Sim... Vamos ter um filho... Nosso filho... Caralho, acho que estou passando mal de novo. — A vista de Rafael embaralhou, de repente, fazendo-o balançar sobre os pés.

— Acho melhor sentarmos, amor. — Ela o conduziu até o sofá, e sentou-se ao seu lado. — O que vai ser da gente? Justo agora que eu estava começando a minha carreira na música... — Secou as lágrimas. — E sua família vai achar que sou uma golpista. Toda a mídia também achará. Já vejo a manchete: "A filha da retirante nordestina deu o golpe da barriga no filho do milionário".

— Pode parar, Melissa. Nós fizemos esse bebê juntos. E vamos passar por tudo isso JUNTOS. Além disso, eu quebro a cara do primeiro que te fizer essas acusações! — Cerrou os punhos.

— Mas essa é a realidade. Não importa o que façamos: você continuará sendo o filho do milionário, e eu a filha da retirante.

— E você acha que eu ligo pra essa porra toda? Eu quero você, Melissa, como você é. Com suas origens, suas cicatrizes e seus sonhos. Eu amo tudo o que você é, meu amor. Nada e nem ninguém vai mudar isso. E eu quero o nosso filho também.

Ela sorriu, com os olhos marejados. E ele lhe correspondeu, apesar dos lábios trêmulos. Ele ia ser pai. Nunca pensou que algum dia isso aconteceria em sua vida. Sempre morreu de medo de repetir a experiência do próprio pai. Mas, em menos de cinco minutos, sabia que queria aquele bebê mais do que qualquer coisa que já quis na vida.

— Nunca esteve nos meus planos ser pai, não vou mentir pra você — acabou confessando o que pensava. — Sempre temi que pudesse ser um péssimo pai, como o meu foi por quase uma vida toda. Mas... pode parecer estranho... eu já quero demais nosso filho.

Melissa lhe acariciou o rosto, olhando-o com um carinho que fez Rafael engolir em seco.

— É impossível você ser um péssimo pai, Rafa. Você é um homem maravilhoso. — Beijou-lhe delicadamente os lábios. — E eu, apesar de todo o medo que estou sentindo, também quero o nosso bebê. Eu jamais abriria mão dele.

— Nem eu, doçura. Mas quero que você não se esqueça de duas coisas: você não está sozinha nessa. E eu não sou como o seu pai. — Prendeu-lhe o rosto entre as mãos. — Promete que não vai se esquecer disso?

— Sim. — As lágrimas voltaram a cair, e Rafael a colocou no colo, a mão sobre seu ventre.

— Como você está se sentindo? — Ele mudou de assunto.

Ela abriu um sorriso tímido, que deixou o coração de Rafael pequenino. Mel achou mesmo que ele fugiria da responsabilidade de assumir o bebê?

— Estou morrendo de enjoo... e eu odeio o seu perfume.

Rafael deu uma gargalhada, uma alegria inesperada espalhou-se por seu interior.

— Pelo menos, você não me odeia.

— Ao contrário, eu te amo mais.

Os lábios se encontraram num beijo doce. O entendimento entre eles ainda era o mesmo, assim como o amor transbordando em seu peito por ela.

— Você já sente ele mexendo? — perguntou assim que as bocas se separaram.

Foi Melissa quem gargalhou, então.

— O bebê ainda é muito pequeno, amor. Pelas minhas contas, devo estar de umas oito ou nove semanas. Isso se... estiver tudo bem com ele... Existe a possibilidade de...

— Não continue! Ele estará ótimo. — Fez um carinho na barriga de Melissa. — Eu vou te acompanhar no médico sexta-feira.

— Você já saiu mais cedo e deixou o Danilo sozinho hoje. Não quero que se prejudique no trabalho.

— Você e meu filho vêm em primeiro lugar, meu amor. Eu vou remarcar os clientes.

Ela deitou no peito dele.

— Você acha que vamos ficar bem? Que saberemos criar esse bebê? Que vamos ficar fortes mesmo com os outros nos julgando? E vamos continuar perseguindo nossos objetivos profissionais depois que ele chegar?

— Bem que eu queria ter essas respostas, Mel. Mas no momento estou tão assustado quanto um pássaro que caiu do ninho. — Deslizou a mão pelos cabelos de Melissa. — Só quero que a gente faça um pacto.

— Que pacto? — Ela levantou a cabeça, fitando-o nos olhos.

— Vamos jurar que, não importam as turbulências que teremos que enfrentar daqui pra frente, nós continuaremos unidos e protegendo nosso filho.

— Eu juro.

Entrelaçaram as mãos, sobre o ventre de Melissa. Então, olharam-se, sorrindo. Não seria um período fácil, Rafael não tinha dúvida, mas estariam juntos, lutando pela nova família que formariam. E naquele momento, aquilo era tudo de que ele precisava para voltar a se sentir o cara mais afortunado da face da Terra.

25

Melissa esteve habituada a ouvir sons durante toda a sua vida. Não podia ser diferente para uma pessoa que nasceu amando música. Mas acreditava que já tivesse ouvido os mais lindos do mundo.

Ela se enganou.

O som mais lindo do mundo ela estava ouvindo naquele momento, enquanto Rafael segurava sua mão e os dois lutavam contra as lágrimas.

As batidas do coração de seu filho.

Um tum-tum ritmado, forte, cheio de vida.

O bebê era real e estava crescendo saudável dentro de seu ventre. Aquela certeza espalhou-se como uma onda quente por Melissa. Ela sabia que deveria estar apavorada, mas o medo estava dissolvido na maior felicidade que já experimentou algum dia.

Olhou para Rafael, que derramava as primeiras lágrimas, assim como ela. Levou a mão à bochecha do namorado e a secou. Seu amor não cansava de surpreendê-la desde que soube da gravidez. Ainda era difícil acreditar que não estivesse sonhando e que seu namorado aceitara o filho deles de forma tão amorosa. Não deveria se surpreender com isso, claro, afinal Rafael sempre demonstrou ter um coração bom e recheado de amor. Porém, a experiência de abandono vivida por Edilene era um fantasma que ainda perseguia Melissa.

— O coração do embrião está a cento e setenta e cinco batimentos por minutos. Uma ótima frequência para esta idade gestacional — o médico explicou, despertando Melissa de seus pensamentos.

— Eu não entendo nada sobre isso, doutor, mas posso garantir que os batimentos cardíacos do pai dele também estão nessa faixa — Rafael falou, com um sorriso de orelha a orelha.

O médico riu, sem interromper o exame.

Ela e Rafael chegaram ao hospital, em Ermelino Matarazzo, às dez e meia da manhã, depois de tomarem um táxi em frente ao prédio de dona Maria. Desde que soube da gravidez, Melissa não se sentia segura em cima da tal Preciosa. Principalmente, porque o enjoo duplicava assim que subia nela. E ficou muito aliviada quando o namorado lhe disse que também não gostava da ideia de ir de moto até o outro lado da cidade com Melissa grávida e passando mal.

Assim que o médico a examinou, constatou que seu útero estava aumentado e lhe pediu para fazer o ultrassom no segundo andar do hospital. No entanto, antes de chegar até ali, Melissa foi obrigada a passar pelo banheiro. Pelo jeito, puxaria à mãe. Edilene, segundo a própria lhe disse mais de uma vez, conseguiu vomitar durante os nove meses de gestação.

— Está tudo ótimo com o bebê de vocês — o médico voltou a falar. — A gestação está compatível com nove semanas e dois dias. Agora é só fazer o pré-natal direitinho e tomar as vitaminas, sem esquecer de se alimentar bem, é claro.

— Já dá pra saber se é menino ou menina, doutor?

Melissa foi obrigada a rir junto com o médico, dessa vez.

— Ele é muito pequeno, amor.

— Mas daqui a uns dois meses vocês já conseguem saber — o médico complementou.

A garota ficava encantada com aquele lado "menino" de Rafael. Talvez estivesse com o instinto materno já aflorado, mas, toda vez que ele fazia esse tipo de pergunta, ela tinha vontade de colocá-lo no colo e beijar-lhe sem parar. E teve que se policiar naqueles dois últimos dias para não extravasar tudo o que estava sentindo na frente de dona Maria. Não queria que sua patroa – que provavelmente seria ex tão logo soubesse da notícia bombástica – percebesse o que estava acontecendo antes da confirmação da gravidez.

Felizmente, tinham algum tempo antes de dar a "notícia bombástica" para a idosa, já que eles passariam no apartamento de Melissa na Cidade Tiradentes. Fazia dois meses que a garota não pisava por lá e tinha certeza de que sua mãe não concordaria com aquele abandono. Comprar o imóvel não foi nada fácil. Ao contrário, consumiu anos de trabalho para o pagamento das prestações até quitá-lo.

Caminhou para fora da sala, de mãos dadas com Rafael, assim que o médico concluiu o exame e ela se trocou.

– Essa foi a experiência mais surreal que já tive em toda a minha vida – Rafael desabafou. – Mas, caralho, como eu amei cada segundo!

– Você vai ter que maneirar esses palavrões quando o bebê chegar, espero que saiba disso. – Melissa semicerrou os olhos, mas não pôde conter uma pequena risada em seguida.

– Estou pensando em tomar algumas aulas de "finesse" com certa velhinha que nos uniu. – Ele deu um sorriso enviesado, puxando-a para o interior de seus braços.

– Ai, meu Deus, nem me fale da sua tia! Estou morrendo de medo da reação dela quando souber que estou grávida. – Melissa arregalou os olhos. – Ela vai matar você, e eu vou ser demitida por justa causa.

– Talvez fosse uma boa ideia nos escondermos no seu apartamento e só sairmos de lá quando o bebê nascer. – Beijou-lhe a ponta do nariz.

– Oxente, e você faz piada com uma coisa dessas?! – Ela se afastou, colocando as mãos na cintura.

Rafael deu uma gargalhada e a puxou novamente. Então, de súbito, ficou sério, exibindo o olhar intenso que dava borboletas, não apenas no estômago, mas em todo o corpo de Melissa.

— Eu tenho certeza de que vamos passar por um período difícil a partir de agora, eu não vou te enganar sobre isso, Mel. — Ele correu a língua pelos lábios. — Teremos que enfrentar o julgamento de muitas pessoas e talvez algumas delas se acharão no direito de escolher qual caminho devemos tomar em relação ao nosso filho. Além disso, também vamos ter que adaptar a nossa vida para as necessidades do bebê, porque se tem uma coisa que eu não quero é repetir a criação que meus pais deram para mim e para a Tamires. Eu quero ser um pai participativo e eu espero que você também seja uma mãe presente.

— Eu não conseguiria ser diferente, Rafa.

— Apesar de tudo isso — ele prosseguiu. —, eu quero que você saiba que estou muito feliz com o bebê, meu amor. Muito mesmo. — Pôs a mão sobre a barriga de Melissa. — Sinto que fui abençoado com o presente mais lindo que podia receber nesta vida.

Ela abriu um sorriso trêmulo.

— Também sinto a mesma coisa, amor. O bebê não foi planejado, mas isso não impede de eu sentir o maior amor do mundo por ele.

Rafael a abraçou forte.

— Faz alguns meses eu fiz uma tatuagem num cliente que queria homenagear a esposa e a filhinha. O nome dele era Brian, ainda me lembro. Ele falava das duas com tanta adoração, mas eu dei uma de duro na queda, deixando bem claro que aquela vida, de casamento e filhos, não era para mim. Mas quer saber... — Melissa percebeu que Rafael prendeu a respiração. Ela afastou-se de seu peito, fitando-o. — Secretamente, eu desejei cada uma dessas coisas, ainda que não acreditasse que fosse ter algum dia. E... não sei descrever o quanto eu te amo e já amo o nosso filho.

Melissa fechou os olhos, deixando as lágrimas rolarem. Em nenhum sonho romântico que ela teve, a realização era tão doce e perfeita. Mas, como gostava de dizer Edilene, quem poderia prever os caminhos que a vida escolheria para entregar a realização de nossos sonhos. Então, só restava a Melissa agradecer e torcer para que, mesmo em meio às possíveis turbulências futuras, a pequena família que ela e Rafael estavam formando continuasse firme e forte, unidas pelo amor.

— Bom, agora que eu já te fiz chorar, vou te encher de comida no restaurante do hospital, porque o médico falou que você deve se alimentar bem, você ouviu, né? — Ele prendeu-lhe o rosto, secando suas lágrimas.

Ela soltou uma risada.

— Melhor irmos direto para o meu apartamento, amor. Não sei se eu aguento comer. Vou colocar tudo pra fora.

— Se isso acontecer, a senhorita come de novo.

— Os papéis estão invertidos: a técnica em enfermagem aqui sou eu.

— Mas quem vai cuidar de você daqui pra frente serei eu, *sweetie*. — Deu-lhe uma piscadela, conduzindo-a até o elevador.

Melissa almoçou um prato descomunal de arroz, feijão e carne com batatas. Mas não colocou tudo para fora. Pelo contrário, teve vontade de repetir. E segurou-se a tempo de falar isso a Rafael. Não tinha dúvida de que o namorado lhe pegaria mais comida. E comer por dois, com certeza, não era o que o médico queria dizer com "se alimentar bem". No entanto, tão logo saíram do restaurante para pegar um táxi rumo à Cidade Tiradentes, o nervosismo começou a atacar a garota. Apresentar a vida que ela teve com a mãe desde criança para Rafael era muito especial, não tinha como ser diferente. Muitas coisas se passaram nos últimos meses, mas nada apagaria o que ela viveu antes de conhecer o rapaz e dona Maria. E como ela estava ansiosa para saber o que ele acharia dessa parte de sua história. Por mais que não fosse apegado a bens materiais, foi escolha de seu namorado abrir mão de tudo. Melissa só teve uma escolha na vida: lutar para ter qualquer coisa que quisesse.

O táxi os deixou em frente ao conjunto habitacional. Algumas crianças estavam por ali jogando bola; outras empinavam pipa. Algumas mães gritavam com seus filhos, chamando-os para que eles entrassem logo para almoçar. Dois bebês choravam em algum dos prédios. Tudo aquilo compunha um cenário tão familiar e, ao mesmo tempo, distante do que vivia hoje em dia que sentiu vontade de chorar novamente. Obrigou-se a reter as lágrimas.

Olhou para Rafael; ele sorriu, o sorriso escancarado que amolecia Melissa por inteira. Subiram, abraçados, para o andar onde ela morava. O constrangimento a invadiu assim que eles entraram na sala dois por dois metros. Seu apartamento conseguia ser menor do que o do namorado. E umas vinte vezes menor do que a mansão onde ele cresceu no Jardim Europa com os pais.

— Meu apartamento é um caixinha de sapato, não repare... mas fique à vontade... — As bochechas de Melissa esquentaram.

Rafael deu um passo para frente, aproximando-se do rack, onde havia três porta-retratos exibindo fotos de Melissa e Edilene juntas. As fotos foram tiradas em viagens que fizeram para a Bahia.

— Eu vivi quase toda a minha vida numa casa gigantesca, mas sempre faltou o essencial. E, em apenas alguns segundos em sua sala, eu já percebi que você tinha isso de sobra. — Ele pegou um dos porta-retratos. Abriu um sorriso, sem deixar de fitar a imagem de mãe e filha fazendo careta uma para a outra. — Você sempre teve amor, Mel. Você foi mais afortunada do que eu.

Os olhos da garota se encheram de lágrimas e ela se atirou nos braços de Rafael, que a aconchegou, beijando-lhe os cabelos. Ficaram assim alguns segundos, então Melissa se afastou, pegando o porta-retratos da mão dele. Apontou para a imagem da mulher de cabelos pretos cacheados e cheios, que alcançavam os ombros.

— Esta é minha mainha, a Edilene. — Olhou para a foto, sorrindo. — Mainha, este é o Rafa, o meu amor.

— Prazer, dona Edilene. Espero que a senhora não esteja muito brava comigo, mas juro que vou me casar com a sua filha.

Melissa viu o mundo girar à sua frente, mas disfarçou rapidamente, enquanto colocava o porta-retratos no lugar. Naqueles dois dias, Rafael não falou nada sobre casamento. E durante todo esse tempo ela ansiou para que ele falasse. Podia ser um desejo estranho, pois nenhuma mulher gostaria que um homem a pedisse em casamento por achar ser a coisa certa a fazer depois de engravidá-la, mas a garota sabia que se Rafael fizesse aquele pedido seria por ela também, não apenas pelo bebê.

Aquele não era o lugar, nem o momento certo, para "pedidos" tão importantes, contudo. Assim, Melissa puxou Rafael pela mão e disse:

– Agora venha que eu quero te mostrar o resto da casa... que você vai conhecer em uns trinta segundos, mas tudo bem.

Mostrou a cozinha, a lavanderia, o banheiro e o quarto da mãe. Não deu meio minuto, mas foi quase isso, tamanha era a agilidade com que Melissa apresentou os cômodos. O problema era que não conseguia conter a ansiedade para levá-lo até o cômodo mais importante do apartamento para ela: seu quarto, o lugar onde passou a maior parte de seus dias, sonhando com uma vida diferente e... sim, admitia, com um homem especial.

Ao chegar à porta branca e girar a maçaneta, o coração de Melissa estava tão disparado que ela temeu que aquilo pudesse fazer mal para o bebê. E tinha noção de que sua voz saiu rouca ao falar, após dar passagem para Rafael e conferir se a colcha lilás e as almofadas estavam bem arrumadas sobre a cama:

– E este é meu quarto.

– Então, era aqui que a minha pequena feiticeira se escondia?

– Sim... literalmente – falou, rindo e sentindo o rosto quente de novo.

– Ele combina com você, meu amor. É delicado e cheio de charme. – Rafael a fitou com ternura. Em seguida, olhou para o quadro, acima da cama, e arregalou os olhos.

– Onde você conseguiu este quadro?

– Ganhei de uma tia minha quando tinha uns seis anos, por quê?

– Eu tenho um idêntico a esse. Está em um dos cômodos da casa dos meus pais, eu acho. Foi um presente da minha babá quando eu era criança.

Ah, meu Deus, aquela coincidência era demais para ela! Qual era a probabilidade de encontrar alguém que tivesse um quadro antigo, com um menininho deixando uma trilha de cenouras enquanto dois filhotinhos de coelhos o seguiam? Mais ainda: qual a probabilidade do amor de sua vida ter esse mesmo quadro?

Dessa vez, Melissa não conseguiu estabilizar o mundo que girava, fazendo Rafael correr até ela.

– Ah, como eu odeio essas tonturas. – Ela repousou a cabeça no peito do namorado.

– Foram muitas emoções para um dia só, doçura. Vem aqui. – Ele a conduziu até a cama, fazendo-a se reclinar sobre as almofadas, e sentou-se ao seu lado. – Você ainda está com muito enjoo? – Colocou-lhe uma mecha de cabelo atrás da orelha.

– Depois que eu almocei melhorou.

Rafael levantou a blusa de Melissa e deu um beijo logo abaixo de seu umbigo.

– E o bebê do papai, como está?

Melissa sorriu, sentindo a alegria transbordar dentro do coração, que voltara a acelerar. Era a segunda vez que Rafael falava com o bebê. A primeira foi de manhã, quando se encontraram no corredor do apartamento de dona Maria. Depois de lhe dar um beijo, o namorado olhou para os dois lados, para se certificar de que nem Vanda nem dona Maria estavam por perto, então se agachou e sussurrou perto de sua barriga: "Bom dia, bebezinho".

– Você não vai dar muito trabalho pra sua mãe, nem deixar seu pai com os cabelos brancos antes da hora, não é? – ele recomeçou a falar, despertando Melissa das lembranças.

– Minha mãe dizia que eu fui uma criança supertranquila, não dava trabalho nenhum.

– Não posso dizer o mesmo de mim... Deixava a Nani, minha babá, de cabelos em pé.

Rafael deitou sobre sua barriga, e Melissa começou a fazer carinho em seus cabelos, rindo. Então, olhou ao seu redor. Reparou nas paredes rosas, no guarda-roupa branco, com os puxadores descascados, e na janela minúscula, que dava para o estacionamento. As lágrimas queriam retornar. Era inevitável o pensamento de que vivera trancada naquele quarto, sozinha, por tantos anos, mas que agora estava de volta com seus dois amores: Rafael e seu bebê.

Em vez de chorar, entretanto, ela puxou Rafael e buscou seus lábios. Ele correspondeu imediatamente ao beijo, de uma forma que era só dele: uma combinação perfeita de rusticidade e doçura. E ela constatou que a cada instante ficava mais delicioso beijar aquele homem. Por isso, não pôde controlar o tremor por todo o corpo quando ele a segurou pelo rosto e aprofundou o beijo.

Porém, um barulho estridente interrompeu abruptamente o contato.

— Campainha?

— Deve ser a minha amiga Denise. Eu liguei pra ela avisando que viria aqui hoje — Melissa explicou, enquanto Rafael a ajudava a se levantar da cama e caminhavam rápido até a sala.

— Não acredito que você ficou dois meses sem vir aqui, sua amiga desnaturada! — Denise despejou antes mesmo de Melissa abrir toda a porta.

— Não brigue comigo, Dê, estou morrendo de saudade de você. — As duas se jogaram uma nos braços da outra, permanecendo abraçadas por vários segundos.

— Oh... — Denise falou, assim que se separaram, olhando para Rafael, sem disfarçar a admiração.

— Este é o Rafael, meu namorado.

— É um prazer, Denise. — Rafael estendeu a mão, sorrindo. — Acho que sou o culpado pelo sumiço da sua amiga.

A boca e os olhos de Denise estavam tão escancarados, ao cumprimentar Rafael, que Melissa teve que disfarçar uma risada.

— Doçura, vi um estúdio de tatuagem na avenida principal e vou até lá trocar umas ideias com o dono, assim vocês ficam mais à vontade, ok? — ele informou, fitando-a com o olhar de ternura que deixaria as pernas de Melissa moles como gelatina sempre, ela não tinha dúvida disso.

– Tá bem, amor. – Deram um selinho.

– Minha nossa, Melzinha, você ganhou na Mega-Sena com esse homem! – Denise falou tão logo Rafael fechou a porta atrás de si.

– Ganhei mesmo, amiga. – Ela riu. – Mas agora feche a boca e vamos sentar, porque tenho uma coisa importante pra te contar.

– Não me diga que o boy magia te pediu em casamento?

Melissa soltou outra gargalhada. Como conseguira ficar tanto tempo falando apenas pelo telefone com sua amiga maluquinha predileta?

– Não... mas acho que a notícia que tenho pra dar vai te chocar ainda mais.

Denise apertou os olhos, examinando a amiga de alto a baixo. Então, o olhar recaiu sobre seus seios, que Melissa tinha total noção de que já estavam imensos. Ela levou as duas mãos ao peito.

– Não me diga que você... Melzinha, você...

– Sim, estou grávida.

– Oh... meu Jesus, você vai repetir a história da sua mãe! – Tapou a boca quando percebeu que a amiga se encolhia no sofá. – Desculpe, eu não quis dizer isso. Mas eu estou chocada, Melissa. Quando eu te aconselhei a curtir a vida e viver por mim, não era bem nisso que eu estava pensando...

– Eu sei, Dê. – Suspirou, colocando os cabelos atrás das orelhas. – Além do exemplo da minha mãe, eu tinha o seu e o do Cleyton, que engravidou a moça que mal conhecia... E... o que vou dizer será a coisa mais clichê do mundo, mas foi um acidente. Eu e Rafael fizemos uma grande loucura faz dois meses e acabou acontecendo...

– E a sua patroa, a tia do Rafael, como ela reagiu?

– Ainda não contamos a ela. – Melissa encarou as mãos sobre o colo. – Acabamos de vir do médico e ver o bebê no ultrassom.

– E o boy, vai assumir o bebê?

Mesmo com toda a angústia, devido à reação da amiga, Melissa não pôde conter o sorriso.

— O *boy* vai assumir sim. Meu Rafael é um homem com H maiúsculo. Ele é a melhor coisa que aconteceu em toda a minha vida.

— Eu fico feliz, Mel, mas não querendo te assustar, isso não vai tornar as coisas mais fáceis, falo por experiência própria. — Apertou a mão de Melissa. — Filho dá muito trabalho. Eu também engravidei "por acidente" e você sabe tudo o que passei.

— Na verdade, eu só tenho dois medos, amiga: da reação da família do Rafael e da minha carreira como cantora ir pro brejo antes mesmo de começar pra valer. — Desviou os olhos dos de Denise. — Mas eu me sinto tão egoísta por esses medos... é como se eu estivesse rejeitando o meu bebê.

Aquele assunto estava martelando na cabeça de Melissa há dois dias. Sobretudo, a preocupação quanto à sua carreira. Sentia-se aliviada por ter alguém com quem desabafar. Morria de medo de Rafael achar que ela era uma mulher fria, que só pensava na própria carreira. Porém, era inevitável temer por algo que jamais ousou sonhar, mas que começava finalmente a acontecer em sua vida... e talvez fosse interrompido antes de se realizar por completo.

— Não fale isso. — Denise abriu um sorriso tranquilizador. — Você não está rejeitando coisa nenhuma. Esses são medos absolutamente normais. Eu também senti isso e, infelizmente, acabei abandonando todos os meus sonhos, inclusive o emprego que tinha na época. Mas, se eu pudesse voltar no tempo, eu teria feito diferente, Mel. Além disso, você terá o apoio de gente muito rica. Vai ser mais fácil... Bem ao contrário de mim, que fui obrigada a me casar com o traste do Fábio, que nem um bom pai ou marido deu.

— Pelo menos, você não ficou com fama de golpista, como eu vou ficar.

— E você liga pra isso? Mande todos à merda e foque em você, no seu filho e no seu namorado. Agora eu entendo que a gente tem que pegar as rédeas da própria vida antes que ela chegue ao fim e não sobre nem tempo para se arrepender.

— O problema é que eu ia começar a cantar no bar da amiga da dona Maria uma vez por semana e agora já era. — Melissa suspirou.

— Será que a mulher não vai permitir que você cante por que está grávida? Se você estiver se sentindo bem, não vejo por que não pode cantar. É um trabalho como qualquer outro.

Melissa abriu muito os olhos, encarando a amiga como se a visse pela primeira vez.

— É mesmo minha amiga Denise quem está aqui, falando comigo, assim, cheia de atitude?

— Eu mudei bastante nas últimas semanas, depois do que aconteceu, Melzinha.

— Como assim, amiga?

Denise tirou os cachos da frente dos olhos, mordendo o lábio inferior.

— Eu peguei o Fábio na minha cama com outra mulher quando voltei de uma visita à casa da minha mãe.

— Ai, meu Deus!

— Pois é, e o Caio estava junto comigo.

— Ah, não... — Melissa colocou a mão sobre a boca.

— Você tinha razão: eu estava acomodada numa relação doentia. A grande culpada era eu, não ele. Eu tinha culpa por não ter um pingo de amor próprio e permitir que o Fábio me desrespeitasse pelos últimos seis anos. E pior ainda, ensinasse valores deturpados para o meu filho.

— Infelizmente, tenho que te dar razão, amiga. — Melissa segurou as mãos de Denise entre as suas. — Você não aceitava sair da sua zona de conforto de jeito algum. Eu também fiquei presa à minha por muitos anos. Mas não estava me prejudicando tanto e nem prejudicando quem eu amo, como acontecia com você.

— Sim. Por isso, faz quarenta e cinco dias que o Fábio não mora mais comigo. E já entrei com o pedido de divórcio.

— Oxente, sua maluca, e por que você não me contou nada nas vezes em que te liguei? Você só dizia que estava na correria, mas que tudo ia bem...

— Eu queria contar pessoalmente, Mel. Não dá pra falar essas coisas por telefone. Além do mais, certa amiga minha só pensava no boy tatuado dela.

Melissa deu um sorriso sem graça.

— Desculpe, Dê. Estou me sentindo horrível por ter passado tanto tempo longe daqui.

— Não tem problema. Agora eu estou bem. E minha vida mudou muito, Melzinha. Eu estou trabalhando numa empresa de confecção, como costureira. Não ganho muito, mas estou feliz porque realizei um sonho antigo. A única parte ruim é que o Caio fica na escola a maior parte do tempo... Bom, pelo menos, eu não precisei voltar pra casa da minha mãe... Você sabe que não daria certo morar de novo sob o mesmo teto que meu padrasto, né? E estou conseguindo pagar o aluguel direitinho. O Fábio também depositou a última pensão, depois que viu que nós não voltaríamos mesmo.

— Ainda estou um pouco brava por você ter guardado todos esses segredos de mim e também com vergonha de ter sumido, mas... Oh, minha amiga, como estou orgulhosa de você! — Abraçou Denise, que retribuiu.

— Foi muito duro tomar essa decisão, Mel. — Afastou-se. — Mas eu estava morrendo aos poucos. Não tinha mais sonhos. Não tinha mais nenhum contato comigo mesma. Não tinha mais uma identidade! Eu não passava de uma folha balançando para o lado que o vento mandasse... No caso, atendendo todos os desejos do Fábio e aceitando tudo o que ele me fazia, apenas por medo de ficar sozinha no mundo com um filho. Hoje, sei que sou forte, como sua mãe foi, e posso criar meu filho sozinha e correr atrás dos meus objetivos profissionais.

— Mainha ficaria muito feliz se soubesse disso. Ela sempre me disse que morria de agonia por você não ter atitude e não mandar o Fábio embora a pontapés.

Denise riu.

— Pois se dona Edilene estivesse viva iria adorar saber que foi isso mesmo que eu fiz quando o peguei com a vadia. Joguei todas as roupas dele pela janela e fui socando o traste até o estacionamento do prédio.

Melissa não conseguiu conter as gargalhadas, enquanto sentia o maior orgulho do mundo derramar-se por todo o seu interior. Podia ser pessimismo, ou falta de confiança, mas ela havia perdido a esperança de que Denise algum dia mudaria e tomaria as rédeas da própria vida. Como era maravilhoso constatar que as pessoas conseguiam mudar, sim; bastava apenas ter força de vontade e superar os medos.

O ruim era quando mudavam para pior...

Será que esse era o caso dela?

— Parece que as coisas se inverteram, Dê... Agora sou eu que me meti num problemão e estou com a vida toda bagunçada. — Passou a língua pelos lábios.

— Vamos tentar ver as coisas pelo lado bom, Melzinha, como sua mainha mesmo gostava de nos mostrar. — Denise fez um carinho nos cabelos de Melissa. — Eu acho, amiga, que essa é a chance de você mostrar pra mim e pra sua mãe também, porque tenho certeza de que ela está olhando você de onde estiver, que pode viver uma história diferente da nossa. Não desista dos seus sonhos, mesmo com a chegada do bebê. E, principalmente, não desista de quem você é. Um filho é a coisa mais especial que pode acontecer na vida de uma mulher. Mas eles crescem, Mel. E algum dia eles irão embora de casa, assim como nós fomos. E o que sobrará de nós? Restos de sonhos que nunca foram realizados? Apenas a identidade de mãe? Eu sei que acordei a tempo e hoje consigo conciliar a maternidade e a vida profissional. Mas muitas de nós ainda estão adormecidas, digamos assim. Então, faça diferente por essas mulheres. Assim como eu aprendi a fazer. Seja mãe, sem nunca deixar de ser a Melissa de Oliveira.

— Você amadureceu tanto, Dê. Está me fazendo chorar. — As lágrimas não paravam de cair.

– Afe, toda grávida é chorona, imagine a dona Melissa de Oliveira, que é chorona por natureza. – Revirou os olhos, rindo.

– Sua chata. – Deu um tapinha no braço de Denise.

– Mas agora chega de desabafos e chororôs e me conte: como você está se sentindo esperando um filho do "rico bem metido a besta".

Melissa soltou uma gargalhada, enquanto limpava as lágrimas, se lembrando de que foi exatamente assim que descreveu Rafael para a amiga antes de conhecê-lo.

– O Rafael é o melhor homem que já conheci em toda a minha vida, Dê. E eu o amo tanto que chega a doer meu peito... Com certeza, não poderia existir um pai mais maravilhoso para o meu filho.

– E ele te olha com tanta adoração! – Denise suspirou. – Você acertou mesmo na Mega-Sena... e acumulada!

– Mas é uma maluquinha mesmo. – Melissa deu um empurrão na amiga. – Você sabe que vai ser a madrinha do bebê, né?

– Claro que sei! E ai de você se não me escolhesse. – Fez um carinho na barriga de Melissa, sorrindo.

– Será que tudo vai dar certo, Dê? Estou com tanto medo!

– Vai ficar tudo bem, Melzinha. No final das contas, você está muito melhor do que esteve aqui, a vida toda sem perspectivas reais. Pelo menos, agora você está seguindo o seu destino, já está até terminando de gravar um CD! Mas essa minha amiga é muito chique! – Voltou a mexer nos cabelos de Melissa. – Era um pecado você continuar guardando todo o seu talento, como fazia. Além disso, você encontrou o seu amor. Eu sei que bem aí, escondidinho, você sempre foi uma romântica. Você continuará sendo feliz, Mel. Nós duas continuaremos felizes agora que nos encontramos. A vida não dá as coisas do jeito que a gente imagina, mas nunca nos deixa desamparados quando precisamos.

– Você está falando como a dona Maria.

– Falando na sua patroa, você já pensou como vai dar essa notícia pra ela?

De repente, Melissa sentiu o enjoo voltar com força total. Rafael tinha razão, eram muitas emoções para um único dia.

– Não quero nem pensar agora... porque acho que neste momento eu preciso mesmo é... vomitar. – Levantou-se rapidamente. – Ai, meu Deus, como eu odeio esses sintomas de gravidez!

– E é só o começo, Melzinha, desculpe te dizer isso! – Denise gritou, ao mesmo tempo que Melissa corria para o banheiro, sem nunca tirar da cabeça a imagem da idosa excêntrica e elegante a quem chamava de patroa há... apenas quatro meses!

26

— Como assim, vocês vão ter um bebê?

Rafael estava sentado ao lado de Melissa, os dois de cabeça baixa, como se fossem duas crianças à espera do castigo após cometerem uma travessura, no sofá do apartamento de tia Maria. Saíram da Cidade Tiradentes por volta das quatro da tarde, depois de enrolarem o máximo que podiam no apartamento de Melissa, e fizeram todo o trajeto dentro do táxi de mãos dadas, se olhando a cada cinco minutos, reacendendo a pânico — o que era ridículo, já que ele e a namorada eram adultos e donos dos próprios narizes.

Naquele momento, contudo, o pânico era totalmente justificado. Tia Maria os olhava idêntica a uma leoa enjaulada, pronta para dar o bote, assim que as grades fossem abertas. Nem parecia a velhinha doce que os recebeu com um sorriso de puro amor logo que eles chegaram e disseram que precisavam lhe contar algo importante.

— Nem vou perguntar onde está o juízo de vocês, porque parece óbvio que os dois o perderam completamente! E não ousem me falar que foi um acidente! — Ela levantou o dedo, impedindo Rafael de falar algo bem parecido. — Estamos em plena era da informação e os dois sabiam muito bem o que podia acarretar o sexo sem proteção. E eu nem preciso de detalhes para saber que foi isso que fizeram.

— Ok, tia, a senhora tem razão, não temos desculpas. — Rafael resolveu encarar a fera. Se não por ele, por Melissa, que o estava assustando de tanto que tremia ao seu lado. – Mas agora já está feito e eu vou assumir o meu filho, não se preocupe. A senhora me conhece o suficiente para saber que eu não fugiria às minhas responsabilidades.

– É o mínimo que eu espero de você, rapazinho. – Ajeitou os cabelos, mais séria do que nunca. – Ainda assim, isso não tira a gravidade da situação. Filho não é um boneco que a gente dá corda. É um ser humano e é para sempre. Sei que estou falando tudo o que vocês já sabem, ou deveriam saber, mas começar uma família depois de três meses de namoro é a coisa mais irresponsável que já fizeram.

– Eu amo a Melissa, tia. Três meses ou três décadas não vão fazer diferença, porque eu sei que vou continuar amando minha feiticeira do mesmo jeito. Na verdade, sinto que vou amar a Mel ainda mais conforme o tempo for passando. – A namorada o fitou, dando um sorriso tímido, que lhe fechou a garganta. Faria qualquer coisa por aquela mulher, até mesmo peitar a própria tia. – E amo meu filho também. A quantidade de tempo que estamos juntos não interfere em nada.

– São lindas palavras, Rafael. E eu percebi desde o primeiro instante que vocês se conheceram a ligação fortíssima entre os dois. Está claro para mim que vocês são um desses casais predestinados... quem sabe até o amor de vocês não vem de outra vida. Sou mais prática do que romântica, mas me parece evidente que uma ligação tão forte e instantânea quanto a de vocês não é uma coisa "recente"... Enfim, o caso aqui é que a Melissa acabou de passar por um processo doloroso de perda da mãe e estava começando a se encontrar profissionalmente, com a minha ajuda. E quanto a você? Bem agora que você se entendeu com seus pais e com sua irmã, você acha que eles vão ficar saltitantes com essa notícia? Você conhece muito bem a cabeça fechada do Plínio e os preconceitos de classes sociais da sua mãe. Não posso evitar temer por isso e pensar que as coisas poderiam ser feitas de outra maneira, vivendo uma etapa por vez no relacionamento de vocês. Principalmente, agora que seu pai estava tão empenhado em se envolver nos seus projetos sociais...

Rafael sentiu um choque violento na boca do estômago. Do que sua tia estava falando? O pai envolvido nos projetos sociais que ele tocava com Cristiano era sonhar além da conta.

– Como a senhora sabe disso, tia? Desde que nos reconciliamos, meu pai nunca comentou nada sobre os projetos que toco no espaço de artes.

– Isso não vem ao caso agora, meu caro. Ele vai falar no momento certo, porque quer te fazer uma surpresa. Nem sei por que abri a minha boca.

– Ah, porra, agora a senhora me deixou curioso! – Passou a mão pelos cabelos.

– Rafael, me respeite! Já não basta o que você aprontou, não?

– Não fique bravo com ele, dona Maria. – A voz delicada de Melissa interrompeu o silêncio tenso que acabara de se instalar. – Eu sou tão culpada quanto o Rafael. A senhora confiou em mim e eu... abusei da confiança. O que eu fiz foi imperdoável...

– Não posso dizer que estou morrendo de alegria por seu comportamento, Melissa. – A namorada se encolheu, fazendo Rafael a puxar de encontro a si, abraçando-a. – Mas eu não posso julgá-la pelo que faz na sua vida pessoal. Você sempre foi a melhor secretária que eu podia ter e uma amiga inestimável. – E finalmente o sorriso amoroso retornou ao rosto da tia. – Mais do que isso, criança. Você é como uma filha para mim, por isso estou tão brava com tudo isso. É exatamente assim que eu a amo, como a filha que nunca tive.

Melissa repentinamente começou a chorar, soluçando, com a cabeça contra o peito de Rafael, agarrando sua camiseta.

– Não chore, meu amor. – Rafael beijou-lhe os cabelos, sem deixar de encarar a tia, tentando dizer-lhe com o olhar que aquele não era o momento de fazer declarações bombásticas como aquela... por mais que ele também tivesse se derretido com elas.

– Pare de chorar, minha querida. Eu pensei que era óbvio o quanto te quero bem. – Tia Maria se aproximou, tirando Melissa dos braços de Rafael e lhe abraçando carinhosamente. – Espero que não tenha pensado que eu fosse expulsá-la da minha casa.

– Foi isso mesmo que eu pensei... – Melissa falou num soluço abafado, arrancando risadas de Rafael e da tia.

– Eu tenho esse jeitão meio bravo, às vezes, mas eu só mordo o Rafael. – Acarinhou os cabelos da garota.

– A senhora é muito engraçadinha, né? – Mas ele não pôde disfarçar o sorriso.

– Vou contar uma parte da minha história para vocês, que poucas pessoas conhecem. – Separou-se de Melissa, que voltou para os braços de Rafael, e passou a exibir uma expressão melancólica. – Não ter um filho é uma cruz que me acompanhou durante quase toda a minha vida. Eu me casei muito nova pela primeira vez, tinha dezoito anos. Heitor era um fazendeiro próspero de Minas Gerais. Nos conhecemos quando ele se hospedou no hotel que papai tinha na Praça de República. Naquela época, eu estava tão desesperada com os desmandos de papai que faria qualquer coisa para sair daquela agonia. E Heitor se mostrou uma excelente oportunidade, principalmente porque era um homem de muita atitude e me tratava como uma princesa. Então, não pensei duas vezes quando ele pediu a minha mão. Nos casamos e fomos morar em sua fazenda no interior de Minas. O começo do casamento, apesar da minha inexperiência, foi às mil maravilhas. Os problemas mesmo surgiram quando eu não consegui dar um filho para Heitor. – Ela fixou o olhar num ponto distante à sua frente. – Sofri todos os maus-tratos que vocês podem imaginar. E eu me divorciei, seis anos depois, com a certeza de que era tão oca quanto uma árvore seca, por não poder gerar uma vida.

– Oh, tia... – Rafael procurou a mão da idosa, sentindo a garganta se apertar novamente. Tia Maria sempre passou a imagem de uma mulher inabalável e decidida. Até mesmo quando Alfredo, com quem ela teve uma união muito amorosa, morreu. Era difícil vê-la exibindo tanta fragilidade.

– Bom, eu saí desse casamento destruída e parti para a Europa, mesmo contra a vontade de papai. Lá conheci o Peter, um inglês muito charmoso, cujos quadros estavam nas paredes dos mais destacados políticos e celebridades da época. Porém, ao contrário de Heitor, Peter não queria ter filhos. Ele era um homem centrado no próprio umbigo, para resumo da história. E demorei quase oito anos para entender isso. Tudo era para ele, por ele e pensando nele. Voltei ao Brasil, aos trinta e três anos, com uma bagagem profissional enorme. Mas o sentimento de que era uma pária para a sociedade, por não ter filhos, só aumentava. Eram tempos em que a maternidade era muito cobrada das mulheres. Por outro lado, lá no íntimo, eu temia ser mãe. Talvez por causa da experiência que tive com a minha própria mãe, que Deus a tenha num bom lugar.

Mamãe era a mulher mais apática que poderia existir. Ela era uma marionete nas mãos de papai. Qualquer coisa que ele a mandasse fazer comigo e com o Plínio, ela fazia. Às vezes, até nos trancava na adega de um dos primeiros hotéis, apenas porque o senhor Antônio não queria ouvir a algazarra das crianças. Nunca nos fez um carinho e muito menos nos disse palavras amorosas. Demorei muito para superar todos os meus traumas e ir atrás para descobrir se o problema, por não gerar uma criança, era meu. Foi quando os médicos constataram o mioma que já estava tomando todo o meu útero, causando as várias hemorragias que estavam debilitando a minha saúde. Foi quando também conheci Alfredo. Mas já era tarde demais para conceber um bebê do meu grande e verdadeiro amor. — Olhou para as mãos cruzadas sobre o colo. — E tarde também para adotarmos, pois Alfredo já estava com a idade bem avançada. É por isso, sobretudo, que fiquei muito nervosa quando vocês me contaram sobre a gravidez. Lembrei da minha história, dos meus traumas... e também da minha inabilidade de vencer meus temores.

— E por que a senhora nunca nos contou nada disso, tia? — Rafael perguntou, engolindo em seco repetidas vezes, enquanto Melissa enxugava as lágrimas.

— Essas são coisas que não espalhamos por aí, meu querido. Mas não deixam de ser dores e recordações que carregamos vida afora. — Deu um sorriso triste, fazendo Rafael tomá-la nos braços.

— A senhora é uma das mulheres mais incríveis que eu já conheci e sempre foi como uma mãe pra mim. — Ele beijou-lhe a testa. — Te amo muito, tia. E não tenho dúvida de que a senhora será a melhor tia-avó do mundo.

Tia Maria retribuiu o abraço e sussurrou, um pouco tímida:

— Também te amo, meu sobrinho. — Beijou-lhe suavemente o rosto. — Mas agora pare de me apertar, porque ainda não processei o que você fez.

Rafael separou-se dela, rindo, e voltou a se sentar ao lado de Melissa.

— Eu só peço que tenham paciência comigo — a tia tornou a falar, secando discretamente as lágrimas. — Eu preciso de um pouco de tempo para digerir tudo isso. E pensar também no que faremos daqui para frente.

— Sem querer desrespeitá-la, tia, mas acho que decidir o que fazer daqui pra frente só cabe a mim e a Melissa.

— Entendo, meu sobrinho. — Tia Maria fez um de seus trejeitos engraçados com os lábios. — A única coisa que eu não quero é que os dois inventem de se casar às pressas. Casar de qualquer jeito, sem planejamento e reflexão, porque "pegou barriga" é do tempo da minha mãe, por favor. Melissa continuará morando comigo, eu continuarei a ajudá-la com a carreira de cantora e o senhor vai lá para o apartamento do Pacaembu, que seu pai me falou muito bem que está à sua espera. Assim você pode ficar mais perto de sua "feiticeira", como você gosta de dizer.

A contestação ficou na ponta da língua de Rafael. Contudo, ele engoliu as palavras. Tia Maria realmente parecia abalada com a gravidez de Melissa. Não queria arrumar briga com ela naquele momento. Na realidade, não queria arrumar nunca, pois a dívida de gratidão que tinha com a tia era imensa. Graças a ela, saíra do alcoolismo e encontrara um rumo em sua vida. Além disso, ela havia acolhido Melissa como uma filha e estava empenhada em fazer a carreira musical da namorada decolar.

Precisava apenas fazer cessar aquela angústia em ter que esperar para ter sua feiticeira de olhos azuis e seu filho sob o mesmo teto. Mas, num aspecto, tia Maria tinha razão. Não queria fazer nada às pressas, de qualquer jeito. Sua Melissa merecia algo especial. Mesmo que ela o estivesse encarando, naquele instante, com os olhos tão tristes como se acreditasse que ele não pretendia mais levar a ideia de casamento adiante.

Quando a tia se encaminhou para o corredor, em direção aos quartos, em uma de suas saídas intempestivas, ele segurou o queixo de Melissa, olhando intensamente para dentro dos olhos da namorada. Tinha que tranquilizá-la, apagar aquela insegurança e fazê-la confiar que ele nunca a faria sofrer.

– Ninguém vai me separar de você e do nosso filho, meu amor, nunca duvide disso.

– Você promete que vem nos ver sempre que puder? – Os olhos de Melissa se encheram de lágrimas, causando um aperto sufocante no peito de Rafael.

– Eu virei todos os dias, nem que para isso eu tenha que deixar algum compromisso de lado.

– Não quero que você faça isso, Rafa. Você tem o estúdio, os projetos no espaço de artes, o jiu-jitsu... sei o quanto sua agenda é apertada. Só... tenho... medo de viver a experiência da minha mãe... é mais forte do que eu. – Desviou o olhar.

Ele prendeu-lhe o rosto, beijando-a suavemente nos lábios.

– Você só viveria essa experiência se me expulsasse da sua vida, Melissa. Ainda assim, eu daria um jeito de te convencer que você não consegue viver sem mim.

Ela começou a rir, a risada que ele tanto amava e morria de medo de não escutar mais.

– Talvez você pudesse tentar me convencer agora mesmo... Quem sabe, me dando um daqueles seus beijos que deixam todo o meu corpo mole igual à gelatina.

— E quem garante que você vai se convencer com apenas um? — Ele a puxou para o colo, num movimento rápido, fazendo-a soltar um gritinho. — Quando eu terminar de te beijar, posso garantir que você vai me querer, no mínimo, pelo resto da sua vida.

— Oxente, que homem meti...

As palavras foram interrompidas pelos lábios de Rafael, que capturou a boca de Melissa num beijo ansioso. Ele queria apenas mostrar que a necessidade dela, sua linda feiticeira, a mulher que o ensinou tanto sobre si mesmo, só aumentava. E enquanto sua língua provava daquele gosto tão doce, que o elevava a uma plenitude viciante, e ele a segurava pela nuca, o rapaz só conseguia pensar que não demoraria muito para acordar todos os dias de sua vida olhando para aquele lindo rosto e beijando aquela boca maravilhosa que parecia ter sido feita para se encaixar com perfeição na dele.

27

A reação de dona Maria ao anúncio da gravidez foi a esperada, uma vez que, apesar de toda placidez e amabilidade da idosa, ela sempre demonstrou ter personalidade forte. Porém, o que Melissa não esperava era descobrir uma mulher com a história de vida marcada por acontecimentos tristes e traumáticos.

O fato era que seu julgamento foi afetado pelo luxo que cercava a idosa. No fundo, Melissa definiu sua ex-patroa – porque oficialmente dona Maria a adotara como alguém da família e rompera o contrato formal de trabalho que tinham – pelo dinheiro que ela possuía.

Fazia dois dias, entretanto, que a garota tinha uma visão menos idealizada de dona Maria e as duas estavam ainda mais próximas. Ao contrário do que Melissa acreditou, após pedir um tempo para processar a notícia da gravidez, a senhora retomou seu comportamento amoroso e prestativo em poucas horas. E assim que Rafael saiu para o trabalho no estúdio de tatuagem, no sábado, ela e dona Maria sentaram para ter uma conversa de "mãe e filha", segundo a idosa pontuou, emocionando muito Melissa.

Elas conversaram sobre os principais assuntos que vinham tirando o sono de Melissa. Foi definido que o apartamento da Cidade Tiradentes seria vendido. Claro que, num primeiro momento, a garota sentiu como se estivesse deixando Edilene para trás, apagando-a de sua vida. Mas dona Maria a fez ver que o pedaço da história que Melissa viveu com a mãe ficaria para sempre em sua memória – bem como permaneceria em seu coração o amor que elas compartilharam uma pela outra. Entretanto, era pouco prático e ilógico manter um apartamento fechado sem intenção alguma de voltar a morar nele.

Obviamente, não apenas as lembranças de Edilene prendiam Melissa àquele lugar. Doía-lhe muito o coração saber que não veria mais Denise com frequência. Contudo, era preciso aceitar que nossa vida estava em constante mudança e nem sempre caminhava lado a lado com a de um amigo especial. Mas isso não significava um afastamento definitivo. A amizade continuaria a existir, mas sob uma nova forma.

Outro assunto importante sobre o qual discutiram foi a carreira musical de Melissa. A sempre decidida dona Maria não quis adiar o papo necessário com Inês Bittencourt, para explicar tudo o que estava ocorrendo com a futura cantora do Bar Geração. E a empresária aceitou tomar um chá com elas no sábado mesmo.

Inês não exultou com a notícia, claro. Assim como foram as reações de todas as pessoas até aquele momento, a mulher achou negligência Melissa engravidar após tão pouco tempo de relacionamento e quando estava prestes a ingressar profissionalmente no mundo da música. Porém, para alegria eterna da garota, ela se lembrou de algumas cantoras que se apresentaram grávidas, e com um barrigão, nos shows que ajudou a organizar. E, inclusive, no Bar Geração já houve uma cantora que se apresentou até os nove meses de gestação. Além disso, a empresária ouvira falar sobre cantoras cujas cordas vocais ficaram mais límpidas durante a gravidez. Ela só não sabia se aquilo era científico.

Assim, ficou combinado que a primeira apresentação de Melissa no Bar Geração seria após aquele período de intenso enjoo – que a garota torcia como nunca para não durar os nove meses –, coincidindo com o final da gravação do CD, aos quatro ou cinco meses de gestação. Inês também acertaria um dia fixo por semana para que Melissa pudesse conciliar trabalho e maternidade.

Parecia, enfim, que a semana de medo e angústia que Melissa viveu teve um desfecho feliz.

Apenas dois assuntos a deixavam ainda ansiosa: o casamento com Rafael e o anúncio da gravidez para os pais e a irmã do namorado.

Mais calma, dona Maria lhe deu a oportunidade de refletir se Melissa queria mesmo morar com Rafael às pressas, apenas porque engravidou. Ela dissera que percebia o lado romântico de Melissa e que não faria bem para a garota ir contra os seus sonhos essencialmente por medo e por causa do julgamento das pessoas. E que ela poderia ficar em seu apartamento junto com o bebê por quanto tempo quisesse.

Como Rafael não tocou diretamente no assunto "casamento", Melissa resolveu dar razão à idosa. A verdade é que ela gostaria muito de oficializar uma união com o namorado. E sonhava em ser pedida em casamento. Por mais que aqueles pudessem ser desejos ultrapassados para muitas mulheres, Melissa os acalentava desde sempre. Então, ainda que já carregasse um filho de Rafael, continuaria seguindo seus planos iniciais de dar um passo de cada vez no relacionamento deles.

Agora sobrava apenas o problema do anúncio da gravidez no almoço de domingo.

E, com certeza, aquele seria o maior problema de todos!

Sobretudo porque dona Maria não estaria presente. Justamente naquele dia ela seria madrinha do casamento de uma de suas alunas do ateliê. Melissa pensou seriamente em dar uma desculpa para Rafael e sua família, dizendo que precisava acompanhar a idosa. Mas não passaria de uma desculpa esfarrapada, já que Vanda combinara de acompanhá-la fazia mais de um mês.

Então, só restava a Melissa dar um jeito de parar de tremer ao lado de Rafael, no banco de trás do táxi, que os pegou em frente ao apartamento de dona Maria fazia dez minutos e estava indo em direção à mansão da família Aguiar no Jardim Europa.

– Você viu o novo papel de parede do meu celular? – Rafael falou, de repente, e ela o olhou, sorrindo, ciente de que ele estava empenhado em distraí-la do nervosismo desde que saíram do apartamento de dona Maria.

— Você me mostrou ontem, amor. E estou tão emocionada com isso! — Pegou o celular da mão dele e olhou a foto do ultrassom na qual aparecia um embrião pequenino.

Ele segurou-lhe o queixo e depositou um beijo sobre seus lábios.

— Você tem algum pressentimento se é menino ou menina? — ele perguntou, repousando a mão sobre a barriga da namorada.

— Ainda não... mas eu fiz um daqueles testes de internet, só de brincadeira — respondeu, rindo.

— E o que deu? — O namorado ajeitou seus óculos e lhe fez um carinho nos cabelos.

— Menino.

Os olhos de Rafael se encheram de lágrimas, emocionando ainda mais Melissa.

— É exatamente o que eu sinto. Sinto que teremos um garotinho. Mas, por favor, não me entenda mal, doçura. Eu não tenho preferência, é apenas um pressentimento.

— Oh, amor, eu sei. E isso é muito lindo! — Foi sua vez de pousar os lábios demoradamente nos de Rafael.

— Eu posso te pedir uma coisa?

— Qualquer coisa. — Sorriu, acarinhando o rosto do namorado.

— Se for mesmo um menino, podemos colocar o nome de Rogério? É importante pra mim...

Melissa sentiu as próprias lágrimas assomarem. Mesmo nunca tendo encontrado o melhor amigo de Rafael, sentia como se o tivesse conhecido. E toda vez que o namorado contava alguma história sobre Rogério ou sobre a amizade que cultivaram, o peito da garota ficava apertado. Uma vida interrompida tão precocemente e de forma tão violenta eram coisas que ninguém superava de verdade. E ela sabia que uma pessoa sensível como Rafael tinha ainda mais dificuldade para esquecer. Então, qualquer coisa que pudesse fazer para ajudá-lo a lidar com aquela dor, ela faria sem pestanejar.

— Rogério é um nome forte e muito bonito. Claro que podemos, Rafa.

— Obrigado, baby — disse de forma tão carinhosa que Melissa sentiu o coração derretendo de amor. Então, encostou a cabeça no peito de Rafael, que a envolveu em seus braços.

Assim ficou até chegarem à mansão dos pais do namorado alguns minutos depois. A construção localizava-se numa rua arborizada, rodeada por um muro alto. Mesmo já tendo estado ali algumas vezes, no tempo em que Tamires estava em convalescença, Melissa ainda se espantava com a imponência da residência de dois andares, com vidros de fora a fora, como se fosse um imenso aquário. Assim como o apartamento de dona Maria, aquele lugar daria um excelente cenário para o núcleo rico de alguma das novelas às quais assistia com Edilene.

Era evidente o bom gosto de Susana, a responsável por toda a decoração, segundo lhe dissera Rafael certa vez. Do jardim, onde ficavam a piscina e o salão de jogos, às salas arejadas, com móveis modernos, tudo indicava sofisticação e qualidade. E toda aquela ostentação, como o próprio namorado gostava de dizer, intimidava bastante Melissa. Eram coisas que ela estava acostumada apenas a ver na televisão ou nas revistas. Sentia-se um pouco deslocada, por mais que a família de Rafael nunca mais a tenha tratado de forma preconceituosa.

Naquele momento, então, conforme caminhava pelo jardim em direção à porta principal, depois que Rafael avisou pelo interfone que tinham chegado, a sensação de não pertencer àquele mundo estava maior a cada segundo. Não sabia o que esperar da família de Rafael quando soubessem sobre o bebê. Na verdade, esperava o pior. Mas tinha que ser forte por seu filho. Ele era um Aguiar também. Isso não podia ser contestado. E eles teriam que acabar por aceitá-lo.

— Pronta? — Rafael a olhou carinhosamente, alguns passos antes de chegarem à porta.

— Não, mas agora já fecharam o portão e não dá mais pra correr.

Rafael jogou a cabeça para trás, gargalhando, e a puxou de encontro ao peito.

— Já te disse hoje que te amo demais?

— Vocês não acham que estão exagerando nessa melação toda?

Os dois se sobressaltaram, separando-se, e deram de cara com Tamires, sorridente e de braços cruzados, à porta. Melissa sorriu. Como podia ter mudado tanto sua opinião em relação à cunhada? Da Artemísia do filme a mulher só tinha mesmo o rosto, que era lindo, por sinal. Porque agora a garota enxergava Tamires envolta numa aura de elegância, muito parecida com a de dona Maria, e simpatia.

— Você está com inveja, Tatá, admita. — Rafael se aproximou rápido, beijando o rosto da irmã e a suspendendo no ar.

— Você não sabe cumprimentar as pessoas da forma convencional? — Ela começou a dar tapas no ombro do irmão para que ele a soltasse, mas riu.

— Você adora esse meu jeito, mana, não finja.

— Esse seu namorado está se achando, não? — Tamires se desvencilhou de Rafael e deu um beijo no rosto de Melissa.

— Ele está um grande metido, isso sim.

— Mas vocês me amam, meninas, não neguem. — Entrou na casa abraçado as duas, que riam muito.

No entanto, a barriga de Melissa voltou a gelar tão logo se deparou com Susana, sentada na ponta do sofá, olhando a todos com o nariz em pé, literalmente.

— Oi, mãe. — Rafael foi até ela e a beijou no rosto.

Susana abraçou o filho, mas apenas pegou friamente na mão de Melissa, sem fitá-la, quando a garota avançou para lhe cumprimentar.

— Você não veio de moto? — a mulher perguntou tão logo se acomodaram no sofá.

— Pois é... — o namorado disfarçou. — Cadê o pai?

— Estou aqui, crianças.

Melissa abriu um sorriso. Era impressionante a mudança no humor e nas atitudes de Plínio Aguiar. Parecia que ele havia trocado de corpo e personalidade com outra pessoa. E como a garota amava aquela transformação.

— Onde o senhor vai tão chique, papai?

E era evidente que Rafael também amava.

— Sua mãe me obrigou a usar essas roupas. — Plínio olhou para a camisa polo branca e a calça social. — Por mim estaria de chinelo e short.

— O senhor é dos meus. — Rafael cumprimentou o pai com um abraço, que foi prontamente retribuído.

Ela e Tamires trocaram um olhar sorridente. As duas sabiam o valor daquele abraço e o quanto aquela reaproximação estava fazendo bem tanto para o pai quanto para o filho.

— Como vai, Melissa? — Plínio estendeu a mão, que Melissa apertou, sentindo-se mais e mais à vontade.

— Bem, e o senhor?

— Melhor irmos para a sala de jantar servir o almoço. Vocês chegaram atrasados. — Susana falou secamente, ficando de pé e interrompendo a troca de amabilidades.

Melissa sentiu o rosto esquentar tanto que também se levantou do sofá.

— Fiz *Moussaka*. Espero que gostem — Tamires tentou contornar o mal-estar causado pela mãe. Virou-se para Melissa. — É uma comida grega. Uma espécie de lasanha com carne de cordeiro, berinjela e temperos aromáticos. Mas abrasileirei um pouco a receita, substituindo o cordeiro pela carne moída. — Sorriu.

— Tamires cozinhando? — Os olhos de Rafael se arregalaram, enquanto passava o braço pela cintura de Melissa.

— Sou uma mulher multifacetada, mano, isso te surpreende?

— O que me surpreende é alguém nesta família saber cozinhar.

As risadas ecoaram pela sala, amenizando o clima tenso. Ainda assim, a ansiedade voltou a golpear o estômago de Melissa, como se fosse uma faca. Por que Susana não facilitava um pouco as coisas? Está certo que não a encarava mais com o olhar de desprezo. Na verdade, ela não a olhava de jeito algum!

O almoço, pelo menos, se desenrolou numa atmosfera de camaradagem. A comida de Tamires estava deliciosa. E, festejando o fato do enjoo ter dado uma trégua e o apetite ter retornado com força total, Melissa cedeu à vontade de repetir a tal *Moussaka*, sob o olhar terno de Rafael.

Após a refeição, voltaram à sala de estar, que tinha três portas envidraçadas que se abriam para o jardim. Logo que todos se distribuíram nos três sofás, Rafael questionou a irmã:

— Então, Tatá, quando você pretende vender sua casa lá de Alphaville e vir morar perto da gente?

— Nunca, mano — respondeu séria.

— Não gosto da ideia de você morando tão longe, mana.

— Não é assim tão longe, Rafa. Sem trânsito, dá menos de uma hora.

— Mesmo assim não gosto de saber que você está sozinha lá. — Tenso, Rafael deu um apertão na mão de Melissa. E a garota se lembrou da conversa que os dois tiveram dias atrás.

Parecia que dizer ao namorado que a irmãzinha dele tinha crescido e sabia se cuidar não surtira efeito. Aquele homem era protetor ao extremo e não tinha cura.

— Seu irmão está certo, Tamires. Por que você não volta a morar por aqui?

E Plínio Aguiar estava aprendendo rápido com o filho a ser do mesmo jeito.

Melissa disfarçou o sorriso.

— Porque a mamãe começaria a querer cuidar da minha vida. — Tamires cruzou os braços.

— Eu? Oh, que injustiça, Tamires. — Susana deu vários suspiros seguidos.

— Eu me lembro de quando morava no apartamento do Ibirapuera. A senhora ia lá até para escolher o look do meu dia de trabalho!

— Bom, não posso contestar esses argumentos. Sua mãe adora fazer isso comigo todos os dias. — Plínio revirou os olhos.

Rafael, Melissa e Tamires riram, fazendo o nariz de Susana quase alcançar o teto.

— E você, já se mudou para o apartamento do Pacaembu? — o pai perguntou para Rafael.

— Ainda não, papai. Estava me adaptando à ideia de morar num apartamento de trezentos metros quadrados.

— Eu já falei que o apartamento é seu, Rafael. Tamires tem o dela no Ibirapuera, que está alugado no momento, é isso, filha?

— Sim, papai.

— Pois bem... — Plínio prosseguiu. — E você tem o seu, que está vazio à sua espera.

— Ok... — Rafael correu uma das mãos pelos cabelos. — Mas antes preciso romper o contrato de aluguel do meu com a imobiliária.

— Ainda não consigo acreditar que você mora de aluguel naquela espelunca! — Plínio bufou.

— Eu também não acredito. — Susana suspirou de novo.

— Não vamos começar com isso, né, gente? Não quero que briguemos. — A mão de Rafael tornou a ficar tensa no meio da de Melissa.

— Está certo. Não está mais aqui quem falou. Mas veja se trate de se mudar logo. Fico mais tranquilo. E sua moto onde foi parar? Ouvi sua mãe falando que você não veio com ela. E você nunca desgruda daquela... como é mesmo que a chama?

— Preciosa — Rafael falou num sussurro. — E eu não vim mesmo com ela... mas foi por um motivo muito forte... e...

— Está acontecendo alguma coisa, filho? Você foi roubado? Por isso não gosto que você ande por aquela região perigosa! — Plínio inclinou o corpo para frente, nervoso.

– Não foi isso. Foi pela Melissa...

Todos olharam para a garota, que se encolheu.

– Não estamos entendendo, Rafael. – Plínio não tirava os olhos da nora, que não conseguia mais puxar o oxigênio para os pulmões.

– Nós dois precisamos contar uma coisa pra vocês – Rafael disse, finalmente.

Silêncio. Silêncio. Um silêncio, que falava mais do que mil palavras, se instalara na sala.

Rafael passou as mãos pelos cabelos. Arrumou a camiseta azul. Apertou novamente a mão da namorada, como se buscasse coragem. O problema é que tampouco a Melissa havia restado alguma.

– Vamos ter um bebê.

O namorado soltou, de uma vez. E Melissa viu a sala virar de cabeça para baixo. Mas a tontura durou muito pouco. E logo tudo se estabilizou, obrigando-a a encarar o olhar de choque de cada membro da família de Rafael.

– O que isso quer dizer, Rafael? – Plínio foi o primeiro a falar. – Você engravidou a sua namorada?

– Sim, papai. Melissa está de dois meses de gravidez. Descobrimos na sexta-feira.

– Essa não foi a educação que eu dei para você, rapaz. Parece que ficamos mesmo muito tempo longe e você esqueceu todos os princípios que eu te incuti.

– Sem lição de moral, senhor Plínio. – Rafael ficou de pé, cerrando os punhos.

– E sou eu que estou errado? – Plínio também se ergueu. – Pois eu casei primeiro para depois engravidar a sua mãe.

– Calma, pessoal – Tamires aparteou. – De nada vai resolver vocês dois se enfrentarem. Esse é um fato consumado. Tenho certeza de que nem a Melissa nem o Rafael fizeram isso para peitar o senhor.

– Com certeza não – Melissa se manifestou pela primeira vez, com plena certeza de seu tom envergonhado.

— Oh, eu não acredito... Não posso acreditar... — Susana explodiu num choro convulsivo, fazendo Rafael correr até ela.

— Mãe, por favor, não faça esse drama. — Ele se sentou ao lado da mãe, a abraçando.

— Susana, pare com isso e aja como adulta! Os dois foram irresponsáveis e terão que arcar com as consequências. E não será chorando que as coisas serão resolvidas.

— O papai tem razão, mamãe. Isso não é motivo para choro. Ninguém morreu. Ao contrário, é uma nova vida que está surgindo — Tamires falou com firmeza, surpreendendo Melissa por seu tom sem julgamento.

— Será que vocês são cegos?! — Susana gritou, saindo dos braços de Rafael e pulando do sofá, em meio aos soluços. — Essa mulher queria dar o golpe do baú desde o começo! E conseguiu!

— Susana, se acalme, suas palavras estão ofendendo a Melissa. — A garota arregalou os olhos ao ouvir a defesa vinda de Plínio.

— Se a senhora começar a humilhar a minha namorada vai ficar difícil ficar do seu lado. — Rafael se afastou, refletindo tristeza no olhar.

— Desde o começo eu percebi que esse jeitinho sonso escondia uma pessoa ladina, que sabia muito bem como tirar proveito das situações — ela prosseguiu ignorando todos. — Ela só esperou você ficar de quatro por ela, Rafael. Você foi um bobo, querido. Essa mulher nunca te amou. Ela te usou para fazer um filho e arrancar dinheiro de você. Quantos casos assim não ouvimos falar no nosso meio? Isso acontece aos montes! É por isso que esse tipo de gente não pode se misturar conosco. Essa gente não tem índole. Sobe na vida através dos golpes que aplicam. E o da barriga é o mais clássico de todos.

Diante do mutismo de todos, e sentindo a maior dor que já experimentou na vida, Melissa criou coragem. Sabia que era apenas ela naquela luta, porque ninguém naquela sala, nem mesmo o seu Rafa, conhecia a profundidade de seu caráter. E não o culparia se ele ficasse balançado pelas palavras da mãe. Quem não ficaria? Todo o quadro dos acontecimentos indicava um belo golpe.

Ficou de pé. Não olhou para ninguém. Olhou, sim, para dentro de si mesma e buscou lá tudo o que deveria dizer e a força para dizer.

– Sim, dona Susana, a minha origem, meu envolvimento com um dos herdeiros dos Hotéis Aguiar e, finalmente, a minha gravidez em pouquíssimo tempo de namoro, tudo dá indícios de um belo golpe do baú muito bem arquitetado, não vou contestar nada disso. – Viu, pelo canto dos olhos, que Rafael oscilava, sendo amparado pela irmã. Respirou fundo. Tão logo terminasse aquilo correria até seu amor e o abraçaria. – E também sei que para uma pessoa preconceituosa como a senhora, os fatos indicam provas. Mas a moeda do caráter de onde eu venho é outra. Não é o dinheiro, não são os privilégios, muito menos a classe social. Ela vem do suor, das lágrimas e da luta diária. Vem da criação de uma mãe que não teve escolha... Ou melhor, ela teve sim, mas preferiu fazer a escolha de me dar a vida. E isso lhe custou boa parte dos sonhos. Só que isso era irrelevante para uma nordestina que aprendeu desde cedo o valor de pelejar para sobreviver e pela família. Seria mais fácil se escorar num cara rico? Sim, tanto pra ela quanto pra mim. Mas fazemos parte desses brasileiros honestos, que trabalham de sol a sol, porque acreditam que colocar a cabeça no travesseiro com a consciência tranquila vale muito mais do que ter um carro de um milhão de reais ou dar a volta ao mundo às custas dos outros. É provável que meu discurso seja ingênuo, demagogo... julgue como quiser... – Deu de ombros. – A questão é que esse filho que estou esperando também conhecerá esses valores, porque são os valores que realmente importam pra mim. E não existe um centavo da sua fortuna que me interessa. Assim como não me importo um pingo se o Rafael vai herdar um bilhão ou um real. O amor que sinto por ele vem do homem maravilhoso que ele é e do caráter que jamais encontrei em outro. Gostaria muito que a senhora aceitasse seu neto com o carinho que eu tenho certeza de que minha mãe aceitaria. Mas parece que isso é pedir muito. Então, me desculpe, não estou nem aí se a senhora acha que dei o golpe do baú ou não. Só me importo com a opinião do seu filho, que sabe que eu nunca tiraria vantagem dele.

Terminou o discurso secando as lágrimas, sem coragem de encarar ninguém, plenamente consciente do olhar estarrecido de todos.

— Meu amor... isso foi... estou sem palavras... — Rafael a tomou nos braços, visivelmente emocionado.

— Esta é uma moça como poucas. — Ouviu Plínio murmurar.

— Oh, eu estou passando muito mal... Oh, meu Deus, essa mulher veio para destruir a nossa família...

Susana se jogou — Melissa não teve dúvida disso — no chão, fazendo Rafael, Plínio e Tamires correrem até ela.

— Mãe, fale comigo. — Rafael ergueu cabeça de Susana.

— Susana, eu te conheço. Você não está passando mal coisa nenhuma! — Plínio falou numa voz trovejante.

— Pare de nos assustar, mamãe. Já não chega os absurdos que você falou para a Melissa? — Tamires encarava, muito séria, a mãe.

Melissa não pôde mais evitar os soluços. Não queria aquele desfecho. Não queria mesmo. Já imaginava que não daria certo aquele anúncio. Só não previu que terminaria daquela forma tão horrível.

— Oh, acho que estou me sentindo melhor. — Subitamente, Susana abriu os olhos e começou a se levantar.

— Não acredito que a senhora estava fingindo, mãe! — Rafael acusou, se afastando dela e caminhando em direção a Melissa, com o olhar preocupado.

No entanto, Susana reteve seus passos.

— Não! Eu estou com muita tontura ainda... fique comigo, querido... eu sou sua mãe. Sou mais importante do que qualquer mulher que passar por sua vida.

Rafael pareceu dividido, olhando de uma para a outra, fazendo Melissa chorar ainda mais.

— Vem comigo, Melissa. — Tamires tocou-lhe o cotovelo, assustando a garota, que não percebeu sua aproximação.

A cunhada a conduziu para o andar de cima, então entraram no quarto que foi de Tamires enquanto morou ali.

— Estou tão orgulhosa de você, Mel — ela começou a falar, assim que as duas se sentaram na cama. — Você se defendeu de forma brilhante. Será que você não toparia gerenciar um dos hotéis?

Melissa riu entre as lágrimas.

— Só se fosse pra cantar para os seus funcionários.

A mulher também deu risada, fazendo um carinho nos cabelos de Melissa.

— Eu quero que você saiba que o pensamento da mamãe não é o meu, Melissa. E apesar de todos os erros que meu pai cometeu ao longo da vida, eu tenho certeza de que ele tampouco a julga dessa forma. Ao contrário, papai é grato por você ter trazido o Rafael de volta para a gente. Assim como eu também sou. — Tamires pegou a mão da cunhada. — Você vai acreditar em mim se eu disser que estou muito feliz por ser tia?

Melissa se pôs a chorar novamente. O apoio de Tamires era uma bênção pela qual não esperava.

— Ei, não chore assim, Mel. Eu sei que não tenho uma personalidade fácil, sou muito fechada e dura com as pessoas a minha volta e comigo mesma, mas reconheço quando uma pessoa tem boa índole. E você é uma delas. Você foi um anjo na vida do meu irmão e na minha. E seu bebê... meu sobrinho — Tocou a barriga de Melissa. — será outro anjinho que virá para unir ainda mais a família.

— Oh, Tamires. — Se abraçaram. — As suas palavras estão me trazendo tanto alívio. Você é uma pessoa tão boa quanto o seu irmão.

— Não sou, querida. Eu reconheço que tenho muita estrada de aprendizado pela frente, muitos problemas interiores para resolver e muitas atitudes irrefletidas a serem perdoadas. Mas quero ver a minha família feliz. Quando nos deparamos com a morte, algo muda dentro da gente. Eu já tinha ouvido falar nisso, mas achava que eram coisas para se vender livro. Agora sei que é tudo verdade. Algo realmente mudou dentro de mim. Sinto-me mais amorosa e com vontade de ver as pessoas felizes.

— Você acha que sua mãe vai fazer a cabeça do seu irmão contra mim?

— Ela vai tentar, mas Rafael a conhece bem e não vai se deixar influenciar. Além disso, ele é louco por você. Não duvido que ele a escolheria se mamãe pedisse que ele escolhesse entre você e ela.

— Deus me livre, Tamires. Não quero nada disso. Quero que ele fique bem com dona Susana e... comigo também.

— Ele vai saber contornar a situação, Mel. Minha mãe também vai acabar compreendendo. Ela acumula muito lixo interno. São anos vivendo uma vida fútil para acobertar os abalos emocionais causados por meu pai. Além disso, ela tem raiva da própria origem humilde. E acaba descontando em todos que ela acredita serem culpados por isso. — Tamires fez uma pausa. Sorriu. — Mas eu quero que você se concentre no seu bebê. Qualquer coisa que precisar é só me dizer. Não quero que se sinta desamparada e nem que acredite nas palavras da minha mãe. Estamos combinadas?

— Sim. — Devolveu o sorriso, abraçando Tamires de novo.

— Eu nunca tive filho e provavelmente nunca terei, pois não fiz planos para isso. Sou uma mulher que adora traçar planos. Essa é a minha natureza. Mas prometo que serei uma tia exemplar.

— Você já está sendo, Tatá. Posso te chamar assim?

— É um apelido um pouco infantil para uma mulher de trinta e cinco anos... Mas, só entre nós, eu adoro quando meu irmão me chama assim, então também vou adorar ser chamada assim por você.

— Você é uma fofa!

— Sou não, cunhada. Você nunca me viu falando grosso com os fornecedores e os funcionários dos hotéis.

Melissa deu uma gargalhada.

— Obrigada por me trazer até aqui. Eu pensei que fosse desmaiar quando o Rafael ficou dividido entre correr até mim ou ficar com a sua mãe.

— Mamãe faz o melhor teatro de toda São Paulo e isso me enerva bastante, às vezes. E o Rafael tem coração mole, você já conhece. — Revirou os olhos. — Você está se sentindo bem agora?

— Estou sentindo o enjoo insuportável, que me acompanha há quase três semanas.

— Você quer se deitar um pouco?

— Eu...

Olhou para porta e sentiu o estômago revirar mais ainda. Rafael estava lá, com o rosto abatido e envergonhado.

— Vou deixar vocês dois sozinhos. — Tamires se levantou, ao notar a presença do irmão.

Passou por Rafael, dando-lhe um beijo no rosto, antes de sair para o corredor.

— Eu nem sei como começar a pedir desculpas por tudo o que a minha mãe te falou. Ela passou de todos os limites. E ainda me enganou direitinho, simulando a porra do desmaio! — Correu as mãos pelos cabelos, parando no meio do quarto. — E se você estiver me odiando, eu vou entender, só não sei se vou suportar.

— Vem aqui — ela pediu.

Ele a fitou como um menino perdido.

— É sério, amor, vem aqui. — Sorriu, sentindo a maior ternura do mundo invadir seu coração.

E o namorado praticamente correu até ela, abraçando-a.

— De onde você tirou que algum dia eu odiaria você? — ela perguntou, suavemente, contra os cabelos dele.

— Do meu medo monstruoso de que minha mãe pudesse ter estragado tudo entre nós.

— Nosso amor é mais forte do que tudo isso... Acho que foi você mesmo quem deixou isso bem claro.

— Sim, minha feiticeira. — Segurou-lhe o rosto entre as mãos, encarando-a com a adoração que a desmontava todinha. — Só me importa o que você pensa.

— Vamos superar essa turbulência toda. E eu preciso dizer que estou muito feliz porque sua irmã foi uma fofa comigo e seu pai não me julgou em nenhum momento.

— Meu pai está é despejando tudo em cima de dona Susana. Nem queira saber a lição de moral que ele está dando nela por ter tratado daquele jeito "uma moça de tanto caráter que está esperando meu primeiro neto". Foram essas palavras que ele usou.

— Ai, meu Deus, que emoção! — Seus olhos se encheram de lágrimas.

— Teremos até mesmo o apoio da minha mãe, quando ela voltar a si, você vai ver. Mas se não tivermos, o mais importante já aconteceu. Meu pai, Tatá e tia Maria estão do nosso lado e vão amar o nosso bebê. E continuaremos fortes juntos.

— Sim, amor. — Se olharam, sorrindo.

— E eu tomei uma decisão. Vou me mudar o mais rápido possível para o apartamento do Pacaembu e quero que você me ajude a deixá-lo do seu jeitinho e a montar o quarto do nosso filho. Lá será o lar de vocês também, afinal.

Melissa colocou a mão sobre a boca, contendo uma nova onda de choro. Eram emoções demais para um único dia. Se jogou nos braços de Rafael, que se pôs a beijar-lhe a testa, as bochechas e os lábios. Contudo, um pensamento angustiante invadiu a garota de súbito, fazendo-a se distanciar do namorado.

— E-eu não sei se pega bem ir morar num "palácio" desses depois do discurso que fiz pra sua mãe...

Ele pegou uma das mãos de Melissa e a fitou profundamente nos olhos.

— Você mesma me ensinou a valorizar as coisas que meu avô e meu pai construíram com muito trabalho. E papai quer nos dar o apartamento de presente. Mas isso não significa que vamos perder os nossos valores, Mel. Não importa se moraremos num "palácio" ou numa casinha no meio do mato. Continuaremos passando os valores essenciais para o nosso filho e continuaremos tocando nossos projetos sociais. Eu não vejo problema em proporcionar uma vida confortável para nosso bebê se ensinarmos a ele como respeitar e ajudar o próximo.

— Você tem toda razão, amor. — Ela sorriu, acarinhando os cabelos do namorado. — Acho que seremos muito felizes em nosso lar.

— Seremos sim, meu amor. E eu terei você como minha esposa, pelo menos, por uns cinquenta anos.

Melissa caiu na risada e imitou o namorado, beijando-lhe por todo o rosto. Aquele não era um pedido formal de casamento, Melissa sabia disso. Mas era tão lindo quanto. E o que importava realmente estava entre eles: o amor e a vontade de ficarem juntos apesar de todos os obstáculos.

28

O intervalo de vinte semanas é um tempo considerável numa gravidez, Rafael aprendeu. Os últimos cinco meses trouxeram uma avalanche de transformações e surpresas tanto para ele quanto para Melissa. O corpo da namorada mudara completamente. Sua barriga tinha despontado, grande e redondinha. Seus seios estavam enormes. E seu rosto estava mais cheio e cintilava de uma forma que Rafael sentia todas as descargas elétricas imagináveis quando olhava para ele.

No entanto, a maior transformação de todas aconteceu na cabeça do rapaz e da namorada. Pouco a pouco a ideia de que teriam um filho foi perdendo a categoria do abstrato e ganhando uma realidade quase palpável. Uma mistura de emoções os tomaram ao longo daquelas semanas: medo, alegria, amor, ansiedade. Passaram a traçar os planos com mais cuidado e a serem mais cuidadosos com eles mesmos, tudo em prol do bebê. E a concretização de uma identidade para a vida que nasceria em dois meses veio no último ultrassom, após o levadinho ter fechado as perninhas no penúltimo: teriam um menino.

Rafael ainda ficava zonzo toda a vez que pensava nisso. Era uma puta emoção ter pressentido o sexo do bebê. E sentia-se comovido por Melissa ter concordado em homenagear Rogério. Sabia que estava sendo sentimental, mas, ao mesmo tempo, sabia que seu amigo gostaria, não apenas daquela homenagem, como também de ter a certeza de que Rafael tinha superado os doze anos de luto, sofrimento e falta de esperança. E que agora ele havia encontrado sua direção e readquirido confiança para demonstrar seus sentimentos.

Aquelas mudanças, contudo, afetaram muito mais Melissa do que ele, Rafael não tinha dúvida. E isso lhe castigava o peito. Foi duro constatar que a maior prova que a namorada passaria não foi a reação desequilibrada de Susana quando soube da chegada de Rogério. Aliás, reação que ainda causava uma vergonha monstruosa no filho, que não imaginava que a ignorância e o preconceito da mãe poderiam chegar àquele ponto. A mulher tentou se retratar, pedindo desculpas a Melissa um mês depois, mas Rafael tinha certeza de que ela só o fizera por imposição de Plínio, que surpreendentemente estava eufórico com o nascimento do primeiro neto.

O fato era que depois daquele acontecimento horroroso, Melissa começou a vomitar com frequência e a emagrecer. Foram algumas idas ao hospital, incluindo uma pequena internação para que ela recebesse um tratamento intravenoso. Rafael quase morreu de angústia. Sobretudo, quando ela se punha a chorar, dizendo que Inês Bittencourt e Vítor Medeiros desistiriam dela, por ser uma grávida tão problemática. Foi um período terrível, no qual o rapaz até mesmo voltou a se sentir um filho da puta, culpando-se por tê-la engravidado.

Felizmente, aquelas coisas tinham ficado para trás. Assim que Melissa entrou no sétimo mês, há duas semanas, os sintomas que a debilitavam sumiram como mágica. Outros surgiram no lugar, como ela mesma assinalara, dando um de seus sorrisos lindos, mas nem se comparavam aos que a impediram de levar uma vida normal.

Tudo que Rafael desejava dali para frente era que sua feiticeira permanecesse bem. E se dependesse dele aquilo seria uma realidade constante. Assim que Melissa se sentiu melhor, os dois começaram a arrumar o quartinho de Rogério no apartamento do Pacaembu – para o qual o rapaz se mudou fazia quatro meses. Pedira também para que a namorada deixasse todos os oito cômodos de seu jeito, mas ela se recusava. Dizia que a decoração, executada por Susana, era linda e não mexeria em nada.

O rapaz tinha certeza de que aquela recusa não era movida apenas pelo medo de colocá-lo contra a mãe e piorar a situação entre as duas. Lia em seus olhos o medo de acabar entrando ali de uma forma "não oficial", já que continuava a morar com tia Maria e dormia com ele apenas nos finais de semana. Existia ainda um temor em Melissa de repetir a história da mãe, mesmo que Rafael reiterasse em todas as oportunidades que aquilo nunca aconteceria. Ele só precisava agilizar seus planos para tranquilizá-la de vez. O único problema é que também tinha um lado romântico, descobriu quando começou a namorar Melissa. E não podia evitar querer oficializar a união deles de forma especial. Então, ainda que se sentisse mal e culpado quando via o brilho de preocupação e expectativa nos olhos de sua Mel, ele esperou pacientemente as turbulências na gravidez passarem. Além de ter esperado também que Inês, enfim, marcasse o dia em que Melissa estrearia no Bar Geração como cantora, tão logo a gravação do CD fosse concluída.

Agora faltavam apenas dois dias para sua estreia. E seriam dois dias em que Rafael sentiria o estômago agitado como se estivesse sendo bombardeado por uma tempestade. Pior do que a ansiedade era guardar segredo de sua amada feiticeira sobre o que estava "aprontando". Mas seria por um bom motivo. Só tia Maria e Danilo sabiam. E Rafael foi obrigado a coagir a tia: se contasse, ele daria um jeito de convencer Melissa a não voltar mais para o apartamento da velhinha briguenta. A tia fez vários trejeitos engraçados com a boca, mas jurou cooperar até o final do plano "romântico e mirabolante", segundo ela.

Naquele momento, entretanto, Rafael não podia reclamar de nada, porque era uma segunda-feira e não acordava sozinho em sua cama gigantesca. Virou o rosto. As tempestades que caíam dentro de seu estômago se intensificaram, mas agora vinham com raios, dando-lhe choques por todo o corpo.

Porra, como esta mulher consegue acordar cada dia mais linda?!

Rogério ainda não tinha nascido. Então, poderia continuar a falar quantos palavrões quisesse. Quer dizer... pensar, uma vez que vinha se policiando para não proferir tantos "porras" e "caralhos". Mas só mesmo um "porra" muito bem pronunciado para traduzir tudo o que o rosto sereno de Melissa lhe causava, enquanto a namorada dormia profundamente ao seu lado.

Sorriu. Será que a frase "Esta mulher é minha!" era muito machista? De qualquer forma, era difícil controlá-la ao acariciar os cabelos e o rosto delicado de Melissa. Apesar de que também tinha vontade de gritar: "Eu sou todo seu, minha linda feiticeira".

Deslizou a mão pelo pescoço da garota, sem nunca parar de sorrir. Amava aquela pele macia e tão cheirosa. Aproximou-se e beijou-lhe o canto dos lábios, percebendo que uma parte incontrolável de sua anatomia criava vida. E sentiu vergonha por isso. Claro que o fato de se tornar pai não apagava o desejo insano que sentia por sua doce Mel. Contudo, ainda que o médico dissesse que poderiam ter relações sexuais, pois a gravidez transcorria segura, Rafael morria de medo de machucar Melissa. Não que ela tivesse o mesmo medo... Desde que os enjoos passaram, aquela mulher o provocava de todas as formas possíveis, na clara intenção de fazê-lo capitular. E foi exatamente o que ela conseguiu na noite anterior, quando fizeram um amor delicioso.

Olhou para a mão, que acariciava os seios de Melissa, por baixo da camisola. Mas, em vez de apenas recolhê-la, a substituiu pela boca. A namorada soltou um gemido rouco. "Eram dois pervertidos, isso sim", Rafael pensou, segurando a risada. Deslizou a língua pelos bicos entumecidos, fazendo Melissa se contorcer. Era o estímulo de que ele precisava para tocá-la intimamente. Seus dedos a acariciaram, em movimentos lentos. A garota segurou-lhe a nuca, ofegando.

Estava tão excitado que se não entrasse em sua feiticeira nos próximos segundos explodiria. Sem poder resistir, deslizou para dentro dela. Era um pouco estranho e incômodo fazerem amor por causa do barrigão, mas acabaram encontrando uma posição confortável. Além disso, por incrível que aquilo parecesse, a conexão sexual entre eles estava ainda mais forte na gravidez, levando-o a um orgasmo espetacular, enquanto assistia o mesmo êxtase perpassar o rosto de Melissa.

— É impressão minha ou você está me incentivando a descontar o tempo perdido? — ele falou, desabando na cama e puxando Melissa para os seus braços.

Ela corou, e Rafael beijou-lhe por todo o rosto.

— Não acho que você precise de algum incentivo para isso, moço.

Ele deu uma gargalhada, aninhando-a contra o peito. Então, sentiu um cutucão leve na pele de seu estômago, onde a barriga de Melissa estava tocando. Abriu um sorriso, o coração disparando. Seu garotinho tinha acordado.

Como poderia ter se esquecido dessa parte tão importante na evolução da gravidez de Melissa? Com certeza, começar a sentir sob as palmas de suas mãos os movimentos de Rogério dentro da barriga da namorada foi uma das coisas mais emocionantes que já viveu. E ainda vivia. Nunca deixaria de ficar emocionado com isso.

— Parece que acordamos nosso Rogério — Melissa disse, com um sorriso imenso, descolando o corpo do dele e fazendo um carinho na própria barriga.

— Não é um pouco cedo pra já estar fazendo bagunça na barriga da mamãe, garotão? — Abaixou-se e deu um beijo no local de onde veio o cutucão. Sentiu outro, mais forte.

— Agora é que ele não dorme mais mesmo. Você sabe que este mocinho fica todo agitado quando ouve a sua voz. — Os olhos de Melissa se encheram de lágrimas, e Rafael teve que controlar as suas.

Era verdade, desde que Melissa começou a sentir Rogério mexer, cerca de dois meses atrás, ela dizia que ele mexia com mais intensidade quando o pai conversava com a barriga. E Rafael queria muito que aquilo significasse que os dois teriam uma relação harmoniosa de pai e filho. Porque seu maior desejo era este: criar um vínculo com seu garotinho desde a barriga e que durasse vida afora.

— Bom, pelo menos, agora ele não está chutando a minha costela, como fez boa parte da noite. — Ela riu.

— Hum, não diga que você vai ser jogador de futebol, meu benzinho? — Rafael acariciou de novo a barriga, percebendo que Rogério se virava para o lado que ele estava. – Tinha tanta esperança de que você seria tatuador como o papai! – Deu uma piscadela para a namorada, que riu.

– Ou cantor, como a mamãe. – Melissa fez carinho em seus cabelos, enquanto ele se deitava sobre sua barriga.

– Cantor ou tatuador, você não vai ser nenhum dos dois se o papai não levantar desta cama para trabalhar e pagar seus estudos, não é mesmo? – Beijou a barriga da namorada e a ajudou a se levantar da cama, ouvindo sua risada musical. – Vamos tomar um banho? Ainda quero te mostrar uma coisa antes de sair pro estúdio.

– O que é?

– Daqui a pouco você vai saber, *sweetie*. – Beijou-lhe os lábios com delicadeza.

– Oxente, não se deixa uma grávida curiosa!

Rafael a enlaçou, rindo, e caminharam abraçados até o banheiro.

Estava difícil segurar a ansiedade conforme Rafael caminhava de mãos dadas com Melissa até o quartinho de Rogério, que ficava ao lado do deles, após terem tomado o café da manhã. Deveria ter mostrado a tal "coisa" ontem à noite. O problema é que quando chegaram ao apartamento eles estavam mais preocupados em arrancarem as roupas um do outro e matarem a saudade.

– O que você tem pra me mostrar aqui? – Melissa olhou para a cômoda branca, que haviam comprado há um mês, cujo interior já estava abarrotado de roupinhas, presentes de Tamires e tia Maria. Depois prestou atenção à prateleira, logo acima da cômoda, que exibia enfeites de bola, pião e carrinho. Encarou também o sofá de amamentação azul-claro (cujo nome Rafael conhecia exclusivamente porque a namorada lhe dissera). E por último fitou o papel de parede, da mesma tonalidade do sofá, e a cortina cujo bandô tinha detalhes em branco e azul.

Faltava apenas o berço para o quarto estar completamente pronto. Porém, tia Maria tinha proibido de montá-lo. Falou que preferia seguir os conselhos de sua mãe, que dizia dar má sorte montar o berço antes da grávida estar devidamente na maternidade para ganhar o bebê. Rafael não costumava levar a sério superstições. Mas aquela ele levaria ao pé da letra. E não se importaria nem um pingo em passar uma madrugada na montagem do berço, enquanto Melissa estivesse dormindo no hospital.

Quando Melissa o encarou, com o olhar de interrogação, Rafael foi até a cômoda, abriu a primeira gaveta e tirou um pacote lá de dentro.

– Comprei no sábado na Galeria. É minha primeira contribuição para o nosso Rogério. – Estendeu o pacote, que a namorada pegou, já exibindo os olhos rasos d'água.

– Ah, amor, assim você me faz chorar! – Ela ficou na ponta dos pés e depositou um beijo em seus lábios.

– É isso mesmo que vai acontecer quando você descobrir que a roupinha é da cor que você menos gosta... – Ele deu um sorriso enviesado.

Melissa franziu a testa, rasgando o papel, então examinou o conteúdo e soltou uma gargalhada.

– Não acredito! – E recomeçou a rir, olhando para o macacãozinho preto cuja frase no centro era: "Sou um bebê rockeiro".

– Ele pode não ser um tatuador, mas não fugirá ao rock, doçura. – Piscou um dos olhos, e Melissa se atirou em seus braços.

– Você é um fofo, Rafael Papadopoulos Aguiar! – Encheu o rosto dele de beijos. – Amei muito a roupinha. Mas amei mais ainda você ter pensado no nosso bebê.

– Eu penso nele e em você o tempo todo, meu amor. – Colocou os cabelos da namorada atrás das orelhas, deliciando-se com o seu sorriso tímido.

– Falta tão pouco agora para ele nascer! Toda vez que penso nisso sinto um gelo na boca do estômago. – Melissa suspirou, dobrando o macacão e colocando de volta na gaveta. – Será que vamos saber cuidar dele?

– Eu acho que vamos errar bastante no começo, mas a gente vai aprendendo com esses erros. – Abraçou-a por trás, as mãos de ambos se entrelaçaram sobre o ventre avantajado. – Você já deve estar cansada de ouvir isso, porque eu falo quase diariamente, mas gostaria que você não se esquecesse nunca de que não está sozinha nessa. Vou ser um daqueles pais que dá banho, põe pra dormir, conta historinhas, troca fralda...

– Até fralda de cocô? – Ela se virou em seus braços, erguendo uma das sobrancelhas.

– Bom... se eu puder trazer uma daquelas máscaras do estúdio, acho que consigo encarar essa tarefa também.

Os dois caíram na risada. Mas Melissa logo ficou séria e falou:

– Os últimos nove meses, desde que aceitei o trabalho de secretária-cuidadora da sua tia, foram os mais intensos da minha vida. Vivi alguns acontecimentos tristes, outros que me fizeram sentir a pessoa mais sortuda de todos os tempos. Mas algo nunca se apagará da minha mente: suas palavras quando nos encontramos pela primeira vez, depois que você soube o motivo pelo qual eu estava chorando. Você disse: "Essa dor vai passar, Melissa. Eu juro que vai". – Correu a língua pelos lábios. – Só quero que você saiba que a dor passou. Toda ela, meu Rafa. E em seu lugar agora só existe amor, o maior amor do mundo, por você e por nosso filho.

– Oh, meu amor... – Ele a abraçou, fechando os olhos e engolindo repetidas vezes, sentindo a garganta arder. – Quando eu te vi na frente daquele quadro, eu jamais poderia imaginar que te amaria tanto que o maior objetivo da minha vida se tornaria te fazer feliz.

Melissa o apertou mais forte, ele retribuiu, beijando-lhe os cabelos. Não mentia. Nem exagerava. Não existia nada mais importante para ele do que ver sua feiticeira de olhos azuis feliz e exibindo um de seus lindos sorrisos. Sabia que nunca poderia apagar a história triste que ela viveu antes dele. Assim como não poderia eliminar todo o sofrimento pelo qual ele passou. Porém, não tinha dúvida de que foram suas histórias de vida que os uniram ainda mais. E fizeram com que aprendessem a valorizar o amor e a felicidade.

— Acho que a gravidez está deixando nós dois bem sentimentais. — Melissa sorriu, enquanto um secava as lágrimas do outro.

— Sinto informar, doçura, mas acho que já nascemos assim. — Eles riram. — E acho também que nosso garotinho será um grande chorão. — Pousou a mão sobre a barriga da namorada. Sentiu o emocionante cutucão em sua palma. — Viu só, ele concorda?

— Ai, meu Deus, vamos inundar este apartamento de lágrimas!

— O apartamento eu não sei, mas se eu me atrasar mais um pouco, vou acabar inundando o estúdio depois do que terei que ouvir do Danilo.

— Tem razão, amor. Já é bem tarde. Vá trabalhar. Eu vou ficar por aqui, organizando algumas coisinhas no quarto do Rogério. Depois peço para o Jair me buscar.

— Ok, assim fico mais tranquilo. — Uniram os lábios e as línguas se entrelaçaram num beijo repleto de cumplicidade. — É amanhã que vamos até a Cidade Tiradentes para assinar o contrato de venda do seu apartamento?

— Sim, de manhãzinha.

— Combinado, então. Me ligue se precisar de alguma coisa. — Ajoelhou-se, levantou a blusa de Melissa e depositou um beijo sobre sua barriga. — Se comporte, meu garotinho. Papai vai morrer de saudade de você e da mamãe.

Deu outro beijo em Melissa e saiu em seguida. O estúdio estava atraindo uma clientela cada vez maior, então não poderia se dar ao luxo de deixar tudo nas mãos de Danilo. E isso nem era certo. Ainda estavam em dúvida sobre a expansão, mas o sócio lançou uma ideia que Rafael aprovou sem pestanejar: chamar a tatuadora mais *fodona* que conhecia para trabalhar com eles — Lea. Se ela topasse, poderiam ampliar o estúdio e oferecer estilos de tatuagem mais diversificados para os clientes. Agora restava apenas Danilo tomar coragem para oferecer a sociedade à própria namorada. Algumas vezes aquele gaúcho o enervava com o medo que tinha de sua *pin-up girl*!

Chegou à Galeria do Rock quinze minutos depois e encontrou esperando na recepção, para seu imenso constrangimento, seu cliente das dez horas. Pediu desculpas pelo atraso e correu até a sala, depois de ignorar o olhar atravessado de Danilo. Felizmente, o homem a quem tatuaria era gente boa e não se importou em ter esperado mais de meia hora. A tatuagem, um nome, para variar, levou menos de uma hora. Então, passou para outro cliente, cujo trabalho era mais elaborado e o ocupou até a hora do almoço.

Quando terminou de limpar a sala, tirar a touca e a máscara, na intenção de ir almoçar, deparou-se na recepção com uma surpresa no colo de Danilo, que não escondia o sorriso – o mesmo que Rafael exibia há nove meses, desde que conhecera sua Mel, ele tinha plena consciência disso.

– Ora, ora, não acredito que a *pin-up girl* resolveu visitar nosso humilde estúdio. – Rafael aproximou-se de Lea, que se levantou rapidamente e o cumprimentou, sorridente, com um beijo no rosto.

Quem visse pela primeira vez aquela moça pequena – ela tinha por volta de um metro e cinquenta – magrinha, de longos cabelos negros e franjinha curtíssima, emoldurando o rosto fino e delicado, poderia julgá-la erroneamente como frágil. Mas Lea Bismark era tudo, menos isso. E como Rafael sentia orgulho daquela mulher. Das inúmeras tatuagens ao longo dos braços e das pernas ao olhar firme e decidido, a namorada de Danilo exalava poder e personalidade.

– Como você está se sentindo, papai? O Danilo me contou a novidade. E aí, já criou alguns cabelos brancos? – Apertou os olhos, examinando-o.

– Ainda não, mas até o nascimento do Rogério eu já vou ter enfartado umas dez vezes, Lea! – Correu as mãos pelos cabelos.

A garota riu, com as mãos na cintura, que foram enlaçadas por Danilo logo em seguida.

— Só espero que você não esteja fazendo a cabeça do seu sócio para seguir o seu exemplo. — Semicerrou os olhos, mas não escondia o sorriso.

— Até que não seria uma má ideia começarmos uma nova geração por aqui.

— Santo Cristo, o que fizeram com o seu amigo, Dan? O abduziram? — Abriu muito os olhos, encarando o namorado.

— Eu não te disse que o cara virou um homem de família, guria? Ele está irreconhecível.

— Cara, eu fico muito feliz por isso, de verdade mesmo. — Deu uns tapinhas no ombro de Rafael. — E vou te contar uma coisa, Rafa. Toda vez que fazíamos programinhas de casal e você aparecia com uma garota diferente, eu pensava comigo mesma que esse não era você. É sério. Não sei te explicar, mas era como se você estivesse agindo contra a sua natureza. Você é um daqueles homens que nasceu para viver um relacionamento duradouro, com uma casinha, cerquinha branca, um carro na garagem, e crianças correndo pela casa.

Rafael colocou as mãos nos quadris, gargalhando.

— Nunca tinha me visto por esse ângulo, Lea, mas não vou negar que adorei o quadro todo que você pintou... com exceção do carro na garagem. Não desfaço da minha Preciosa por nada desse mundo.

— Bah, eu também sou um homem de relacionamentos duradouros. — Danilo cruzou os braços, emburrado.

— Aff, você já contaminou o meu namorado mesmo. — Revirou os olhos. — O próximo passo é ele querer colocar uma aliança no meu dedo.

— Eu não ousaria ir tão longe, *girl*. Não quero correr o risco de passar o resto da vida traumatizado com o teu não. Sei que tu não gosta desses romantismos. Isso eu deixo pro Rafa fazer pra Melissa. — Danilo afundou o rosto nos cabelos de Lea.

— Falando nisso, o Danilo me contou da surpresa que você está planejando pra sua namorada... Você está caminhando rápido para ganhar a alcunha de "o tatuador romântico", hein?

— Eu ficaria espantado se o seu namorado fofoqueiro não tivesse contado. — Encarou, de sobrancelhas franzidas, Danilo, que se encolheu. Porém, Rafael riu, em seguida. Aquele gaúcho não se emendava, mas era o melhor amigo que ele poderia ter. — Não aguento mais ficar longe da Mel a semana toda. Só vou sossegar quando a tiver a noite toda nos meus braços.

Lea arregalou os olhos, abraçada a Danilo.

— Estou voltando a acreditar na história de abdução. Você evitava todo e qualquer contato com as garotas em público. E agora... quer passar a noite toda abraçada a uma?! — Os três caíram na risada. — Mudando de assunto, o Dan me falou que vocês estão sendo muito procurados por novos clientes. Fiquei feliz em saber disso. Cara, ando muito desanimada com o estúdio lá no Itaim Bibi. O aluguel está pela hora da morte e a tatuadora que trabalhava pra mim deu no pé. Conheceu um tatuador americano e os dois vão morar em Miami.

Rafael encarou Danilo, com o tipo de olhar que dizia: "Se você não falar, eu falo".

— Amor, faz alguns dias que eu e o Rafa aventamos uma possibilidade meio maluca te envolvendo... — E o sócio, finalmente, criou coragem. — Bem, eu estava com receio de falar, porque tu sempre demonstrou estar muito feliz com seu próprio estúdio, seus clientes... enfim.

— Tá me deixando ansiosa, Dan... — Olhou do namorado para Rafael. — O que os dois estão tramando com a minha pessoa?

— Estamos querendo propor que a sua pessoa venha trabalhar aqui, como nossa sócia, é claro! — Rafael despejou de uma vez.

Era sério que ele também ficava intimidado diante da *pin-up girl*?

— Olha... que honra! — Ela sorriu, fazendo Rafael e Danilo soltarem um suspiro. — Mas aqui não é muito pequeno pra três tatuadores atenderem?

— Se tu topasse, estávamos pensando em alugar o salão do outro lado da galeria, que é bem maior e está vago. Dá pra dividir em três salas tranquilamente, mais a recepção. E poderíamos, enfim, contratar alguém pra trabalhar na recepção, porque não tá fácil se dividir em dez, como fazemos há quase três anos. – Danilo fez um carinho nos cabelos de Lea, que o beijou rapidamente nos lábios.

– E seu pai, Rafa, ele parou mesmo de tentar afundar o estúdio? Danilo me falou que vocês se reconciliaram, mas tenho medo de topar essa sociedade e ficar sem trabalho no futuro.

– Pode ficar sossegada, Lea. Meu pai aceitou de verdade minha profissão. Inclusive, nos últimos meses, já fiz minhas ilustrações em dois hotéis da nossa rede. Ele mudou pra valer. Infelizmente, precisou quase Tamires morrer para que isso acontecesse... – Apertou os lábios.

– Que bom que o cara caiu na real e está respeitando o seu espaço. Antes tarde do que nunca... Só é uma pena que teve que acontecer quase uma tragédia para que ele mudasse. – Lea jogou os cabelos para trás dos ombros. – Enfim, meninos, eu topo a parada. Vamos fazer este estúdio crescer e levar nosso nome longe. No futuro, podemos até tentar um patrocínio para um programa só nosso na tevê.

– Essa sua namorada é decidida mesmo, hum? – Olhou, rindo, para Danilo. – Acho que nós dois estamos precisando tomar umas lições com ela.

– Os dois não fazendo corpo mole quando o trabalho começar a chegar pra valer já está de bom tamanho.

– Só espero que a gente não se arrependa do convite. – Danilo se encolheu, enquanto recebia uns tapas de Lea no ombro.

O celular de Rafael começou a tocar no bolso da calça, obrigando o rapaz a interromper as risadas. Pediu licença e o atendeu, sem olhar o visor para ver quem era.

– *Filho?*

– Papai? – Um choque percorreu seu estômago. Ainda não havia se acostumado a falar tão frequentemente com Plínio. Mas, claro, não reclamava. Ao contrário, sentia uma puta emoção quando o pai lhe procurava. – Aconteceu alguma coisa?

Lea e Danilo caminharam para o fundo do estúdio.

– *Nada grave, filho. Gostaria apenas de saber se você pode sair do estúdio agora e me encontrar num lugar.*

— Bem, eu estava saindo pra almoçar... Mas onde o senhor está?

— *Na Praça da República, em nosso primeiro hotel.*

— Aqui pertinho? Eu pensei que o prédio tivesse sido vendido há muito tempo...

— *Eu o readquiri.*

— O senhor está me deixando confuso, pai.

— *Venha até aqui que você vai entender tudo, Rafael. Depois saímos para almoçar juntos.*

— Ok, já estou indo.

Rafael desligou, avisou Danilo para onde ia e literalmente correu pela Avenida Rio Branco. Não tinha ideia do que o pai queria. Mas estava claro que o idoso vinha "aprontando" alguma nos últimos meses. Não seria à toa que tia Maria vivia fazendo comentários sutis sobre uma provável surpresa que o irmão estava preparando. Tampouco o pai o encheria de perguntas sobre os projetos sociais que o filho, Cristiano e Rogério tocaram ao longo dos anos. Talvez Rafael devesse temer aquele interesse súbito, porém uma voz dentro de si dizia que o poderoso Plínio Aguiar mudara de verdade. E a única coisa que o rapaz conseguia sentir era euforia e ansiedade.

Chegou em frente ao prédio antigo, onde tinha funcionado o primeiro hotel Aguiar por mais de quatro décadas, ofegante. O imóvel, agora, ficava em cima de uma lanchonete e apenas uma pequena porta preta na lateral, que conduzia aos dois andares e aos quinze "quartos", permanecia a mesma da época áurea do local.

Entrara ali pela última vez por volta dos nove anos de idade, quando vô Antônio ainda estava vivo. Lembrava-se com uma nitidez impressionante do avô falando para Plínio que se aquele lugar pudesse falar contaria centenas de histórias sobre os hóspedes que por ali passaram e sobre as muitas dificuldades que enfrentou ao se meter no ramo hoteleiro com a cara e a coragem.

Rafael se lembrava também de ter ficado fascinado com a tenacidade que emanava de Antônio Aguiar e desejado ser tão perseverante quanto ele quando crescesse. E chegara, inclusive, a confessar isso para seu pai, alguns anos depois. Plínio, olhando-o com seriedade, falara: “Todos os Aguiar já nascem fortes, à prova de qualquer intempérie que queira nos derrubar. Tentamos mostrar para o mundo que é possível vencer todos os obstáculos por meio da persistência e da luta”.

Tocou o interfone. A porta se abriu segundos depois. Rafael subiu o primeiro degrau. Encarou as paredes cinza. Ainda eram da cor de que se lembrava. Aquela era uma parte nebulosa de sua história. A parte que ele enterrou por vontade própria. Mas ela nunca desaparecera por completo dentro dele. Do contrário, não sentiria o nó que lhe fechava a garganta. Tampouco rememoraria as vezes que ali esteve.

Subiu o lance de escada, como se tivesse entrado num túnel do tempo, que lhe devolveu a infância. O avô não estava mais sentado à recepção, que agora possuía apenas um balcão branco solitário. Mas seu pai estava lá. Plínio o encarava de volta. Nenhum dos dois escondia a emoção.

— Eu me lembro da última vez que estive aqui... — Rafael murmurou, porque era pedir demais que a voz saísse clara.

— Eu me lembro da primeira vez... — O pai deu um passo em sua direção. — Você olhava a tudo com tanto encantamento... Não tinha nem três anos. Mal sabia falar, mas sabe o que me pediu?

Rafael limpou uma lágrima, fazendo um gesto negativo com a cabeça.

— Você pediu o hotel de presente de Natal, dizendo que se ele fosse só seu poderia correr por todos os lugares e ninguém brigaria com você. — Plínio foi mais discreto ao secar o canto dos olhos. — Seu presente vai vir um pouco atrasado, filho. Porque eu demorei muito para aceitar que seu caminho seria traçado por você, não por mim. Mas, finalmente, eu entendi. Foi neste lugar que os sonhos de seu avô se tornaram realidade. E eu espero que você possa tornar realidade o sonho de outras pessoas aqui também.

Rafael franziu a testa.

— Não estou entendendo, papai.

— Eu readquiri o imóvel para presenteá-lo, Rafael. Quero que você abra neste local, com o meu patrocínio, a maior oficina de artes da região. E que ela seja um espaço de convivência para aqueles que não têm a mesma sorte que nossa família, mas têm a mesma gana de vencer.

Rafael não pôde mais controlar o choro. E nos braços do pai, chorou por todos os anos que foi incompreendido pela família, pelas dores que sofreu sozinho, em seu quarto, pelo desejo pungente que sentiu de ser aprovado e, enfim, pela redenção final do pai. As lágrimas não cessavam, mas ele estava seguro. Era tão bom ser acalentado daquele jeito. Não era mais uma criança. Mas seu coração ainda batia como na infância, na expectativa de que o pai se orgulhasse dele e o aceitasse como era.

Plínio separou-se do filho, mas pegou-lhe o rosto, fazendo-lhe encará-lo.

— A lei natural das coisas são os filhos aprenderem com os pais. Mas eu tenho aprendido muito com você, Rafael. Você me faz querer ser um homem melhor... mais íntegro. Obrigado, meu filho. E... me perdoe todas as vezes que te tranquei num quarto porque o desespero me corroía por não saber mais como fazê-lo atender todos os meus desejos.

— Não há mais nada a ser perdoado, papai... — Tornou a abraçar o pai.

— Eu... te amo, meu filho. — Apertou Rafael quando os soluços do rapaz aumentaram. — Acho que te devia também essas palavras.

Ficaram vários minutos abraçados, intensificando a conexão que demoraram tanto tempo para terem verdadeiramente. E, de repente, Rafael sentiu que as lembranças tristes e os sofrimentos pelos quais passou não eram mais um peso. Era como se tudo estivesse, enfim, calmo, resolvido, em paz. O passado seria a parte de sua história que lhe ensinou a perseverar, como vô Antônio, como seu próprio pai. Agora teria o presente e um futuro, construídos sobre as bases importantes de verdade: amor e confiança.

Separou-se do pai, sorrindo.

— Eu prometo para o senhor que este lugar vai prosperar de novo, com os projetos sociais sensacionais que eu, Melissa e Cristiano vamos montar. E prometo também que farei o senhor sempre ter orgulho de mim.

— Você e Tamires já são meus maiores orgulhos. — Sorriu. — Mas agora que já choramos por uma vida toda... e eu espero que não tenha nenhuma câmera escondida por aqui... — Olhou em todas as direções, fazendo o filho rir. — É melhor almoçarmos, enquanto você me conta melhor sobre os projetos que pretende implementar, me fala o que meu netinho anda aprontando na barriga da Melissa. E também pode aproveitar para me dizer quando pretende pedir sua namorada em casamento.

— Parece que esse almoço vai render muita conversa, papai.

Passaram pela porta, rindo. "Tudo estava maravilhoso em minha vida", Rafael pensou. E, se seus planos dessem certo, ficaria ainda melhor nos próximos dias.

29

A brisa gelada balançava suavemente as folhas das árvores. A garoa havia cessado fazia alguns minutos, mas a grama ainda exibia pontos molhados, como lágrimas recém-derramadas. O tempo melancólico refletia o lugar. Existia uma melodia de despedida por todos os lados. E havia também acordes de saudade. Era impossível saber quem aceitara aquele destino com resignação. Mesmo que ele fosse certo para todo o mundo, havia um sentimento de invencibilidade dentro de cada ser humano.

A morte é definitiva.

O fim dos sonhos.

O término do ciclo.

Melissa secou uma lágrima fortuita. Olhou ao redor. Já fazia um ano que estivera no cemitério de Itaquera, despedindo-se de Edilene. O tempo havia passado ligeiro. A falta que sentia da mãe, contudo, ainda era grande. Ajoelhou-se diante da sepultura, ajeitando o vestido sobre o ventre avantajado. Pedira para Rafael esperá-la no carro, junto com Jair. Aquele momento era só seu e da mãe. Tantas coisas aconteceram naqueles doze meses. Gostaria de compartilhar todas elas com sua mainha, mas que fosse como numa daquelas conversas secretas, apenas entre mãe e filha.

Depositou um ramalhete de rosas vermelhas sobre o túmulo. “Mãe amada e mulher guerreira”, leu silenciosamente na lápide, sem conseguir conter o sorriso que abriu espaço entre as lágrimas.

— A senhora foi mais do que isso, mainha — começou, de repente. — A senhora foi uma inspiração de vida. O legado que deixou permanece dentro de mim e ele será passado para o meu filho. — Acarinhou a barriga. — Sim, eu estou esperando um bebezinho, o meu Rogério. Mas isso a senhora já deve saber. Eu sei que sabe, porque sinto que ainda caminha ao meu lado, me protegendo.

"Lembra-se das vezes em que me dizia que não seria em meu quarto que eu encontraria a realização dos meus sonhos e a minha felicidade? E eu lhe respondia que me sentia feliz ali dentro, escrevendo minhas músicas, tocando o meu violão. Sabe... eu não contei toda a verdade. Eu não me sentia completamente feliz, mainha. Eu só me sentia segura. Ali não existia necessidade de me esforçar, de analisar o que não estava bom e mudar. Só entendi que queria muito mais do que isso quando a senhora morreu e eu fui obrigada a ir à luta por contra própria. E compreendi também que as batalhas não eram apenas para que eu sobrevivesse, mas, principalmente, para que eu tivesse uma vida de realizações."

"Hoje eu estou aqui pra dizer que sua menina cresceu, mainha. Eu ainda tenho muitos medos, mas eles não me paralisam mais. Ao contrário, eles me dão o combustível necessário para me desafiar a vencê-los. Também queria te dizer que encontrei a felicidade e o amor. Eles sempre estiveram guardadinhos dentro de mim. Eu só não sabia como acessá-los. Agora sou quem eu nasci para ser. E aos poucos serei ainda mais eu mesma. Parece algo sem sentido. Mas é assim que eu me sinto: como uma folha de papel que está recebendo palavras, frases, parágrafos inteiros, dia após dia, até que chegará um tempo em que estará repleta de histórias e belas experiências."

"Muito obrigada por ter me dado a vida. Acho que nunca te agradeci por isso. Mas sou muito grata. Obrigada também por ter vencido os desafios para que eu pudesse viver os meus sonhos. Queria ter o poder de te trazer de volta para que você pudesse vencer novos desafios, mas pelos seus sonhos. Infelizmente, isso é impossível. Então, eu te prometo que continuarei a vencê-los por nós duas. E um dia eu olharei para trás, ainda te agradecendo, e declararei que vencemos juntas."

"Amanhã será um dia muito especial. Eu vou cantar pela primeira vez de forma profissional, no Bar Geração. Acredita que a Inês pretende montar um *pocket show* pra mim? Sim, será um miniconcerto para convidados e frequentadores do bar. E eu vou levar o meu CD. Modéstia à parte, a capa dele ficou linda, com um close do meu rosto." – Soltou uma pequena risada. – "O Vítor Medeiros queria colocar apenas meu primeiro nome, por questões de marketing. Mas eu bati o pé, e ele pôs Melissa de Oliveira."

"Você estará lá comigo, né, mainha? Eu preciso tanto do apoio da senhora! Quero cantar, com todo o meu coração, a música que te fiz. Mas, pra não deixar o meu Rafa com ciúme, é claro que cantarei a que fiz pra ele também." – Sorriu. – "Eu amo tanto esse homem, mainha. É um amor tão grande que, às vezes, parece que não caberá mais dentro do meu peito. Ele é um homem maravilhoso. Parece um daqueles mocinhos das suas novelas. E a senhora me dizia que eles não existiam na vida real, hein?" – Riu, de novo. – "Pois meu Rafael é tudo isso e um pouco mais. E ele me ama também. Eu leio isso nos olhos dele, sinto em seus lábios e no aconchego de seus abraços. Eu faço qualquer coisa para vê-lo feliz. E como estou feliz por ele ter se reconciliado com a família. Mal pude acreditar quando dona Maria me contou que o seu Plínio ia comprar um prédio todo para que o meu Rafa pudesse tocar os projetos sociais. Parece que as pessoas realmente mudam..."

"Bom, eu queria muito que a dona Susana também mudasse e não fosse tão fria comigo... Mas deixa pra lá... Não quero trazer essa chateação para a senhora. Agora eu preciso voltar pro carro. Meu amor está me esperando... e o Rogério já está começando a chutar, incomodado com a posição." – Colocou a mão na barriga, rindo. – "Seu neto é impossível! Imagine quando esse menino nascer... vai me deixar acordada boa parte da noite. Pelo jeito, vai puxar ao pai." – Voltou a olhar para a lápide. – "Tchau, mainha. Mas esse não é um adeus, tá bem? Nunca foi. E nunca será. Te levo comigo. Sempre. Um dia ainda vamos nos reencontrar e eu te abraçarei novamente. Até lá farei de tudo para que a senhora só tenha orgulho de mim."

Levantou-se. Um movimento lhe chamou a atenção na árvore em frente à sepultura. Aproximou-se, pé ante pé, para ter certeza de que não estava vendo demais. Sim, era uma borboleta que pousara no galho mais baixo. E era da mesma tonalidade daquela que encontrara no hospital no dia em que Tamires foi baleada. Sorriu, engolindo as lágrimas.

— Obrigada por ter me ouvido, mainha. — Acenou para a borboleta, antes de se encaminhar para a saída do cemitério.

Melissa achou que era impossível se sentir mais nervosa do que ficou quando fez o show no asilo. Obviamente, estava enganada. Porque, pelo menos, daquela vez não sentira vontade de vomitar a cada cinco minutos, como agora. E ainda faltavam duas horas para a apresentação no Bar Geração!

Pior ainda era saber que a ansiedade começou no dia anterior, logo após ter saído da visita que fez ao cemitério onde a mãe estava enterrada, assim que assinou o contrato de venda do apartamento na Cidade Tiradentes. Deixar aquela parte de sua história para trás, além de ter chorado muito nos braços de Denise, que a ajudou a doar todas as coisas de Edilene e jurou manter contato sempre que possível, a abalara bastante. E isso se juntou a toda a expectativa da apresentação iminente no bar, gerando a receita perfeita para todos as reviravoltas no estômago que vinha sentindo desde o dia anterior.

Ajeitou os cabelos, que estavam presos numa trança lateral, em frente ao espelho do banheiro, no apartamento de dona Maria. Olhou para o vestido vermelho longo, rendado no busto e soltinho em volta da barriga que parecia dobrar de tamanho a cada dois dias. Fez exercícios de respiração. Em seguida, vocais. Precisava se acalmar. Tudo o que sentia passava para Rogério. E ele, sem dúvida, era sua preocupação número um.

Foi então que sentiu um chute forte na costela.

— Deixei você agitado, né, meu amorzinho? — Deslizou as mãos pelo ventre. — Me perdoe. Mas hoje é um dos dias mais importantes da minha vida. Mamãe vai oficialmente ingressar na profissão de cantora! Além disso, preciso impressionar minha nova patroa. Se a Inês não gostar da minha apresentação, vou ficar desempregada mais uma vez. – Rogério se mexeu de novo, deixando a barriga de Melissa um pouco deformada. – Eu sei que você estará lá me dando força, querido. – Sorriu. – A mamãe está cada dia mais ansiosa para conhecer o seu rostinho. E seu papai também está. Já amamos tanto você.

— Você nasceu para ser mãe, criança. – Melissa assustou-se ao ouvir a voz de dona Maria atrás de si. Virou-se. – Algumas mulheres nascem com o instinto materno aguçado. Outras precisam criá-lo. E existem ainda aquelas que optam por jamais tê-lo, preferindo não ter filhos. São formas que a natureza encontra de se perpetuar, mas também de se manter em equilíbrio. Eu acho que todas são válidas. – Encontrou as mãos de Melissa, as prendeu entre as suas e caminharam juntas até a cama. – Por muito tempo eu temi a maternidade, como contei a você. O medo nunca é um bom guia. Ele não permite que exercitemos todo o nosso potencial. E isso fez com que eu deixasse de escolher entre desenvolver ou não o instinto materno. Mas acabei tendo uma segunda chance quando você entrou na minha vida, Melissa.

A garota respirou fundo, para conter as lágrimas e as palavras, porque sabia que dona Maria não tinha acabado seu discurso emocionado.

— Eu nunca vou substituir a sua mãe em seu coração. Nem gostaria que isso algum dia acontecesse. Mas quando te recebi na minha casa, como minha cuidadora... Sim, eu aceito isso. Você não foi apenas minha secretária. Você cuidou de mim e da solidão que eu sentia há quase sete anos, desde a morte de Alfredo. Enfim, quando você entrou aqui, despertou a mãe que existia dentro de mim. E eu me sinto abençoada por chegar ao fim da minha vida e poder ter experimentado como é ter um filho. – Fez um carinho no rosto de Melissa. – Muito obrigada, minha querida, por me permitir ser sua mãe postiça. – Pousou as mãos sobre a barriga da garota. – E tenho certeza de que vou adorar ser uma avó postiça também.

— Oh, dona Maria, a senhora é minha segunda mãe, sem dúvida. – Atirou-se nos braços da idosa, que a abraçou forte. – Eu sinto tanto carinho e gratidão pela senhora. Todas as coisas maravilhosas que vivi desde que nos conhecemos só foram possíveis porque fui acolhida de braços abertos, sem nenhum tipo de preconceito. Somos de mundos muito diferentes, mas soubemos nos comunicar como se não existisse nenhuma barreira social entre nós.

— Essas barreiras são criações artificiais, criança. No fundo, estamos todos buscando a mesma coisa: felicidade, amor, compreensão. — Depositou um beijo no rosto de Melissa. Então, abriu a bolsinha de cor vinho que trazia a tiracolo. — Bem, eu queria te presentear com algo que minha própria mãe me deu na minha juventude. Estava apenas esperando o dia de sua grande estreia no *métier* de cantora. Quando ganhei, mamãe pediu para que eu só me desfizesse dele se algum dia tivesse uma filha. Então, sinto-me feliz em poder dá-lo para você. — Abriu a mão de Melissa e colocou um delicado camafeu, cuja imagem esculpida era de uma mulher acalentando um bebê. — Desejo que ele possa te trazer sorte em sua nova caminhada. Mas acho que você não precisa disso. É uma mulher resistente e lutadora. Sempre conseguirá arrumar um jeito de ultrapassar um novo obstáculo que surja em sua vida. Tem sangue nordestino nas veias, desse povo guerreiro que ajudou a construir a nossa São Paulo.

— Oh, ele é lindo! — Passou os dedos sobre a imagem. — Muito obrigada. — Beijou o rosto da idosa. — Somos duas guerreiras, dona Maria. Somos brasileiras que não desistem nunca diante das adversidades. E, como a senhora me ensinou um dia, são essas lutas que nos ensinam a valorizar cada pequena bênção que surge em nosso caminho. E eu me sinto profundamente abençoada por ter a senhora e o Rafael em minha vida.

Sorriram, com os olhos rasos d’água, e deram um novo abraço. Chegara àquele apartamento carregando preconceitos enraizados, Melissa tinha consciência. Talvez não tivesse sido melhor do que Susana. Mas aquela idosa, a quem, não restava mais dúvida, amava como uma mãe, lhe mostrara que de vez em quando mundos opostos se colidiam para que um pudesse aprender com o outro.

— Então é aqui que as duas estão.

Melissa se separou abruptamente de dona Maria, olhando para a porta, os batimentos cardíacos descontrolando-se.

— Amor! — Ela levantou-se o mais rápido que conseguiu da cama, indo ao encontro de Rafael. — Pensei que você fosse direto para o bar, junto com a sua família.

— E você acha mesmo que eu ia aguentar só te ver no palco? — Entrelaçaram as mãos, unindo os lábios demoradamente.

Melissa o examinou dos pés à cabeça e as borboletas revoaram por todo o seu estômago. Era a primeira vez que via Rafael usando traje esporte fino — camisa social cinza claro e calça jeans escuro, ambas tão justas, ressaltando cada músculo de seu corpo, que a garota precisou recomeçar os exercícios de respiração.

— Ai, meu Deus... Não se faz isso com uma grávida... Você está simplesmente um espetáculo! — Se abanava, fazendo Rafael e dona Maria rirem.

— Você é que está maravilhosa, meu amor. Não existe cantora mais linda do que você no mundo todo. — O sorriso de Rafael a aqueceu por inteira, enquanto ele a aconchegava nos braços.

— Humpf, não me lembro de ser tão melosa assim com nenhum dos meus maridos, e nem eles comigo. Vocês dois se superam. — Dona Maria se pôs a ajeitar os cabelos, ainda sentada na cama.

— A senhora também está maravilhosa, velhinha ciumenta. — Rafael se separou de Melissa, abraçando a tia e lhe beijando carinhosamente os cabelos.

— E você vai amarrotar o meu cabelo e a minha roupa, só para variar. — Empurrou-o com delicadeza, sem esconder um sorriso. — Parece que as aulas de “finesse” que você me pediu não estão adiantando de nada.

Rafael soltou uma gargalhada.

— Eu sou o sobrinho sádico, lembra? Então, vou continuar amarrotando a senhora e a Tamires até as duas admitirem que adoram isso. — Deu uma piscadela e puxou Melissa, que ria, de volta para os braços.

— Vamos logo para o carro que o Jair nos espera... Já vi que hoje você está cheio de gracinhas. — Dona Maria passou por Rafael, dando-lhe um tapinha no peito.

— Você vai com a gente, amor? — Melissa fitou o namorado.

— Eu vou com a Preciosa, mas prometo que vou seguindo vocês.

— Tá bem... — A garota suspirou, sabendo muito bem que era ridículo ter ciúme de uma moto.

— Mais tarde você vai entender por que preciso ir com a moto. — Segurou-lhe o queixo, enquanto dona Maria saía do quarto, e roçou-lhe os lábios suavemente.

A garota deu um passo para trás.

— Oxente, o senhor está cheio de mistérios ultimamente!

— Confie em mim, doçura. — Puxou Melissa pela cintura e abaixou-se, depositando-lhe um beijo na barriga. — E o garotão do papai, como está?

— Rogério está num agito só. Passou o dia todo acordado, chutando as minhas costelas. — Não conteve outro suspiro. Dessa vez de puro deleite. Como podia amar tanto ouvir Rafael conversando com o bebê?

— Ele deve estar tão ansioso quanto eu pra te ver em cima do palco. — Rafael sorriu quando o bebê levadinho deu o ar da graça exatamente onde o pai estava com a mão.

— Imagine eu! Estou a ponto de vomitar as tripas!

Rafael abriu seu famoso sorriso arrasa-quarteirão, vulgo escancarado, o que só intensificou o agito no estômago de Melissa.

— Você sabe que vai subir naquele palco e arrasar, meu amor. Assim como eu sei que algum dia você subirá num palco muito maior, numa grande casa de espetáculo, e terá uma legião de fãs. Vou morrer de ciúmes, espero que você saiba. — Ela riu, deitando a cabeça em seu peito. E ele prosseguiu: — E de orgulho. Mas torcerei para que você também continue a cantar para mim.

Ela levantou a cabeça, ficou na ponta dos pés e sussurrou contra os lábios de Rafael, antes das línguas se entrelaçarem num beijo doce.

— Para sempre, meu Rafa.

A sensação de estar flutuando ao beijar Rafael, infelizmente, passou tão logo o namorado subiu na moto, e ela no carro junto com dona Maria. E o trajeto — de Higienópolis até a Vila Madalena — foi feito num clima de tensão. Na verdade, um nervosismo atroz tomou conta de Melissa e dona Maria. A garota sabia disso, pois a idosa não parava de ajeitar os cabelos. Apesar da ansiedade, não pôde deixar de ficar emocionada. Pressentia que a ex-patroa estivesse assim porque dava tanta importância àquela noite quanto Melissa.

O empenho de dona Maria em conduzir a carreira musical de sua "pupila" era uma das coisas mais lindas que Melissa já vira. Mesmo conhecendo tão pouco da indústria musical, isso não intimidava a idosa. Ela passou a ir em todas as reuniões organizadas por Vítor e Inês. E não se acanhava em fazer perguntas para aprender mais sobre aquela área. Dizia que não deixaria ninguém passar Melissa para trás. Além disso, batalharia para levá-la a algum programa de tevê de grande audiência, pois sabia da importância da mídia de massa para os artistas.

Melissa confiava plenamente nela. E sua voz interior dizia que dona Maria a levaria longe com a música, tão longe como jamais imaginou chegar enquanto esteve trancada no quarto, apenas ela, o violão e os cadernos de composição. Se o sucesso que vinha fazendo com seus vídeos nas redes sociais fosse um sinal, estaria feita. Era muito emocionante ver centenas de seguidores e tantas curtidas em seu canal no YouTube em tão pouco tempo desde que o inaugurou.

Poucos minutos depois, chegaram ao Bar Geração, um estabelecimento que lembrava uma casa de shows, pois era muito bem isolado acusticamente, com uma fachada preta e um pequeno letreiro, logo acima da porta da frente, indicando o nome do local. E pisar na pista repleta de mesas e cadeiras, cuja iluminação era suave, com um toque de romantismo, foi o que bastou para Melissa começar a tremer. O sintoma ficou ainda pior quando viu as inúmeras pessoas que já se reuniam ali, incluindo Rafael, Vítor Medeiros, Plínio, Tamires e Susana, que tinha o nariz em pé, mirando o teto. Mas Melissa já se acostumara com aquilo. Assim, acabou achando engraçado. Além do mais, ver várias cópias de seu CD numa mesa ao lado da entrada principal a fazia achar tudo maravilhoso.

Ai, meu Deus! Meu CD está à venda!

Respire, Melissa. Respire, Melissa! Iniciou o mantra enquanto dona Maria, após impedir Rafael de acompanhá-las, dizendo que o rapaz já havia desconcentrado a namorada até demais, a conduzia para o fundo do bar, onde Inês a esperava. A empresária a recebeu com um sorriso encorajador, mas foi de poucas palavras. Falou apenas que tudo estava montado, apenas à sua espera. E disse que ela anunciaria a atração musical naquele momento, fazendo a garota voltar a tremer.

Quando subiu ao palco, suas mãos ainda tremiam. Porém, bastou ver os rostos conhecidos e também os desconhecidos, de pessoas que estavam ali porque queriam prestigiá-la, para uma onda de calma a tomar por inteira. Diferente de todas as experiências que viveu, cantando no coral da igreja e nos casamentos, a atenção agora estava exclusivamente focada nela. E aquilo lhe dava, ao mesmo tempo, uma sensação de irrealidade e alegria. Não porque era a "estrela da festa", mas sim pela oportunidade de mostrar às pessoas o que havia guardado por tantos anos apenas para si mesma.

Agradeceu os aplausos e sorriu quando ouviu o grito de "linda" vindo de Rafael. Então, arrumou o violão do jeito que havia ensaiado pela manhã, de uma forma um pouco desconfortável para sua coluna, mas a euforia era tanta que só conseguia pensar no sonho que estava realizando. Logo seu Rogério nasceria e poderia apoiar o instrumento como sempre. Mas tocar com seu bebê na barriga era uma das últimas oportunidades que teria. Precisava aproveitar isso ao máximo. Tinha certeza de que Rogério se orgulharia dela e ficaria feliz quando crescesse e soubesse que participou do início da carreira de sua mãe.

Dedilhou as primeiras notas. A música que iniciaria o show era a faixa um do CD. Uma canção que escreveu ainda na adolescência. Ela falava de sonhos antigos que se desfaziam dando lugar a novos. Colocou sua alma em cada palavra. Seu coração explodindo de euforia contrapunha-se à melodia melancólica da canção. Por isso, não pôde esconder o sorriso a cada pausa que fazia entre um verso e outro. Também não parou de sorrir ao iniciar a música que fez em homenagem a Rafael, que tinha os olhos rasos d'água. Não que ela conseguisse enxergar com tanta clareza o namorado, uma vez que ele estava a uma certa distância, entre Tamires e dona Maria. Mas a garota sentia que o conhecia tanto – seus olhares ternos, sua mania de correr as mãos pelos cabelos, sua sensibilidade à flor da pele – que tinha certeza de que ele estava prestes a chorar. E ela cantou com mais emoção, mais entrega, tentando dizer-lhe através da canção que para sempre era pouco para ficarem juntos. Ela o queria pela eternidade inteira. Queria acalentá-lo em seus braços nos momentos de tristeza, ouvi-lo quando seu dia fosse um amontoado de acontecimentos estressantes e beijá-lo todas as vezes que as palavras não pudessem mais traduzir os sentimentos que enchiam seu peito.

Por isso, assim que terminou o repertório das músicas que compôs, além daquelas que interpretou de Marisa Monte, Vanessa da Mata e Roberto Carlos, Melissa voltou a cantar para Rafael. Havia planejado aquilo a semana toda. Seria uma surpresa para o namorado. Cantaria a música que traduzia toda a sua história com ele. Então, respirou fundo e cantou *Se Eu Não Te Amasse Tanto Assim*:

Meu coração, sem direção
Voando só por voar
Sem saber aonde chegar
Sonhando em te encontrar

E as estrelas
Que hoje eu descobri
No seu olhar
As estrelas vão me guiar

Se eu não te amasse tanto assim
Talvez perdesse os sonhos
Dentro de mim
E vivesse na escuridão

As lágrimas escorriam por seu rosto quando terminou de cantar. Outras pessoas também estavam com o rosto molhado. Mas sua atenção mesmo estava focada em Rafael, que lhe sorria abertamente. Ah, e como ela amava aquele sorriso! Desejou tantas vezes que seu semblante sério exibisse a alegria que ele merecia sentir. E agora ele estava curado de toda dor. Eles estavam curados. Cada um seguindo seus sonhos, mas caminhando juntos.

Retribuiu o sorriso quando leu nos lábios dele "Eu te amo". E esperava que ele tivesse lido a resposta nos dela: "Te amo para sempre, meu amor".

Então, todos ficaram de pé, ovacionando-a. E os pensamentos de Melissa se dissolveram em felicidade e gratidão. Estava fazendo o que amava, como uma profissão. Era reconhecida e ganharia para isso. Porém, aquilo era só o início da jornada. Ainda enfrentaria muitas coisas até se tornar uma cantora veterana. E cada degrau que subisse a presentearia com novos aprendizados e desafios. Todos absolutamente bem-vindos.

Os aplausos foram cessando aos poucos. Mas ainda reverberavam dentro de Melissa como se um estádio de futebol inteiro a aplaudisse. Voltou a procurar por Rafael. Ele não estava mais em seu lugar. Seu coração acelerou. Suas mãos suaram. Para onde ele tinha ido? Foi tudo muito rápido. Rafael estava na plateia e no minuto seguinte não estava mais. Melissa ficou na ponta dos pés, olhando de um lado para o outro. Ele não estava em parte alguma. Olhou para trás. Talvez ele estivesse vindo ao seu encontro, enquanto o público a aplaudia. Ele não estava ali. Agradeceu rapidamente a presença e o carinho de todos, informando que seu CD estava à venda na entrada. Foi para trás do palco. Um pressentimento horrível a percorreu. Será que ele ficou com medo de ter uma recaída na bebida alcóolica e fugira? Aquilo era possível. E ela não negaria que ficou um pouco angustiada por ter que fazê-lo entrar num local onde o principal produto de venda era o álcool. Agora estava se sentindo culpada. Provavelmente, ele tenha visto tantas pessoas bebendo que teve uma crise de pânico.

Encontrou dona Maria no fundo do palco, ao mesmo tempo que lutava para não chorar.

— O Rafael foi embora... Eu não devia ter deixado ele vir, dona Maria... Acho que ele se sentiu mal por causa da bebida rolando solta... e...

— Acalme-se, criança. — A idosa lhe segurou ambas as mãos. — Venha comigo. Jair está nos esperando na frente do bar.

— Não estou entendendo...

— Vamos até um lugar. Seu namorado vai estar te esperando lá e ele está bem. É tudo o que posso te dizer.

Entrou no carro, após dar um abraço em Inês, que estava extasiada com sua apresentação, e se despedir rapidamente da família de Rafael. Tamires e Plínio, apesar de não pararem de dizer o quanto ela foi fantástica, uma das melhores vozes que conheciam, estavam estranhíssimos, como se quisessem lhe dizer alguma coisa, mas não pudessem. Melissa começou a ficar angustiada, confusa e desesperada para saber o que tinha acontecido com o namorado. Jair entrava por ruas desconhecidas. Melissa demorou para se localizar. E quando isso aconteceu, seu coração se pôs a bater acelerado. O que aquilo significava? Por que estavam indo para o ateliê de dona Maria?

Fez aquela pergunta à idosa, mas obteve apenas um "Tenha paciência e você descobrirá". Foram, pelo menos, cinco minutos de uma ansiedade excruciante até Jair parar em frente ao ateliê.

— Entre lá. A porta está aberta — dona Maria falou docemente. — Vamos esperar aqui, no estacionamento. Você terá uma linda surpresa, minha querida. E espero que possa me desculpar por ter escondido tudo de você.

Melissa franziu a testa, a cada instante mais confusa. Mas obedeceu a dona Maria. Desceu do carro com as pernas bambas. Arrumou o vestido em volta da barriga e pediu desculpas a Rogério por estar tão nervosa. Mas, na verdade, a culpa era do maluco do pai dele, que deveria estar "aprontando" algo grande.

Empurrou a porta de madeira. Seu coração batia tão rápido que lhe causava uma pequena falta de ar. Respirou profundamente, preocupada de novo com Rogério. Mas foi impossível se concentrar na respiração quando se deparou com a cena à sua frente. Rafael estava no meio do corredor do ateliê, o mesmo no qual se encontraram pela primeira vez. Porém, agora segurava... um ramalhete de tulipas vermelhas?

Levou a mão à boca, contendo um soluço. Mas não conteve as lágrimas. Rafael sorriu, e seus olhos tinham um brilho molhado. Ela deu um passo à frente. Então, notou o quadro das tulipas no entardecer, atrás do namorado. Como ele voltara para a parede do ateliê? Dona Maria dissera que ele fora vendido há meses.

Aproximou-se de Rafael. Ele lhe estendeu as flores.

— Me parece que as tulipas vermelhas foram as coadjuvantes da nossa história de amor, não é mesmo?

— Ai, meu Deus... o que significa tudo isso... elas são tão lindas... — Levou-as ao nariz. — E o quadro... como ele voltou pra parede?

— Eu o comprei faz alguns meses. Mas esperei até este momento pra te contar...

— Por que tudo isso, amor?

— Porque tem algo que preciso fazer e eu sonhei que fosse feito de uma forma especial. — Fitou-a com tanta ternura, deslizando as costas das mãos por seu rosto, que Melissa se transformou numa geleia humana. — Minha vida começou a mudar em frente a este quadro, quando eu conheci uma pequena e linda garota com os olhos mais fascinantes que já vi em toda a minha vida — Rafael prosseguiu com aquela voz rouca e possante ao mesmo tempo, a mistura que a conquistou. — Acho que comecei a te amar quando você disse: "Olha, me fez rir". Eu me senti tão poderoso e especial. Mal sabia eu que era só assim que eu me sentiria todas as vezes que estivéssemos juntos. Você me fez mergulhar fundo dentro de mim e me redescobrir. Eu não sabia que buscava o amor até encontrar você. Mas você me deu mais do que o seu amor, doçura. Deu também um novo rumo aos meus sonhos e uma nova razão para existir: o nosso filho. — Colocou a mão no bolso, tirando uma pequena caixinha. — Este pedido não poderia ser feito em outro lugar, nem de outro jeito, minha feiticeira de olhos azuis. – Ficou de joelhos, causando quase um colapso nos batimentos cardíacos de Melissa. – Será que você aceita se casar com este tatuador briguento que mataria e morreria por você?

Melissa explodiu num choro convulsivo. Era mais forte do que ela. Aquelas palavras. Aquela cena. As alianças douradas tão lindas, brilhando à sua frente. E Rafael lhe sorrindo com jeitinho de menino tímido, o sorriso que ela também amava tanto. Tudo aquilo era demais. Uma felicidade que ela jamais imaginou existir. E não pôde impedir que as palavras da mãe voltassem à sua cabeça: "As tulipas vermelhas simbolizam o amor verdadeiro e eterno. Só uma flor tão linda poderia simbolizar algo tão raro de se encontrar".

As tulipas tinham trazido o seu amor verdadeiro e raro. E Melissa viveria por ele eternamente.

Chorou ainda mais, fazendo Rafael ficar de pé e embalá-la nos braços.

– Espero que este choro queira dizer sim. – Ele riu contra os cabelos da namorada.

– E você acha que eu seria louca de dizer não?! – Separou-se dele. – Sim, sim... mil vezes sim, meu Rafa. Quero me casar com você. Quero que estejamos juntos para sempre, construindo nossa família e renovando o nosso amor todos os dias.

– Ah, que alívio por termos os mesmos desejos, *sweetie*. – Riram juntos. Ele pegou-lhe a mão direita, deslizando a aliança por seu dedo e olhando-a intensamente nos olhos. Melissa reteve a respiração. – Sou seu, minha feiticeira, pelo resto dos meus dias.

Suas lágrimas voltaram a cair, Rafael as secou, mas estava tão emocionado quanto ela. Melissa lhe pegou a mão.

– Sou sua, meu anjo da noite, pelo resto dos meus dias. – Deslizou a aliança pelo dedo anelar.

Os lábios se encontraram, selando o compromisso e o amor. Mas se beijaram além disso. Celebraram o encontro de duas almas que sempre se buscaram. Comunicaram a cumplicidade que não foi criada, pois esteve presente desde que se viram pela primeira vez. E agradeceram pela magia que os circundava e os fazia especiais juntos.

De repente, Melissa sentiu Rogério se agitar. Descolou a boca dos lábios de Rafael. Levou a mão do rapaz ao local onde estavam concentrados os chutes. Colocou uma de suas mãos sobre a dele.

— Parece que nosso Rogério aprovou o nosso casamento — ela falou.

— É isso aí, garotão do papai... — As palavras de Rafael foram interrompidas por seus soluços.

— Oh, amor, não chore... — Melissa o embalou, como ele já fizera tantas vezes com ela.

— É de felicidade, doçura, é de muita felicidade... — Limpou as lágrimas, levantando a cabeça de seu ombro. — Passamos por tantas coisas, mas resistimos a todas elas. Muito obrigado por ter resistido ao meu lado e por aceitar prosseguir comigo.

— Estamos só no começo da nossa jornada juntos, meu amor. Ainda enfrentaremos muitas coisas, mas nosso amor sempre será maior do que tudo... você me ensinou isso.

Sorriram, deixando as lágrimas para trás. Então, voltaram a se beijar.

Melissa entendeu que a vida era uma constante mudança de estações, intercalando turbulência e bonança. Mas que, mesmo em tempos difíceis, existiam bênçãos camufladas. E o que importava realmente era continuar sempre em movimento, sem nunca deixar de acreditar no poder dos sonhos e do amor.

Epílogo

Um ano e sete meses depois...

Os objetivos de Rafael sempre giraram em torno de suas paixões artísticas, seus projetos sociais e da busca por aprimoramento.

Até Melissa entrar em sua vida.

Tão logo o rapaz entendeu que sua feiticeira de olhos azuis havia chegado para ficar, entrelaçando-se em cada fibra de seu coração, ele refez suas concepções e retraçou seus sonhos. Mais do que isso, Rafael deu a Melissa uma parte de si mesmo e se empenhou em apagar a solidão que leu nos olhos dela quando se conheceram. Entretanto, não se preparou para as recompensas que adviriam de suas mudanças.

Dois anos e três meses que era amado e amava profundamente.

Um ano e cinco meses que segurara pela primeira vez o filho que Melissa lhe dera.

Um ano que era o marido mais realizado da face da Terra.

Seu mundo deu um giro de cento e oitenta graus. Tudo porque um dia seu caminho se encontrou com o da mulher que o compreendia em todos os momentos e lhe abraçava forte quando ele se sentia perdido. Claro que o casamento não era fácil. Afinal, cada um trazia suas experiências e seus conceitos. Mas quando saiu da igreja, segurando Rogério em um dos braços e Melissa no outro, numa cerimônia apenas para familiares e amigos, Rafael teve certeza de que nenhuma dificuldade algum dia apagaria a sensação de completude que o matrimônio e a paternidade lhe traziam.

E era o terceiro Natal que o sentimento de felicidade plena o alcançava e passeava, como uma das doces canções de Melissa, por todo ele. Aos poucos, os traumas criados naquela festividade estavam ficando para trás. Era certo que o primeiro Natal que passou com a esposa, quando ela ainda era sua namorada e estava de três meses de gravidez, foi um pouco angustiante, pois Melissa vomitou a maior parte do tempo, então acabaram indo embora da casa dos pais dele tão logo deu meia-noite. A comemoração do ano passado já contava com a presença de seu garotinho. Mas, por Rogério ter apenas cinco meses, a família concordou em fazer uma ceia simples no apartamento de Rafael e Melissa, no Pacaembu.

Por tudo isso, Rafael não negaria a euforia que sentiu quando os pais propuseram fazer o Natal daquele ano na fazenda de Porto Feliz, no interior de São Paulo. Viu aquele convite como uma oportunidade para apagar as memórias sofridas que lhe restaram do lugar. Gostou ainda mais quando o pai prometeu que apenas a família estaria presente na celebração. Então, desde a manhã anterior, dia 23, estavam todos ali: Susana, Plínio, Tamires e o namorado, tia Maria, Melissa, Rogério e ele.

Enquanto o burburinho corria solto no andar de baixo, faltando menos de uma hora para a ceia, Rafael estava no quarto que Susana havia montado exclusivamente para receber o neto na fazenda, cercado de brinquedos. Não precisava olhar no espelho para saber que sorria de orelha a orelha. Na verdade, sentia que o sorriso alcançava até mesmo o seu coração. Era a melhor sensação do mundo. Não deveria existir nada mais valioso do que ver o filho descobrindo o mundo à sua volta e olhando a cada dois minutos para saber se o pai continuava ali, em sua companhia, protegendo-o e aprovando o que ele estava fazendo.

Rogério era uma cópia do pai. Tinha os cabelos e olhos escuros de Rafael. Mas, o rapaz dava o braço a torcer, a personalidade era toda de Melissa. Ao contrário do que pensaram durante a gravidez, pois seu garotinho foi muito agitado na barriga da mãe, Rogério era um bebê muito tranquilo, carinhoso e sorridente. E era sua razão de viver.

Apesar do sorriso ininterrupto que exibia, Rafael estava consciente do nó querendo fechar sua garganta. Depois do nascimento do filho, se tornara ainda mais sentimental... o que acreditara ser impossível.

O garotinho pegou do chão a moto em miniatura vermelha, que Rafael havia lhe comprado no dia anterior, e andou até o pai, num caminhar que ainda era um pouco vacilante, pois completaria um ano e meio apenas dali a dez dias.

— *Peçosa,* papai.

— Isso mesmo, meu benzinho, parece com a Preciosa do papai.

— *Qué Peçosa,* papai. — Estendeu os bracinhos, para que Rafael o pegasse no colo.

O rapaz o acolheu em seus braços, beijando-lhe os cabelinhos lisos. Não conteve outro sorriso. Rogério estava começando a articular as frases, por isso algumas vezes era impossível entender o que ele falava — ainda que a provocadora de sua esposa adorasse lhe dizer que compreendia cada palavrinha e o obrigasse a lhe punir com "castigos" mais e mais elaborados após o filho dormir. Porém, daquela vez, Rafael não teve dúvida de que Rogério queria que o pai o colocasse sobre a moto — algo que o rapaz vivia fazendo escondido de Melissa, precisava confessar.

— A moto do papai está na nossa casa, meu bem. A gente veio de carro.

Pois é, Rafael cedera à necessidade de comprar um carro para a família. Mas, obviamente, jamais cederia em sua paixão por Preciosa.

— *Qué casa... Qué bola,* papai... — O garotinho apertou o pescoço do rapaz, arrancando-lhe uma risada.

E Rafael pressentia que seu Rogério também teria a mesma paixão que ele, para desespero de sua Melissa.

— Oxente, que o Rogério está ficando tão obcecado por esta Preciosa quanto você!

Falando na esposa...

Rafael girou o corpo, com Rogério no colo, e encontrou Melissa à porta do quarto, com as mãos na cintura, mais linda do que nunca (Que feitiçaria poderosa usava aquela mulher para enlouquecer seus batimentos cardíacos sempre que ele a via?). Seus cabelos estavam presos num rabo de cavalo comprido, jogado sobre o seio direito. E o vestido amarelo, marcado na cintura, alcançando o meio das coxas, era uma puta sacanagem quando ele não poderia simplesmente jogá-la numa cama e arrancar a peça com um único puxão.

Sentiu "aquela" parte de sua anatomia querer ganhar vida. O desejo por Melissa ainda era poderoso. Para ser franco, era maior do que antes; o que parecia agradar muito a esposa, pois ela não perdia a oportunidade de provocá-lo, como naquele instante em que as sobrancelhas arqueadas davam lugar ao sorriso espetacular, enquanto o fitava intensamente.

— Mamãe, *qué bola... Peçosa...*

Felizmente, Rogério voltou a falar, desviando Rafael dos pensamentos pecaminosos que invadiam sua cabeça.

— Oh, meu amorzinho, a gente não pode ir embora agora, senão você não vai ver o "bum". — Melissa pegou o garotinho do colo de Rafael, que sentiu aqueles mesmos fogos de artificio, do qual a esposa falava em linguagem infantil, dentro de si, quando as mãos dela resvalaram seu peito.

— *Bum... bum...* — Rogério se pôs a imitar.

Melissa beijou a bochecha do filho, sorrindo, mas seus olhos estavam presos aos de Rafael, que aproximou a boca da orelha da esposa e sussurrou:

— O pai dele está mais ansioso para ver outro tipo de fogos de artifício em nosso quarto mais tarde. — Fitou-a, deliciado com o rosto corado de sua feiticeira.

— Tome vergonha na cara, Rafael Papadopoulos Aguiar! — Ela deu um tapinha em seu peito, mas riu, em seguida, fazendo um carinho no rosto dele. — Melhor descermos, amor. Quero contar pra todos a novidade antes da ceia... Quer dizer, menos pra sua tia, que já sabe, né?

— Tenho certeza de que meus pais e Tamires vão ficar muito felizes com a notícia que você tem pra dar, doçura. — Ele beijou-lhe os lábios. Então, pegou Rogério, que lhe estendia os bracinhos. — E nós dois também estamos muito felizes pela mamãe, não é, meu garotão?

— Mamãe... — Rogério balbuciou.

— Ai, meu Deus, eu amo tanto vocês dois! — Ela colocou os braços em volta deles, abraçando Rafael e Rogério ao mesmo tempo.

— Também amamos muito você, meu amor. — Rafael lhe beijou os cabelos, e o filho o imitou.

Saíram do quarto abraçados e encontraram a família reunida, na espaçosa sala de estar, cujos móveis rústicos proporcionavam um ambiente rural acolhedor. Rafael não podia negar que a mãe, apesar dos muitos defeitos, tinha um toque de fada para a decoração. E também não era justo dizer que ela não se esforçara, assim como o pai e Tamires, para mudar. Desde o nascimento de Rogério, Susana estava mais participativa e mimava tanto o neto que Melissa temia que ela o deixasse cheio de gosto. Era notório que ela se empenhava em ter uma relação próxima com o garotinho. Se era para compensar sua ausência na criação dos filhos, Rafael não tinha certeza. Mas lhe deixava feliz o fato de sua mãe ter recebido Rogério tão bem e, até mesmo, apesar do tom polido, conversar com Melissa sempre que se encontravam.

O que o surpreendia mesmo era Tamires ter apresentado um namorado para a família e que o relacionamento já tivesse quase um ano, uma vez que ele conhecera Álvaro, o presidente de uma rede de hotéis "rival", no Natal passado. Tudo bem que naquela época o cara foi apresentado como um amigo. Mas Rafael sabia muito bem ler os sinais e teve certeza de que alguma coisa já rolava entre eles. "E aqueles dois combinam perfeitamente", o rapaz concluiu. Uma aura de poder os envolvia. Fora que os olhos acinzentados de Álvaro, sempre tão sérios, por trás dos óculos quadrados, tinham o mesmo brilho implacável que Tamires exibia algumas vezes.

— Eu quero dar uma notícia pra vocês — Melissa falou, de repente, despertando Rafael, que nem havia percebido que Susana tirara Rogério de seus braços.

— Santo Deus, você está grávida de novo! — Era um brilho de alegria que via nos olhos da mãe?

— Não, dona Susana, não estou grávida. O Rogério ainda é muito pequeno. Vamos esperar mais um tempinho para "encomendarmos" outro bebê. — Melissa deu um sorriso delicado.

— Oh, claro... eu entendo. — A mãe suspirou, ajeitando a roupinha de Rogério.

— Você tomou mesmo gosto por ser avó, hein, Susana? — tia Maria praticamente arrancou o sobrinho-neto dos braços da cunhada.

Olha quem fala...

Rafael teve que se segurar para não fazer aquele comentário, enquanto abraçava Melissa por trás. Mas não conteve a risada quando Tamires pegou o sobrinho do colo da tia e foi para o outro lado da sala, sendo acompanhada pelo olhar de adoração de Álvaro. E Rafael conhecia muito bem aquele tipo de olhar.

— Tia, não aperte o Rogério assim, pobrezinho. Dá uma olhada como ele fica assustado.

— Todas vocês estão assustando o meu neto, isso sim. — Plínio aproximou-se de Tamires. — Vem com o vovô, moleque.

— Acho que esse povo está mais preocupado em disputar o Rogério do que te ouvir, *sweetie* — Rafael sussurrou no ouvido de Melissa, que riu. — Hum-hum... A Melissa está tentando falar, família.

Plínio, Tamires, Susana e tia Maria pareceram bastante constrangidos subitamente, encarando Melissa.

— Eu queria contar pra vocês que assinei contrato com uma gravadora e vou entrar em produção do meu segundo CD — a esposa falou. — E alguns dos meninos das oficinas do espaço de artes vão participar de uma das músicas.

A família reagiu como Rafael esperava: abraçaram Melissa, parabenizando-a. E tia Maria ajeitou os cabelos, toda sorridente, gabando-

-se por estar se saindo muito bem como a empresária da "diva". Mas o rapaz acreditava que ninguém conseguiria sentir mais orgulho do que ele por sua Mel. Ela não apenas estava realizando outro sonho – após pouco mais de um ano cantando todas as quartas-feiras no Bar Geração e tendo angariado muitos fãs nas redes sociais –, como também ajudara ele e Cristiano a idealizarem cada oficina de artes no antigo prédio do hotel Aguiar, que recebeu o nome de Espaço de Artes Esperança, e dava sua contribuição, ensinando meninos e meninas carentes a desenvolverem seus talentos musicais.

– Parece que todo mundo encontrou seu caminho nesta família e vai muito bem, obrigado. – Plínio abriu um sorriso satisfeito, colocando Rogério no chão. – Agora só falta a Tamires anunciar que vai se casar ou ter um bebê.

– Papai! – A filha o admoestou, tão ruborizada quanto Álvaro, ao seu lado.

– Nós estamos morando juntos, seu Plínio. Já nos consideramos casados – Álvaro falou naquela voz grossa e séria que intimidava um pouco Rafael, o rapaz confessava.

– Oh, são muitas notícias para um único dia! Preciso de uma taça de champanhe. – Susana soltou um suspiro dramático, arrancando risadas de todos. – Na verdade, precisamos cear antes que a comida preparada pela Tamires e pelo Álvaro perca todo o sabor.

A ceia foi feita no clima festivo que havia se instalado na sala de estar. Conversas paralelas. Risadas. Rogério disputando a atenção de todos, mas preferindo ficar sentado no colo do pai – para alegria gigantesca de Rafael, que não cansava de comentar como o garotinho era apegado a ele.

Rafael não negaria, contudo: aguardava a meia-noite com ansiedade. Não pelos fogos. Muito menos para abrir os presentes, que estavam embaixo da árvore na sala de estar. Ele esperava ansiosamente aquele horário para que pudesse abraçar cada membro de sua família, desejando feliz Natal, um ritual tão recente entre eles, mas que o rapaz valorizava como se tivesse acontecido por toda a sua vida. Talvez por ter desejado tanto que acontecesse.

E assim que o relógio indicou o horário e o caseiro acionou os fogos, logo após Melissa cobrir os ouvidos de Rogério com protetores, Rafael, sem esconder os olhos rasos d'água, abraçou um por um, apertado, sabendo que poderia dizer de boca cheia: *Eu tenho uma família de verdade.*

Depois de todos se cumprimentarem, foram para a varanda assistirem à queima de fogos que Plínio encomendou exclusivamente, segundo o idoso mesmo dissera, para o neto, que, ao contrário de muitas crianças, tinha adoração por aquele espetáculo pirotécnico.

Os fogos de artifício pipocavam a certa distância, majestosos, alguns prateados, outros numa tonalidade de vermelho. Mas Rafael prestou pouca atenção neles, pois logo seu olhar foi atraído em outra direção. Na realidade, focou-se completamente numa pessoa: Melissa. Ela tinha avançado à frente dele, postando-se ao lado de Plínio, que estava com Rogério no colo.

Podia descrever a esposa com inúmeras palavras: linda, talentosa, doce, batalhadora, forte, generosa, ótima mãe. No entanto, as palavras pareciam nunca fazer justiça quando tentava traduzir o que ela lhe provocava toda vez que seus olhos a encontravam. Era uma mistura de muitos sentimentos, que o deixavam tão repleto, como se fosse explodir da mesma forma que os fogos se espalhando pelo céu naquele momento.

Dois anos ainda não foram suficientes para entender aquelas emoções avassaladoras. E talvez o amor que sentia por ela não coubesse nem em toda uma vida. O que Melissa lhe inspirava, pressentia, não era uma dessas histórias com começo, meio e fim. Existia uma sensação de infinito dentro dele, como se aquele amor não pertencesse a um ciclo, mas sim permanecesse acontecendo para sempre.

Seus olhos ficaram cheios de lágrimas ao mesmo tempo que a esposa se virou, sorrindo do jeito que fazia o coração de Rafael galopar. Ela começou a caminhar em direção a ele. Tinha agora as sobrancelhas franzidas. E Rafael soube no mesmo instante que ela estava preocupada pelo marido estar isolado, ali atrás, distante de todos. Abriu um sorriso para tranquilizá-la. Gostaria de dizer-lhe que estava parado lá por puro encantamento, porque olhá-la o atraía um milhão de vezes mais do que assistir ao espetáculo que proporcionavam os fogos. Porém, não conseguia pronunciar nenhuma palavra. Uma magia poderosa transitava entre eles quando as mãos se entrelaçaram e Melissa olhou em seus olhos.

— Eu nunca vou me acostumar em pensar que você é meu marido. — E foi ela quem falou, na voz doce que o fazia ter vontade de fechar os olhos, deleitando-se. — Parece o sonho mais lindo que já tive na vida.

Os olhos de Melissa ainda espelhavam aquela inocência que o cativou e o fez jurar protegê-la até o último dia de sua vida, ainda que ela fosse a mulher mais forte que já conhecera.

— Também sinto a mesma coisa, meu amor — forçou a voz sair clara. — E eu gosto da ideia de estarmos sonhando juntos.

Ela sorriu, deitando a cabeça sobre o peito dele. Rafael a enlaçou, apertando-a forte e beijando-lhe os cabelos. De repente, Melissa se afastou, olhando-o com doçura.

— Eu ainda sinto a intensidade de cada batida do seu coração. E ele bate num ritmo tão parecido com o meu, transbordando o que sentimos um pelo outro. — A esposa prendeu-lhe o rosto nas mãos. — Eu te amo.

Ele engoliu em seco, lembrando-se de quando se declarou pela primeira vez a ela, após o show no asilo.

— Esta é minha frase preferida, doçura. Só perde para: "Caralho, eu te amo demais, Melissa".

Ela jogou a cabeça para trás, rindo, e Rafael não conseguiu resistir à vontade de lhe capturar os lábios com os seus. Puxou-a para a mais perto e a beijou, escondidos atrás de um vaso de planta, como dois adolescentes.

Separaram-se. Ela ficou na ponta dos pés e sussurrou em seus ouvidos:

— Vou colocar o Rogério pra dormir. Lembrei que você prometeu me mostrar alguns fogos de artifício lá em cima, no nosso quarto. — Mordiscou-lhe a orelha e se afastou rápido.

— Mulher malvada, volte aqui!

E a diabinha saiu correndo, deixando-o acompanhado apenas do eco de sua risada musical. Mas ela que o aguardasse. Teria aquela noite e o resto de sua vida para fazer todo o amor que sentia com sua eterna feiticeira de olhos azuis.

Grupo Editorial
coerência

Esta obra foi composta na fonte ITC Legacy Serif,
tamanho 12 pt, e impresso em papel pólen soft 70g/m².
São Paulo, janeiro de 2020